Risco de
INFIDELIDADE

Risco de
INFIDELIDADE

Christopher G. Moore

Tradução de **Marcos Maffei**

EDITORA RECORD
RIO DE JANEIRO • SÃO PAULO
2012

CIP-Brasil. Catalogação na fonte
Sindicato Nacional dos Editores de Livros, RJ

M813r Moore, Christopher, 1957-
Risco de infidelidade / Christopher Moore; tradução de Marcos Maffei.
– Rio de Janeiro: Record, 2012.

Tradução de: The risk of infidelity index
ISBN 978-85-01-09086-7

1. Romance americano. I. Maffei, Marcos, 1959- II. Título.

12-1643. CDD: 813
CDU: 821.111(73)-3

Título original em inglês:
The risk of infidelity index

Texto revisado segundo o novo Acordo Ortográfico da Língua Portuguesa.

Editoração eletrônica: Ilustrarte Design e Produção Editorial

Direitos exclusivos de publicação em língua portuguesa somente para o Brasil adquiridos pela
EDITORA RECORD LTDA.
Rua Argentina, 171 – Rio de Janeiro, RJ – 20921-380 – Tel.: 2585-2000, que se reserva a propriedade literária desta tradução.

Impresso no Brasil

ISBN 978-85-01-09086-7

Para George Pipas e Bak Wong

Thanon Ratchawithi
Thanon Yothi
Thanon Sri Ayutthaya
Clube de Turfe Real
Thanon Rama V
Thanon Sawankhalok
Thanon Rama VI
Thanon Luk Luang
Thanon Krung Kasem
Thanon Prachathipatai
Thanon Ratchadamnoen Nok
Thanon Sri Ayutthaya
Thanon Phetchaburi
Thanon Phaya Thai
Thanon Bamrung Muang
Thanon Rama I
Thanon Krung Kasem
Thanon Charu Mueang
Thanon Banthat Thong
PATHUMWAN
Thanon Charoen Krung
CHINATOWN
Thanon Phaya Thai
Thanon Henri Dunant
Thanon Rama IV
BANGRAK
Thanon Si Phraya
Rio Chao Phraya
Thanon Charoen Krung
Thanon Somdet Chao Phraya
Thanon Lat Ya
Thanon Charoen Rat
Thanon Charoen Nakhon
Maha Nakhon
Thanon Mahesak
Surasak
Thanon Surawong
Thaniya
Thanon Phat Pong 2
Thanon Phat Pong 1
CENTRO FINANCEIRO
Thanon Silom
Thanon Sathon
Thanon Sathon
Liap Khlong Chong Nonsi
Thanon Naradhiwas
Thanon Krung Thon Buri
Ponte Somdej Phrajao Taksin
Ponte Somdej Phrajao Taksin
Pier central
Saphan Taksin

BANGKOK
MAPA DA TAILÂNDIA
MIAMAR
Chiang Mai
LAOS
Bangkok
Mar de Andamão
Pattaya
CAMBOJA
Golfo da Tailândia
Phuket
Thanon Din Daeng
N
O
L
S
Thanon Ratchadaphisek
Thanon Nikhom Makkasan
Thanon Phetchaburi
Thanon Kamphaeng Phet 7
Nova Petchaburi 1
Soi Chit Lom
Thanon Witthayu
Thanon Phloen Chit
Soi 4 (Nana Tai)
Nana Plaza
Soi Sukhumvit 21 (Asok)
SUKHUMVIT (ZONA VERDE)
Soi Cowboy
Thanon Sukhumvit
Soi 33
Soi 33/1
Soi 20
Soi 22
Parque Benchasiri
Soi 55 (Soi Thong Lo)
Real Clube de Polo de Bangkok
Bazar noturno Suan Lum
Arena de boxe de Lumpini
Centro de Conferência Rainha Sirikit
KLONG TOEI
Thanon Rama IV
0
250m
GROOVY MAP
THON

UM

Os TAILANDESES TÊM UM PROVÉRBIO sobre um sapo vivendo dentro de um coco. O sapo acredita que o mundo dentro do coco é o universo todo. Em seu serviço de detetive particular, Vincent Calvino tinha clientes que eram como o sapo. O que eles viam no interior de seus cocos os cegava, tornava-os incapazes de resolver um problema. Por isso contratavam Calvino. Ele sabia como as coisas eram. Cascas como a do coco ofereciam conforto e segurança. Abandoná-las podia ser um negócio perigoso. Os clientes-sapos de Calvino o pagavam para se aventurar numa existência mais ampla e informá-los sobre as ligações entre relacionamentos, lugares e eventos, como se conectavam e se encaixavam.

Coloque duas aranhas alfa dentro de um coco e observe como as coisas ficam infinitamente mais interessantes. É ainda a mesma casca, mas a dinâmica muda de segurança e conforto para o medo e a suspeita. Não importa que a casca pareça a mesma; não é mais o mesmo lugar. A paisagem é colorida por um conjunto diferente de emoções. Teias sedosas marcam território, e aranhas patrulham seu território. Ele fizera investigações para aranhas, arrastando presas para o interior de seus cocos. Aranhas pagavam bem. Pelo que Calvino pudera descobrir, não havia provérbio tailandês sobre um par de grandes aranhas peludas cuspindo veneno uma na outra dentro de um coco, mas, quando ele mencionava isso para tailandeses, eles riam e diziam que ele sabia demais sobre o país. Quando um nativo dizia isso, não era uma boa coisa para um *farang*. Não era um elogio; era uma advertência.

Quando um cliente em potencial entrava em seu escritório, Calvino estudava seu rosto e sua linguagem corporal atrás de algum sinal: aquela pessoa era um sapo ou uma aranha? Às vezes ele sabia a resposta já na primeira piscada. Noutras, não tinha tanta certeza. Danielson era um desses casos. Calvino reunira provas de uma operação de pirataria de remédios para esse cliente, um advogado americano que era um dos sócios em um escritório de advocacia em Bangkok. Alguém batera na casca do coco de Danielson e dois olhos temerosos apareceram na borda e espiaram lá fora. A vida no exterior era instável, perigosa, e obscurecida por forças poderosas. Andrew Danielson era um sapo. Mais um tedioso e previsível sapo limítrofe atuando num ninho de aranhas. Era isso que deixara Calvino confuso. O honorário que Danielson concordara em pagar era excelente. E havia outra razão: o serviço iria ajudar Calvino com uma vaga a que estava se candidatando. A mãe dele lhe mandara um anúncio de emprego de investigador sênior na Organização Mundial da Saúde. Ele nunca ouvira falar da ONU contratando um detetive particular, mas fazia sentido. Alguém tinha de investigar onde a pandemia seguinte estava se incubando, quem estava fabricando remédios falsificados — pílulas recheadas com giz e leite em pó — e quem estava dormindo no ponto em quartéis-generais regionais. A mãe dele dissera que Calvino era perfeito para o serviço. Ele teria uma renda fixa, um emprego fixo, e trabalharia em Nova York, mais perto dela e da família.

Ela havia escrito a carta da casa de repouso em que vivia. Era uma carta pesada, que amaldiçoara a memória de Galileo Chini, o pintor italiano, há muito falecido, que tinha deixado uma impressão duradoura em Calvino quando ele tinha 14 anos. Ele checou a OMS. Era um cargo que estava sendo efetivamente oferecido. Com o desbaratamento de uma grande operação ilegal de falsificação de medicamentos, como a OMS poderia não querer contratá-lo? Vincent Calvino, pelo visto, também vivia bem no fundo do coco de Bangkok.

Em sua parede havia uma reprodução emoldurada de *O último dia do ano chinês em Bangkok, 1912*, de Galileo Chini. A pintura a óleo original, que era enorme, estava no Palácio Pitti em Florença. O coronel Pratt tinha lhe dado a reprodução de presente em seu último aniversário. Muitos anos antes, em Nova York, eles haviam se conhecido numa palestra sobre Galileo Chini e suas pinturas siamesas. Calvino ergueu os olhos da carta da mãe para a pintura. As pessoas, a rua e o dragão fulguravam reluzentes num matiz vermelho lustroso, como se retratados logo após fogos de artifícios, um vermelho tropical quente como se em chamas. O dragão dançava, e chineses com rabo de cavalo estavam na frente da enorme cabeça do animal, como que acatando seu destino, esperando para ser engolidos. Na mente ecoava o som dos gongos e tambores e, a cada movimento do dragão, o tilintar de centenas de guizos.

Um novo dragão estava nas ruas de Bangkok. Era uma época de grande distúrbio e conflito. Uma época de tiranos, uma época de visionários, uma época para tolos, golpistas, ambiciosos, e boas almas, confusas e isoladas — vidas sendo jogadas de um lado para outro e girando no interior de seus cocos. Calvino tinha obtido uma pequena vitória, uma que agradaria a Andrew Danielson, mas também uma marca de distinção que daria uma boa impressão quando ele fosse entrevistado pelos funcionários da OMS quando lhe perguntassem o que ele tinha feito pela saúde do mundo. Ao entrar no estreito *sub-soi* sem saída a caminho de seu escritório, ele fez uma dessas danças como quem comemora um gol num campo de futebol. Olhando o relógio, viu que acabara de passar das 17 horas. Ele pensou no dinheiro que Danielson ia lhe pagar. Era mais do que uma simples transação só pelo dinheiro. Claro, ele iria entregar o vídeo da operação de pirataria e receber 10 mil. Mas também receberia uma carta de recomendação no papel timbrado de Andrew Danielson, e uma carta da companhia farmacêutica informando à OMS que esse era o cara de quem precisavam para fazer as investigações deles.

Mas, enquanto isso, Calvino havia violado um princípio operacional básico quanto a honorários. Lei de Calvino: sempre pegue o seu dinheiro primeiro. Ele tinha um discurso pronto que fazia para os clientes:

Quero o dinheiro adiantado. Posso esquecer o dinheiro adiantado se o senhor estiver disposto a fazer uma tatuagem adiantada. Meu nome tatuado em seu braço direito com um monte de símbolos chineses de magia negra para traição embaixo. Eu olharei a tatuagem e aceitarei o "hei mo fa" *sob o meu nome. Faça isso e eu deixarei de lado a grana adiantada.*

Danielson jamais ouviu o discurso da tatuagem. Era um advogado. Dez mil não eram nada para o sócio de um escritório de advocacia de Bangkok. E Danielson queria uma garantia de desempenho. A mãe de Calvino queria que ele fosse para o emprego na OMS, de modo que ele engoliu em seco e não fez seu discurso. Mas tudo bem. Tudo tinha dado certo. Ele conseguira as provas.

Calvino ouviu uma voz de mulher e tentou separar o sinal do ruído. *Por que a mulher estava chorando?* Ele parou e olhou em volta, em direção aos prédios dos dois lados; não conseguia localizar de onde vinha o barulho.

O som de choro distante subitamente se transformou em soluços lacrimosos. A voz de uma mulher estremecendo, enquanto recarregava os pulmões para uma nova rodada de sons ainda mais poderosos, pesarosos de tristeza. Aquele pungente lamento feminino de desespero perturbou Calvino. Ele esfregou a dor em seu ombro. Sabia algo sobre dor.

Estou ficando velho. Muito velho para ficar rondando um bairro desconhecido com equipamento de filmagem, tentando evitar ser notado. Um serviço burocrático era precisamente o que o médico prescrevera. Relaxe, acalme-se, faça o trabalho investigativo por computador, contrate pessoas da região para fazer o trabalho na rua. Ele tinha o novo emprego inteiramente planejado em sua cabeça. Apesar da pontada cavalar de dor, Calvino estava de excelente humor. Mostrava-se entusiasmado e sentia-se bem, da maneira que um homem fica quando faz uma grande captura, trazendo-a para casa e mostrando para a tribo toda que ele podia estar ficando velho, mas ainda era capaz de fazer o serviço.

Ele mudou o peso da sacola com a câmera de um ombro para o outro. No lado materno de sua família, havia um histórico de artrite; era uma dessas características herdadas, como o mecanismo de uma bomba-relógio tiquetaqueando, esperando pela idade certa, pelo momento errado, para aparecer como uma surpresa. Um clique, a detonação, e então a surpresa: onda após onda de eletricidade descarregando-se no ombro.

Assim como a mulher chorando, era uma surpresa. O som dos soluços dela, em parte encoberto pelo trânsito na rua, registrou-se em sua consciência. Ele seguiu adiante. O som ficou mais perto, na direção de seu escritório. Nenhum som perturbava tanto um homem quanto ouvir, vindo do fundo da garganta de uma mulher, o lamento de puro pesar. Gemidos amaldiçoados entregues ao mundo numa linguagem universal de tristeza e perda. Era a trilha sonora das notícias internacionais todas as noites, mas ouvir ao vivo jamais era a mesma coisa. Calvino mudou de novo o peso da sacola com a câmera de um ombro para o outro, os dois atuando como uma equipe de revezamento contundida tentando cruzar a linha de chegada e atirar-se ao chão. A câmera de vídeo, as baterias de reserva e o restante do equipamento davam a sensação de estar atraindo-o para o chão.

Uma jovem *ying* com uma camisa polo e uma calça folgada precipitou-se das sombras. Seu rosto, uma máscara manchada de lágrimas e contorcida de medo, tinha uma expressão aterrorizada. Ela emboscou Calvino, agarrando-o, puxando seu braço, aquele com o ombro doendo. Ele gritou, mas sua interjeição de dor não a fez parar. Unhas longas pintadas de vermelho cravaram-se em seu braço. Ela aumentou a força com que o agarrava, arrastando-o até chegarem à casa de massagem. Então ela puxou-o entrada adentro para a sala de recepção com azulejos verde-pântano, fazendo-o atravessar um corredor com um papel de parede de orquídeas, sob um jogo permanente de pequenas lâmpadas de árvore de Natal piscando, e subir um lance de escadas. A decoração poderia ter sido copiada da sala de McPhail, exibindo, como a casa de seu amigo, a paixão de um gângster por um Natal durando o ano todo.

O escritório de Calvino ficava no quarto andar do prédio. A sala embaixo da dele tinha ficado vaga por mais de um ano. A casa de massagem One Hand Clapping usava o primeiro andar para fisgar clientes, antes de arrastá-los para o segundo andar para uma massagem. Depois que anoitecia, o letreiro vermelho e azul de neon soletrava o nome em letra manuscrita inclinada sobre a porta. Alguém poderia achar aquilo artístico. A imagem em neon da mão de uma mulher, os dedos abertos; cada dedo aceso, neon vermelho para as unhas, uma luz por vez até a mão inteira ficar visível, brilhando na escuridão. Com dedos esguios, essa mão sensual atraía visitantes.

Quando o letreiro estava desligado, a mão não se movia. Mas, mesmo quando o neon estava aceso, a mão não parecia estar batendo palmas; era preciso um esforço de imaginação para enxergar isso. O nome e a mão eram a primeira coisa que os clientes de Calvino viam quando chegavam à escadaria que levava ao escritório dele no quarto andar.

Alguns clientes achavam divertida a presença do One Hand Clapping debaixo do escritório de um detetive particular. Outros paravam no mesmo instante, davam a volta e saíam do *sub-soi*, telefonando mais tarde para cancelar seu compromisso, dizendo que tinham resolvido seus problemas. Uma casa de massagem no primeiro andar estava prejudicando o negócio dele. Terça-feira seria o aniversário de três meses da inauguração do lugar. As coisas não tinham ido bem naquele período. *Yings* ficavam na frente, entregando cupons de desconto para fregueses em potencial. Os clientes de Calvino às vezes colocavam um sobre a mesa dele e perguntavam se o desconto se aplicava aos seus serviços. A vida era uma série de pequenas humilhações.

A área em frente à casa de massagem, vazia e quieta, normalmente fervilhava com *yings* anunciando seus serviços. Mas, no momento, estava deserta, exceto pela *ying* que agora o mantinha preso pelo braço e estava implorando ajuda, os olhos desesperados, o cabelo esvoaçando enquanto ela o empurrava. Ela estava tiritando, seus dentes batendo, como se tivesse saído da câmara frigorífica de um açougueiro.

No corredor, a *mamasan* esperava, um cigarro aceso entre os dedos de sua mão trêmula. As unhas dela tinham sido pintadas recentemente de verde-lagarto. A *mamasan* ignorou a *ying* que arrastara Calvino pelo corredor e parara em frente a uma porta. Ela bateu e gritou, mas ninguém respondeu.

— Está trancada — disse ela.

— Vocês não têm uma chave? Vamos. Vocês devem ter uma cópia em algum lugar. — Ele olhou em volta para os rostos sem expressão. Os negócios na casa de massagem não iam bem, mas isso era pior que o fracasso. Uma casa de massagem deserta era um mau agouro, ele disse a si mesmo. Toda vez que ignorara um dos sinais do universo para ter cautela, ele havia lamentado depois.

A *mamasan* não devia ter mais do que 35 anos, mas tinha a determinação amarga de um comandante em zona de combate esperando um ataque.

— A porta está trancada pelo lado de dentro. Ajude-me a abri-la.

— Com o quê? Precisamos de uma chave para abri-la. — Ele abaixou sua sacola e esfregou o ombro, ainda descarregando uma tempestade elétrica de dor.

Ela largou o cigarro num cinzeiro, deixando-o queimar. Então colocou o cinzeiro sobre uma mesa com uma pilha de toalhas brancas.

— Não há chave. Não há tempo. Acho que há um problema enorme lá dentro. Nós precisamos arrombar — afirmou ela.

O plural "nós" queria dizer o singular *farang*. Ombro dolorido ou não, ele era um homem, não era? *Mamasan* tinha uma maneira pouco refinada de testar o valor de um homem.

Calvino a olhou, e então as outras *yings*. Estavam todas esperando que ele fizesse alguma coisa. O choro atingiu um registro mais agudo. Já era o bastante para ele. Ele se virou, pôs a sacola no chão e arremeteu com o ombro contra a porta, arrombando-a. A madeira se despedaçou. Ele foi o primeiro a entrar. Numa cadeira perto da janela, uma *ying* estava sentada vestindo um *happi* vermelho e azul de boneca de porcelana. As cores da roupa correspondiam às do letreiro de neon. Bordado sobre o lado direito na altura do peito havia o nome da casa de massagem, junto com a imagem de uma mão delgada. Essa não parecia estar batendo palmas. A *mamasan* gritou com a *ying*, xingando-a de búfala estúpida por não ter destrancado a porta. Ela inspecionou o prejuízo, balançando a cabeça. Ela ameaçou despedir a *ying* chorosa e descontar o custo do conserto da porta do pagamento dela. Calvino ignorou aquele show de ultraje provocado apenas por uma porta. Na cama de solteiro havia uma forma imóvel, nua, com as pernas e os braços estendidos em ângulos estranhos. Ele se ajoelhou junto à cama, tomando cuidado para não encostar o joelho no sangue.

Os olhos dela estavam bem abertos, imóveis e vidrados. As veias nos pulsos tinham sido cortadas, e a cama estava encharcada com o sangue. Olhando para o pequeno corpo era difícil acreditar que ele pudesse ter contido tanto sangue. Ela parecia ter caprichado ao abrir as veias. Um pouco de sangue tinha espirrado e se coagulado no queixo e na boca. Sentada na beira da cadeira a meio metro, a outra mulher se balançava para frente e para trás. Absorta em seu próprio mundo de pesar, ela ignorou a bronca da *mamasan*.

Calvino estimou, pela temperatura do corpo da *ying*, que ela estava morta havia mais de uma hora. O ar-condicionado fazia um ruído de fundo discreto. As *yings* observaram Calvino examinando o pesado colar, grosso como uma corda, que ela usava no pescoço. Podia ser de ouro ou folheado a ouro. Fora o objeto, a garota nua ainda estava quente. Calvino deu a volta ao pé da cama. Ele agachou-se perto do corpo, tomando cuidado para não pisar na poça de sangue. Começou pelo rosto e, sem tocar ou mover o corpo, examinou o cadáver. Não encontrou ferimentos. Nenhum indício de luta. Se ela tivesse defendido a sua vida, haveria sinais de luta no corpo, pele sob as unhas ou marcas pretas e azuis. Ele procurou nos braços, pescoço, rosto e pernas. O que ele descobriu foi que a pele da *ying* era lisa, imaculada, sem qualquer pinta ou marca. O corpo dela parecia ter estado, até então, em perfeita saúde; ela era uma mulher jovem, bonita, que, sem todo o sangue à sua volta, poderia ser tomada por alguém entregue a um sono profundo. As roupas dela estavam cuidadosamente dobradas numa mesa ao lado, como que prontas para o seu despertar.

A *mamasan* disse a ele que a *ying* morta não tivera clientes o dia todo. Ela se trancara no quarto e se recusara a sair. A *mamasan* tinha uma cópia da chave, mas a *ying* tinha trancado o fecho do lado de dentro. Não que importasse muito. A garota já estava morta.

Quando ele se levantou, descargas agudas de dor saíram em rajadas uma atrás da outra, como se seu ombro fosse um alvo de artilharia. Segurou a articulação, massageou-a. Uma *ying* que estivera olhando da porta silenciosamente avançou — a *mamasan* fizera um sinal para ela — e massageou o ombro de Calvino. Uma das *yings* que o seguira para dentro do quarto lhe ofereceu um copo d'água. Ele dispensou-o com um gesto. Virou-se para a mulher morta na cama pequena, jazendo numa mortalha de lençóis amarfanhados. Calvino estava mais interessado na *ying* com linhas profundas de luto sulcando seu rosto, sentada, balançando-se perto da janela. O quartinho havia se enchido com o restante do pessoal da casa de massagem.

— *Mamasan*, mantenha as meninas fora daqui. Chame a polícia.

Ele olhou ao redor do cômodo. Nenhuma delas se moveu. Gritou para todos saírem do recinto. O quarto VIP cheirava pungentemente a *som tam*, o prato Isan feito de pimenta vermelha, papaia crua, tomates cereja e peixe ou caranguejo fermentado. Um odor avassalador de alho tornava o local sufocante.

— Você ligou para a polícia? — perguntou ele para a *mamasan*. O alho e a fumaça de cigarro faziam seus olhos lacrimejarem. Ele enxugou-os com as costas da mão.

— Polícia não é bom — disse ela.

Às vezes uma *mamasan* podia estar certa e errada ao mesmo tempo.

Mas a investigação policial era inevitável. Quando alguém morria em Bangkok, a polícia e os removedores de cadáveres eram despachados para a cena. Num ritual que passava por trabalho de equipe, os policiais examinavam o corpo, colhiam indícios, fotografavam a cena, e os removedores de cadáveres esperavam autorização para retirar o corpo. Se o morto era alguém importante, todos os tipos de protocolos se aplicavam, e os policiais tinham de fazer a coordenação entre agências, comitês e a imprensa. Nada disso iria ocorrer nesse caso. Uma *ying* massagista morta, uma zé-ninguém de lugar nenhum, apenas resultaria em papelada burocrática.

Mas as regras ainda assim requeriam uma investigação. Uma investigação comprometida por uma dúzia de garotas massagistas sem o que fazer chorando e entrando no quarto, pegando coisas, servindo-se de tudo que estivesse à mão. Comida, corrente de ouro, cartão de crédito, dinheiro. O raciocínio era sempre o mesmo: a vítima não precisava mais dessas coisas. Aquelas menos próximas da *ying* morta tinham menos resistência aos sentimentos de má sorte de pegar pertences dos mortos. Do ponto de vista delas, quanto mais cedo os bens da *ying* morta encontrassem um novo lar, melhor. O medo de fantasmas viria mais tarde.

Ele conduziu para fora as duas garotas que foram olhar e se encaminhou à que estava sentada na cadeira, balançando para a frente e para trás, como se a janela junto da qual ela se encontrava fosse o muro das lamentações, e sua angústia, agora com uma plateia, tivesse ficado mais intensa. A cadeira dela estava posicionada à esquerda da janela aberta, que estava oculta por cortinas de algodão branco. Calvino perguntou por que ela tinha aberto a janela se o ar-condicionado estava ligado. Ela não respondeu. Então ele perguntou por que ela não tinha aberto a porta, e por que sua amiga estava morta na cama. Ele estendeu as mãos para as dela, segurou-as por um instante, verificou as unhas, e então deixou que caíssem de novo no colo da garota. Eram as mãos de uma *ying* que recentemente trabalhara no campo ou fizera algum outro serviço pesado. Após alguns meses atuando numa casa de massagem, as mãos ficavam mais macias. Ele considerou-a uma novata

Uma lista de perguntas com "por que" lhe ocorreu. A garota junto à janela não estava em condições de responder a nenhuma delas, mas Calvino as fez mesmo assim. Ela respondeu a cada uma do mesmo jeito: "Não sei."

Não sabe ou não quer dizer? Ele era um *farang* e não estava chegando a lugar algum. O que importava? Que a polícia se encarregasse dela.

Era assunto deles, e não seu. Eles sabiam como obter respostas, e a *ying* não se arriscaria a responder todas as perguntas com um dar de ombros. A *mamasan* estava parada na porta, roendo uma unha quebrada.

— Qual é o nome dela? — perguntou ele à *mamasan*.

— O nome dela é Metta.

Calvino olhou para Metta, que estava sentada com as pernas cruzadas, um de seus pés largos com os dedos relaxados, balançando no ritmo de alguma trilha sonora dentro da cabeça dela.

— E o da garota morta?

— Todo mundo a chama de Jazz.

A *mamasan* acendeu outro cigarro. O que estaria passando pela cabeça dela? Um pensamento: que suicídio no ramo de massagem nunca era uma coisa boa. Rumores de que um fantasma, o fantasma de uma jovem pálida, mas bonita, assombrariam o prédio, circulariam por meses. Suicidas aterrorizavam o pessoal e assustavam os clientes. A *mamasan* estava calculando o número de monges que ela teria de providenciar para livrar seu estabelecimento de um espírito perdido. Esse era o caminho dos vivos. Os mortos tinham de ser postos para descansar com incenso queimando e monges cantando para que os vivos pudessem seguir em frente com a sua próxima massagem.

Por alguma razão, Jazz perdera a vontade de viver. Ela se cansara de sua miséria, deixando uma bagunça para os outros limparem. Ninguém tivera pressa de chamar as autoridades. Mas, quando chegassem, trariam com elas uma multidão como a que sempre aparecia em todas as cenas de morte. Espectadores paralisados, perplexos, com medo, e confusos, mas ainda assim atraídos para a chama. Calvino notou dois garfos apoiados na travessa de *som tam*. Parecia que Jazz e Metta estavam compartilhando a refeição. Ele teve uma sensação instintiva de que algo estava errado. *Nada de bom vai sair disso*, ele pensou. Sentiu alívio porque a polícia viria e ele poderia ir embora, afastar-se do fedor da morte e do som de choro.

As mulheres da casa de massagem o envolveram num assunto particular delas. Não, isso estava errado. Ele permitira que elas o envolvessem sem compreender inteiramente a situação. Tinha sido um caso em que, como se diz, "a decisão cabe a você". Ele não sabia que havia uma *ying* morta lá dentro. Se soubesse o que havia do outro lado da porta, teria imediatamente chamado a polícia. Ali, encostado na parede, olhando o corpo de Jazz, ficou perfeitamente claro o que aconteceria em seguida e o que ele podia esperar quando a polícia chegasse.

A polícia iria lhe perguntar por que arrombara a porta. *Naquelas circunstâncias, quem não teria arrombado a porta?*, ele perguntou a si mesmo. Mas isso significava que ele não era apenas outro espectador, mas alguém — um estrangeiro com um escritório no andar de cima — que fizera algo físico e violento. Como o policial iria reagir? Calvino se perguntou, se ele fosse da polícia, o que passaria por sua cabeça? Ele iria se tornar um suspeito? Seus pensamentos se desviaram da polícia para a dor em seu ombro. Lembrou-se que Ratana tinha alguns de seus analgésicos sobrando na bolsa dela. Pedira que ela guardasse o frasco para ele; caso contrário, a tentação de consumi-los como se fossem M&Ms seria grande demais. Quatro dos comprimidos azuis ainda restavam na embalagem. Ele os contara. Recordava-se deles muito bem e estava ansioso pelo momento em que poderia abrir a tampa do invólucro. O pensamento trouxe um sorriso ao seu rosto.

A *mamasan* pigarreou. Ao erguer os olhos descobriu que todas as *yings* o estavam olhando. As *yings* observaram a dor se espalhando pelo rosto dele, contorcendo-o, deixando a boca furiosa e desesperada. Elas conheciam a expressão de quando andavam nas costas dos clientes. Elas o tinham encurralado. Calvino fora o único *farang* no interior do One Hand Clapping na noite da morte. Já estava se arrependendo de ter se colocado numa situação tão delicada. Ele devia ter ligado para Andrew Danielson, informando-o sobre o vídeo. Ele devia ter trabalhado, sentado à mesa, aperfeiçoando o seu currículo. Em vez disso, estava com o cheiro acre do *som tam* em seu nariz e o cheiro da morte em suas roupas.

DOIS

NÃO DEMOROU MUITO PARA QUATRO policiais uniformizados chegarem ao interior da casa de massagem. Os dois primeiros oficiais tinham estacionado no hotel do outro lado da rua, deixando espaço no estreito *sub-soi* para a van do Instituto Médico Legal. Vários homens saíram do automóvel e carregaram uma maca para a entrada do local. Atrás da van, outra viatura parou, suas luzes azuis piscando contra o letreiro de neon, que alguém havia ligado. A luz intermitente fazia a mão de neon parecer que se movia, tentando bater palmas.

Às 18h30, as equipes de jornalismo da TV local estavam na cena. Câmeras se apertavam na passagem, filmando o letreiro de neon, a entrada e a placa na parede em frente à casa de massagem, em que se lia: "Vincent Calvino, Detetive Particular, 4º andar". A Calvino não ocorrera cobrir a placa. Se uma morte suspeita era ruim para o negócio de massagem, tampouco era uma boa propaganda para o negócio de um detetive particular.

Calvino voltara de um longo dia de tocaia e vigilância. Ele obtivera provas gravadas de uma grande operação de falsificação de remédios, e prometera ligar para Andrew Danielson para falar sobre o assunto no fim da tarde. Ele olhou o relógio. Eram agora 18h40. Entrou em seu escritório e pediu a Ratana o frasco de comprimidos. Engoliu dois, com água para fazer descer.

Ratana, com os braços cruzados como se estivesse se abraçando contra um súbito frio, estava a sua espera da maneira como as mulheres ficam quando estão cansadas demais ou irritadas com alguma coisa que esperam que você já saiba.

— Faz uma hora que o Sr. Danielson está ligando sem parar — disse Ratana.

Ela estava usando um lenço amarelo como uma bandana em torno da testa e uma pulseira da mesma cor de plástico no braço direito. Dissera a Calvino naquela manhã que era importante para ela poder sair do escritório às 17h30, e ele respondera que era mais importante que ela esperasse até ele voltar. Era mais uma manifestação no parque Lumphini. Para Ratana, ir a reuniões e manifestações se tornara um novo estilo de vida. Recentemente ficara mais determinada e persistente. Calvino imaginara que os interesses políticos dela seriam uma tendência passageira, uma moda de duas semanas que logo desapareceria. Mas ele subestimara o engajamento de Ratana na causa.

Ele havia pedido a ela que ficasse no escritório para o caso de Danielson ligar; precisava de alguém para atender o telefone. Um cliente telefonar e não ter ninguém para atendê-lo não era profissional, ele dissera a ela. Ratana ficara.

— Você está atrasado — disse ela. Rugas de preocupação se formaram em volta de seus olhos. Uma indicação de medo mesclado com irritação.

— Houve um problema lá embaixo.

— Eu ouvi um barulho forte. Parecia alguém derrubando uma parede. Fui lá fora e ouvi uma mulher chorando.

O som do choro continuava a se infiltrar, ocupando o silêncio que se fez entre eles.

— O que está acontecendo, Vinny? Toda essa polícia lá embaixo...

Ela vira a van. Como a presença de abutres, a chegada dos removedores de cadáveres significava que a morte estava por perto. Parada na escada, ela quis descer e ver o que tinha acontecido, mas acabou se contendo.

— Uma das meninas massagistas se matou.

Ratana fechou os olhos, respirou fundo.

— Isso é terrível.

— Cortou os pulsos — disse Calvino. — Acontece.

Ela empalideceu, a mão tocando a garganta.

— O que você disse a Danielson?

— Eu disse que você ia ligar quando chegasse. — Ratana evitou o olhar dele. Mais do que tudo ela queria estar o mais longe possível do escritório. O espírito da mulher morta estaria por perto, furioso e querendo acertar contas.

— O que ele disse?

— Você quer mesmo saber?

Calvino assentiu.

— Ele disse: "Porra, onde ele se meteu?"

— Telefone para o escritório dele. O cretino não pode falar com você desse jeito. — Ele começou a duvidar se Danielson era apenas outro sapo comum dentro de um coco.

Ratana ligou. Calvino foi informado de que Andrew Danielson estava a caminho do jantar anual Oxford-Cambridge e deliberadamente não levara o celular. A secretária tinha um conhecimento considerável sobre os hábitos e movimentos dele. Ela anotou o recado. Calvino o ditou: "Tenho tudo que você solicitou e mais. Desculpe por ter me atrasado hoje. Ligarei para você amanhã cedo." Ele pediu que ela repetisse a mensagem até que acertasse, e desligou.

Da janela do escritório, Calvino observou a pequena multidão de espectadores que se juntara na entrada do *sub-soi*. Viu Ratana abrir caminho em meio à aglomeração. Ela não se despedira antes de partir. Ele examinou os pedestres lá embaixo, enquanto esperava os policiais voltarem para mais perguntas. Na rua, os primeiros clientes tinham parado em seu caminho a uma sequência de bares com nomes de pintores impressionistas mortos: Renoir, Degas, Monet. Apinhando-se com vendedores ambulantes, motoristas de mototáxis e *yings* a caminho do trabalho, todos olhavam aparvalhados os removedores de cadáveres carregando uma maca. Começaram a noite com a intenção de encontrar companhia, bebida, comida e, sobretudo, emoção, para lembrarem por que estavam em Bangkok. Estavam curiosos. A polícia fazia gestos para que fossem embora. Os repórteres pediram aos câmeras para fazer panorâmicas das pessoas. Isso fez com que fossem embora.

Uma fina faixa rosada de luz atrás das nuvens era tudo o que sobrara do dia. O letreiro de neon sobre a casa de massagem One Hand Clapping acendia-se brilhante, os dedos, um após o outro, piscando em aplauso. Um dos removedores de cadáveres fechou a porta traseira da van. Então ele e seus companheiros entraram na parte da frente. O motorista olhou sobre o ombro ao acender os faróis. Seu pé pisava no freio, as luzes vermelhas acendendo e apagando enquanto ele dava marcha a ré na via estreita. Um dos policiais usou um megafone, gritando para a multidão abrir espaço.

Vários agentes ainda estavam no interior do estabelecimento enquanto o coronel Pratt subia a escada para o escritório de Calvino. Lá embaixo, na casa de massagem, depois de uma hora sendo interrogada, a *mamasan* passou mal e correu para vomitar na pia. Não saiu nada. Deve ter sido o *som tom* rançoso, pensou Calvino. Qualquer comida que estivesse no estômago dela tinha sido vomitada antes de os policiais terem chegado à cena. *A mamasan deu uma de durona, mas mesmo os durões podem ficar com o estômago revirado em meio a tanto sangue.*

— O responsável pediu que eu viesse tomar o seu depoimento — disse o coronel Pratt. Vestido com o uniforme, Pratt tinha uma aparência oficial, com a devida postura militar ao sentar-se na cadeira em frente a Calvino. Ele pegou uma caneta, verificou se estava funcionando, procurou um bloco de notas e fechou sua valise. Então colocou-a no colo como uma mesa improvisada para escrever.

— Está pronto? — perguntou Calvino.

Pratt assentiu.

— Ok, Vincent, diga-me o que aconteceu.

Por onde começar? Pensou no som de uma *ying* chorando quando ele entrou no *soi*. Calvino fechou os olhos, como que para descansar. Pratt esperou, observando, perguntando-se por que seu amigo parecia distante, como se estivesse em outro lugar. Dentro daquele lugar escuro e quieto Calvino viu o brilho do neon nos compridos dedos estendidos da mão batendo palmas, e então um cadáver fresco num quartinho VIP. A uns 2 metros dele, a luz do neon entrava pela janela, banhando a sala de vermelho. Uma expressão de absoluto terror surgiu na face de Metta quando sentou-se ao lado do corpo da amiga.

TRÊS

John Lovell, com as mãos debaixo d'água, esfregou os dedos como um cirurgião. Ele estava tomando cuidado para manter secos o paletó de seu smoking e a camisa branca. As mangas dos dois estavam arregaçadas até o cotovelo. A maioria dos vírus e bactérias, ele bem sabia, chegava como ferimentos autoinfligidos. Sua mão toca outra mão ou um corrimão de escada ou o copo de outra pessoa. A mão, então infectada, toca o seu nariz ou seus olhos para aliviar uma leve coceira. Essa coceirinha e a mão suja eram as melhores amigas dos germes. Se Lovell fosse um germe, mandaria um exército de coceiras numa longa marcha em meio à população, dia e noite. Ao lado da pia, uma pilha de toalhas de mão limpas transbordava de uma cesta de bambu. Nada das horríveis toalhas de papel ou secadores que, embora não fossem os melhores amigos dos germes, com certeza eram capazes de servir-lhes como anfitriões. Ou seria como cafetões?

Enquanto enxugava as mãos, Lovell examinava sua imagem no espelho. Aos 30 anos, ele podia passar por alguém de 20 e poucos. Aproximou o rosto do reflexo, seus olhos azuis se franzindo, quando ele percebeu um pequeno franzido em sua gravata-borboleta. Como não tinha visto aquilo antes? Ele esperava sinceramente que ninguém no salão de jantar tivesse visto o estado deplorável de sua gravata. Em que estava pensando? Com as mãos agora impecavelmente secas, desfez o nó da gravata. Cinquenta mil pessoas morrem por causa de germes nos hospitais dos Estados Unidos em um ano, ele lembrou a si mesmo. E qual era um dos principais locais de reprodução de germes? A gravata de um médico lançava um exército virtual de bactérias letais em cada enfermaria de hospital, matando pacientes a torto e a direito.

Um instante depois, um jovem tailandês usando uma fita do azul-claro típico de Cambridge presa no paletó chamou a atenção de Lovell no espelho. Um largo sorriso se abriu no rosto do tailandês.

— Você realmente sabe fazer esse nó? — perguntou ele.

Lovell ajeitava um dos lados da gravata como um figurinista profissional, acertando as pontas com habilidade. Ele examinou o rosto do outro no espelho.

— Não é assim tão difícil.

O tailandês tirou a gravata-borboleta por um instante para revelar o grampo por trás.

— Assim é mais fácil. Não leva tanto tempo. E tempo é dinheiro.

A atitude dele não era rara, reconheceu Lovell. Mas era a inimiga dos pequenos gestos e rituais do passado, quando o tempo se movia mais devagar. Essas eram as verdades pelas quais Lovell vivia. Ele julgava os outros pela sua vontade de aprender e dominar pequenas habilidades tradicionais, tais como dar o nó numa gravata-borboleta, tocar violino, recitar passagens de *Contos de Caterbury*. Ele tinha uma memória eidética, essa rara capacidade de lembrar números, fatos ou imagens até o mais ínfimo dos detalhes. Seu cérebro organizava, retinha e absorvia informações com uma extraordinária precisão e velocidade; era como se não houvesse limite para sua memória, nenhum limite entre lembrar e esquecer. Uma memória assim tinha sido muito útil quando Lovell estava na faculdade de direito. Durante um exame, ele lembrava (como se sua cabeça fosse um mecanismo de busca como o Google) páginas inteiras de texto. Ele podia percorrer a lembrança que tinha do índice, encontrar a página em sua mente, ler o trecho e citá-lo na íntegra.

Na mente de Lovell formou-se a imagem de uma gravata-borboleta perfeita. A figura passava do visual para a ponta dos seus dedos. Enquanto sua memória era um dom raro, a habilidade em fazer nós de gravata-borboleta tinha sido passada deliberadamente de uma geração para outra. Um ritual estabelecendo laços entre pai e filho. O ato de dar o nó numa gravata-borboleta implicava civilidade, disciplina e vínculo a um legado de cavalheirismo. A maior parte das pessoas a sua volta acreditava que esse legado era praticamente coisa do passado, e que o homem parado ao lado dele representava aqueles que ficavam no lado oposto de uma grande divisória. Lovell admitia que, se ninguém lembrasse como se dava nó numa gravata-borboleta, o mundo não iria acabar. Não mudaria muito, e poucas pessoas perceberiam. Mas, em sua opinião, o mundo teria descido mais um degrau na direção da grosseria, artificialidade, vulgaridade e, sim, do drama do dinheiro e da uniformização.

— Meu nome é Apisak — disse o tailandês.

— Lovell. John Lovell.

— Você é Oxford.

A fita azul-escuro no paletó de seu smoking não era considerada uma pista difícil. Não a cidade inteira ou a universidade toda, ele começou a dizer. Mas se conteve. Lovell assentiu para o espelho e deu o toque final na gravata-borboleta, verificando cada dobra. Estava agora, mesmo sendo ele próprio quem dizia, uma gravata-borboleta perfeita. Apisak observou a performance sorrindo, com a mão no balcão de mármore. Ele achava Lovell curioso, deslocado no tempo e no espaço.

— Fiz direito no King's College — disse Apisak.

Lovell assentiu.

— Fiz direito no John's.

— O melhor da classe, sem dúvida — completou Apisak.

Lovell sorriu, e dessa vez não chegou a assentir; fez apenas um leve movimento com o queixo.

— Trabalha para um escritório de advocacia?

— Jackson e Gleason.

Era um dos melhores de Bangkok e tinha como clientes os principais bancos, montadoras de automóveis, magnatas de empreiteiras e empreendimentos imobiliários. Era também concorrente do escritório de Lovell.

— E você? Onde trabalha? — Apisak tinha um leve sotaque inglês.

— Peron e James.

Apisak ofereceu seu cartão de visitas com as duas mãos. Lovell aceitou-o e, abrindo um estojo de prata, ofereceu o seu. Como dois homens de negócio japoneses, examinaram o cartão um do outro, avaliando a qualidade do papel, o relevo, o tamanho da fonte, qualquer indicação de título ou status.

— Há quanto tempo está em Bangkok?

— Cinco meses — respondeu Lovell. — Quase seis.

— E a essa altura já entendeu tudo sobre a Tailândia?

— Fique longe das manifestações de rua. Não passe a mão na cabeça das pessoas nem aponte o pé na direção delas.

— Isso é praticamente tudo o que você precisa saber — disse Apisak.

— Esqueci. A maioria dos tailandeses não é muito boa com ironia.

— Desculpe, estou um pouco nervoso. Tenho de falar hoje à noite. — Apisak pigarreou. — Vou fazer o brinde para Oxford. Não tenho certeza quanto ao que falar.

— Você não preparou um discurso? — Lovell teria escrito um discurso semanas antes e o ensaiado por dias a fio.

— Vou dar um jeito. — Apisak tirou do bolso um frasco de remédio e o colocou no balcão de mármore. — Isso ajuda. — Ele abriu a tampa e bateu no lado do frasco. Um comprimido vermelho caiu na palma da sua mão. Com um gesto rápido do pulso, colocou-o na boca. — Isso deve resolver o problema.

Uma fotografia foi tirada no cérebro de Lovell: o frasco, a tampa, o comprimido vermelho e a mão movendo-se para a boca. Ele podia passar a sequência para trás e para a frente, acelerar a imagem, vê-la em câmara lenta ou parar a ação em qualquer ponto.

Andrew Danielson, cabelos grisalhos prateados, com uma fita azul-escura na lapela do paletó do smoking, entrou quando Apisak engolia o comprimido. Tinha uma aparência distinta ao lavar as mãos, mas Lovell podia ver que havia alguma coisa de errado com ele. A fisionomia de Danielson, pálida e doentia, parecia a de alguém que tinha levado um soco no estômago. Ele cambaleou e recobrou o equilíbrio.

Lovell achou que Danielson poderia desmaiar ou vomitar, ou possivelmente as duas coisas. Respirando fundo, ele se apoiou no balcão para se firmar, os olhos fechados, o suor escorrendo do rosto e caindo na pia. Estava fisicamente um desastre. Lovell nunca vira seu chefe em tal estado.

— Você está bem, Andrew? — perguntou Lovell.

Danielson estava hiperventilando, bolhas de muco pingando de seu nariz. Era estranho vê-lo fingindo que nada daquilo estava acontecendo com ele. Um caso de pura denegação, enquanto o corpo entrava num estado de emergência.

— Amanhã, Khun Weerawat virá ao escritório. — Danielson fez uma pausa como que para pegar fôlego de novo. — Quero que você esteja na reunião. — A voz de Danielson, fraca, amedrontada, soava como se ele estivesse em queda livre. Sua segurança e energia habituais agora esvaídas.

— Sim, claro — disse Lovell. — Há algo de errado, Andrew?

Danielson suspirou, pôs as mãos debaixo da água correndo da torneira e molhou o rosto.

— Acabei de receber notícias perturbadoras. — Sua voz tremia e ele continuava a se apoiar no balcão com as duas mãos. Viu o frasco marrom de comprimidos de Apisak e leu o nome Zoloft no rótulo.

— Às vezes, eu tenho ataques de pânico. Essas pílulas ajudam a acalmar — disse Apisak.

— Será que eu poderia? — Os olhos de Danielson continuavam fixos no frasco no balcão.

Apisak extraiu dois comprimidos do frasco plástico e os colocou na palma da mão aberta de Danielson. Os comprimidos vermelhos eram denteados no meio. Danielson inclinou a cabeça para trás e engoliu os dois comprimidos de uma só vez. Quase que imediatamente alguma coisa se acalmou na disposição de Danielson. Havia um monte de material sobre o efeito placebo dos remédios. A velocidade da recuperação de Danielson poderia ser um exemplo para um manual de medicina sobre tal efeito. Lovell trabalhara seis meses com Andrew Danielson, em situações exigentes e com considerável pressão. Tinham até mesmo virado a noite várias vezes, trabalhando em alguns casos, mas nada indicara que seu chefe padecia de um problema neurológico que poderia ter causado o ataque de ansiedade.

— Excelente a sua gravata-borboleta, John — disse Danielson. Ele enxugou as mãos antes de entrar num dos cubículos e trancar a porta. Lovell deu outro olhar de relance a si mesmo no espelho. A gravata-borboleta estava de fato perfeita. O comentário tinha sido a pífia tentativa de Danielson parecer normal.

Apisak mostrou-lhe o frasco.

— Precisa de uma? Você parece muito ansioso quanto a essa gravata-borboleta.

Lovell balançou a cabeça.

— A gravata está ótima. Eu passo, obrigado.

Por um momento, Lovell achou que devia esperar o chefe. O que tinha sido tão perturbador a ponto de lhe causar um ataque de pânico? O mais perto que Danielson alguma vez chegara de fazer um comentário pessoal fora depois de uma negociação de 13 horas, tarde da noite. Depois que todo mundo se retirara, Lovell seguira seu chefe até o escritório dele, onde, pela primeira vez, Danielson se abrira. Arrumando alguns papéis, erguera os olhos da mesa e dissera: "Você sabe exatamente quando ficou velho. Seus sonhos ficam cheios de gente que já morreu. Seus pais, amigos de escola e pessoas que você conheceu no trabalho. Eles o encontram numa sala de embarque, mas não é num aeroporto. Em meu sonho, do outro lado da porta havia uma enorme roda-gigante, com mil quilômetros de altura, com cada gôndola repleta de gente que eu reconhecia de antes. Nenhuma delas estava viva." No dia seguinte, ele se arrependeu de ter mencionado o sonho ou sua sensação de estar ficando velho, e disse a Lovell para esquecer o que tinha dito. Essa era a maneira mais segura de fazer com que alguém nunca se esquecesse.

Apisak já tinha saído para o salão de jantar. Lovell deu uma última olhada no espelho e debaixo da porta do cubículo. Ele viu as calças de Danielson em volta dos tornozelos. Então se levantou.

— Vejo-o no salão — disse.

Danielson não respondeu. Lovell voltou para o seu lugar à mesa.

Depois que os garçons tiraram os pratos e serviram mais vinho, Apisak se ergueu para fazer o tradicional brinde a Oxford.

— Quando eu estava no toalete, me veio a ideia de que Oxford está presa ao passado. Os *oxonians* não só amam o passado, eles vivem no passado. Fiquei observando enquanto um graduado em Oxford dava o nó em sua gravata-borboleta no espelho. Foi isso que uma educação em Oxford lhe deu: uma habilidade. Mas, em se tratando de habilidades, o mercado é muito limitado, e duvido que alguém provoque Bill Gates porque ele não sabe fazer um nó perfeito numa gravata-borboleta. Vejam, esse é o problema com Oxford: ensina seus alunos a andarem a cavalo, construir modelos de barcos a vapor, lidar com selas e estribos, e o código Morse, caso uma mensagem de SOS precise ser enviada para resgatar o veleiro deles. Talentos, todos muito importantes. Mas, se me permitem dizer, um tanto no lado século XIX das coisas. Quando eu penso em Oxford, penso em pré-computador, pré-celular, pré-automóvel, e em sinceros e relativamente inofensivos aficionados de gravatas-borboletas. Em Cambridge, fazemos as coisas de uma maneira um pouco diferente. Uma gravata-borboleta pronta, que se prende com um grampo, libera nossas mãos para fazer uma ligação telefônica e verificar os e-mails.

Preferimos realizar múltiplas tarefas, ouvindo nossos iPods e surfando na internet atrás de companhias que gostam de se divertir e *gadgets* que nos poupam tempo. Enquanto isso, nossos companheiros em Oxford estão com as duas mãos ocupadas fazendo o quê? O nó de uma gravata-borboleta. Um ato sem dúvida nobre, como o arqueiro na Idade Média, que também tinha a capacidade de fazer um nó de gravata-borboleta enquanto puxava o arco para lançar uma flecha contra o inimigo invasor. De modo que pedirei a todos os formados em Cambridge que se levantem e façam um brinde a Oxford, o último bastião dos nós de gravata-borboleta feitos à mão e das festas no jardim com sanduíches de pepino finamente fatiado.

O rosto de Lovell ficou completamente vermelho quando Apisak ergueu o copo e olhou diretamente para ele. Ele lamentou não ter tomado o Zoloft. Soava mais como um nome de satélite russo do que de um medicamento prescrito para ataques de ansiedade e pânico. E sentiu uma onda de ansiedade invadindo-o quando Apisak fez um gesto com o copo em sua direção, e os olhos dos outros convidados se voltaram para ele, rindo dele. Apisak não medira esforços para humilhá-lo publicamente. Existia um dogma de que os tailandeses eram avessos ao confronto e fariam de tudo para evitar prejudicar a reputação de outra pessoa. Lovell olhou para baixo, o rosto ardendo, perguntando-se se estava prestes a perder a cabeça.

QUATRO

COM O ÚLTIMO DOS DISCURSOS terminado, um grupo persistente de velhos colegas tirou os paletós e soltou as gravatas, permanecendo um pouco mais para fumar charutos e tomar conhaque. Lovell sentiu a presença de alguém atrás dele. As conversas tinham parado. Ele se virou na cadeira. Um policial uniformizado perguntou educadamente a ele se poderia lhe fazer algumas perguntas. Lovell se levantou e seguiu o policial até uma mesa vazia nos fundos. O agente fez um gesto para que ele se sentasse. Explicou que Danielson tinha sido encontrado num dos cubículos do banheiro. Parecia que estava morto há algumas horas. Sua calça estava em volta dos tornozelos.

O hotel telefonara para um serviço privado de emergência, que chegara discretamente e, sem atrair atenção, esperara a polícia antes de remover o corpo de Danielson do toalete. Depois que a polícia terminou, a equipe do serviço de emergência saiu por uma entrada exclusiva. Os convidados não ficaram sabendo o que havia ocorrido, embora agora a notícia se espalhasse como fogo fora de controle entre os poucos que ainda restavam nas mesas quase vazias.

Mais tarde, a necropsia revelou que Danielson não comera nada no jantar. Havia álcool em seu sangue, equivalente a três ou quatro copos de vinho. Imaginava-se que mais análises revelariam traços de outras substâncias também.

Um investigador da polícia considerou, em voz alta, se Lovell tinha sido a última pessoa a ver Danielson vivo. Era uma velha técnica, que às vezes produzia uma confissão. Um garçom dissera à polícia que tinha visto Danielson indo para o toalete. Observara Apisak sair, e então, alguns minutos depois, Lovell.

— Danielson parecia estar passando mal?

Lovell disse que parecera haver algo de errado. Danielson estivera suando e com passos vacilantes.

— Ele disse que tinha recebido uma ligação telefônica perturbadora.

— Perturbadora?

— Essa foi a palavra que ele usou.

— Quem ligou para Danielson?

— Não sei. Ele não disse.

— E você não perguntou?

— Não era da minha conta. Ele é meu chefe. Não faço perguntas pessoais a ele.

— Sobre o que conversaram?

— Um compromisso amanhã com um cliente.

"Excelente gravata-borboleta." Teriam sido aquelas as últimas palavras de seu chefe? Mas ele ocultou isso do policial. O que de bom resultaria de repetir a frase?

— Viu mais alguém no toalete?

— Khun Apisak. Ele deu a Andrew dois comprimidos vermelhos.

O policial ergueu os olhos de seu bloco.

— Sabe que tipo de comprimido?

— Zoloft. Danielson tomou dois deles.

O investigador repousou a caneta. Ele já tomara o depoimento de Apisak e sabia sobre o medicamento. Lovell simplesmente confirmara o que ele já sabia.

— Viu Danielson tomar os comprimidos?

Lovell assentiu.

— Danielson pediu os comprimidos.

— O que isso quer dizer, "pediu os comprimidos"?

Lovell viu o oficial escrever alguma coisa em seu bloco, mas foi em tailandês, e ele não fazia ideia, lendo as letras de cabeça para baixo (ou mesmo do lado certo), do que o policial anotara.

— Danielson entrou no momento em que Apisak tirara os comprimidos do bolso. Ele os viu. Sabia o que era. Em minha opinião, ele estava tendo alguma espécie de ataque de ansiedade.

— Você é doutor?

— Sou advogado — respondeu Lovell. — Doutor em direito.

Como se isso fizesse alguma diferença! O policial olhou para o bloco enquanto escrevia o que Lovell dissera.

— Um doutor em direito sabe sobre Zoloft?

— Apenas sei o que vi e o que Khun Apisak me disse.

Ele deixou de fora a parte de sua reação imediata aos comprimidos ter sido a de pensar que pareciam o protótipo de uma espaçonave russa.

— A necropsia irá confirmar isso — acrescentou ele. — Suponho que haverá uma necropsia.

O investigador deixou a dúvida de Lovell sobre a necropsia passar em branco. Ele ocupou-se anotando o nome do remédio. Lovell sabia que o policial já havia interrogado Apisak. Ele estava simplesmente fazendo o trabalho dele, recompondo a história de dois jovens advogados, lado a lado, em frente a um espelho no toalete quando Danielson entrou. Comprimidos sendo distribuídos como balas. Um *farang* de meia-idade minutos antes de um ataque gravíssimo do coração, engolindo um par de comprimidos vermelhos antes de trancar a porta do cubículo e morrer. O investigador pôs a ponta da caneta no lábio superior. Perguntou-se se Danielson teria interrompido algo que ele não deveria ter visto.

— Há algo que sugira que não tenha sido um ataque do coração? — perguntou Lovell. — Ele era velho, não?

— Cinquenta e três — disse o policial.

— Isso não é exatamente jovem.

Quando se tem 31 anos, 53 é um mundo remoto, outra galáxia, e uma que talvez nunca se alcance. Lovell perguntou-se se devia mencionar o que Danielson dissera sobre a roda-gigante de 1.600 quilômetros de altura, cada gôndola repleta de gente morta. Na faculdade de direito, ele aprendera que nunca se deve oferecer voluntariamente informações a um investigador. E quando eles tentam pescar informações, nunca morda a isca.

— Khun Apisak e você são amigos há quanto tempo?

Lovell deu uma olhada em seu relógio.

— Menos de três horas.

— Veio para o jantar com Danielson?

Lovell balançou a cabeça.

— Moramos em partes diferentes da cidade. Viemos separadamente.

— Trabalham juntos, mas não se sentaram à mesma mesa nesta noite. Tinham algum tipo de conflito?

Lovell digeriu as duas últimas questões do investigador, e não gostou da direção em que ele estava indo. Como se ele, de alguma forma, fosse um suspeito. Estaria achando que ele tinha alguma coisa a ver com a morte de Danielson? Seria aquele policial um homem insano? O que mais poderia explicar aquela linha de interrogatório? Tinha sido um ataque do coração, certo?

— Não, não sentamos à mesma mesa. Não viemos juntos. Não planejávamos ir embora juntos. Danielson é o meu chefe. Ou era o meu chefe. Mas não era o meu proprietário. Essa é uma distinção importante. Eu não sei como ele morreu ou por quê. Sinto muito que tenha morrido. Mas não vejo o que mais posso lhe dizer além do que já lhe informei.

Enquanto se afastava da mesa, Lovell teve a impressão de que aquilo não acabaria ali. O policial batia com a caneta no lábio, observando Lovell quando ele olhou de relance para trás. Ele agora tinha um novo serviço: porta-voz designado para explicar os detalhes dos últimos momentos de Danielson. Não parecia justo. A banalidade de mencionar um compromisso e a qualidade soberba do nó de sua gravata-borboleta não eram o suficiente para satisfazer ninguém. A polícia quisera mais dele. O detetive dera a impressão de que achava que Lovell estava escondendo alguma coisa. E como explicar que nada mais havia sido dito?

CINCO

Ratana rezava em frente a uma casa de espírito, a cabeça curvada, olhos fechados, os lábios se movendo. A casa de espírito, como uma de boneca, embora maior, com pequenas janelas e uma porta de entrada, estava instalada sobre um grosso pedestal de mármore branco. A estrutura era substancial, sólida; a durabilidade lhe dava uma qualidade atemporal. Alguém gastara uma considerável soma de dinheiro nela. Os fundos do local davam contra uma cerca no final do *sub-soi.* O proprietário de um prédio isolado de três andares construíra a casa de espírito há muitos anos. Um motociclista, que tinha consumido meia garrafa de Mekong comemorando uma vitória na Copa do Mundo, batera com a motocicleta na velha casa de espírito, derrubando-a. O impacto, que arremessara estilhaços a 20 metros, tinha destruído o velho imóvel, jogando o teto para a varanda do segundo andar do prédio. Se o teto fosse uma bola de futebol, teria sido um gol perfeito.

A força da colisão despedaçara a velha casa de espírito, espalhando pedaços dela pela viela. O motociclista, que tinha sido derrubado, quebrara uma perna. Motoristas de motocicletas da turma do homem ferido o tinham posto num *tuk-tuk* e o levaram para o hospital. Muitos moradores do *sub-soi*, depois do acidente, acreditavam que má sorte se seguia a um acidente assim. Qualquer espírito que morasse na casa iria, na opinião deles, se vingar. Um espírito sem casa poderia se tornar furioso e vingativo.

A senhora que morava no prédio de três andares recebeu a maior parte dos destroços da velha casa de espírito. Ela sabia que os vizinhos tinham comentado sobre o significado daquilo. Ouviu os boatos, ou talvez tenha sido ela quem os tenha espalhado — os indícios não eram claros quanto a esse aspecto. Sentiu o clima de insegurança entre os vizinhos, e estava com medo. Seja como for, ela pagou por uma nova, melhor e mais sólida casa de espírito. A fofoca na vizinhança era que ela havia contribuído com uma grande quantia de dinheiro. Alguns diziam que a nova versão empregara o teto da anterior que fora destruída, e o construtor dera a senhora uma garantia pessoal. Ninguém dizia o que a garantia cobria. O principal benefício foi restaurar uma percepção de harmonia no *sub-soi*. Todo mundo ficou grato à velha senhora, sabendo que, na realidade, quando as pessoas envelhecem e vivem atrás de uma cerca, acertar as coisas com o mundo dos espíritos era um preço pequeno a pagar pelo sossego coletivo.

Flores, varetas de incenso e travessas de frutas eram depositadas diante do templo. Minúsculas figuras de plástico, de pé e sentadas, algumas emborcadas como bêbados, populavam o fundo do santuário. Na maior parte do tempo, os modernos novos tailandeses no *sub-soi* cuidavam de suas vidas sem pensar demais na casa de espírito. E Ratana era uma mulher moderna. Raramente fora ao local fazer uma oferenda. Uma vez, quando sua mãe estava doente, e outra, quando um cliente se recusara a pagar uma conta.

Na manhã seguinte ao suicídio na casa de massagem, ela fora sozinha à casa de espírito. Outras pessoas que trabalhavam no *sub-soi* já haviam feito suas oferendas. Moscas zumbiam famintas sobre os copos de suco de frutas, bananas, laranjas e mangas. Ninguém mencionara que a morte da massagista tinha subitamente feito todos no *sub-soi* quererem aplacar o espírito da área, ajudar o fantasma de Jazz a descansar em outro lugar remoto onde o sax tenor soasse mais suave.

Usando um isqueiro de plástico, Ratana moveu a chama pelas pontas de três varetas de incenso até pegarem fogo. Ela apagou o fogo, observou a fumaça se espiralar para cima, e então enfiou as varetas de incenso, uma a uma, na areia que cobria o fundo de uma pequena tigela de alumínio. Ela orou para ele pedindo que levasse o fantasma de Jazz para longe do *soi* — ou poderia ser para ela. Qualquer deus ou espírito, ele ou ela, notaria. Ela acendeu então uma única vela amarela, grossa, o pavio refulgente. Ratana debruçou-se e a colocou numa tigela atrás das varetas de incenso fumegantes. Ela estava de costas para o escritório. Ignorando o chefe, que a observava a distância, o corpo dela estava perfeitamente imóvel. Apenas a boca se movia, os dedos tocando um *wai*. Como sinais de fumaça de uma tribo de índios na véspera da guerra, a presença de Ratana enviava uma mensagem para os espíritos para afastar sua sensação de horror e aplacar sua ira. Calvino continuou andando. Ele parou ao pé da escada, onde meia dúzia de *yings* massagistas, em seus uniformes da One Hand Clapping, estava fumando cigarros. Sentadas em bancos ou encostadas na escadaria, conversavam entre si e se espreguiçavam como gatos. Os olhos delas estavam vermelhos de chorar. Para a maioria, era a primeira *ying* da idade delas que tinham visto morta. Deixara abaladas até as mais insensíveis.

Calvino esperou Ratana terminar a meditação. Lá de cima, ele ouviu o som abafado do telefone tocando no escritório. Ele o ignorou e seguiu adiante no *sub-soi*, parando não muito longe da casa de espírito. Ratana fingiu não percebê-lo. Ele estava, afinal, invadindo o espaço dela, seu momento privado de barganha com os espíritos. Não havia começo fácil para uma conversa. Uma fina linha branca de fumaça do incenso queimando e da cera se desfez sobre a casa de espírito. Ele tentou mais de uma vez falar, mas não conseguiu encontrar as palavras. Começou, e parou de novo.

— Não quero incomodá-la — disse ele —, mas há algo que eu possa fazer?

Ela virou a cabeça e o observou por um longo momento.

— Lamento muito pelo que aconteceu ontem — continuou ele. — Tem sido terrível para todos.

— Não estou aqui por causa do que aconteceu — disse Ratana.

Ambos evitavam se referir diretamente a Jazz ou ao fato de que ela aparentemente se suicidara. Calvino estivera no quarto da *ying* morta. A morte o circundara. Uma vez que ele perturbara a teia de aranha que ocupava o quarto VIP, algo tinha se alterado. Calvino testemunhara um grande número de mortes violentas. Mas nenhuma jamais ocorrera assim tão perto de seu escritório. Ratana tomara aquilo como uma espécie de mau agouro.

Ele não tinha certeza quanto ao que esperar de Ratana. A casa de espírito repleta de guirlandas exibia as oferendas dos visitantes que lá estiveram de manhãzinha. Um monte de dinheiro tinha sido gasto em flores, frutas, velas e incenso. A morte de uma jovem *ying* provocara uma reação em cadeia. Apaziguar o espírito dela havia estado nas mentes dos tailandeses toda a manhã. Sua secretária fora apresentar seus respeitos por outras razões.

— Não entendi — disse Calvino.

— Você não viu o jornal — disse ela. Não era uma pergunta; aparentemente a falta de informações dele era um fato.

— Mais manifestações de rua? Estou cansado de ler os jornais.

— Danielson está morto.

Calvino pareceu não compreendê-la.

— O seu cliente. O que você perdeu a chance de falar no telefone ontem porque parou para arrombar a porta de uma moça morta. Esse Danielson. Há uma matéria na página quatro e a fotografia dele. Essa oferenda é para ele.

— Morto?

— O coração parou.

— Isso é coisa tipo "corte e cole" de jornal. Claro que o coração dele parou. Mas por que parou? — perguntou Calvino. Ele inspirou profundamente e, ao expirar, a dor em seu ombro quase o fez gritar.

— Ele era a sua grande esperança.

O que ela queria dizer era "nossa grande esperança". Danielson havia se tornado uma espécie de salvador da pátria para a intolerável situação de uma casa de massagem debaixo do lugar onde ela trabalhava. Os dois tinham calculado que os honorários pagos por Danielson possibilitariam a compra do ponto da casa de massagem. Os negócios andavam péssimos e eles estavam prontos para vender o espaço.

Ela não sabia que a morte de Danielson desferira outro golpe; não haveria carta de recomendação para o emprego na OMS. Calvino mantivera seu plano em segredo, achando que as chances de conseguir o emprego eram remotas. E se, por algum milagre, ele o conseguisse, precisaria de uma secretária. Ela iria com ele. Tudo parecera tão simples.

— Você está rezando por Danielson ou para outro cliente vir substituí-lo? — perguntou Calvino. Ele se sentiu entorpecido com o pleno impacto da morte de Danielson sendo lentamente assimilado.

— Ambas as coisas.

Calvino acendeu incenso e velas.

— Você não acredita nisso — disse Ratana.

— Mal não vai fazer — disse Calvino.

Com a cabeça inclinada numa mesura, ela fechou as pálpebras, seus lábios formando um cântico páli. Quando Calvino abriu os olhos, Ratana tinha desaparecido. Ele se virou e a viu se apressando para passar pelo One Hand Clapping e subir a escada para o escritório. Calvino nunca a vira se fechar emocionalmente assim, como se o próprio sistema dela, toda a história deles trabalhando juntos, e cada uma das janelas e portas de sua mente tivessem sido fechadas. Não era um bom sinal. Havia dias nebulosos, e então havia dias tão sombrios que a névoa parecia projetar uma sombra de esperança.

Calvino disse a si mesmo que ia encontrar um jeito de se sair daquela situação. Ele sempre encontrava.

SEIS

Uma caçadora de talentos de Bangkok se queixava de que estivera telefonando para Ratana fazia uma hora. O motivo da ligação era fazer uma oferta de emprego. Ratana ouviu os prós e então os contras da proposta.

— É uma grande oportunidade de progredir na carreira. — Uma pausa, e: — Você já não é tão jovem, e um monte de gente vai querer esse emprego.

Ela lembrou como Vincent Calvino parecera derrotado e desamparado, e muito solitário quando parara constrangido em frente à casa de espírito, sem saber o que dizer, começando e se interrompendo antes de acertar o discurso. Ele sempre tinha o cuidado de levar os sentimentos dela em conta. Mas isso não era algo que se pudesse dizer a uma caçadora de talentos.

Desde o primeiro dia em que a casa de massagem abrira lá embaixo, ela sentira uma espiral descendente se iniciando. O negócio, a situação política, toda sua vida — como um saco de roupa suja — tinham sido jogados na caçamba de um caminhão de lixo, de onde ela tentava tirá-los. Cada vez que passava em frente ao One Hand Clapping ela dolorosamente se dava conta dos olhares e sussurros. A presença da casa de massagem lhe insultava profundamente. Ela apertava o passo, ignorando as *yings* nos banquinhos, mas nunca adiantava. Seu estômago dava um nó, uma tempestade ameaçadora, misturada com ressentimento, tristeza e raiva.

E se a mãe dela aparecesse no escritório para visitá-la e tivesse que abrir caminho em meio a um grupo de massagistas fazendo hora do lado de fora? Sua mãe teria um ataque do coração se soubesse que a filha trabalhava em cima da casa de massagem One Hand Clapping. O que ela iria dizer aos outros membros da família? Ou aos amigos e vizinhos? Era uma situação degradante demais para se admitir. Ela teria de mentir para eles. A reação de seu pai seria mais previsível e prática. Ele ficaria furioso, trancaria Ratana na casa da família e jogaria fora a chave. E ela não poderia recriminar nem a mãe nem o pai; no lugar deles, teria feito a mesma coisa. As únicas soluções eram a casa de massagem sair dali ou ela encontrar outro emprego.

A caçadora de talentos estava frustrada com o longo silêncio de Ratana.

— Alô, ainda está aí? Ouviu o que acabei de dizer? Acho que esse emprego no Science Park em uma empresa estrangeira é perfeito. Posso conseguir o dobro do seu salário atual. Você irá trabalhar num ambiente altamente profissional e internacional. Poderá ser promovida e receber treinamento no exterior. Por que está pensando duas vezes sobre o assunto?

A pergunta ecoou como um sino ao longo de um vale. Mas ela estava pensando duas, três vezes, e mais, antes de tomar uma decisão. Trabalhar para Vincent Calvino não era só um emprego qualquer. Mas, mesmo em seus melhores dias, não era um ambiente altamente profissional. Promoção? Que chance poderia haver para que isso ocorresse, trabalhando em um negócio no qual só uma pessoa era necessária? Agora, com Danielson morto, o futuro de trabalhar para Calvino parecia mais frágil e alarmante do que nunca. Como ela poderia explicar para a caçadora de talentos que seu emprego atual era mais do que simplesmente uma ocupação? Era um relacionamento que havia sido construído ao longo de muitos anos. Largar um emprego era sempre fácil, mas sair de um relacionamento era algo inteiramente diferente.

Quando ela terminou a ligação, Calvino estava em sua mesa, do outro lado da divisória. Ela não fizera esforço algum para baixar a voz ao falar com a caçadora de talentos. Era a maneira tailandesa de passar uma dupla mensagem. Depois de terminada a ligação, Calvino releu o artigo sobre a morte de Danielson no jornal. Ratana usara um marcador amarelo para destacar com um círculo o artigo e a foto. Nos anúncios classificados, havia dois empregos para assistentes administrativos experientes, e também estavam com um círculo amarelo em volta. Sua secretária estava de fato procurando emprego, e deixando mensagens sobre suas intenções no jornal. *Talvez ela vá embora.* Ele deixou essa ideia ficar rodando em sua mente.

Do outro lado da divisória do escritório, Calvino ouviu Ratana mexendo em papéis. Ela estava lendo seu relatório de vigilância, no qual ele detalhara os plantões. O documento incluía a duração do plantão, os números das placas dos veículos, as descrições das pessoas que entravam e saíam. Danielson teria ficado satisfeito com a abrangência do trabalho do detetive. Mas no mundo dos vivos o "teria ficado satisfeito" não valia nada. A cadeira de Ratana arranhou o chão. Ela apareceu na sala dele, segurando a pasta de Danielson.

— Você vai me abandonar?

— Tive uma oferta — respondeu ela. — Uma oferta muito boa.

— Mais dinheiro. — Numa guerra por empregados, isso equivalia a uma declaração de rendição. Calvino não tinha como cobrir uma oferta de salário de uma empresa grande, com um fluxo de caixa constante. Em seu fluxo, o nível da água era só ocasionalmente fundo o suficiente para dois peixes nadarem nele.

Ratana balançou a cabeça.

— Não é o dinheiro.

— É a porta da casa de massagem? — Ele teve a sensação de que, se seu timing estivesse certo, Danielson teria recebido seu telefonema e relaxado ao saber que Calvino descobrira um caso sólido. Talvez, quem sabe, pudesse ter feito diferença. Danielson poderia não ter morrido de um ataque do coração. Calvino sabia que estava procurando explicações.

— Não é por causa da porta.

Ratana não gostara que ele tivesse se envolvido com o suicídio no andar debaixo. Ela não havia dito que o que ele fizera tinha sido uma burrice, mas ele dissera a si mesmo. Agora, quando Calvino pensava sobre o arrombamento da porta, a imagem dele arremetendo o ombro bom contra ela o fazia sentir-se mal. Como aquilo tinha acontecido? Naquele instante, ele tivera a sensação de que não havia outra opção a não ser abrir a porta. Naquela hora, não parecia haver alternativa. Na realidade, havia alternativa. Metta, a garota na janela, podia ter destrancado a porta. Mas ele não sabia disso naquele momento.

Ratana estava sentada pacientemente na cadeira, segurando a pasta. Ficara em silêncio.

As mulheres esperam que os homens saibam o que se passa na cabeça delas. Os dois se entreolharam. Se ela sabia tão claramente, então obviamente ele também tinha de saber. Calvino compreendia essa linha de raciocínio. Ele tentara adivinhar, então, por que Ratana planejava ir embora, mas ela não lhe dava nem mesmo uma pista sobre o motivo. Teria descoberto o plano dele de se candidatar ao cargo na OMS, e essa era a maneira dela de lidar com o assunto? Assim teria ficado fácil demais. *Tenho de adivinhar dentro de uma longa lista de razões qual foi a que a faz considerar a oferta.* Ela por fim colocou a pasta de Danielson sobre a mesa dele. Recostou-se na cadeira, pernas cruzadas, as mãos segurando os joelhos, esperando que ele dissesse que compreendia perfeitamente o que se passava pela cabeça dela.

— Vamos recapitular, então. Não é o dinheiro. Não é a porta. Não é... Você não poderia me dar uma ajuda?

Ela olhou para ele da maneira como uma mãe olha para um filho que deixou o quarto bagunçado, mas literalmente não consegue ver as roupas, meias, livros, pratos e papéis espalhados pelo chão e pelos móveis. Ela raramente sentava naquela cadeira, que era reservada para os clientes. Era uma época de acontecimentos incomuns. Ratana também raramente fizera oferendas para a casa de espírito no *soi.* Foram 24 horas de eventos, incidentes e imagens raras, o que o fez pensar no vídeo dos operários produzindo medicamentos falsos. Era o que ele tinha para entregar para Danielson. Mas homens mortos não pagam.

— Alguém irá prosseguir com a investigação de Danielson — disse Calvino. — Serei pago.

Ratana deu de ombros.

— Espero que sim. — Havia pouca convicção em sua resposta.

Quaisquer que fossem as razões para ela ir embora, as mantinha para si mesma. Não era nenhuma das hipóteses que ele imaginara, de modo que devia ser algo que ele fizera e que a tivesse ofendido.

— É uma crise da meia-idade?

— Você passa pelo motivo todos os dias. Mas nem nota.

Calvino olhou em volta em seu escritório.

— Alguma coisa em minha mesa?

— Não, não em sua mesa. É algo lá embaixo.

— A casa de massagem. — A face dele se iluminou com um sorriso.

— Eu não vejo graça — retrucou ela.

O sorriso dele desapareceu.

— Eu sei que não tem graça. Nunca achei que fosse me fazer rir. Só sorri porque agora sei por que você está assinalando anúncios de empregos no jornal. Você não gosta de ter a casa de massagem como nossa vizinha.

O sorriso dela camuflou um sentimento de inquietação que vinha se acumulando havia semanas.

— Faz com que eu me sinta... — Ela fez uma pausa, escolhendo cuidadosamente as palavras. — Nada bem comigo mesma. Todo dia eu vejo algo que me faz sentir mal. Você consegue compreender isso?

Ela se virou e voltou para sua mesa. Ele a seguiu alguns minutos depois.

— Vou comprar o ponto deles.

Ela suspirou, ainda sorrindo.

— Isso seria ótimo. Mas acho que é um tanto caro.

— Tomarei o dinheiro emprestado.

Os dois sabiam que aquilo era improvável. Era mais fácil coordenar um ataque com bombas do que conseguir um empréstimo em Bangkok.

— Acho que é difícil um *farang* conseguir um empréstimo, Vinny.

Ele viu o esforço dela em ser compreensiva, mas os sentimentos reais de Ratana pairaram perto da superfície. Se ao menos ele não fosse um *farang*. Então compreenderia. Então poderia conseguir o empréstimo. Fazia com que ela sofresse de uma maneira que Calvino lamentava.

Dizer que os tailandeses fazem qualquer coisa para evitar o conflito é verdade, mas dizer que eles não estão cheios de conflitos seria uma mentira. O conflito interior de Ratana acalentara um depósito de trapos oleosos e papéis velhos de remorso até explodir em chamas. Ela estava incendiada por dentro, ardendo, correndo, gritando, embora por fora um muro de calma contivesse seu tumulto interior. O que deixava as coisas piores era a tentativa de Calvino de obter uma grande quantia de dinheiro. O desespero dele era o tipo de humilhação pessoal que ela se odiava por alimentar. Se ao menos o espírito do lugar atendesse as suas orações. Se ao menos houvesse forças do além que respondessem às varetas de incenso, velas, flores e orações — e emprestasse fundos a um detetive particular *farang*, com todo o balanço escrito em tinta vermelha.

Teriam os deuses tempo para salvar um negócio como aquele? Ela prometeu a si mesma fazer outra oferenda no dia seguinte e outra no dia depois daquele, acumulando mérito.

— Mesmo que eu não possa obter o dinheiro, talvez haja outro jeito — disse ele, passando as costas da mão pela bochecha. — O que você acharia de mudarmos nossas operações para dentro da ONU?

Ela piscou como que para ver se não estava sonhando.

— Você está bem, Vinny?

— Estou falando sério. A OMS está procurando um investigador sênior. Estou pensando em me candidatar. E, claro, você viria comigo.

— Para onde?

— Nova York.

Ela explodiu numa gargalhada.

— E abandonar minha família e meus amigos? Abandonar a Tailândia?

Calvino manteve sua posição.

— Falei que era uma opção. Não disse que eu iria aceitá-la.

Um instante depois, ele tinha entrado no site da OMS e estava lendo a descrição do emprego de novo, procurando algum detalhe que talvez tivesse lhe escapado.

SETE

Fazia alguns minutos que Lovell havia chegado a seu escritório e estava vendo seus e-mails, quando Cameron, o sócio sênior da firma, enviou sua secretária para acompanhar o subalterno até a sala de reuniões. Não era nada de inesperado. Um chefe de departamento tinha morrido na noite anterior. O escritório estava um pandemônio. A tela de seu computador encontrava-se repleta de post-its com recados de telefonemas não atendidos. Ele tirara alguns, mas não tinha terminado de checar os e-mails quando o chefão o convocou. Era tácito que ele imediatamente pararia de fazer qualquer coisa.

Siri, sua namorada, entrou na sala dele. Lovell debruçara para a frente de sua cadeira, as mãos no rosto.

— John, tudo bem com você? — perguntou ela.

Lovell ergueu a cabeça.

— Cameron quer me ver, agora.

Ela sorriu como se fosse um dia como outro qualquer. Seu cabelo estava puxado para trás dos ombros, sem um único fio fora do lugar. Sua maquiagem dava a impressão de ter sido aplicada com o melhor pincel de um pintor de retratos, não deixando nem a mais leve imperfeição à vista. Ela poderia ter sido uma modelo ou estrela de cinema. Siri perguntou se havia algo que ela podia fazer para ajudar. Ele balançou lentamente a cabeça. O que ela poderia fazer? O que qualquer um poderia fazer? A intenção dela era boa e isso era o importante. A secretária de Cameron entrou de novo na sala de Lovell e deixou claro que pretendia esperar até ele acompanhá-la ao encontro.

Siri, vendo que ele estava encurralado pela secretária, suspirou.

— Ligue-me quando terminar — pediu ela.

— Farei isso.

— Você parece abalado. Eu também estaria. Mas tudo vai ficar bem — disse ela.

— Com certeza — retrucou ele, vestindo o paletó.

Ele sentiu que as coisas estavam pesadas. Mas ainda estava equilibrado e sempre descobria uma maneira de dar a volta por cima. Essa qualidade fazia dele um bom advogado. Quando estava para sair, um recado chamou a sua atenção: pedia para retornar a ligação do detetive que o interrogara após a morte de Danielson. Ele telefonara vinte minutos antes, dizendo que era urgente e que entrasse em contato com ele. Lovell tinha se resignado ao fato de que todo mundo teria então uma necessidade urgente de falar com ele. Olhando para a montanha de recados, três da polícia, supôs que seu trabalho como advogado teria de ceder lugar para o de depoente. Teria que dar entrevistas e fazer declarações. E, porque sua memória absorvia o menor dos detalhes como a lente de uma câmera, tinha confiança de que seria capaz de descrever cada quadro do que vira no toalete na noite anterior.

No trabalho da polícia, uma regra básica em todo manual de treinamento de detetives diz que o último homem a ver a pessoa morta ainda com vida é, no mínimo, uma testemunha direta. Poderia ter visto eventos cruciais que, analisados um a um, iriam montar o quebra-cabeça de como tudo acontecera. Em caso de assassinato, o último a ver a vítima antes que ele ou ela morresse era também, por definição, o principal suspeito. No caso de um ataque do coração, ele poderia descrever a condição do indivíduo e confirmar que um evento médico ocorrera. O homem suara, apertara o peito e estava sem fôlego. Ataque do coração, ataque de pânico: os dois podiam facilmente ser confundidos entre si.

Outro recado em seu computador era de um detetive particular chamado Vincent Calvino. Atrás dele havia um segundo, um terceiro e um quarto recado do mesmo detetive particular. Quatro clientes e dois outros advogados do escritório também tinham telefonado. Nada disso importava enquanto Cameron estivesse esperando. Seu futuro no escritório de advocacia não era uma questão para a polícia, mas estava nas mãos do sócio sênior da firma.

Quando Lovell entrou na sala de reuniões, as costas de Cameron estavam voltadas para a porta. Sua juba espessa de fios brancos, compridos e revoltos fazia sua cabeça parecer enorme. Ele andava de um lado para outro em frente às janelas que iam do teto ao chão. Trinta e sete andares abaixo, o trânsito estava completamente parado. Não havia espaço para um lápis ser enfiado entre os para-choques. Motociclistas tinham passado a usar as calçadas, até também serem parados pelo acúmulo de gente. Centenas de manifestantes com cartazes marchavam ao longo da rua, transbordando para as calçadas. *Era a melhor e a pior das épocas*, pensou Cameron. Charles Dickens sentir-se-ia em casa.

Lovell entrou na sala de reuniões tão discretamente que foi forçado a pigarrear antes de Cameron se voltar. O homem com o cabelo enorme e o ego ainda maior era o proprietário do escritório de advocacia e de todo mundo nele. Trajando um terno de lapela dupla sob medida, Cameron poderia ter 50 ou 70 anos. Ninguém jamais tivera certeza de sua idade. Ele era também incomumente alto: 1,95m, no mínimo. Muito distinto para ser confundido com um envelhecido baterista de uma banda de rock dos anos 1960, parecia mais um cientista ganhador do prêmio Nobel que descobrira uma porta secreta para o mundo quântico. Os clientes confiavam em Cameron da maneira como as pessoas confiam em gurus — com a mais completa fé —, e ele se valia desse poder para humilhar quem quer que questionasse ou duvidasse de sua autoridade.

— Alguém no Instituto Médico-Legal disse que Danielson pode ter sido assassinado — falou Cameron.

Sua voz era sempre pouco mais alta que um sussurro. Ele cultivara um tom de voz baixo para forçar as pessoas a se inclinarem para não perder uma palavra sequer. Controlada, constante, com inabalável certeza e convicção, sua voz soava como se ele estivesse entregando os Dez Mandamentos, até mesmo quando estava pedindo um café.

— Na noite passada, os paramédicos disseram que foi um ataque do coração — disse Lovell.

Ele sentou-se rígido à mesa de reuniões.

— Na Tailândia, não há paramédicos. Há voluntários que removem os cadáveres.

— Então, a polícia.

— Você não tem certeza? — Cameron olhou de relance para as criaturas parecendo formigas se movendo ao longo das ruas com bandeiras e cartazes feitos à mão.

Uma de suas técnicas mais talentosas era fazer os outros duvidarem de si mesmos e então oferecer a solução para resolver a dúvida.

— Ninguém disse nada sobre Andrew ter morrido de qualquer outra coisa que não um ataque do coração.

— Isso foi na noite passada. Hoje eles estão questionando se foi um infarto agudo do miocárdio. — O tom de voz de Cameron baixou para pouco mais que um sussurro.

— O que o matou?

— Encontraram traços de várias drogas em seu sangue.

Lovell sorriu.

— Ele tomou dois comprimidos de Zoloft contra ansiedade. Eu o vi engoli-los.

Cameron arqueou uma sobrancelha.

— Ele engoliu comprimidos num salão de recepções repleto de gente?

— Ele estava no toalete na hora. Não estava sentindo-se bem. Havia outro advogado junto à pia. Seu nome é Apisak.

— Ele está no Jackson e Gleason? — perguntou Cameron.

Há alguma coisa que Cameron não saiba?, pensou Lovell.

— Na realidade, sim.

Ele olhou fixamente para Cameron. Talvez ele fosse mesmo Deus, afinal.

— Prossiga.

Lovell respirou fundo.

— Apisak já estava com os comprimidos na mão. Andrew estava tremendo. Ele recebera alguma má notícia que o abalara. Então pediu os comprimidos.

— E se eu lhe disser que Andrew não morreu por causa do Zoloft — perguntou Cameron —, mas devido a alguma outra coisa?

— O que o senhor está dizendo? — Lovell apoiou-se na mesa de reuniões, as mãos cruzadas à frente como um menino no dia do julgamento final.

Cameron deu as costas à janela, contornou a mesa e se inclinou para a frente, apoiando os dedos abertos sobre o móvel.

— Que lugar melhor poderia haver para matar alguém? Com duas centenas de figurões da sociedade tailandesa por perto. Se você quisesse matar alguém, não seria esse o local perfeito? Por onde a polícia começaria? Interrogando pessoas de famílias influentes, pessoas com títulos, pessoas que trabalham nos escalões mais altos do governo, bancos e comércio? Por onde você começaria?

— Pela última pessoa que o viu vivo.

Cameron sorriu, seus olhos sem piscar enquanto encarava Lovell.

— Somos pagos por nossos clientes para livrá-los de circunstâncias difíceis. Circunstâncias que os deixam desconfortáveis, que podem ser atrapalhadas, caras ou embaraçosas. Você é um advogado dessa firma, e está numa situação difícil. O escritório funciona para seus clientes. Você tornou a situação mais difícil para mim. Preciso fazer uma escolha. — Naquele momento, Lovell olhou do outro lado da mesa para Cameron. Parecendo Moisés, ele disse: — Cabe a mim decidir se você pode continuar a exercer a função de advogado nesse escritório.

— Eu não fiz nada.

— E em que isso é relevante? — perguntou Cameron, sua voz soando como um trovão. — Por acaso importa para os nossos clientes que você não fez nada? Não, a única coisa que importa para eles é que seu escritório de advocacia tenha advogados que não gastam suas horas de trabalho tentando se livrar de acusações. — Seu tom de voz baixou novamente, como a voz de um deus insatisfeito num desapontamento silencioso.

Lovell nada disse, mas esperou que todo o peso do sussurro de Cameron o erguesse da cadeira e o carregasse para a janela do trigésimo sétimo andar, de onde, diferentemente de uma folha, ele não sairia flutuando, mas despencaria. Um tênue sorriso passou pelo rosto de Cameron, como se ele tivesse se lembrado de uma piada particular. Ele balançou a cabeça e sorriu de novo.

— Danielson fará falta. Mas temos um escritório para gerir. Os clientes esperam que cuidemos dos interesses *deles*. Os seus interesses não lhes dizem respeito. A questão é se você é capaz de cuidar de nossos clientes a despeito de seus próprios e substanciais problemas pessoais.

— Eu sou capaz, senhor. E o farei.

— Vamos enfrentar uma coisa por vez. — Ele sentou-se na cadeira em frente a Lovell. — Quero uma lista completa de todos os casos em que Danielson estava trabalhando nos últimos dois meses. Teremos de redistribuir os processos para outros advogados. E quero a sua lista de casos, também. Nenhum cliente pode sofrer, ficar incerto ou confuso, está claro? Precisamos reparar qualquer dano causado a esse escritório pela morte dele. E precisamos reparar rapidamente.

— O senhor disse que uma droga foi encontrada no corpo de Danielson. Qual foi?

— Zoloft e traços de outras substâncias.

— Que outras substâncias?

Cameron ignorou a pergunta e voltou a olhar pela janela.

— As pessoas marchando nas ruas querem acreditar na justiça. Essa é a esperança e a vontade delas. Mas a justiça, como um terno, vem em muitos tamanhos e estilos diferentes. Nunca em tamanho único. Nenhuma lista de clientes do escritório de Danielson deve ser revelada à polícia a menos que eu, pessoalmente, autorize. Está perfeitamente claro?

O homem gigantesco saiu da sala sem esperar uma resposta.

OITO

Sozinho na sala de reuniões, Lovell desabou, apoiando a cabeça na mesa encerada. Ele se concentrou em tentar lembrar todas as palavras meio sussurradas de Cameron. A memória recente da voz dele — diminuindo de volume aqui e ali, ameaçando, insinuante, reconfortadora, remota e íntima — o assombrou. Danielson tinha sido um amortecedor entre Cameron e Lovell. Eles raramente tinham falado um com o outro. Lovell achou Cameron intimidador e perturbador. Andrew dissera que o escritório de advocacia era o ônibus particular de Cameron, que era o motorista e o proprietário, e que os que se saíam bem nele mantinham as cabeças baixas. Como escribas anônimos, eles se concentravam no caso em suas mãos. Danielson tinha sido o único advogado que nunca demonstrara qualquer medo de Cameron, até mesmo o enfrentando em reuniões. O chefe tolerara Danielson por duas razões: ele nunca fizera Cameron se dar mal na frente de um cliente e a reputação de Danielson atraía clientes empresariais.

Quando Lovell voltou ao seu escritório, ainda mais recados entupiam a tela de seu computador. Ele se sentiu mal ao olhar para eles. Cameron deixara suas prioridades claras, e Lovell fez o que ele mandara: organizou a lista de casos de Danielson. A maioria deles já estava em sua memória. Ele verificou duas vezes os arquivos do computador, conferindo os clientes, sua situação e contas em aberto. Lovell era muito inexperiente para já ter seus próprios clientes em tão pouco tempo na firma. Cameron sabia disso. Sua função era saber quem trazia dinheiro para a firma e quem o tirava dela.

Logo após ter terminado o primeiro rascunho do relatório, o telégrafo de bambu mandou a mensagem que Lovell tinha voltado e se trancado em seu escritório. Siri ligara para ele várias vezes. A secretária interceptara todas as chamadas. Quando ele finalmente telefonou para Siri, ela estava frustrada, irritada. Havia frieza, uma distância, em sua voz. Ele a convidou ao seu escritório para que pudesse explicar o que acontecera com Cameron na sala de reuniões.

A raiva dela tornara-se compaixão quando ela entrou em seu escritório.

— Você está bem? Está com uma aparência horrível — disse ela.

— Cameron quer uma lista dos clientes de Danielson.

— Diga para a secretária dele fazê-la. Isso não é responsabilidade sua.

Lovell lutou para conter sua vontade de gritar.

— Ele pediu que eu a fizesse.

Naquele sussurro dele, pensou ele. Com os tailandeses, toda tarefa tinha de se encaixar na hierarquia. Como numa colmeia, onde cada abelha tem o dever de realizar certas funções. Passar determinada tarefa à abelha errada fazia a colmeia inteira zumbir descontente.

— Há um banco de dados com todos os nossos clientes — disse Lovell. — Por que ele não o consulta?

— E se ele suspeitar de que Danielson tinha clientes que não figuravam no banco de dados?

— Sei, como se Danielson estivesse fazendo uma operação por baixo do pano para Bill Gates. — Ele imitou o sussurro de Cameron.

— Não tem graça. E não tente soar como Cameron. — Ela contornou a mesa dele e olhou pela janela. Sem se virar completamente, Siri olhou de volta para ele. — Apenas seja você mesmo, John.

— Não quero brigar, e tenho um monte de trabalho para fazer. Podemos conversar no jantar.

— Ele não o culpou?

— Culpar-me pelo quê?

Ela observou a expressão perplexa na face dele, sorriu e estendeu a mão para a dele.

— Ele está preocupado com a repercussão entre nossos clientes.

— Gente velha morre toda hora. Os clientes compreenderão.

— Espero que sim.

Ela brincou com uma pulseira de ouro em seu pulso, girando-a como se fosse uma espécie de sintonizador, e qualquer frequência que ela pegasse a deixaria ainda mais fria e mais remota. O jornal com a fotografia de Danielson estava sob a mesa de Lovell. Ela estendeu a mão para pegá-lo.

— Ele não era tão velho assim, John.

— Ele tinha 53 anos. Meu pai tem 52.

O telefone tocou e ele atendeu. Siri saiu do escritório, fechando a porta.

— Vincent Calvino? — Lovell repetiu o nome no telefone.

— Danielson me contratou para investigar um caso de falsificação de medicamentos. Eu gostaria de me encontrar com você para mostrar as provas. Consegui um vídeo da operação.

Lovell tinha acidentalmente topado com o caso e Danielson dissera que era um assunto pessoal. Gould era o diretor administrativo da Avenant Pharma, um distribuidor local para várias grandes companhias farmacêuticas. As vendas de alguns medicamentos de alto lucro para hipertensão e diabetes estavam caindo, justo quando todas as estatísticas médicas apontavam um aumento significativo no número de tailandeses que sofriam dessas doenças. Os médicos vinham prescrevendo os novos medicamentos maravilhosos em resposta, e uma verificação nos hospitais mostrara que as receitas médicas tinham aumentado em 32 por cento. Mas as vendas dos remédios importados de marca tinham caído 14 por cento.

Danielson pedira a ele para não dizer nada sobre o caso. A suspeita de Lovell era que a necessidade de discrição de seu chefe tinha algo a ver com contratar Calvino. Ele não sabia que Danielson procurara um detetive particular.

— Como você pode ver, eu perdi um amigo e um chefe. Eu simplesmente não tenho tempo para vê-lo esta semana.

— O que eu tenho deixará o seu cliente satisfeito — disse Calvino. — Tenho um vídeo da operação. Os remédios são trazidos de caminhão. Eu verifiquei as placas e descobri que os caminhões vêm de Chian Rai. É como Danielson suspeitava. A mercadoria vem da China em quantidades enormes. Eu os filmei carregando toneladas de produtos. É exatamente o que Danielson queria.

— Vou manter isso em mente. Neste exato momento, estou apagando incêndios. A morte de Danielson deixou muitos clientes não muito satisfeitos. — Ele se viu seguindo o roteiro de Cameron.

Houve uma pausa do outro lado.

— Ligue para mim quando tiver tempo. Precisamos prosseguir com isso rapidamente.

— Com certeza — disse Lovell, sabendo que estava dizendo a Calvino o que o detetive queria ouvir, e que isso o faria ganhar tempo.

Depois de desligar, Lovell pediu a secretária para trazer a pasta da Avenant Pharma. Examinando-a, observou que as contas até aquele momento tinham chegado a 10 mil dólares, e era Stiles que cobrara a maior parte das vezes. Mas não havia nada sobre Andrew Danielson estar lidando com um caso de falsificação. Tampouco o nome de Vincent Calvino aparecia na pasta. Isso não era nenhuma surpresa. Gould, como um cliente pessoal de Danielson, não estava no sistema computadorizado do escritório. Não havia como saber sobre os acertos financeiros deles. Lovell recostou-se na poltrona, ergueu os olhos da tela do computador e girou o assento, olhando para as fotografias de seus pais na estante. Seu pai saíra bem na foto. Forte, dentes inteiros, cabelos escuros, esbelto. Mas a fotografia tinha sido tirada alguns anos antes. Sua mãe tinha rugas ao redor da boca e, especialmente porque estava olhando para o sol, era possível vê-las também em volta de ambos os olhos, o que os deixavam mais parecidos com buracos de bala do que com olhos propriamente ditos.

Folheando o arquivo com os casos de Danielson, ele encontrou a cópia de uma carta escrita em papel timbrado pessoal, pedindo a Gould para lhe repassar fundos adicionais. Nenhuma explicação era dada em relação à finalidade daqueles recursos. Havia também uma versão impressa de um e-mail de Gould, confirmando a importância de manter o caso só entre os dois. O pedido de dinheiro e o e-mail de Gould tinham sido trocados havia uma semana. Danielson obviamente continuara trabalhando no caso mesmo quando a política da firma era a de que todo o trabalho deveria ser interrompido caso o cliente estivesse com o pagamento atrasado.

Essa era uma questão menor. Aceitar um caso e mantê-lo fora dos registros era um assunto inteiramente diferente. Danielson violara mais de uma regra. O telefone tocou de novo. Era a secretária de Lovell, uma mulher solteira de meia-idade, com quadris amplos e joias vistosas, que estava lembrando-o de que tinha uma reunião com um cliente. Sentada à própria mesa, ela comia sem parar, deixando um rastro de migalhas que, uma vez por mês, emperrava seu teclado. O apelido dela era Wan, ou "Doce". Lovell especulara que, quando fora designada para ele, a função principal dela era vigiá-lo e informar a Danielson. Agora ele se perguntava se não tinha entendido errado a cadeia de comando. Lovell dissera a Siri que achava que o apelido de Wan devia vir de seu vício em doces mais do que de sua personalidade, que era sombria e mal-humorada. Siri tinha ficado furiosa, dizendo que Wan trabalhava para o escritório desde que Cameron começara, há 22 anos. Ela tinha sido contratada logo que concluíra os estudos na universidade.

Ao passar pela mesa de Wan, ela lhe informou que Cameron estaria presente na reunião. Havia uma insinuação de ameaça na voz dela, uma mensagem sutil de que ele estava sendo cuidadosamente vigiado. Outros no escritório tinham ficado estranhamente silenciosos, também. Ou seria apenas a imaginação dele? Entre os estados de silêncio e ameaça, Lovell procurava um local na mente onde pudesse considerar o que a correspondência inexplicável no arquivo significava.

NOVE

Cameron estava sentado na cabeceira da longa mesa de teca encerada da sala de reuniões, parecendo Deus — que, se tivesse decidido, contra qualquer opinião sensata, manifestar-se como um advogado, não poderia sair-se melhor do que por intermédio do corpo de Cameron. Ao lado dele na mesa estava um homem sino-tailandês, usando um caro terno italiano, uma gravata Liberty, e um anel com um rubi de três quilates. Seu cabelo com gel se elevava em fileiras de reluzentes pontas. Mas o corte de cabelo não conseguia disfarçar o fato de que a cabeça pertencia a alguém de 40 e poucos anos. Weerawat tinha os dedos da mão ornada com o rubi em volta de uma xícara de café de porcelana, batendo o anel contra ela. Ele usava a outra mão para tocar o lábio superior enquanto olhava seu reflexo no tampo extremamente polido da mesa. Ao lado do pires de Weerawat estavam dois celulares finos e pretos, do tipo que vem com uma luzinha vermelha piscando como um sinalizador numa pista de um aeroporto rural, posicionados como dois aviõezinhos com pilotos-caubóis nos controles. Acima dos celulares, postado como a guarda de um centurião, um par de óculos escuros high-tech — prateados, ultrafinos, com lentes da cor de uma noite misteriosa e sem luar — parecia um ultraleve pronto para decolar.

Cada vez que os celulares tocavam, Weerawat olhava de relance o número, sorria e então apertava o botão de ocupado. Ele recebia um monte de ligações, Lovell pensou. A teca tinha sido polida a ponto de refletir imagens parecendo rostos distorcidos num espelho de parque de diversões. Conversando ali junto à mesa, as imagens deles pareciam se fundir na superfície muito lustrosa, criando a estranha ilusão de ótica de uma terceira pessoa embutida no tampo e que se movia dentro do reflexo. Cameron jogou a cabeça para trás, fazendo sua cabeleira branca se enfunar, e a boca se abriu amplamente, e o som de uma risada profunda ecoou pela sala de reuniões. A risada se esvaiu quando Lovell atravessou o cômodo e sentou-se à mesa. Ele reconheceu Weerawat. O rosto dele aparecia com frequência na parte de economia do *Bangkok*

Post ou *The Nation*, e sua figura bonita de ar jovial preenchia as colunas sociais e frequentava as capas de revistas. Weerawat era uma celebridade local, conhecido por suas conexões com o governo. Danielson falara muitas vezes sobre ele como um cliente importante e bem-relacionado. "Ele tem um fluxo de caixa com uma força enorme", Danielson dissera certa vez. *Engraçado*, pensou Lovell. *Ele acabou de morrer e já estou pensando nele como uma figura do passado.*

Danielson concebia as redes interconectadas de famílias, amigos e colegas de Weerawat como um vasto recife de coral — câmaras escavadas, túneis e torres ocultas sob a superfície. A cada geração o recife de coral da família se expandia pela plataforma continental da Tailândia, multiplicando-se, construindo novas camadas, fazendo todo mundo mais rico, poderoso, seguro e comprometido com a proteção mútua. No centro do recife ficava Weerawat, e, com ele, seu tio Suvit, um ex-ministro do gabinete que era também membro honorário do escritório de advocacia.

Danielson dissera: "Desenhe diagramas das famílias. Faça análises delas da maneira que você analisava orações quando menino, aprendendo inglês. E pela mesma razão. É assim que você entende a estrutura da gramática, e é também assim que se compreende a estrutura de uma cultura. Nessa cultura, há apenas um mandamento: nutra os recifes de coral mais importantes. Eles são uma entidade viva. Se forem danificados, todos morrerão. Os tailandeses sabem disso. Khun Suvit sabe disso, e também Cameron."

Ainda assim, era incomum Weerawat aparecer pessoalmente. Ainda mais estranha era a ausência de Suvit na reunião. Ele deveria estar na mesa de reuniões ao lado do sobrinho famoso, embora tenham circulado boatos de que o velho estava com problemas de saúde ultimamente. Ninguém o vira no escritório por semanas. O império de empresas de Weerawat trazia muitos negócios para o escritório de advocacia. Até mesmo Deus ria das piadas de quem fazia chover, pensou Lovell ao cruzar as mãos sobre a mesa de teca.

— Khun Weerawat se apresentou como voluntário para nos ajudar — disse Cameron.

Weerawat sorriu e assentiu, como se Lovell fosse um potencial arrebanhador de votos num distrito em que ele precisava vencer.

A afirmação era típica de Cameron: irremediavelmente vaga, opaca e insinuando perigo. Voluntários eram necessários em missões duras, perigosas. Nos filmes, os corajosos e leais atravessavam pântanos infestados de cobras, com serpentes enroladas prestes a atacar de galhos baixos, enquanto ao longo das margens inimigos invisíveis preparavam uma emboscada. O pai de Lovell, que estivera no Exército, o ensinara quando pequeno que "voluntário" era o único palavrão de 11 letras da língua, e que ele devia evitá-lo a qualquer custo. Os dois homens olharam para ele, como que o avaliando. Lovell não tinha certeza do que deveria dizer.

— Isso é ótimo. Precisamos de toda ajuda que pudermos ter.

As sobrancelhas de Cameron se uniram na forma de um par de algemas abertas. Ele abriu uma pasta, retirou um documento e o deslizou pela mesa para Lovell.

— É um relatório confidencial. Ninguém mais pode vê-lo. Parece que alguém do laboratório do IML cometeu um erro. Encontraram Zoloft. Mas também encontraram algo mais estranho: vários medicamentos usados para tratar HIV e a presença de uma dose fatal de veneno de vespa.

Erguendo os olhos do relatório, Lovell pareceu confuso.

— Ele tomou dois comprimidos de Zoloft. Eu vi.

Cameron pigarreou nervosamente, entortou o pescoço; esse era um de seus gestos característicos, que indicava insatisfação.

— O relatório foi corrigido para afirmar que traços de Zoloft foram encontrados no sangue de Danielson. Seu depoimento foi de grande importância, é claro. Amanhã será dado o veredicto final. Andrew morreu de um ataque do coração. Ele era jovem demais. Dá o que pensar. Um ataque do coração pode acontecer com praticamente qualquer um. Embora não tenha sido uma grande surpresa. Ele estava tomando medicamentos à base de estatina para controlar a pressão arterial. Foram esses componentes que o confundiram. Um dos médicos interpretou os resultados de forma equivocada. Khun Suvit ligou para Khun Weerawat e perguntou a opinião dele. Digamos apenas que ele esclareceu o problema.

— Isso é ótimo — disse Lovell. Ele olhou para Weerawat e então para Cameron, perguntando-se se tinha dito a coisa certa.

— Ele tem espírito de equipe, como eu lhe disse — falou Cameron, virando-se e se dirigindo a Weerawat, que estava pegando um de seus celulares que tocava.

O toque não era normal, mas o som de um bando de gansos voando. Ele se dera ao trabalho de atribuir diferentes toques para cada pessoa em sua agenda. Ergueu um dedo como uma indicação para que Cameron fizesse uma pausa. Weerawat se virou, pôs a mão em forma de concha sobre a boca e o aparelho e falou num tailandês rápido. Ao desligar tinha uma aparência aturdida, como se tivesse pegado um pão que estivesse com um enorme rato morto enfiado dentro.

— Khun Weerawat também precisa que nós o ajudemos.

Lovell notou que o sorriso de Weerawat tinha se esvaído. Ele tinha a aparência de alguém nascido para ser capitão de um iate em que sua família e amigos desfrutavam de champanhe sob um brilhante sol cor de laranja. Ele era o melífluo, charmoso contador de histórias com centenas de melhores amigos. Era difícil imaginar Weerawat gritando.

— O que podemos fazer para ajudar Khun Weerawat?

— Há um grande amigo meu, que conheço desde os tempos de escola, com um problema. Quero ajudá-lo. Há um americano criando dificuldades para ele. Não é grande coisa. É bastante simples. Você pode interromper um dos casos de Danielson. Esse é um caso pequeno, mas dá uma grande dor de cabeça ao meu amigo.

O sorriso dele voltou a brilhar como se tivesse sido comandado por um timer, e então se metamorfoseou quando ele contorceu o rosto como que para expressar a dor sentida por seu amigo. Ele ainda não tinha respondido diretamente à pergunta de Lovell, circundando-a sem, na realidade, se comprometer. Weerawat, dez anos mais velho que Lovell, examinou atentamente a reação do jovem advogado usando a tradicional arte chinesa de leitura de faces. Weerawat, que tinha correndo nas veias sangue metade chinês, recorria ao velho e comprovado princípio de seus ancestrais de que as bochechas, os olhos e o nariz de um homem revelam tudo de importante sobre a sua verdadeira natureza. Lida adequadamente, a fisionomia não conseguia ocultar a verdade.

— O caso Gould — sussurrou Cameron. — Não sei ao certo como acabamos assumindo-o. Eu expliquei que nunca foi um caso oficial do escritório de advocacia. Talvez possa me corroborar neste aspecto, Sr. Lovell.

— O Sr. Danielson...

— Não há por que culpar ninguém por assumir o caso. Mas, pelo que sei, era um cliente pessoal de Andrew. O Sr. Gould, na realidade, pediu a Andrew para manter o caso, por alguma razão, fora dos registros. Isso é verdade?

Lovell assentiu, sabendo que isso iria selar o destino do cliente.

— Escreva uma carta para o Sr. Gould informando-o de que o escritório não dará prosseguimento aos arranjos particulares de Andrew no que concerne ao caso. Quero uma cópia da carta em minha mesa antes do fim do dia. E providencie para que uma cópia seja enviada ao escritório de Khun Weerawat.

Cameron tinha aberto a tampa de uma caixa de música mágica, e Weerawat gostara de como a música soava. Ele sorriu, levantou-se, fez um *wai* para Cameron e então se voltou e fez uma versão degenerada de um *wai* — o *wai* de má vontade empregado para responder ao *wai* dos criados, zeladores e engraxates — para Lovell.

Do lado de fora da sala de reuniões, Lovell encostou-se na parede e soltou um profundo suspiro. Seu coração estava disparado. Ele se perguntou se poderia estar tendo um ataque cardíaco aos 31 anos. *Deus do céu, Andrew estava tomando remédios para HIV,* pensou ele. *Eu não fazia ideia.* O importante, disse ele a si mesmo, era que Cameron dera a ele o que percebia como uma suspensão no último minuto de uma sentença de execução já marcada. Nenhum policial viria a seu escritório para fazer mais perguntas. Ele podia seguir em frente com sua carreira e se estabelecer para uma vida boa com Siri. Era como se tivesse renascido parado ali no corredor, enquanto funcionários e outros advogados passavam por ele. E a melhor parte era o preço baixo que tinha de pagar. Livrar-se de Gould não era algo difícil de se fazer. Ele tinha deixado de ser um cliente oficial do escritório. Quando mudara de situação e se tornara cliente pessoal de Danielson, passou a ser apenas mais um excluído.

Lovell teve a sensação de que algumas pessoas no escritório estavam preocupadas com ele, no entanto. Gould era um ex-cliente que acabara numa lista de excluídos. E então havia o detetive particular, Vincent Calvino, que telefonara sobre o caso, mas obviamente não sabia o nome de Gould. Ele mudou o rumo dos pensamentos para o que faria com Calvino. Era outra complicação com a qual preferiria não ter de lidar.

Ele não podia provar, mas a decisão de Cameron de excluir Gould estava coberta com as impressões digitais de Weerawat. Gentilmente, Weerawat pressionara Cameron. A mão que fizera aquele gracioso *wai* era a mesma que agarrara os colhões de Cameron, disse Lovell a si mesmo. Qual a novidade nisso? Era da natureza da ecologia construída pelas pessoas que viviam no mundo dos negócios e do direito.

Era como fazer sumo de laranja, que consistia em aplicar a pressão necessária para extrair o suco da fruta sem espalhá-lo por toda a mesa e pelo chão. Você não quer destruir a laranja; apenas quer colher o sumo.

O escritório de advocacia iria sobreviver; ele iria sobreviver. Tirou o paletó e pendurou-o no encosto de sua poltrona, sentou-se e começou a ler seus e-mails. Deletar, deletar, ler e responder.

Lovell estava trabalhando em sua mesa quando Graham Stiles, o advogado a duas salas da dele, entrou sem bater e se aboletou numa cadeira. Stiles, um veterano que estava há cinco anos no departamento corporativo, pôs os pés em cima da mesa de Lovell, os sapatos apontando para ele.

— Você não pode apontar os pés para as pessoas na Tailândia — disse Lovell. — Está em todos os livros sobre choque cultural.

— Leia as letras que estão em corpo menor, no rodapé. Só se aplica aos tailandeses.

Tendo estabelecido sua posição, Stiles girou as pernas, os pés indo para o chão. Sua calvície, com entradas, fazia-o parecer mais velho do que realmente era. Sua constituição atlética anunciava uma presença fantasmagórica da juventude. Seu terno elegante, na moda, e sua careca resultavam numa imagem ambígua. As mulheres achavam que ele era velho demais; os clientes, que era jovem demais. Stiles tinha uma natureza combativa. Ele tinha sido expulso das causas litigiosas após três meses por alienar os advogados tailandeses, vários juízes e três clientes. Cameron, todavia, o tolerava por razões que só Deus e Cameron conheciam. A cada dia a missão de Stiles era arranjar uma briga.

— Você estava no hotel quando Danielson pagou a conta.

Lovell tentou ignorar o comentário. Mas Stiles não iria deixar passar. Ele riu da própria piada mórbida.

— Pagar a conta? Hotel? Não entendeu?

— Ele estava no toalete — disse Lovell.

— Defecando, e seu coração atolou — disse Stiles.

— Tenho um monte de trabalho para fazer, Graham.

— Pense nisso. Suas últimas palavras sendo "hmff, hmff".

— Não vejo a menor graça.

Stiles possuía o tipo de senso de humor alimentado por referências a violências, agressões, assaltos, extorsões e explosivos de controle remoto. Quanto mais grotesca a imagem, mais ele ria e esperava que os outros achassem graça.

— Você ainda não entendeu, não é? Para trabalhar aqui, melhor aprender algumas piadas, ou não irá durar muito. Cameron diz que ele pode perceber que a originalidade está presente quando alguém o faz rir. Isso é porque ele já ouviu praticamente de tudo.

— Como estão as suas contas neste mês? — perguntou Lovell, no mesmo tom jocoso.

Era como perguntar qual era o handicap no golfe ou de quantas flexões era capaz. A competição requeria informar e comparar resultados.

— Tive um bom mês — disse Lovell. — E as suas?

— Nas nuvens.

Praticamente uma vez por semana, Cameron, como o sócio sênior, aconselhava a todos os advogados que deviam manter altas suas contas, mas tinham de encontrar um equilíbrio. Por que Andrew Danielson mantivera os honorários pagos por Gould fora dos registros? Ele não era vigarista ou cobiçoso; não era da sua natureza inventar um esquema para trapacear com o dinheiro da firma. Lovell pensou na questão e ficava voltando à mesma conclusão. *Gould pagara em dinheiro para Andrew.* Teria de ser feito discretamente e de maneira que garantisse que Cameron nunca descobriria o pagamento.

Uma vez, depois de uma reunião, ele perguntara a Stiles sobre a relação entre Cameron e Suvit. Ele já sabia que Suvit era a mão firme, silenciosa, por trás do império familiar para o qual Weerawat servia de fachada. Mas também sabia que havia muito mais sobre o império familiar do que o que era falado abertamente no escritório.

Stiles dissera a ele que Suvit ensinara a Cameron tudo o que ele sabia. A necessidade de permanecer ativo e no jogo ao manter sempre o cliente pensando que algum progresso está sendo feito. Trata-se de ser prático. Há maneiras de ajudar ambos os lados. Se for para derrubar tudo do outro lado, cabe usar todos os recursos disponíveis. Ataque com tudo, ataque rápido. Faça o que quer que tenha de fazer, mas não falhe. Mantenha o cliente feliz, mantenha a polícia feliz, e então as pessoas no poder e nos negócios ficarão felizes. Você sempre terá clientes. Você nunca deixará de ter sucesso.

— Não é uma meta valiosa na vida? — perguntara ele.

— Com o que vou receber como bônus este mês, por que você não vem tomar uns drinques depois do trabalho hoje à noite?

— Já tenho planos para o jantar.

— Então após o jantar. Você precisa desabafar depois de tudo o que enfrentou.

Lovell pensou na logística do jantar, e então em como explicaria para Siri que combinara de encontrar com Stiles para uns drinques. Ele fizera tudo menos assinar um pacto com seu próprio sangue para juramentar a promessa de não frequentar bares.

— Quem no telégrafo de bambu informou que estive com Cameron?

— Era um segredo?

O mais velho truque de advogados do mundo: responder a uma pergunta desferindo de volta outra pergunta.

Informações sobre o acordo que fizera com Cameron já tinham vazado para Stiles. Era difícil manter segredos no escritório. Duas ou três vezes por semana, Lovell pegava Stiles do lado de fora de sua sala dando um pacote de biscoitos ou bolinhos de creme para a sua secretária. Ela obviamente gostava dele, e Lovell suspeitava que ela passava informações para Stiles. A perua velha não fora com a cara de Lovell desde o primeiro dia dele no escritório.

Lovell se consolou lembrando que não era importante como Stiles ficara sabendo da reunião com Cameron e Weerawat. Num escritório pequeno — ou num grande também, no caso —, se uma celebridade aparece e é acompanhada à sala de reuniões com o chefão, não há como manter aquilo confidencial. Havia outra possibilidade. Um boato circulava de que Stiles agia como o guia de Cameron pela vida noturna de Bangkok, onde quaisquer fantasias podiam ser satisfeitas. O boato era que Stiles combinava a informação privilegiada sobre as preferências sexuais de Cameron com a habilidade de conduzir seu chefe discretamente para alguma porta dos fundos para uma sessão vespertina. Essas habilidades tinham sido seu passaporte para ter acesso, o que significava ter poder.

Stiles levantou-se quando o telefone de Lovell tocou.

— Vamos nos encontrar às 11h. Eu ligo para você para dizer onde.

— Só mais uma coisa — disse Lovell. — Você ainda está cuidando da conta da Avenant Pharma?

Stiles o encarou.

— Essa é uma pergunta interessante.

— Essa é uma resposta interessante.

— Até mais tarde, Lovell.

Stiles desapareceu antes que Lovell pudesse responder, deixando a porta aberta. Wan, parada na soleira da porta, fez algo que Lovell achava que ela fosse incapaz de fazer: seus lábios se abriram num sorriso maternal.

Quando Lovell atendeu ao telefone, ouviu a voz de Vincent Calvino.

— Conversamos antes. Eu acho que não fui claro o suficiente. Eu tenho o material que prova a falsificação da mercadoria de seu cliente.

— O caso não está mais ativo.

— O que isso quer dizer?

— A pessoa em questão não é mais cliente deste escritório. Ele tinha um arranjo especial com Andrew. Não tenho a menor ideia do que eles estavam fazendo. E não quero saber. É a política de nosso escritório: um advogado não pode ter clientes particulares. Estou certo de que não preciso esclarecer as razões pelas quais isso não é permitido.

— E quanto ao meu pagamento em aberto? Danielson disse que ia acertar.

— Sinto muito, Sr. Calvino. Mas isso era entre Danielson e o senhor.

Calvino fez uma pausa, pensando em sua próxima manobra. Subitamente parecia que sua gravata começara a estrangulá-lo. Ele usou a mão livre para afrouxar o colarinho. Olhando para a tela do computador, viu o total em aberto. Era uma quantia considerável de dinheiro.

— Dê-me o nome do cliente de Danielson. Entrarei em contato com ele diretamente.

— Não posso fazer isso. Sinto muito, mas realmente não posso ajudá-lo.

Falar com Lovell era tão inútil quanto segurar um espelho na frente de um homem cego e pedir a ele para descrever seu rosto. Calvino chegara ao fim da linha. Ele piscou para a cifra de 400 mil *baht* na tela, seu estômago dando nós, suor aparecendo em sua testa.

— Você está brincando, certo?

— Por que eu iria brincar com o senhor, Sr. Calvino?

— Danielson me telefonava do escritório de advocacia de vocês.

— O que Andrew fez estava errado.

— Eu quero o que me é devido — disse Calvino.

— Eu achei que tinha sido claro. Deixe-me repetir. O que Andrew fez nessa situação foi completamente fora das diretrizes do escritório.

— Talvez você não tenha me ouvido. Eu quero o meu dinheiro.

— Você quer que o escritório o suborne?

— Não, eu quero ser pago pelo que Danielson me contratou para fazer. Eu fiz. Eu consegui o vídeo. Fiz o meu serviço. Paguem-me.

O que ficou ecoando nos ouvidos de Calvino depois que desligou o telefone foram as palavras de Lovell, "eu realmente não posso ajudá-lo". Frias, definitivas, bruscas palavras reverberando como um tiro no meio da noite.

Com Andrew Danielson morto, seu assistente tinha deixado claro que o caso de falsificação, no que dizia respeito ao escritório de advocacia de Danielson, nunca existira. Nenhum arquivo havia sido aberto, nenhum arquivo precisava ser encerrado. Nada de dinheiro, nada de alegria, nada de nada. Calvino pensou em telefonar de novo para Lovell e dizer a ele que tinha meios de localizar o cliente de Danielson. A realidade era diferente. Danielson poderia estar agindo para alguém que não tinha autoridade. Se tivesse sido uma transação limpa, não teria havido necessidade de manter o relacionamento fora dos registros. *Para quem você liga? E o que você diz? Sou o paspalho que não sabia quem ele estava representando? Quem é a sua mamãe?*

Quando era criança, Calvino entreouvira sua mãe chamar seu pai de *schlemiel* por não pegar o dinheiro adiantado. A voz dela se erguera quando falara: "É por isso que a sua família é de gângsteres. Eles precisam ir atrás do dinheiro que já deviam ter no banco. Em que você está pensando? Receba o dinheiro adiantado. Quando você não recebe adiantado, não consegue dormir à noite. Quando você não consegue dormir, eu também não consigo."

Tanto quanto Calvino podia determinar, não havia um caminho claro para os 10 mil que Danielson lhe garantira. E a carta que Danielson prometera escrever apoiando sua candidatura ao emprego na OMS? Outra promessa desvanecida com a morte dele. Calvino estava furioso. Ele não ia parar enquanto não encontrasse um caminho, limpo ou não, até seu dinheiro. Quando alguém estava lhe devendo, a regra era que você o cobrava. Dar de ombros para a perda não era uma opção. Encontre o dinheiro; ele tinha um propósito. Para o caso de o emprego na OMS não sair, Calvino planejara usar os recursos para comprar o ponto da *mamasan* do One Hand Clapping. O negócio dela nunca decolara; as *yings* estavam irrequietas, caprichosas, se matando. O preço do ponto tinha caído. A *mamasan* até o tinha procurado e perguntado se ele estava falando sério quanto à compra. Ele dissera a ela que tinha a quantia. Seria uma transação toda em dinheiro. Ela aparentava estar contente, como alguém que acabara de emergir do núcleo liquefeito do planeta com só uma assadura ruim e a certeza de que sobreviveria. Agora ele tinha de ir falar com ela e explicar que não tinha o montante. Ele iria consegui-lo, mas precisaria de algum tempo. Pediria a ela um prazo. Ela não tinha para onde ir mesmo, não com o seu negócio como um paciente em coma à espera do sono final. Calvino tirou o seu revólver .38 de polícia do coldre em seu ombro e verificou a trava. Estava travado. Sentir o aço duro e frio em sua mão fez com que ele pensasse numa intenção séria de causar danos físicos. Essa falta de fundos significava um desapontamento considerável para Ratana. Ele enfiou a arma de volta no coldre, se levantou, pôs o paletó e, cobrindo o estojo com o revólver, foi almoçar.

DEZ

Como sempre, o Velho George estava empoleirado num dos bancos das mesas fixas debaixo de uma enorme cabeça empalhada de um búfalo-asiático, acalentando uma garrafa de cerveja Singha. Ele bebia, fazia uma careta e então estalava os lábios.

— Eu não sei o que você está fazendo aí atrás, mas, o que quer que seja, não pare.

Oy, uma das garçonetes do Lonesome Hawk, equilibrava-se nos joelhos atrás de George, penteando o cabelo preto comprido dele e prendendo-o num rabo de cavalo. Aos 84 anos, ter cabelo bastante para prender num rabo de cavalo era um milagre, mas ter um bar repleto de atendentes pessoais provava que Deus existia.

Enquanto ela escovava o cabelo de George, ele disse:

— O primeiro estabelecimento de que fui proprietário ficava em Berlim. Eu o comprei em 1945. Paguei duzentos pacotes de maços de cigarros. Ainda sou dono dele. Deus do céu, alguém poderia trocar a música? Eu quero country. Quebre esse CD. Eu nunca mais quero ouvir essa bosta de novo.

George odiava a música de Elton John. A *mamasan* do Lonesome Hawk gostava de Elton John, e as batalhas musicais entre eles eram um acontecimento diário. O DJ era como um transeunte perdido em meio ao tiroteio deles.

Nos fundos do bar ficava o banheiro. McPhail estava lá dentro urinando num penico com grandes pedaços de gelo dentro. Ele se recusou a parar, mesmo quando nada mais saía. Como um artista examinando a sua criação, McPhail decidiu que a escultura de gelo parecia uma sela minúscula num cavalo miniatura. Essa obra de gelo no urinol lhe dava uma sensação de realização. Ele voltou para o bar e encontrou Calvino sentado a duas mesas de George.

— George, onde você arranja gelo daquele tamanho?

— Antártica — disse o Velho George. — Transporto-o para cá só para você poder mijar nele.

— Sei, sei.

Calvino disse a uma garçonete que não estava com fome. Ela fez cara feia e tirou o jogo americano de plástico de cima da mesa. Em vez de comida, ele pediu uma cerveja gelada. Esfregando o ombro, ele se perguntou se a bebida ajudaria a fazer a dor passar. No bar, vários dos clientes habituais estavam sentados com um desconhecido, um inglês bêbado, que estava se gabando de nunca ter usado uma camisinha na vida. Ele fez uma piada com Jack, um dos frequentadores assíduos. Pareciam ser amigos. Pela cara deles, era fácil adivinhar que tinham ficado bebendo boa parte da manhã, a menos que suas vozes tivessem ficado pastosas em decorrência de súbitos derrames. O inglês, que tinha 30 e tantos anos, encarou Calvino. Ele sussurrou alguma coisa para Jack, que sussurrou de volta, e então ergueu a garrafa de cerveja e brindou no gargalo da garrafa de Jack. O inglês era o tipo de bêbado que não conseguia parar quieto. Ficava no banco, saía do banco, esmurrava o balcão, gritava: "O coletor de impostos! O coletor de impostos! Foda-se o coletor de impostos!" O que ele gritava não fazia sentido. Então pulou do banco de novo e foi até a mesa de Calvino, inclinando-se sobre ela.

— Calvino, você é o único detetive particular no mundo que tem o escritório em cima de uma casa de massagem? One Hand Clapping e um só olho espionando.

Calvino deixou passar. O melhor a fazer com bêbados e cachorros que latem é ignorá-los. O inglês lhe deu as costas e voltou ao banco, pegou de novo a cerveja e bebeu-a. Virando-se, encarou Calvino. Retornou à mesa.

— Dizem que você é uma merda como detetive particular.

Calvino ergueu os olhos e encontrou o inglês com os olhos fixos nele.

— Dizem que você não consegue encontrar nem bosta de porco num chiqueiro.

Calvino se inclinou, girando as pernas para fora da mesa. O inglês fungou ao rir de sua própria piada. Olhou para trás no bar como se esperasse algum aplauso, mas Jack lhe dera as costas e estava bebendo direto da garrafa de cerveja. O inglês tinha terminado e estava se virando para o balcão, ainda fazendo sua fungada desdenhosa. Calvino enfiou o punho na omoplata do inglês, e esperou até ele girar o pescoço na sua direção. Então Calvino usou a testa num golpe forte o bastante para espirrar sangue até as costas da camisa de Jack e sobrar sangue para o balcão. O inglês abriu a boca, mas não emitiu som algum por três segundos, ou mais. Os fregueses do bar esperaram o silêncio mortal terminar. Não havia mais fungadas ou risadas. Os olhos do inglês reviraram e ele desabou para a frente, a cabeça acertando o tampo do balcão, sangrando. Jack o agarrou antes que ele caísse no chão.

— Deus do céu, Calvino, você não pode ficar espancando pessoas no meu bar — disse o Velho George.

— Eu não espanquei uma pessoa. Eu acertei um inglês. Não é a mesma coisa.

Proprietários de bar auferiam seus lucros de gente como o inglês e Jack. Beberrões matutinos eram uma bênção para ajudar a fechar as contas. Doía observar um rosto destroçado a ponto de ser difícil visualizar como uma garrafa de cerveja poderia se encaixar na boca.

— Decidi que quero o prato do dia, afinal — disse Calvino.

O Velho George suspirou, balançou a cabeça.

— Tragam o prato do dia para ele e um saco de gelo para esse cara, seja lá qual for o nome dele.

As garçonetes, demonstrando uma mistura de agitação, horror e compaixão, se ajuntaram em volta do inglês, levantando-o. Ele parecia menor agora, mais frágil, como o boxeador peso-galo que não vira o gancho de direita acertar com velocidade e força sua própria cabeça.

Jack ficava dizendo:

— Eric, está me ouvindo? — Ele estava gritando isso no ouvido do inglês. O tumulto atraíra alguma multidão, e Jack assumiu o papel de porta-voz oficial. A cozinheira veio da cozinha, limpando as mãos no avental.

O Velho George fez um gesto para ela.

— Eu disse para trazer gelo, mas que droga! Quero gelo aqui, já.

Seu pedido criou um ligeiro problema. Todo o gelo havia sido despejado no urinol dos homens. McPhail ficou observando a cozinheira entrar no banheiro dos homens com um balde. Ele pensou em dizer alguma coisa, mas aí refletiu, *dane-se.* A cozinheira trouxe o balde e o colocou no balcão. Ela embrulhou uma pedra de gelo numa toalha e aplicou no rosto do inglês.

— Eu disse que esse inglês tinha cabeça de penico — falou McPhail.

A cozinheira olhou feio para ele.

— Eu não vou fazer boca a boca em você, Eric — disse Jack.

O inglês gemeu, sangrando mais no balcão. A atendente do bar, do outro lado, tentou acomodar uma toalha sob a cabeça dele, mas ele apenas gemeu mais alto.

— Você não devia ter feito isso, Calvino — disse Jack. — Você o machucou.

O detetive não disse nada. Ele se virou e voltou para sua mesa. Um prato de espaguete tinha aparecido durante a sua ausência. Ele o empurrou e pediu outra cerveja. Entregou a uma garçonete 20 *baht* para que ela tocasse o sino. Isso deixou o velho George satisfeito o bastante para perdoar Calvino. As duas atendentes do bar serviram bebidas para todas as oito pessoas ali presentes, anotando os drinques na conta de Calvino.

McPhail se instalou no banco diante de Calvino, com os pés pendurados de lado, virados para o bar. Ele ignorou os gemidos do inglês, que agora tinham evoluído para o uivo grave de um cachorro chutado. Balançando a cabeça, McPhail observou o gelo derretendo no rosto do inglês.

— Você o acertou com muita força — disse McPhail. — Acho que quebrou o nariz dele.

— Um moscão como o Eric precisa aprender quando levantar voo — argumentou um dos habitués.

Depois que as garçonetes se espalharam e entregaram as cervejas pagas, incluindo uma para o Velho George, este gritou:

— Da próxima vez, não seja tão sensível, Calvino. Você não vai conseguir nenhum cliente novo fodendo com a minha clientela.

— Vou me lembrar disso, George — disse Calvino.

— É, faça isso.

Jack ajudou o inglês a caminhar até o outro lado do bar, onde ele se deitou de costas, ocupando o banco inteiro de uma das mesas fixas que estavam vazias. Ele apertou uma toalha com gelo mijado sobre o nariz.

Duas mesas depois, Howard, outro que sempre aparecia por ali na hora do almoço, estava debruçado sobre seu laptop. O bigode grosso, caído, cobria o lábio superior. Ele tirou um cigarro da boca no que pareceu um truque de mágica, o cigarro aparecendo em meio ao bigode. A fumaça subiu em espirais em torno de seu nariz quando ele olhou em direção ao inglês por cima da tela do laptop. Howard tomou um grande gole de seu uísque com soda e franziu o nariz enorme, vermelho.

— Aposto que você quebrou o nariz. Vou tirar uma foto e colocar no meu site.

Jack sentou de novo e bebeu da cerveja que Calvino tinha pagado. O inglês mantinha a toalha com gelo sobre o nariz. Ele não estava gemendo mais. McPhail se perguntou se o outro conseguia sentir o cheiro de urina na toalha. Provavelmente não, ele decidiu.

Howard tirou duas fotos com sua câmera digital. Ele as mostrou para uma garçonete, que fez o sinal de Ok.

— Você precisa cuidar desse nariz — disse Howard, tirando outra foto quando o inglês removeu a toalha, expondo a face enrugada em volta dos olhos, a pele de um azul pálido. O nariz estava achatado para um dos lados. — Uma vez, um amigo meu quebrou o nariz. Tentou ajeitá-lo por conta própria e simplesmente acabou com a cara dele. Toda vez que se olhava para ele, parecia que ele estava fazendo sinal que ia entrar à direita.

O Jameson com gelo de McPhail chegou com dois cubos flutuando no líquido âmbar. Ele empurrou os cubos com o dedo, o qual lambeu a ponta. O sangue havia sido limpo do balcão, do banco e do chão. A *mamasan* empurrou o DJ de lado e pôs "A Boy Named Sue", de Johnny Cash. A música pareceu acalmar os clientes. McPhail fez um gesto para uma garçonete trazer outra cerveja para Calvino. Ele tomou um gole de seu Jameson. O detetive não parecia nem um pouco disposto a qualquer conversa. McPhail acendeu um cigarro e se espalhou no banco, ouvindo Johnny Cash cantando "Folsom Prison".

Calvino estava com os olhos fixos à frente, como num transe, sem piscar, nada dizendo enquanto a garçonete colocou a nova cerveja, com filetes escorrendo dos lados, na mesa. Ele não estava prestando atenção. Em vez disso, em sua cabeça, a voz de Ratana se repetia num loop interminável. *Danielson era a sua grande esperança. Ele era nossa grande esperança. Agora ele está morto. Que esperança podemos ter?* Ratana tinha razão. Isso foi antes que Calvino contasse a ela sobre o emprego na OMS. Ela balançara a cabeça. *O que eu quero dizer é: que esperança de verdade nos resta?*

Ele acertara na mosca com a operação de pirataria de remédios. Exatamente como pensara, a fileira de fábricas era só uma escala para mercadoria barata, falsificada, feita na China. Eles estavam produzindo suas próprias falsificações. Nunca, em todos os seus anos trabalhando como detetive particular na Tailândia, ele enquadrara uma operação ilegal com tamanha precisão. Como a câmera de segurança de um banco acompanhando um ladrão em frente ao caixa automático: sem máscara, sem chapéu, sem nada, simplesmente mostrando a cara para a câmera.

Ele sabia que o que conseguira tinha valor e era explosivo. Os 10 mil não eram nada perto do que as grandes companhias farmacêuticas estavam perdendo em vendas. Ele fizera uma transcrição do grampo telefônico que registrara um tailandês falando com seu fabricante, dizendo que precisava de dinheiro para comprar ingredientes. Aqueles caras estavam com um negócio realmente grande. Fitas de áudio, transcrições e vídeo — o pacote não poderia ser melhor. Poder de barganha era uma coisa, mas ter um caso registrado em vídeo e áudio era o bastante para negociar a lua e as estrelas.

Com Johnny Cash deixando doida a população dos delinquentes com "A Boy Named Sue", Calvino não conseguia parar de se fazer perguntas como: por que Danielson não dissera que estava agindo por fora dos canais normais? Ele devia tê-lo informado de que estava entrando numa operação pela porta dos fundos. Ao menos assim Calvino poderia estar mentalmente preparado se algo saísse dos trilhos. Ele pensou no advogado com quem falara no telefone, repassando continuamente o que ele dissera. E, a cada vez, algo em seus instintos dizia que havia mais em jogo do que lhe disseram. Por que Lovell não quis lhe fornecer o nome do cliente de Danielson? Calvino conhecia as principais figuras do negócio farmacêutico. Ele apenas não fazia ideia de como localizar a pessoa certa. Ligar assim, sem mais nem menos, para uma dúzia de pessoas não era a maneira de conseguir seu pagamento, mas poderia ser uma boa maneira de revelar suas reais intenções e acabar sendo morto.

Era uma época de segredos e meias-verdades, de intriga e medo, de fraude e raiva. Os negócios dos advogados, como todos os outros negócios no país, tinham secado. Todo mundo estava num compasso de espera até a prolongada tempestade política passar. O medo era palpável no ar; o medo por não saber o que ia acontecer em seguida.

O que sobrara do nariz do inglês franziu-se contra a toalha.

— Que cheiro ruim — gemeu ele.

A cozinheira, com ar culpado pelo cheiro de urina na água gelada na toalha, corou, virou-se e escapou para a cozinha. Nenhuma das garçonetes a entregou. Sabiam que esse tipo de informação tinha um valor, e deixá-la escapar assim de graça seria um desperdício.

McPhail brindou com a borda de seu copo de Jameson no gargalo da cerveja de Calvino.

— Vinny, sua cerveja está ficando quente.

Calvino olhou para ele e sorriu. Bebeu direto da garrafa.

— Um bom golpe naquele idiota — disse McPhail. — As garçonetes já estão dizendo a ele onde pode conseguir um nariz novo por 5 mil *baht*. Por que elas só pensam em dinheiro?

— Eu preciso de 250 mil *baht* para adquirir o ponto no andar de baixo — comentou Calvino.

— O seu cliente novo não ia pagar mais do que isso?

— Ele morreu.

— Ah.

— Ataque do coração ontem à noite.

— Que droga, cara.

Calvino bebeu de novo direto da garrafa.

Uma garçonete passou as unhas compridas sobre a barriga de Buda satisfeito de McPhail, que transbordava da camisa havaiana desabotoada que ele vestia. Ela olhou para as mãos, nas quais cada unha estava pintada de verde-escuro, e enxugou-as com uma toalha.

— Você quente demais — disse ela. — Sua demais.

— E você, sua verminha, fala demais.

George, passando devagar pela mesa, deu um tapinha no ombro de Calvino.

— A quantia que você mencionou, Calvino, é muito alta.

— Não diga! — ironizou Calvino.

— A menos que você divida em quatro parcelas — disse McPhail.

Não era exatamente 250 mil *baht*, mas o suficiente para atrair seu interesse. Calvino ergueu os olhos de sua cerveja. Esfregou o lado da cabeça, sentindo um calombo onde o cabelo começava na testa. O golpe com a cabeça o deixara com o que parecia um chifre em crescimento.

— O que está querendo dizer?

— Estou fazendo aulas de culinária. — McPhail debruçou-se sobre a mesa.

— Culinária?

McPhail assentiu.

— E há quatro *mem-farangs* em minha turma.

— E elas vão me dar 2 mil dólares cada? — A cabeça latejou e o ombro doeu formando um contraponto em duas partes de dor.

McPhail, apoiado nos cotovelos, balançou para a frente e para trás.

— Elas têm maridos ricos. Estou lhe dizendo, Vinny, essas mulheres têm dinheiro para jogar pela janela. Cobre uns mil dólares e elas não vão nem duvidar. Não passa de um trocado para elas, se você souber como tratá-las.

— E você sabe?

Calvino bebeu de sua garrafa de cerveja e considerou a possibilidade de tomar dois analgésicos.

— Vinny, estou tentando ajudá-lo, que diabo. Estou lá aprendendo a preparar macarrão e elas ficam tagarelando sobre aquelas coisas de sempre de mulher. A besteirada habitual sobre estar ficando velha, e então elas começam a falar sobre spas, produtos de beleza, congestionamentos, problemas com empregadas, mas a conversa sempre acaba na mesma coisa. Elas têm medo de que seus maridos estejam dormindo com uma jovem tailandesa. Se esse medo pudesse ser engarrafado, seria energia renovável suficiente para transformar em petróleo de um dia para outro qualquer porcaria preta gosmenta que você largasse no deserto.

Uma lei de Calvino dizia: "melhor uma derrota limpa do que uma vitória suja", mas ele vivia num mundo em que essa lei tinha sido emendada. A nova versão era: "Se você puder obter uma vitória suja, aceite-a; nunca se renda por uma derrota limpa."

ONZE

Calvino ficou parado junto à porta. McPhail, cantarolando "Stayn' Alive", dos Bee Gees, avançou cozinha adentro. Pegando um avental de um cabide, ele o amarrou em torno da cintura sem diminuir o passo. Passou por uma fileira de pias e fogões. Olhando para trás por cima do ombro, apontou para Calvino, e então se inclinou e sussurrou alguma coisa para o chef, um homem corpulento, com a cabeça raspada sob o chapéu de cozinheiro, e um queixo quadrado com a barba que não fora raspada na véspera. Ele olhou fixo para Calvino, avaliando-o, assentindo enquanto ouvia McPhail. Depois que este terminou de contar sabe-se lá quantas mentiras, o chef piscou e fez um gesto para Calvino se aproximar. O detetive deixou a porta para trás e atravessou a cozinha. O cheiro de tomate, alho e pimenta do reino se misturava a odores mais leves de perfume e suor.

McPhail apresentou o chef Elmo Valerio.

— É um grande prazer conhecê-lo — disse Elmo, apertando a mão dele. — O seu famoso avô deve ter lhe ensinado muitas coisas.

A mão de Calvino petrificou-se, e ele a retirou. Deu um olhar incisivo a McPhail.

— Meu avô me ensinou muitas coisas. Falar a verdade é uma delas.

McPhail contara ao chef que o bisavô de Calvino tinha sido um pintor em Florença e criara os cenários para a ópera de Puccini, *Turandot*. E que, em Nova York, o avô de Calvino havia sido um chef famoso. A cidade instalara uma placa de bronze na Union Square com o nome de Calvino. Por que a cidade iria fazer tal tributo (ou onde na praça) para homenagear um chef italiano ficou sem explicação. O chef engolira a explanação de McPhail sem pestanejar.

Elmo nascera em Detroit. O sotaque italiano que aprendera, como o chapéu de cozinheiro e o uniforme branco engomado, era um toque final em sua imagem. Ficara perfeito no papel de chef, correspondendo ao que um cliente de restaurante elegante esperava que ele se vestisse, se portasse e falasse.

Na sala havia também três mulheres, duas louras e uma ruiva, entre o final dos 30 e os 40 e poucos anos, mas isso era só uma hipótese. Elas tinham chegado a um período em que os anos tornavam-se indistintos na gama universal da meia-idade, valendo-se de aplicações de botox. Poderiam ser irmãs — mesma mãe, mas pais diferentes. Extrovertidas, simpáticas e atraentes, em qualquer outra cidade seriam altamente requisitadas. Homens se acotovelariam entre si para se aproximar delas, oferecendo-lhes dinheiro, presentes e tempo, e fariam promessas e se comprometeriam. Mas elas não estavam em qualquer outra cidade; estavam em Bangkok.

Tinham sido acostumadas a exercer um poder eficaz por meio do sexo. Ligá-lo; desligá-lo. Lugar, hora, condições; cabia a elas planejar. Os maridos iam aonde elas queriam para acompanhá-las. Chamar o poder de barganha delas de monopólio seria estar perto da verdade. Era uma arma feminina, a sua caixa de ferramentas para garantir o que queriam — pé de cabra, chave inglesa ou britadeira. Depois de um par de semanas em Bangkok, caíam em si com a descoberta de que nada na velha caixa de ferramentas funcionava. O monopólio tinha sido quebrado; as armas, se tornado inapropriadas. Nessa cidade, todas as apostas eram desvantajosas. Era o que deixava a elas poucas oportunidades, como aprender a cozinhar comida italiana.

McPhail inspirou fundo, contendo as emanações tóxicas do Jameson, e disse com uma desenvoltura um pouco forçada:

— Eis as *Fab Four.*

— *Fab Four* eram os Beatles — disse Janet. — Não somos tão velhas assim.

Ela gostava de caçoar com McPhail. As mulheres tinham com frequência usado *Fab Four* como um apelido para si mesmas. Das três, Janet era a mais atraente, e tinha o tipo de rosto honesto, natural, que atraía os homens.

— Certo, então as novas *Fab Four.*

— *Fab Four* serve — disse Debra. — Não vejo problema.

Com um rosto cheinho, rápida em sorrir, ela tinha cabelos louros que não mostravam raízes escuras; eram genuínos. Ela entrou no jogo de fingida inocência de Janet.

McPhail rapidamente apresentou as mulheres, como um professor fazendo a chamada: Janet, Debra e Ruth. Ele olhou em volta.

— Onde está Millie?

Ruth piscou afastando duas lágrimas e então usou a mão para enxugar algumas mais que seguiram as duas primeiras e que haviam deslizado para suas bochechas.

— O marido dela morreu. Ela não vai vir às aulas por um tempo.

Ela tinha um rosto angular, lábios finos, pescoço comprido e pequenos olhos azuis que agora estavam inundados de lágrimas. Seu chapéu cor-de-rosa de abas largas estava puxado sobre a testa. O chapéu e o avental branco lhe davam uma aparência maternal, de dona de casa.

As outras assentiram.

— Ela pode desistir de frequentar as aulas. Não temos certeza. Ela tem tantas providências a tomar para o funeral de Andrew — disse Ruth. Alguma coisa nos olhos dela fazia com que se acreditasse em tudo o que dizia.

Calvino pigarreou.

— Andrew Danielson?

Ruth soluçou e assentiu. Não havia indício de histrionismo fingido; ficara genuinamente abalada com a morte de Danielson. Debra apertou a mão dela. Fazer o papel de mãe era do que Ruth precisava.

— Você conhecia Andrew? — perguntou Janet.

— Era um cliente meu.

Então Janet ofereceu a mão para Calvino.

— É triste perder o marido.

Calvino apertou a mão dela, embora a maneira como ela a estendera sugerisse um convite para beijá-la. *Quase tão triste quanto perder um cliente que lhe deve um monte de dinheiro*, pensou ele enquanto segurava a mão de Janet. Ela tinha o tipo de sorriso que usava todos os músculos para puxar para trás os lábios a ponto de revelar os dentes molares. O rosto de Janet não tinha sequer um indício de marca de expressão ou ruga. Era anormalmente lisa. Seus dedos eram finos como agulhas, e suas unhas brilhavam com esmalte incolor. Podiam facilmente se transformar em garras para deixar arranhões em costas despidas. Se houvesse uma busca pela namoradinha da América, ela seria uma das finalistas.

McPhail esgueirou-se para bem perto de Calvino e sussurrou:

— Você conhecia o marido de Millie? Por que não me falou, cara?

— Por que você não me falou que conhecia Millie?

— Por que eu faria isso?

— É a mesma coisa que eu estava me perguntando, McPhail.

— Você tem razão. Desculpe, sabe como eu sou com nomes. Nunca consigo lembrar.

O chef Elmo bateu palmas.

— Vocês estão em minha cozinha para aprender a preparar comida italiana. De volta ao trabalho — disse ele.

As mulheres circularam em meio a tábuas de picar, pilhas de panelas e frigideiras, pias de aço inoxidável, fornos importados e fogões a gás embutidos nos balcões. Era como ver comissárias de bordo se espalhando depois de ouvirem a voz do capitão pelo rádio interno, mandando-as se preparar para a aterrissagem.

O chef Elmo ajustou o chapéu de cozinheiro enquanto percorria as fileiras, num jeito de andar que aprendera no pátio de uma agência de carros usados. Seu paletó e sua calça branca estavam bem-passados e imaculados. Ele ia de uma aluna a outra, supervisionando de perto as atividades com precisão militar. Ou seja, ele parava perto delas, tocando suas mãos, mostrando os movimentos corretos para cortar, fatiar e picar. Cebolas, cenouras, talos de aspargo e de aipo. A cada mulher fora atribuída uma tarefa, uma faca, um posto de trabalho e um avental. A luz refletia nas lâminas das facas. Janet mordiscou pinoli de uma tigela. A organização parecia dar às mulheres uma sensação de finalidade, de alegria.

O chef Elmo manipulava três panelas como um malabarista. Linhas de suor escorriam em seu pescoço. Uma mancha úmida apareceu em volta do colarinho e sob as axilas. Dominava os movimentos de palco com a aparência de um profissional. Elmo sabia como se impor e entreter. Deixara Detroit para trás. McPhail sabia da reinvenção secreta dele e de seu passado como vendedor de carros usados nos Estados Unidos.

Calvino percebeu que as mulheres tinham desenvolvido uma personalidade coletiva. Janet, a espinha dorsal do grupo, observava o chef — ele estava em todos os lugares ao mesmo tempo —, que mexia o caldo de galinha com uma das mãos e, com a outra, guiava o fatiar de cenouras de Debra.

— Você deu sorte — disse o chef Elmo. — Hoje vamos fazer ossobuco. Gosta de ossobuco?

— *Vorrei um piatoo con il manzo* — respondeu Calvino.

O sorriso do chef se esvaiu.

— Não sei se ouvi direito.

Debra estalou a língua.

— Você fala italiano. Isso é tão, tão romântico!

— Eu disse que um bom ossobuco depende da qualidade do caldo — explicou Calvino.

O que Calvino dissera em italiano era que ele queria um prato com carne. Elmo não tinha entendido. Agora que isso estava fora do caminho, Calvino podia se concentrar em que outras mentiras estavam sendo contadas. Em vez de se concentrar na fraude do chef Elmo quanto à sua ascendência italiana, sua mente ocupava-se febrilmente do fato de que a viúva de Danielson era parte daquele grupo de mulheres expatriadas. Elas a conheciam e, se ele jogasse as cartas direito, poderiam levá-lo à sua única chance de acertar a conta que o falecido marido dela lhe devia.

— *Posso avere una bottiglia di il succo?* — Calvino pedira ao chef uma garrafa de suco. Mas obteve um olhar de incompreensão em resposta.

Seu alvo não era o chef, mas as mulheres, que se encantaram.

Elmo exclamou:

— Mas com certeza! Você aprendeu isso com o seu avô.

Calvino não respondeu a ele, mas concluiu que era melhor não desmascará-lo. Não queria arruinar a chance de voltar ali. No mundo das escolas de culinária para expatriadas, manter todos satisfeitos era o objetivo — especialmente as mulheres. Era mais ou menos assim: você coça as minhas costas, eu garanto que o molho do macarrão seja servido e você pode ter as mulheres depois da aula. Calvino entendeu a mensagem.

O chef Elmo foi até o posto de trabalho de Debra. Ela arrumara para trás o rabo de cavalo enquanto lutava com as cebolas. Lágrimas enchiam seus olhos azul-bebê. Ela usou as costas da mão para enxugá-las, mas foi inútil; corriam pelas bochechas.

— Debra, fatie e pique as cebolas. Desse jeito. — Ele pegou uma das cebolas e sua mão tornou-se um borrão. A cebola desapareceu num milhão de pedacinhos.

Debra tirou um lenço de papel de uma caixa no balcão e assoou o nariz.

— Você é tão talentoso — disse ela.

O chef Elmo deu de ombros.

— É a prática. Você pode aprender a fazer isso.

— Vou tentar. — Ela soluçou, o lábio inferior tremendo.

Todas tinham estado chorando por causa da notícia sobre o marido de Millie.

A cozinha do restaurante havia se tornado o santuário particular delas, um oásis além da extrema estranheza e das ameaças baratas que Bangkok representava. Seus filhos frequentavam escolas internacionais, seus maridos passavam horas a fio no escritório, e suas empregadas faziam barulhos fingindo limpar suas casas pagas pelas empresas. Tudo aquilo se traduzia numa vida com um substancial tempo ocioso, começando cedo de manhã e terminando no fim da tarde com o retorno das crianças da escola e o telefonema do marido dizendo que tinha uma reunião e chegaria atrasado.

Ou, no caso de Millie (excepcional, mas não inédito), uma ligação informando que seu marido estava morto.

As esposas tinham papéis menores em vidas cotidianas altamente roteirizadas, enquanto os maridos recebiam tratamento de estrelas. As mulheres tinham poucas falas. Uma câmera poderia mostrar uma rápida cena pela manhã e de novo tarde da noite. Uma piscada e bem se poderia perder o que elas faziam. Em troca, as *Fab Four* tinham uma vida de isolamento confortável, cercadas por luxo e conveniência. Mas, em vez de felicidade e contentamento, seus dias e noites eram preenchidos por insistentes dúvidas quanto à fidelidade de seus maridos.

Na cozinha do chef Elmo, era como se estivessem em casa. Elas misturavam, picavam, mexiam, provavam e conferiam a temperatura do forno, tendo encontrado um lugar onde podiam facilmente se reunir, evitar o trânsito e as multidões acachapantes, e se abrigar juntas. Na cozinha do chef Elmo eram produtivas. Ocupavam um espaço em que se destacavam. O que elas faziam na cozinha podia ser visto como uma atividade com propósito e sentido.

Calvino trabalhara para mulheres exatamente como elas. O serviço era pegar seus maridos como se estivessem novamente com 16 anos, dando risadinhas e cutucando as *yings*, que os faziam se sentir como estrelas do futebol no ensino médio. Mas a similaridade era sobretudo na superfície. Por baixo, cada caso tinha seu próprio conjunto de infelicidade, conflito, ameaças e abuso. Ninguém, dos policiais aos detetives particulares, queria se envolver com casos domésticos.

Depois que a aula de culinária terminou, as mulheres sentaram-se juntas à mesa. O chef desaparecera, aparentemente com medo de que Calvino fosse entabular outra conversa em italiano. O ossobuco, a salada, o pão e o vinho tinham feito o serviço. Elas se descontraíram, conversando como se McPhail e Calvino não estivessem presentes.

— A secretária dele estava ligando de noite — disse Janet. — E para falar sobre o quê? A vida pessoal dela e o quanto estava sozinha. Eu disse: "Despeça-a." Ele disse: "Ela é uma boa secretária." E eu retruquei: "Uma boa secretária não telefona para seu patrão às dez da noite para falar de sua vida sexual." — *Isso é bom*, Calvino pensou.

Talvez McPhail tenha interpretado corretamente a psique do grupo, pensou Calvino. A chave, ele disse a si mesmo, era fazer com que Janet aderisse ao programa de vigilância de maridos. Então as duas outras mulheres iriam atrás como patinhos seguindo a mãe pata que atravessa a estrada.

— Este é o meu amigo, Vincent — disse McPhail. — Ele é especializado em vigilância doméstica. Ele pode ajudá-las.

Janet Herron fez o vinho girar até a borda de sua taça.

— Pode mesmo?

— Eu lidei com alguns casos domésticos.

Mas ele tentara não aceitá-los. O código da *omertà* funcionava entre membros da comunidade expatriada no que se referia a assuntos sexuais. Um homem podia ser morto por violá-lo.

— Ele é o melhor detetive particular de Bangkok.

Calvino sentia-se mal toda vez que McPhail fazia essa afirmativa exagerada. O melhor detetive particular era invisível, honrado, andava na lama sem reclamar, e não deixava marcas dos pés sujos em sua sala de estar. Seguir maridos estrangeiros indo a motéis era lama pura, até a altura dos quadris. Ele não estava satisfeito consigo mesmo.

— Já ouvi isso antes — comentou Debra. — Mas todo mundo diz que é o melhor dos melhores. Estou certa, Sr. Calvino?

— Você iria preferir alguém que não se mostrasse confiante, Debra?

Clientes em casos domésticos eram, em sua maioria, conflituosos, emotivos e irracionais. Estavam muito envolvidos e, qualquer que fosse o resultado do caso, a linha entre certo e errado acabava borrada.

— Mas é tão ocupado que até tem tempo sobrando para assistir à nossa aula de culinária — disse Debra, retocando a maquiagem. Ela nem sequer se deu ao trabalho de erguer os olhos de seu espelhinho.

— Ele está nos entrevistando? — perguntou Janet.

— Eu pedi a ele que viesse, senhoras. Ele cancelou seus compromissos desta tarde para vir aqui. Tudo o que estou tentando fazer é ajudar. Toda vez que venho à aula, vocês estão falando sobre alguma jovem *ying* de bar ou secretária, ou coisa parecida, se atirando nos braços de seus maridos. Foi Debra quem disse que a pior parte é não ficar sabendo — argumentou McPhail. — Ela tem razão. Eu gostaria de saber. Vocês não?

Janet tomou um gole de seu copo de vinho.

— Ed está certo.

— Jack nunca me trairia — disse Ruth.

Seus olhos cinzentos lhe conferiam um olhar distante, triste, e o que parecia ser um sutiã tamanho GG lhe dava uma certa vantagem, embutida, em relação às mulheres locais.

Debra revirou os olhos. Ainda estavam vermelhos de picar as cebolas.

— Quanto você cobra? — perguntou.

Calvino fez algumas contas na cabeça. Como Millie Danielson não era mais uma cliente em potencial, ele tinha de calibrar seus honorários se quisesse ter alguma esperança de comprar o ponto da casa de massagem.

— Três mil — disse ele. — Dólares americanos. — Era dinheiro suficiente para ele ter certeza de que elas iriam recusar e ele poderia continuar indo atrás do dinheiro que um advogado morto lhe devia.

— E o que eu recebo por isso? — Ela dedilhou o colar.

— Por 3 mil? Serviço profissional. Enviarei fotografias, vídeo e um relatório completo. Normalmente leva duas ou três semanas. Às vezes, um caso prossegue por alguns meses. Mas sou meticuloso. Se ele estiver traindo, descobrirei onde, quando e os nomes das mulheres.

Ruth espirrou vinho pelo nariz.

— Você quer dizer, mais de uma mulher?

Era o momento de enrolá-las com uma história de guerra.

— Já segui um cara que estava dormindo com cinco mulheres. Não todas ao mesmo tempo. Mas ele se encontrava com duas ou três ao mesmo tempo. Mas nunca com as cinco. Ao menos, nunca o peguei com todas juntas. Foi um caso exaustivo.

A cozinha ficou em silêncio, exceto pela máquina de lavar pratos. Nenhuma delas sabia como reagir, ou o que dizer.

— Quanta energia isso deve ter tomado — disse Ruth. Era a mais quieta, com o chapéu cor-de-rosa.

— Ele estava em boa forma — admitiu Calvino.

Ele se perguntou se alguma vez ela fazia amor usando aquele chapéu. Uma voz dentro dele lhe disse para sair pela porta naquele instante. Ele realmente queria dinheiro da parte suja do negócio? Querer não estava em questão. Ele não ia sair pela porta, não, não podia. Suas costas estavam contra a parede.

— Não, eu quis dizer para segui-lo, captar todas essas prostitutas em vídeo. Deve ter sido cansativo — disse Ruth.

— Ele já disse que foi exaustivo, Ruth — apontou Debra.

— Eu preferia não entrar em números — declarou Janet.

As mulheres ficaram quietas. Estariam pensando sobre o tamanho dos pés dele ou no número de mulheres na história? Não ficou claro.

McPhail olhou de relance para Calvino e assentiu. Como golfinhos, as mulheres tinham um jeito de se comunicar entre si que envolvia apenas pensar e não falar. Qualquer que fosse o sistema de sonar que usavam, tinham chegado a um acordo naqueles poucos momentos de silêncio.

— Quem quer ser a primeira? — perguntou Debra.

Ruth recuou seu copo de vinho.

— Acho que devíamos tirar no palitinho.

— Isso é justo — disse Debra.

— Podemos ter alguma espécie de desconto pelo grupo? — perguntou Ruth.

O marido dela estava em sua segunda temporada na cidade. Ela era uma veterana, de modo que barganhar, como era o costume local, tinha se tornado sua segunda natureza.

McPhail sorriu presunçoso, fazendo uma expressão curiosa.

— Ele já está lhes dando um desconto — disse.

— Há outros investigadores particulares. Alguns trabalham por menos — afirmou Calvino. — Darei a vocês alguns nomes.

Por um momento, pareceu que elas iam aceitar a oferta dele. Ele começou a relaxar e se descobriu sorrindo. Iria voltar ao escritório e descobrir um jeito de localizar o cliente que tinha procurado Danielson atrás de provas da operação de falsificação de remédios. Era como sua mãe dizia: "Tenha o dinheiro na mão; então saia pela porta." Ele sempre achava que as coisas iam dar certo.

Janet fez um gesto na direção da garrafa de vinho.

— Isso não será necessário, Sr. Calvino. Sabemos tudo sobre os outros investigadores particulares de Bangkok. E não tivemos uma boa impressão.

As duas outras mulheres assentiram, concordando.

— Devíamos abrir uma nova garrafa de vinho.

— Outra garrafa de vinho, Janet? Tem certeza? — perguntou Debra.

— Finalmente temos um novo projeto. Então, por que não comemorar?

Lei de Calvino: quando um homem leva uma mulher para um motel, o que acontece dentro do quarto fica no quarto. Ele acreditava que o que se passava entre um homem e uma mulher era inteiramente da conta deles. Lucrar com as atividades no quarto de outro homem não era diferente de ser cafetão. Não era um jeito apropriado de tocar um negócio. Mas havia mais detetives particulares na cidade agora, e os velhos costumes estavam se perdendo. A *omertà* não mais mantinha os segredos entre homens. Ele disse a si mesmo que a comunidade de expatriados tinha mudado, se desmembrara em facções, com lealdades divididas. Os *farangs* que viviam apenas entre si só brincavam de ser expatriados. Nunca estavam realmente dentro do jogo. Eram espectadores, amadores ou carreiristas só interessados em si próprios. Calvino perguntou-se o que devia a eles. Eram aves de arribação com ninhos confortáveis com todas as despesas pagas que aprendiam a lei mais profunda, que eles tinham suas contas pagas e salários, mas não passavam de forasteiros. Ele repassou o raciocínio. Algo dentro de seu crânio lhe dizia que ainda não estava certo.

No que concernia às mulheres, 3 mil dólares era um preço baixo para evitar que elas se tornassem invisíveis, não mais que imagens residuais na vida de seus maridos. Que preço alguém podia colocar na alvorada de um novo dia, um recomeço, insinuando a possibilidade da esperança de que iriam sobreviver a Bangkok? Com os braços em volta das cinturas das outras, Ruth no meio, seu chapéu cor-de-rosa enquadrando a imagem, elas sorriram para Calvino.

— Certo, 3 mil dólares está ótimo. Vamos pagar — disseram elas, numa voz sincronizada.

Ele tinha se colocado numa armadilha.

— Tenho que encerrar alguns casos antes.

Era muito dinheiro. Calvino viu o letreiro do One Hand Clapping sendo retirado.

— Você vai precisar disso.

Janet rapidamente pôs na mesa quatro fotografias como se estivesse dando cartas. Pareciam ser fotos de passaporte. Cada um dos homens usando terno e gravata, e tinham aquele olhar "não mexam comigo", perfurando buracos nas lentes da câmera. Uma das fotos era de Andrew Danielson.

— Há algo mais — disse ele, olhando para as imagens dos quatro *farangs* de meia-idade. Teria sido difícil distinguir um do outro numa fila de suspeitos da polícia, ou nos bancos de um bar escuro. Calvino tocou a borda da foto de Danielson, arrastou-a para fora do grupo. — Esse não é Andrew Danielson?

McPhail olhou por cima do ombro.

— Esse é Danielson?

Calvino assentiu. Janet enrubesceu.

— É, é o Andrew. Eu me esqueci de tirar a foto dele.

— Ele parece com o Alec Baldwin — observou McPhail. — Como pode alguém que parece tão jovem morrer de ataque do coração?

— Ele tinha 53 anos — disse Ruth.

— Cara, gostaria de ter uma aparência boa assim aos 53 anos.

— Você não tinha uma aparência boa assim nem aos 33 — comentou Calvino. Ele não conseguia tirar os olhos da fotografia de Danielson. — Danielson era amigo dos seus maridos?

As três mulheres se entreolharam, e baixaram os olhos para o chão de cerâmica cinza como se estivessem procurando uma maneira de escapar pelo ralo de metal no canto. Janet pegou a foto de Andrew Danielson.

— Erro meu. Eu deixei a foto de Andrew junto com as dos outros — disse, como se aquilo explicasse por que ela estava com todas as fotografias, para começo de conversa.

— Nós saímos juntos como casais — comentou Ruth.

— Então, seu marido o conhecia? — perguntou Calvino.

— Claro. Por que a pergunta?

Calvino sorriu. Os maridos daquelas senhoras bem poderiam levá-lo a encontrar o seu dinheiro.

— É o meu serviço fazer perguntas. Por exemplo, por que vocês carregam fotografias dos maridos das outras? Seria para o caso de encontrarem com um detetive particular, e poderem passar as informações rapidamente? Siga este, e aquele. Oh, este morreu. Não é preciso segui-lo.

— Por favor, não seja cruel — disse Janet.

As *Fab Four* pareceram derrotadas, constrangidas.

— Não fique abalada. Não devia ter acontecido. Mas aconteceu. Você precisa superar isso — incentivou-a Debra.

Ela pegou a foto antes que Janet conseguisse pegá-la. Debra enfiou a foto de Danielson em sua bolsa e a fechou. Calvino não se incomodou e sorriu, sentindo que um caminho podia ter sido aberto para ele rastrear o dinheiro que Danielson lhe devia. Um desses maridos cujas fotografias ele estava fitando bem poderia saber o nome do cliente para o qual Danielson estava trabalhando fora dos canais normais. Contudo, Calvino não podia se precipitar; teria de descobrir qual marido tinha a munição que ele queria antes de poder comemorar.

— Eu disse que foi um erro deixar a foto de Andrew com as outras — apontou Janet, como se isso explicasse por que as mulheres estavam brigando pela foto de um homem morto.

— Há mais fotos que vocês distribuem feito pizza? — perguntou Calvino.

— Não. — Elas estavam na defensiva.

— Vocês poderiam me dar o telefone de Millie Danielson? Posso devolver a fotografia do marido dela. — Ele encurralara as três.

— Acho que precisamos primeiro perguntar a ela — disse Janet. A defesa frágil tornou-se uma atitude de respeito a danos emocionais. — Ela está passando por tanta coisa...

— Por que quer o número dela? — perguntou Ruth.

Ele provara suas credenciais ao identificar a foto de Andrew Danielson.

— Eu conhecia Andrew. Queria dizer o quanto sinto pela perda dela. — *E ele me deve dinheiro.*

Debra inclinou a cabeça da maneira que uma mãe faz quando um filho diz exatamente a coisa certa.

— Eu vou lhe dar o número de Millie.

Ela abriu a bolsa e pegou um livreto bastante gasto. Calvino viu a palavra "risco" quando ela o virou e escreveu o número de telefone na contracapa. Então ela entregou-o para ele.

No caminho de volta para o escritório, Calvino olhou o livro fino de capa dura, com pouco mais de 1 centímetro de espessura. Na capa amarela estavam impressas as palavras *O risco de infidelidade*. Ele folheou-o, encontrando páginas de diagramas e tabelas listando cidades, países e regiões geográficas. O livro se abriu bem na página sobre a cultura das casas de massagem. Cento e vinte e três páginas muito manuseadas documentando a história, a cultura e os rituais na Tailândia. Mesmo com um olhar de relance, Calvino notou que o oportunismo interesseiro era gritante nas páginas. Ele fechou o livreto bem folheado e o enfiou no bolso do paletó. Sua mão roçou no revólver .38.

Mais de um milionário devia a sua fortuna ao que os tailandeses chamavam de *ruang tai sadue*: histórias, contos, boatos, piadas e fofocas sobre o que acontece abaixo da região do umbigo. Parte autoajuda, parte manual, parte almanaque e parte livro de receitas, *O risco de infidelidade* ensinava às mulheres como usar a comida para controlar maridos viciados em sexo: "Você precisa atingi-lo emocionalmente — no estômago. Esqueça todos esses sermões que ouviu sobre moralidade e apelos à razão, lógica ou compromisso. Esses discursos frios e estéreis nada significam quando ele está sendo atraído por dúzias de mulheres jovens e disponíveis. Quando ele chegar em casa, esteja esperando com o jantar. Dê a ele algo especial pelo qual anseie — atum amarelo é bom. Por que não tentar guacamole com wasabi? A sensualidade de tomates grelhados, *Zuppi di pesce* e abóbora com a casca tostada é garantida. Mantenha uma garrafa de Dom Pérignon na geladeira. Constantemente, refine a si mesma através de suas habilidades culinárias e os outros talentos serão ampliados."

Calvino deduziu que *O risco de infidelidade* era a história mais recente sobre o que acontecia ao redor do umbigo ou máquina de fazer dinheiro *tai sadue*. Outra das leis de Calvino entrava em jogo: a pessoa que estimula suspeitas sobre atividades ocorrendo abaixo do umbigo faz uma fortuna, enquanto ao detetive particular contratado para fazer o trabalho de formiguinha de achar provas pede-se desconto. Como todos os mercados, era melhor comprar com base no boato e vender com base no fato.

DOZE

Siri traçou uma linha invisível ao longo da estante de vinhos. Ela parecia entediada, distante. Toda vez que olhava na direção de Lovell, as emoções transbordavam e ela desviava o olhar. Era a maneira como uma mulher olhava para um homem que achava repulsivo. Lovell não tinha percebido, na luz tênue da adega. As quatro paredes do cômodo tinham estantes do chão ao teto. Vinhos de excelentes safras da França, Austrália, Itália, Espanha e Califórnia. Lovell retirou uma garrafa de Château de Vialle. Examinou cuidadosamente o rótulo. Ela testemunhara antes aquele ritual de Lovell de escolha de vinho; só que, então, tinha achado charmoso. Agora esse hábito dele a aborrecia.

Ela observou-o lendo o rótulo, como que procurando significados ocultos numa cláusula de indenidade. Lovell encheu as bochechas, bufou e repuxou os lábios antes de virar a garrafa para ler a parte de trás. Com a memória que possuía, ela sabia que cada detalhe de cada rótulo estava alojado no cérebro dele. Por que ele lia a informação de novo se já a sabia? Estava tentando impressioná-la? Ela resistiu ao súbito impulso de bater nele. Sua presunçosa autoimportância a fazia querer agredi-lo, fazer sangrar. Ela se odiava por esse sentimento.

Lovell, cabeça baixa, pegou dentro de seu paletó uma tabela com as avaliações de Robert Parker. Esse era outro dos rituais de Lovell que já não eram mais encantadores. Parker dizia que aquele vinho era "coriáceo" e, além de complexo, tinha aroma de figos secos. Na luz fraca, Lovell conferiu a lista de novo e verificou mais uma vez o rótulo antes de devolver a garrafa à estante. Estava acima de seu orçamento. Ele planejava, num futuro não muito distante, pedir Château de Vialle para uma comemoração especial. Estava fora de questão naquela noite. Ele dirigiu-se para a seção de vinhos italianos e selecionou uma garrafa de merlot. Um merlot cujo aroma jamais chegaria às narinas de Robert Parker.

Siri comentara que cheirava a torrada queimada e azeitonas. Era o mesmo vinho que tinham tomado no mês anterior. Ele gostara daquela garrafa.

Virando-se para Siri , que o olhava, ele sorriu e mostrou-lhe a garrafa de merlot.

— Acho que pode ser esse.

— Não quero esse. Lembra hospital, tanto no cheiro quanto no gosto.

Ela se apoiou na mesa no centro da sala. O chef tinha permitido que eles ficassem sozinhos na adega.

Lovell piscou como se não acreditasse no que ela dissera.

— Hospital?

Parker nunca comparara o aroma de um vinho a cheiro de hospital. E de que, exatamente, um hospital tem gosto? Mas, antes que ele fizesse a pergunta, Siri tinha pegado a garrafa e a devolvido à estante.

— Não podemos experimentar algo diferente? Por que você sempre escolhe o mesmo vinho toda vez que a gente vem a este restaurante? Você olha nessa lista, mas nunca escolhe uma garrafa dela. Por que você faz isso? Não percebe que não é normal?

— Você está chateada — disse ele.

— Não estou chateada.

— Você está brava.

Ela ficou parada com os braços cruzados.

— Por favor, escolha um vinho. Estou com frio.

— Achei que já tivesse escolhido.

— Não quero aquele vinho. Não... não me agrada.

— Siri, isso não tem nada a ver com o vinho, tem?

Ela baixou os olhos com um suspiro profundo.

— O que foi?

— Deixe para lá o vinho. Prefiro tomar água. Além disso, depois do jantar, você vai para um bar com o Stiles.

Ele tirou outro vinho da estante, andou até ela e tentou pegar a sua mão, mas ela a afastou. Ele nem tinha se incomodado em ler o rótulo.

— Não vamos a um bar.

— Você vai sair com o Stiles. É aonde ele vai querer ir.

— Eu disse a ele que não iria a um bar.

Ela estalou a língua.

— O que mais você disse a ele?

— Que você não queria que eu fosse.

— A decisão cabe a você — afirmou ela, as mãos na cintura. Empertigou-se, encarando-o diretamente. — Você pôs a culpa em mim?

Ele murchou, apertando a garrafa no peito.

— Eu não pus a culpa em você.

— Por que você não podia simplesmente dizer: "não é o meu estilo, não gosto de ir a bares"? Você podia ter dito isso. Mas, não, você se esquiva de qualquer responsabilidade.

— Eu quero descobrir sobre o trabalho dele no arquivo da Avenant Pharma. Para fazer isso, preciso sair com ele. Conversar com ele quando estiver descontraído. Preciso fazer com que ele ache que foi ideia dele sair, ou vai pensar que quero alguma coisa.

— O que é o caso. Então, por que não perguntou a ele no escritório? Se é coisa de trabalho, não entendo por que você tem de discutir assuntos confidenciais de um cliente num bar.

Lovell mordeu o lábio inferior e balançou a cabeça.

— Não devíamos discutir sobre isso. É algo que eu preciso fazer. Além disso, não vai demorar mais do que o tempo de um drinque. Não compensa discutir.

Os olhos dela se arregalaram.

— Não compensa. Quem o ensinou a dizer isso? Você está me gozando?

"Não compensa discutir" era uma das expressões fixas dela quando queria terminar um assunto, evitar um tópico ou deixar de lado um erro que cometera. Ficar brava a tinha cansado, e quaisquer recursos emocionais escassos de que ela pudesse dispor estavam agora acabando. Siri chegara a um ponto sem volta, em que alguma coisa trincava e o cérebro animal reajustava o vocabulário para o modo de ataque total. Lovell se perguntava o que a estava incomodando, deixando-a irracional.

— *Mai wai jai.* — Um sibilar na voz dela destacou a palavra "mulherengo" como se fosse um estandarte de meio quilômetro de comprimento.

— O que eu não entendo...

— É... que eu não confio no que você diz.

— Se não se trata do vinho, por que você não me diz a verdade?

A imagem dele na cabeça dela tinha se alterado. Ela simplesmente o via de uma maneira que a fazia questionar a si mesma.

— Por que você quer que eu tenha dúvidas sobre você?

— Eu não quero isso.

Ele não conseguia suportar ver o sorriso distorcido dela.

— Suas ações não dizem o mesmo que as suas palavras.

— Você está dizendo que eu estou mentindo?

Ele estava ficando bravo, apesar de todos os seus esforços.

— Às vezes as pessoas mentem para si mesmas.

— Eu não faço isso.

— Por que você tem uma memória perfeita, certo?

Danielson estava morto, e a verdade no caso era que Lovell tinha evitado ir ao *wat* para apresentar suas condolências. Funerais e gente morta faziam Lovell se sentir pouco à vontade. Ele não queria pensar na possibilidade de morrer. E, depois de todo o interrogatório da polícia, e então a reunião com Cameron e Weerawat, ele se sentia isolado, solitário, como se pudesse ver a si mesmo através da lente do telescópio dos outros. E não gostou do que via. Mais do que tudo, ele queria ficar longe da morte, de investigações e do escritório de advocacia. Com uma garrafa de vinho e sua namorada, a verdade era que o que ele queria era deter o tempo, fazê-lo parar, se excluir dele — mesmo se apenas por algumas horas. E então queria fazer a Stiles algumas perguntas.

— Bom, você vai ficar na adega a noite toda? — perguntou ela.

Lovell ergueu os olhos para ela, estendendo a mão para pegar a dela. Siri saiu na frente, subindo a escada e então parou para olhar para trás.

— Eu já estou indo — disse ele. — Dê-me um minuto.

— Posso lhe dar todo o tempo que você quiser. — Ela desapareceu na escada.

Foi como se ele tivesse visto Siri pela primeira vez, não como uma mulher com quem já fizera amor ou alguém com quem estivesse seriamente envolvido, mas como uma desconhecida. Foi uma estranha que se esgueirou para fora da meia-sombra e desapareceu na luz fraca da adega. Ele tinha o trabalho dele e tinha Siri — os dois polos de sua existência, o eixo em que o seu dia de 24 horas girava. Lovell fechou os olhos, sentiu o perfume dela e então se encostou a uma das estantes de vinho. Nada estava funcionando da maneira que devia. Era como se ele tivesse virado uma esquina e tudo tivesse repentinamente mudado. Era incompreensível a rapidez como tudo ocorrera. Com a carga de trabalho pesada no escritório de advocacia, ele vinha ignorando-a. Disse a si mesmo que a culpa era dele. Eles estavam saindo há mais de quatro meses e aquela tinha sido a primeira briga séria. A experiência deixara-o sentindo-se incerto quanto a seus sentimentos. Ver outro lado de Siri tinha suscitado uma pequena voz de dúvida. Era impossível conhecer uma pessoa completamente, mas ele se deu conta do quão pouco realmente sabia sobre ela, e quão pouco ela sabia sobre ele. Compartilhavam um conhecimento superficial alimentado sobretudo por encontros seguros e casuais.

Ele devolveu à estante a garrafa que estava segurando, pegou o merlot que ela dissera que cheirava a hospital e tinha gosto de queimado, e subiu a escada para o restaurante. Ele poderia ter se precipitado atrás dela. Mas decidiu que era uma questão de princípio. *Defenda seu território*, pensou ele. *Pense bem sobre isso tudo.* Era o que Danielson teria feito: aconselhado, escrito um memorando, mandado por e-mail, e então completado com uma cópia em papel. Ver como se desenrolava. A verdade? Claro, era importante. Mas verdades competiam como cavalos de corrida. A questão era qual verdade cruzaria a linha de chegada primeiro. A verdade alojada em seus sonhos? Suas contas? Seu currículo? A memória de seus amigos e família? Muitas verdades. Ele iria explicar tudo isso para Siri durante o jantar. Eles fariam as pazes, voltariam à casa dele, e fariam amor. Essa era a verdade a que ele se aferrou quando chegou ao alto da escada.

Ela tinha ido embora. O garçom veio até ele e disse:

— Sua amiga, ela foi embora.

Ele sentou-se à mesa enquanto o garçom retirava o prato de Siri. Depois de um instante, não havia traços de que ela alguma vez tivesse estado no restaurante, na mesa ou em sua vida. O garçom inseriu o saca-rolha, abriu a garrafa e lhe ofereceu a rolha. Ele a cheirou. Nenhum sinal de cinza ou fumaça, ele disse a si mesmo. Provou o vinho, e então o garçom encheu o copo. Ele bebeu-o de uma vez e, antes que o garçom retornasse, se serviu de mais um copo. Ficou ali sentado sozinho, bebendo. "Um brinde à verdade. Um brinde a Andrew Danielson."

TREZE

Lovell ainda estava sentindo uma ponta de apreensão quanto a encontrar Graham Stiles. Quando Stiles ligou, ele pensou em inventar um desculpa para cancelar o encontro. Stiles, em vez de discutir o assunto, deu a ele um endereço e o instruiu que fosse quando terminasse de jantar. Lovell bebeu o restante do vinho e pagou a conta. Um táxi esperava do lado de fora. Ele entrou no banco de trás e deu o endereço de um dos clubes exclusivos localizado no coração da zona verde da Thanon Sukhumvit.

Stiles era membro de carteirinha do clube. Tecnicamente, o local não era o mesmo que um bar de striptease. Ninguém girava em torno de mastros cromados, e nenhum *farang* usando bermuda, camiseta e sandália podia entrar. A regra para os trajes era um esporte mais elegante, preferivelmente camisa social e gravata. As *hostesses* usavam vestidos de noite e sapatos prateados de salto alto. Ao parar na entrada, um porteiro abriu a porta e esperou que ele pagasse o motorista. Ao sair do táxi, Lovell percebeu que gostaria de ter feito isso antes. O clube era um mundo elegante, isolado do trânsito, de mendigos, da calçada esburacada e do calor.

Alguma elegância lhe seria bem-vinda. Seus pensamentos voltaram para Siri lhe encarando com desgosto. Ela mantivera distância dele na adega. *O que você sabe sobre a verdade?*, dissera ela. Isso abrira a mente dele. Ele não tinha tentado agradá-la, manter o relacionamento a um nível em que ambos tinham concordado que era agradável? Ela não podia deixar em paz o que já era perfeito. Ao que lhe dizia respeito, Siri ter partido abruptamente era um jeito infantil de puni-lo por se encontrar com Stiles. Ela lhe lembrara do acordo que haviam feito, mas encontrar com Stiles para uma bebida num clube noturno não era ir a um bar, de modo que, tecnicamente, não era uma violação. Siri não se conformara com seu argumento estreito de advogado. Não se tratava de lógica. Ela queria, precisava de alguma coisa que ele não estava dando a ela. Aquilo tinha sido uma revelação.

Stiles, as mãos soltas ao longo do corpo, andou até ele. Ele tinha um movimento firme, seguro em seus passos. Parou perto de Lovell, estendendo a mão.

— Eu não tinha certeza se você viria, sabe — disse Stiles.

Eles trocaram um aperto de mãos. Parecia uma coisa estranha de se fazer, apertar a mão de Stiles, que não via problemas em botar os sapatos sobre a mesa de Lovell.

— Nada de bares. Esse é o único limite — disse Lovell.

— A ética precisa ter algum propósito, Lovell — declarou Stiles. — Explique-me: como não ir a um bar é ético? Só um palerma usa mulheres e ética na mesma frase.

— Eu prometi a ela que não iria a bares. E eu mantenho minhas promessas. Acho que isso me faz um idiota do caralho. — Ele deixou de fora o nome de Siri.

— Um idiota com um cartão de memória como o que você tem na sua cabeça pode ser salvo.

Não era necessário, mas Lovell estendeu a mão e ajeitou a gravata de Stiles.

— Cameron disse que você era estranho.

— Cameron é o seu modelo de normalidade?

Stiles sentiu que estava chegando a algum lugar. Suas sobrancelhas se franziam quando ele estava sendo sério sobre alguma coisa. Ele tinha um queixo forte, masculino, e seu cabelo castanho estava penteado para trás. As mulheres no escritório achavam-no atraente. Ele flertava com elas. E, no caso da secretária de Lovell, Wan, Stiles sabia como corrompê-la com um pacote de biscoitos.

— Mas você não está vivendo *em* Bangkok.

Lovell ficou quieto. As sobrancelhas de Stiles se uniram, formando uma linha única sobre os olhos. Isso significava que ele estava falando sério. Mas parecia uma pergunta capciosa.

— Certo, então onde estou vivendo? — perguntou Lovell depois de uma longa pausa.

— No escritório, que está localizado em Bangkok. Mas você não está vivendo em Bangkok. Isso é o que eu quero dizer.

— Eu me atenho ao que é importante, se é o que você quer saber.

Stiles puxou uma das *hostesses* para o seu colo. Meio espantada, ela deu uma risadinha e se remexeu enquanto ele fechava os braços em volta da cintura dela. Ela não fez nenhum esforço real para se desvencilhar. Os clientes tinham privilégios quando eram membros. Todas as *yings* sabiam as regras e, se alguma não estivesse satisfeita, as forças do mercado seguiriam seu curso, e a substituiriam por outras *yings* com rostos sorridentes. A alternativa era uma casa de massagem como a One Hand Clapping, e a vida num lugar como aquele era pior.

— Eu devia ter sido um menestrel duzentos anos atrás. Não é, querida?

— Você homem engraçado — disse ela, beliscando a bochecha de Stiles.

— Equilibrando *yings* em meu joelho, cantando para elas, recitando poemas épicos, ensinando-lhes a cantar e a dançar.

— Qual é o seu nome? — perguntou ela.

— Khun Phaen — disse Stiles. — O mais famoso amante tailandês de todos os tempos. Eu renasci e você é a minha Nong Phim.

Ele espremeu as bochechas dela e a beijou. A mão dele explorou o rosto e pescoço dela, e então desceu pela frente do vestido, onde encontrou os seios.

— Não acho que ela esteja gostando disso — comentou Lovell.

Stiles explodiu numa risada.

— Gostando disso? — Ele fechou o punho sob o vestido dela, pressionando o nó do indicador como um mamilo ereto. — Deixa-a feliz. Não é, querida?

— Nong Phim — disse ela, rindo. — Meu Khun Phaen. — Ela se inclinou e beijou Stiles na testa. Ele gesticulou para que ela fosse embora, e ela saiu do colo de Stiles num movimento demorado e gracioso. Fez a ele um *wai* e desapareceu.

Lovell ficou na borda de seu assento, enraivecido, fervendo de raiva.

— No poema épico — disse Stiles —, Nang Phim era compartilhada por dois homens. Khun Phaen, o que ela amava, e Khun Chang, o pentelho gordo e feio. Mas ele tinha dinheiro. Ele cuidava dela, lhe dava ouro e prata. Entendeu a mensagem? É subliminar com as *yings*. Ele é um bom homem, ele cuida dela. É isso que foi ensinado durante duzentos anos. Khun Phaen se insinua no quarto de Nang Phim, trepa com ela, e então vai para a cama da meia-irmã dela e trepa com ela também. Eles não dizem "trepa". É tudo nessa linguagem curiosa, floreada, sobre barcos sendo jogados pelos ventos e pelo mar, mas todo mundo sabe que eles estão trepando. E todo mundo aceita a situação como perfeitamente normal. Menestréis por centenas de anos saíam pelo país contando a história de Khun Chang e Khun Phaen. A tradição nunca morre: apenas se transforma em TV e filmes e livros. Ou os homens usam amuletos de Khun Phaen. As crianças ainda aprendem o poema na escola; Siri deve ter aprendido. Pergunte a ela alguma hora sobre Khun Chang e Khun Phaen. É a cultura *dela*. A infidelidade não só é ensinada, é celebrada. Não há como não adorar isso. Lembre a ela que o que ela está pedindo de você não só não tem poesia, mas ainda vai contra o mais famoso de todos os poemas tailandeses. E pensar que, quando criança, eu detestava poesia. Mas nunca apareciam poemas como esse em New Jersey.

Lovell não tinha certeza se devia acreditar em Stiles.

— Besteira — disse ele.

— Pergunte a Siri sobre Khun Chang e Khun Phaen. Nang Phim indo de um para o outro como uma bola de pingue-pongue. Com um, depois com o outro, indo e voltando. Sabe o que aconteceu com Nang Phim?

Lovell balançou a cabeça.

— Não faço ideia.

— Ela foi esquartejada. Isso significa ser desmembrada por cavalos.

— Sei o que quer dizer.

— Sabe mesmo? Isso significa que as *yings* sempre foram descartáveis. Se elas não conseguem se decidir, você se livra delas e começa de novo. Então pergunte a si mesmo o que mais você não sabe sobre onde está vivendo. Lovell, você precisa acordar. Caia na realidade. Isso é o que Danielson teria lhe dito.

— Ele teria dito "real". — Ele olhou ao redor do salão. — Não consigo imaginar Danielson neste lugar.

Stiles acendeu um cigarro e exalou a fumaça. Lovell desviou a fumaça com a mão.

— Então você precisa de uma imaginação nova. Eu lhe contei que Danielson era membro deste clube? — perguntou ele, dando uma tragada.

Lovell olhou para sua bebida e moveu a mão por cima dela como um mágico sobre uma cartola.

— Eu devia ter ido ao *wat* hoje à noite. Mas não tive ânimo.

— Eu fui — disse Stiles. — Quase todo mundo do escritório estava lá. Sua ausência foi notada.

Eles se sentaram numa mesa e uma garçonete trouxe uma toalha quente e limpou o rosto de Stiles. Outra atendente começou a fazer o mesmo no de Lovell, mas ele deteve o braço dela.

— Não achava que você e Danielson se dessem bem — comentou Lovell.

— Isso era no escritório. Depois do trabalho, nos dávamos muito bem. Compartilhávamos o mesmo desejo por uma dose diária de dopamina — Ele se arrepiou ao pronunciar as palavras: — A necessidade de explorar.

Lovell não estava ouvindo. Ele só conseguia pensar em Cameron olhando sobre os óculos para o *wat*, procurando-o entre os presentes e não o encontrando.

— O que você quer dizer ao falar que minha ausência foi notada?

Stiles sorriu e puxou uma das garçonetes para o colo. Ele estava se preparando para o segundo ato de um poema épico.

— Cameron perguntou onde você estava. Andrew era o seu chefe. Acho que Cameron esperava que você fosse ao *wat*. Mostrar sua cara. Apresentar suas condolências. Liderar os enlutados na canção.

— O que ele disse?

Ele fora muito rápido para o meio do ringue e Stiles o estava esperando.

— Só que estava surpreso de não tê-lo visto.

— Sabe o que me incomoda, Stiles? — O vinho o tinha deixado tonto.

— Você vai me dizer de qualquer jeito. Então diga logo.

— Por que Noah Gould não procurou você com o problema dele de pirataria. Você cuidava da conta da empresa dele. No entanto, ele procurou Andrew. Isso é estranho.

— Noah veio me procurar com o problema — disse Stiles. — Estávamos trabalhando nele. Clientes ficam com fogo no rabo.

— Mas você não estava chegando a lugar algum.

— Quem lhe disse isso?

Lovell deu de ombros, e então virou o pescoço para um lado, em seguida para o outro.

— Se você estivesse conseguindo resultados, Gould não teria ido atrás de Andrew para pedir ajuda.

— Diria que você terá de perguntar a Andrew quanto a isso. — Um sorriso passou pelo rosto dele. — Mas isso é um pouco difícil. Ou você poderia perguntar a Noah. Mas não tenho certeza de que você realmente deva se meter nisso. Já está com problemas suficientes. Não mostrar a cara no funeral de Danielson hoje à noite foi uma mancha negra, John. Ele era o seu chefe, porra.

Lovell havia trabalhado até as 20 horas e Cameron tinha posto a cabeça na porta de seu escritório e lhe fizera o sinal de positivo com o polegar. "Sempre o último a sair", dissera Cameron. "Você tem futuro nesse escritório." Mas ele nada mencionara quanto a ir ao *wat*.

E agora Stiles, o canalha presunçoso, massageando os seios da garçonete, insinuava que ele estava numa encrenca séria. Sua ausência fora notada.

— Você deixou cair a bola, Lovell. — Ele sorriu e encheu de novo o copo. — Deixar cair a bola não é fatal. Você a cata e corre com ela. Só não abandone o campo arrastando os pés como um perdedor amargurado.

Isso era o que significava apoio moral no escritório de advocacia. Stiles não tinha exatamente tripudiado, mas não mostrara lá muita compaixão, tampouco.

Um clube noturno era sobre paixão; compaixão nunca fazia parte do pacote. Clubes exclusivos evitavam qualquer coisa que pudesse deixar um cliente remotamente desconfortável. Justamente o oposto: o desconforto de Lovell dava a Stiles certo conforto, se não abertamente prazer.

— Irei ao *wat* amanhã. — Lovell tomou um gole de um uísque com soda.

— Hoje à noite foi o grande evento, a cerimônia de despejar água. Todo mundo ficou em fila e despejou água sobre a mão de Danielson.

Sua mão direita estava da cor fosca de um *klong* poluído. Não dá para se conservar muito bem corpos nesse clima. Eles começam a se decompor imediatamente.

Ele fez uma pausa, ergueu o copo.

— Eu vi onde Danielson pusera aquela mão. E não foi só em seu bolso. Dá o que pensar. Essa pode ser minha última apalpada na terra. Os últimos seios que tocarei. As luzes se apagam, e uma fila de gente de quem nunca gostei estará derramando água lustral na minha mesmíssima mão.

Bile amarga subiu na garganta de Lovell, como se o vinho tivesse começado a longa jornada de seu estômago subindo para a garganta e a boca. Ele se inclinou e cuspiu na toalha agora fria com que a garçonete tentara limpar o seu rosto. Ela estava sentada no sofá ao lado dele, as mãos cruzadas, sorrindo e tentando parecer contente. Lovell percebeu que, como Siri, a garçonete estava chateada com ele; ela não queria estar naquele sofá, e ele podia perceber a repulsa sob a tentativa inútil da jovem de ocultá-la.

— Convidá-lo para sair hoje à noite foi ideia de Cameron — disse Stiles.

Stiles tinha ido até onde estava o corpo de Danielson e despejado água em sua mão. Todo mundo do escritório despejara água. E eu estava ficando bêbado e brigando com Siri, pensou Lovell.

— Alô, está me ouvindo?

Stiles percebera como os olhos de Lovell tinham ficado vidrados como se ele tivesse entrado num transe. Ele sorriu, pensando que era a garçonete no sofá que o estava distraindo.

— Cameron notou que eu faltei à cerimônia da água no *wat*.

Stiles suspirou. *O cara não tem jeito,* ele pensou.

— Foi ideia dele que eu o levasse para sair. Apresentá-lo ao lugar onde você trabalha.

— O que mais ele falou?

Stiles limpou a garganta, e então, num sussurro imitando Cameron, disse:

— Lovell é um bom homem. Mas não faz nada além de trabalhar. Fico preocupado com o rapaz. É desumano trabalhar tanto assim e nunca sair. Nós não queremos máquinas em nosso escritório. Queremos advogados que compreendam como os tailandeses pensam e agem. Esse é o valor que damos a nossos clientes.

— Cameron disse isso? — Embora ele tenha percebido que, se fechasse os olhos, poderia vê-lo falando.

Stiles aninhou o rosto entre os seios amplos da *hostess*, que tinha escapado e voltado, sugerindo que nem queria ter fugido, para começo de conversa. Ele estava fazendo um barulho balbuciante e infantil de uma hélice de helicóptero torta. Ela riu e empurrou a cabeça dele, e colocou outra castanha-de-caju na boca de Stiles como se estivesse recompensando uma foca por fazer um truque.

— Leve aquele rapaz para a rua — disse ele num sussurro. A garçonete pôs um dedo sobre os lábios de Stiles, que a beijou. — Você fica a todo vapor o dia inteiro. Ela fica assim a noite inteira. É por isso que se dá tão bem com advogados. — Ele a beijou na bochecha, puxou a coxa dela e enfiou a língua em sua boca. Lovell desviou o olhar. Ele queria vomitar. — "Mostre a ele uma boa diversão", foi o que Cameron disse. E me deu uma piscadela e um cutucão.

A parte sobre a piscadela e o cutucão afetou um pouco a credibilidade de Stiles. Ele não conseguia imaginar Cameron fazendo algo assim. Era típico de Stiles, e não algo que Cameron fizesse.

— Você não acredita em mim? — perguntou Stiles.

Lovell desviou os olhos dos dele. O outro advogado não falara nada sobre a Avenant Pharma e a decisão de Noah de tirar o caso de falsificação dele. Era difícil acreditar em qualquer coisa que ele dissesse. Ele pensou em silêncio sobre Danielson indo àquele clube, sentando onde ele estava sentado, as mesmas mulheres na mesa, e Stiles com a gravata afrouxada, muito à vontade, esfregando o rosto entre os seios de uma jovem garçonete.

— E você sabe o que eu disse a Cameron?

Lovell esperou que ele lhe dissesse.

— Eu disse: "Tenho certeza de que Lovell é a favor de manter boas relações entre os sexos." E Cameron pôs a mão em meu ombro e falou: "Mostre a ele como são as coisas. Explique a poesia do lugar para ele. Ele é um garoto esperto, vai entender." Tivemos um acordo tácito. E agora estou aqui. E você está sentado aí.

— Mostrando como são as coisas. Explicando a poesia. — Enfiando sua língua tosca na garganta de uma *hostess*, pensou Lovell.

Stiles tirou a língua da boca da *ying*, jogou para trás a cabeça e riu como se aquilo fosse algo engraçado.

— Sabe por que estou rindo?

Era um mistério, a noite inteira. Por que Stiles estava lhe dizendo tudo aquilo, e agora rindo dele. Cameron, se tivesse dito alguma coisa, gostaria que permanecesse em sigilo. Danielson dissera que Cameron dava valor à lealdade, ao silêncio e ao medo. Que ele flertava com forças invisíveis: determinação e ambição. Sua vida era grande demais para ficar confortavelmente instalada em qualquer consolo de lareira.

— O que é tão engraçado?

— Eu disse a essa aqui que você é o Khun Chang. Ela sabe que eu sou o Khun Phaen. E eu lhe disse que ela tinha de escolher. E sabe o que ela respondeu? — Ele fez cócegas na axila dela. — Diga a ele, querida.

— Não posso decidir.

— Essa é, em três palavras, a essência das 22 mil linhas de um poema épico.

— É por isso que Cameron o escolheu? — perguntou Lovell. — Por que você leu poesia tailandesa?

— Ele me escolheu porque eu vivo a poesia.

A *hostess* continuou sorrindo enquanto se inclinava para a frente e graciosamente colocava cubos de gelo no copo de Lovell. Stiles tinha se separado da garçonete, se recostara expansivamente, então sorriu e deu um tapa no traseiro de outra moça que passava. Ela emitiu um gritinho bem agudo e retribuiu com um tapa de brincadeira na mão dele.

— Só estou pedindo a conta — disse Stiles. Ele tirou do bolso um maço de notas e pediu a conta.

— Quanto é a minha parte? — Lovell pegou a carteira.

Stiles ergueu a mão como um guarda de trânsito. Deixar Stiles pagar incomodava Lovell. Ele era o tipo de pessoa para a qual não gostaria de ficar devendo nada.

— Posso pagar — disse Lovell, agarrando o papel quando a garçonete o trouxe numa bandeja de prata.

— Vai para a conta de um cliente.

— Avenant Pharma? — perguntou Lovell.

— Por que não? Falamos de negócios, afinal. Stiles deu de ombros, recostou-se, puxando a *hostess* com ele. Lovell olhou a conta, seus olhos se acostumando à luz crepuscular do salão. Ele procurou mais dinheiro em sua carteira, engolindo em seco. A conta era em preços de Nova York. Ele viu Stiles sorrindo para ele do outro lado da mesa, e colocando 5 mil *baht* na bandeja.

— Vamos embora — falou.

Lovell corou, suas bochechas ficando de um vermelho brilhante. Não ter dinheiro suficiente correspondia em humilhação a disparar acidentalmente um alarme de incêndio. Dava vagamente a sensação de um insulto, um que o irritava, obrigando-o a ficar grato de uma maneira que não teria acontecido se ele simplesmente tivesse deixado Stiles pagar a conta, como o outro oferecera.

— Um conselho. Sempre leve 15 mil *baht* quando sair. Dinheiro para andar por aí. Pense nele como dinheiro de Khun Chang. Se você aparece com pouco dinheiro, as meninas podem ficar com a impressão errada. A falta de dinheiro as confunde. Deixa-as apreensivas.

— Vou me lembrar disso.

— Poesia.

— Vou me lembrar disso também.

— Mais uma coisa, Lovell. Não se envolva com o caso da Avenant Pharma. Só um conselho amigável.

— Isso soa quase como uma ameaça.

Stiles deu um tapa nas costas dele.

— Relaxe. Tente não pensar no trabalho.

Lovell sentiu certo alívio por a noite estar terminando. A conta estava paga e eles mal tinham saído quando Stiles fez sinal para um táxi, abriu a porta, empurrou Lovell para dentro e entrou atrás dele.

— Mais uma parada antes de dar a noite por encerrada.

— Nada de bares.

— Siri o submeteu a alguma espécie de terapia de aversão? Você parece um papagaio. "Nada de bares, louro quer biscoito, nada de bares." Você está fora da gaiola. Tente abrir as asas. Pode voar. Prometo que não vai cair.

O motorista de táxi começou a rir da voz de papagaio de Stiles. Ele tinha jeito para imitações. Sua habilidade tornava-o popular no escritório, dentro de táxis, e com as *yings*. Seu traquejo social lhe assegurara um lugar no círculo mais próximo de Cameron. Não era um mau lugar para estar. Pela primeira vez naquela noite, Lovell invejou a posição de Stiles no escritório. Ele testemunhara como Stiles se comportava, sempre à vontade, engraçado, e no controle. O outro tinha espantado as perguntas sobre Noah Gould e a Avenant Pharma como se livraria de uma mosca.

Mais uma parada não vai ser tão ruim, pensou Lovell.

Stiles se virou, absorto em pensamentos, e olhou pela janela. Seus dedos tamborilavam na borda da porta. Ele mantinha o ritmo de uma música dentro de sua cabeça. Era como se tivesse uma trilha sonora rolando em sua mente. O que rolava na cabeça de Lovell, no entanto, era uma pergunta: por que a morte de Danielson tivera um impacto tão superficial em Stiles?

QUATORZE

Em frente ao *soi* da Nana Plaza, Vincent Calvino estava sentado no café de um hotel. De seu lugar, ele tinha uma ampla vista da porta e das outras mesas fixas junto à parede leste e, além delas, das mesas com pernas cromadas no centro do salão estreito. Os funcionários do café esperavam o movimento que ocorria depois que os bares fechavam. Mais da metade das mesas estava vazia, de modo que por enquanto estava tranquilo para eles. Eles ficavam parados em grupos, conversando. Depois, mais clientes começaram a chegar. Um garçom olhou o relógio. O rush da noite começara. Os bares tinham apagado suas luzes. As primeiras *yings* de bar tinham passado por sua metamorfose, trocando seus biquínis por roupas de passeio, transformando-se de um tipo de borboleta para outro, e deslocando-se de uma parte da selva para a próxima.

Os homens que entravam encontravam-se em todas as estações da vida — velhos avôs, funcionários de escritório, professores, viajantes e habitantes locais sem meios de subsistência visíveis. Num extremo estavam os rostos contorcidos como se seus sapatos, ou roupa de baixo, estivessem apertados demais. No outro extremo ficavam os homens com os rostos relaxados, sonsos como se tivessem se esquecido de pôr a roupa de baixo antes de sair do motel. Entre os dois extremos havia rostos inundados de expectativa e desejo, ardendo por encontrar alguém.

Calvino reconheceu uma ou duas pessoas, mas não sabia bem de onde. Quando via alguém fora de contexto, demorava um bom tempo para lembrar quem era. Avaliar as pessoas quando se estava à espreita requeria uma concentração considerável. Ele ficava imóvel, observando todos os traços e detalhes de cada um que passasse pela porta, tentando lembrar se já o tinha visto antes, arquivando a fisionomia dele em sua memória. Havia memorizado as três fotografias das *Fab Four*. Na mesa, ao lado de uma xícara de café, estava *O risco de infidelidade.* Ele começara a lê-lo enquanto examinava o salão, só para acabar percebendo que relia sempre os mesmos trechos.

O livro era repleto de argumentos. Por exemplo, afirmava que as pessoas não conseguiam distinguir entre causalidade e correlação.

Como galinhas de fazenda que acreditavam que o canto do galo fazia o sol nascer. Ou camponeses que acreditavam que homens ricos eram inatamente bons, e se importavam com suas mulheres e cuidavam delas. Havia seções no livreto sobre como os homens gostavam da parte de caça do sexo mais do que do próprio sexo. Como os homens iam atrás de uma nova mulher só porque ela era nova, não porque ela pudesse ser mais bonita ou mais jovem ou melhor na cama do que sua esposa. O interesse dele se concentrava em com quem ainda não tinha trepado. Uma nova mulher produzia no homem uma onda de endorfinas, que era uma droga, e o resultado disso era que certos homens tornavam-se viciados em mulheres.

Calvino pôs de volta o livro na mesa, tomou um gole de café. Tinha ficado frio. Ele resistiu ao impulso de continuar a leitura de onde tinha parado. Olhando em volta no salão, os viciados em endorfina de meia-idade se acumulavam, olhos constantemente percorrendo o perímetro.

Bangkok era infestada desses predadores fantasmagóricos espreitando presas. Como o café e o estacionamento eram os reservatórios de água daquela selva, mais cedo ou mais tarde, a presa aparecia para beber. Calvino foi para a margem à procura de Howard Herron, o marido de Janet. Ele era um homem grande, um pouco obeso, com seus 90 quilos. Howard tinha 52 anos, mas parecia ter 30 e poucos. O casal havia se conhecido na faculdade. Janet estava trabalhando na casa de penhores de seu pai em Seattle. Howard fora penhorar uma corrente de ouro. Eles saíram para tomar um café e nunca mais se separaram desde então. Agora Calvino estava esperando Howard sair para outro café com alguém que não era a sua esposa.

O coronel Pratt entrou e viu Calvino sentado sozinho nos fundos, folheando um livreto, com uma xícara de café pela metade na mesa. Sentou-se ao lado de seu amigo e um garçom entregou-lhe um cardápio. Como estava vestido à paisana, aparentemente ninguém sabia que ele era um policial. Sem abrir o cardápio, o coronel pediu chá e outro café para Calvino.

— Você não vai pedir nada para comer? — perguntou o detetive.

Pratt pôs o cardápio na mesa.

— Já comi.

— O macarrão chinês é bom.

Pratt assentiu.

— Você comeu?

Calvino olhou para um prato de batatas fritas frio.

— Não estou com fome. Não consigo comer quando estou trabalhando. Fico sem apetite.

— Ouvi dizer que você conseguiu um novo caso...?

— Três casos novos. É um pacote.

O coronel Pratt sorriu. Com as costas para a porta, seguiu os olhos de Calvino esquadrinhando os rostos atrás dele.

— Então você está se dando bem?

— A vida não poderia estar melhor.

— Fico contente em ouvir isso. Você passou por maus bocados ultimamente. Quem são os clientes?

Calvino explicou que suas três clientes eram donas de casas expatriadas que não tinham lugar algum para ir e pouco para fazer em casa enquanto os filhos estavam na escola, e acabavam se inscrevendo em caros cursos de culinária. Antes do chef Elmo, tinham tido aulas com vários outros chefs locais — culinária japonesa, francesa, tailandesa, coreana, sueca —, todos cobrando os olhos da cara para colocá-las em trabalho forçado e fazer com que se sentissem bem, como se elas realmente estivessem aprendendo algo de útil.

— Ensinar a donas de casa a arte de cozinhar é um belo golpe — disse Calvino.

— Foi isso que suas clientes disseram?

— Vítimas a caminho do matadouro nunca reclamam até ser tarde demais.

As aulas haviam se tornado a peça central de vidas que, anteriormente, eram sem sentido. Ele imaginava que as *Fab Four* tinham certificados em quantidade suficiente para revestir as paredes de uma pequena sala.

— Uma das mulheres me deu isso — apontou Calvino, e empurrou o livro sobre a mesa. O coronel Pratt o abriu e leu a página de rosto.

— *O risco de infidelidade.* Interessante. De que se trata?

— Fica entre um boleto de apostas de turfe e um relatório de fundo de investimento sobre o mercado futuro de commodities. O público-alvo são as esposas expatriadas. Elas compram o livro porque contém uma tabela estatística que prediz a probabilidade de traição pelos seus maridos. Há um ranking de 63 cidades, conforme o risco de infidelidade de um marido. Bangkok está em primeiro lugar.

— Só um por cento dos mais tolos compra algo assim.

— Se considerarmos o mundo inteiro, é um mercado grande — disse Calvino.

— Suas clientes acreditam que os maridos delas as estão traindo?

Calvino deu de ombros, esquadrinhando os rostos das pessoas no restaurante. O coronel estava certo quanto a números que haviam sido manipulados para comprovar uma tese. Ninguém quer ir a uma festa e ser abandonado. Calcular as probabilidades de isso acontecer tinha um bom potencial de mercado. Vendia porque ia direto ao cerne do problema: a avaliação do risco que uma mulher enfrentava, apresentando também uma promessa de mostrar exatamente onde as minas terrestres se concentravam.

— A infidelidade tornou-se internacional. Ninguém nunca diz às pessoas que, enquanto a globalização faz os lugares e mercados mais acessíveis, as pessoas nesses lugares são diferentes. Alguns desses caras têm dinheiro, camisas brancas e gravatas. As mulheres sorriem para eles como se realmente os quisessem. E os caras logo acham que aquilo é de verdade. Essas mulheres os atraem de uma maneira que não acontecia havia anos. As esposas captam a mudança na atitude dos maridos. Elas querem saber o que devem fazer em seguida.

— Esse livro promete respostas a elas? — perguntou Pratt.

— É o sonho de um marqueteiro. Dez passos para salvar o seu casamento quando você se muda para o exterior. Faz as mulheres ficarem pensando demais nas coisas erradas.

— Ou evita que elas pensem. Mas pode ser bom para o ramo de investigações particulares — disse Pratt.

— Não estou me queixando.

— Assim é a vida. Não importa o que seja, sempre há um lado bom para alguém.

— E um ruim para alguém como Andrew Danielson. Eu disse a você que a esposa de Danielson é uma das integrantes do grupo, certo?

— Eu não teria vindo aqui se você não tivesse dito. Agora me explique: como você percebeu a relação delas com Danielson?

— A fotografia dele era uma das quatro que elas me mostraram de seus maridos.

— Estranho.

— Esquisito. Mas lá estava. Eu achei que um dos maridos poderia me levar ao homem que Danielson estava representando.

— Um dos maridos irá dar o nome do cliente de Danielson?

— É uma possibilidade. — Calvino contraiu o maxilar. — Pratt, eu vou conseguir o meu dinheiro.

O coronel Pratt inclinou-se para a frente, apoiando os braços sobre a mesa. Essa informação sobre a conexão de Danielson com o grupo de culinária das mulheres expatriadas o pegara de surpresa. Ele folheou o livreto, não tanto o lendo, mas considerando a possibilidade de que uma das esposas expatriadas pudesse ser útil em aparar as arestas relativas à morte de Danielson.

Calvino viu o coronel com os olhos fixos numa página do livreto.

— Bangkok é a número um — informou-lhe.

— Um antro de destruição de casamentos? — perguntou o coronel Pratt.

— Os caras que escreveram isso estão prestando um serviço público inestimável.

O *risco* habilmente distorcia todos os estereótipos, estimulava emoções com números aleatórios, alimentando a raiva e o medo como se a posição de número um tivesse algum significado especial. Não havia dúvida de que esse tipo de livreto tinha sido bom para o ramo da investigação particular. Detetives particulares deviam ficar enchendo o editor de cartas, pedindo que as atualizações fossem trimestrais em vez de anuais.

— Você devia agradecer a eles. Mas ninguém mais escreve cartas — disse o coronel Pratt. — É tudo por e-mail.

— Eu vou mandar um e-mail para eles com a sua sugestão. Algo mais que eu devesse dizer?

Um garçom usando uma camisa branca de manga comprida e a calça preta de algodão chegou com um bule de chá e serviu uma xícara para o coronel. Pratt acrescentou leite e meia colher de chá de açúcar, e mexeu a bebida até ficar branca.

Erguendo sua xícara, ele disse:

— Os deuses são justos, dos vícios que nos agradam fazem instrumentos para nos torturar.

— Isso é Shakespeare.

— *Rei Lear* — completou o coronel Pratt.

Calvino pensou num *farang* velho furibundo, puxando os cabelos por causa das mulheres que o traíram. O detetive demorou-se na imagem mental, dando um olhar de esguelha ao coronel, que estava virando outra página do livreto.

O coronel Pratt deteve-se na leitura, ergueu os olhos e percebeu a expressão atenta no rosto de Calvino, com os olhos fixos nos *farangs* que entravam no café.

— Você disse que uma das mulheres tinha uma foto de Andrew Danielson.

Aquilo fora razão suficiente para o coronel Pratt abandonar o conforto do lar e se juntar a Calvino em seu posto de trabalho.

— É, e não acho que tenha sido um acidente. Elas queriam que eu a visse. — Como dando cartas, ele distribuiu cada uma das três fotos dos maridos suspeitos sobre a página aberta de *O risco de infidelidade*. — Uma das mulheres fez algo como o que estou fazendo. A foto de Danielson estava junto com estas três.

O coronel Pratt examinou cada rosto.

— Onde está a foto de Danielson?

— Debra, uma das esposas, imediatamente a pegou. Disse que tinha sido um erro incluí-la no meio das outras.

— Alguma ideia de por que ela disse isso?

Calvino fez um movimento de rotação com os ombros, verificando se haveria uma pontada de dor. Não sentiu nenhuma e então relaxou.

— Elas vieram com um "oh, como essa foto veio parar aqui?" Mas eu não engoli. Não acho que saibam como todos esbarramos na desculpa do erro de um descuido.

— Você não acha estranho que uma mulher tivesse as fotos de todos os quatro maridos?

— Você já leu o bastante do *Risco* para saber que elas deviam estar em alerta máximo.

O coronel Pratt balançou a cabeça.

— Com que expressão ela estava quando retirou a foto de Danielson?

— Constrangida.

Calvino apontou para a foto de Howard Herron.

— Esse é o cara que estou procurando essa noite. Aparentemente, costuma vir a esse café.

O coronel Pratt pegou a foto, examinou o rosto. Servindo-se de mais chá, misturou-o com açúcar e o tomou. Dessa vez, ele olhou a imagem mais de perto, perguntando-se quão bem aquele *farang* (e os outros) tinha conhecido Andrew Danielson. Ele anotou o nome completo de Howard, e os dos outros maridos também. Os nomes tinham sido escritos no verso das fotos, com outras informações — altura, peso, data e local de nascimento. O *Risco* tinha uma página de instruções sobre como fornecer dados para uma investigação. Colocar os dados pessoais no verso das fotos era uma das recomendações. Ele anotou também esses detalhes e fechou seu caderninho.

— Há grandes chances de que o relatório toxicológico de Danielson tenha sido alterado — disse o coronel Pratt.

— O que há por trás disso?

— Uma possibilidade é que alguém não queria um relatório que entrasse em conflito com o veredicto de ataque do coração.

— Alguém no departamento?

O coronel Pratt nunca se comprometia em assuntos assim.

— Não sei.

— Você está dizendo que Danielson foi assassinado?

— Não sei. Não há indícios o bastante para se chegar a essa conclusão. Só porque foi alterado não quer necessariamente dizer alguma coisa. Pode ter havido um erro no primeiro relatório, que então foi corrigido.

O coronel tinha assumido uma postura defensiva. O código de conduta do policial era defender e proteger seus colegas, especialmente em relação a pessoas de fora. E Calvino não apenas não era um policial; era ainda um *farang*. Isso o tornava duplamente de fora. Pratt tinha ido tão longe quanto se permitia.

— Vamos supor que Andrew Danielson foi apagado e alguém quer encobrir isso. Qual é o motivo? Deixe-me adivinhar: foi algo pessoal ou uma questão de negócios.

A explicação-padrão oficial para um caso de assassinato dividia o mundo dos assassinos nessas duas categorias. Os jornais citavam essa teoria dual na maioria dos casos de homicídio. Era uma frase clichê usada pela polícia e, não importando o que tivesse acontecido ou por que, o jornalista mais cedo ou mais tarde recebia o crédito por ter identificado de imediato o motivo.

— Danielson lhe devia um monte de dinheiro — disse o coronel Pratt, sorrindo.

— Vamos, você pode fazer melhor que isso. Os outros três maridos podem acabar como Danielson.

O rosto do coronel estava com uma expressão distante.

— Tudo é possível.

— As *Fab Four* liquidando seus maridos um a um, e eu tropeço no conluio delas e lhes dou informações. Isso me tornaria um cúmplice — disse Calvino, olhando para o alto.

Quando Pratt olhou para a xícara de chá vazia, tentou interpretar as folhas dentro dela.

— Talvez as esposas queiram ter certeza antes de dar o próximo passo — comentou ele.

Calvino esfregou os nós dos dedos de uma das mãos, esticando-os.

— Elas são como eu. Querem o dinheiro delas. Respeito isso. Faz com que eu as compreenda.

— O dinheiro é só um tipo de vingança.

Essa era uma das frases habituais do coronel Pratt, uma espécie de visão-padrão do policial de um mundo que nunca era estável ou previsível, onde qualquer coisa podia ir embora flutuando. Um mundo onde todas as opções permaneciam em aberto e as motivações nunca eram imutáveis.

— Um amigo que trabalha no Instituto Médico-Legal me contou sobre o relatório toxicológico — disse o coronel Pratt. Ele estava tentando dar algo a Calvino.

— Alterado? Eu espero que descubram quem fez isso — disse Calvino. — Mas preciso voltar ao trabalho.

— É possível que a morte de Danielson tenha alguma coisa a ver com o caso de falsificação em que você estava trabalhando?

Agora ele tinha toda a atenção de Calvino, que pensou por um instante se devia ou não contar ao coronel Pratt sobre Danielson ter mantido o caso fora dos registros do escritório de advocacia. Para um sócio em sua posição violar as regras, Andrew Danielson devia ter uma boa razão.

— E se fosse um caso particular de Danielson? — perguntou o detetive particular.

O coronel chamou um garçom e pediu mais água quente no bule. Então ele se voltou de novo para Calvino.

— Particular? Não entendi. O que isso quer dizer?

— O escritório de advocacia não tem registro do caso. Isso quer dizer que Danielson, por alguma razão, queria mantê-lo fora dos livros.

— Por que ele faria isso?

— Um conflito de interesses? Ou ele recebeu o honorário adiantado e não queria dividir com os sócios.

— Alguma ideia de para quem Danielson estava trabalhando?

Calvino suspirou, e inspirou entre os dentes.

— Era isso que eu estava tentando descobrir. Eu tenho a empresa farmacêutica. Mas não posso telefonar e perguntar: "Ei, pessoal, alguém no departamento de vocês foi atrás de um advogado, agora falecido, chamado Danielson e fez um negócio paralelo para desmascarar uma operação de falsificação? Poderiam me passar o contato de alguém aí no escritório que saiba sobre isso?" A quem eles me passariam? Pratt, preciso de mais informação. Consegui três pistas. Os três maridos casados com amigas da viúva de Danielson. Isso é melhor do que nada.

— Mas você não faz ideia se eles podem ajudar.

Calvino coçou a cabeça onde o golpe deixara um galo.

— Eu concordo, mas é um começo. O que não entendo é por que alguém o mataria. Ele é um advogado. Tire-o da jogada e quem quer que tenha contratado Danielson encontra outro para substituí-lo. É preciso subir a corrente e pegar a ameaça original. O cara que mandou esse advogado me contratar.

Pratt cheirou o chá e pôs a xícara cuidadosamente no pires. *Vincent não faz ideia de quem contratou Danielson,* pensou ele. A falsificação era um negócio de gato e rato. Os gângsteres locais com frequência eram pegos tocando operações no fundo dos *soi*. Eles pagavam uma multa, mudavam-se e recomeçavam o negócio no dia seguinte. Ter sua base fechada era apenas um custo do negócio; dificilmente seria uma razão para matar alguém.

— Nós já interrogamos um advogado americano chamado Lovell — disse o coronel Pratt. — Ele trabalhava como parceiro de Danielson. Foi a última pessoa a vê-lo vivo. Ele poderia lhe dar informações sobre o seu caso.

— Já tentei isso. Ele me disse para cair fora.

— Ele está sob muita pressão, não acha?

— Ele precisa de uma razão para falar.

Todos no mundo dos negócios escondiam algo; o que escondiam era ligeiramente diferente do que artistas de golpes e fabricantes de drogas falsificadas escondiam. Escritórios de advocacia eram pagos para ocultar coisas sob o manto do sigilo profissional e da comunicação privilegiada. Calvino trabalhara como advogado em Nova York e sabia que um advogado fornecia um *bunker* reforçado onde guardar informações delicadas. Uma regra de sigilo profissional era tão boa quanto um colete à prova de balas. Mas o caso nunca aparecera nos registros do escritório de advocacia. Era uma distinção sutil, e que vinha incomodando Lovell.

O coronel Pratt tomou seu chá quente.

— Eu não falei que desisti de Lovell — disse Calvino, e estava para acrescentar alguma coisa quando parou no meio da frase e baixou os olhos para o prato de batatas fritas frias. Pegou uma e a mastigou. Ele verificou o celular. Tinha três chamadas não atendidas de Janet Heron. Calvino olhou de relance para Pratt, que esperava mais informação sobre Lovell.

— Você deu a ele uma razão para falar com você?

Calvino assentiu.

— Consegui registrar a operação de falsificação. Está maravilhoso, Pratt. Peguei os caras fazendo a porra toda, colocando tudo em caixas e engradados. É um vídeo perfeito para uma aula de "Introdução à Pirataria".

— E ainda assim Lovell não ficou interessado?

— Foi como se o caso fosse radioativo. Deve haver uma boa razão para se distanciar dele. Eu disse a ele que quero meu dinheiro, e ele me respondeu que era melhor desistir do caso. Ele me disse que esse cliente não tem nada a ver com o escritório de advocacia. E que era contra a política da firma. O que Danielson tinha feito foi errado.

Não era uma má política, Calvino pensara. Depois de falar com Lovell, havia decidido deixar o caso por isso mesmo. Ele tinha três clientes americanas novas que iam lhe pagar para seguir seus maridos. Mas um calote, um cliente morto era algo que ele sabia que não iria superar.

— Talvez eu devesse perguntar a Lovell sobre o cliente de Danielson — disse o coronel Pratt.

Calvino animou-se com a ideia de que o coronel Pratt pudesse conseguir o dinheiro para ele. Mas tentou não mostrar entusiasmo.

— Ele não quis me dizer. Talvez diga a você.

— Informarei a você.

— Eu devia ter pedido o dinheiro adiantado. Mas não fiz isso. Fim da história.

— Começo da história.

Calvino balançou para a frente e para trás como um boxeador descansando entre rounds de uma luta.

— Algumas histórias não têm nem começo nem fim.

— Por isso que eu gosto de Shakespeare. Ele sabe onde começar e onde terminar. Isso é arte.

— Eu não sei nada sobre arte. Mas sei que tenho um serviço a fazer. Agora. Hoje à noite. Pegar Howard Heron para que sua mulher possa dizer: "Você já era." Eu sou pago. Howard perde tudo o que tem e ama.

— Esse é um começo e um final possível. Outro final é Howard lhe dizer o nome do cliente secreto de Danielson.

— Nunca tento adivinhar os finais.

Calvino viu seu alvo, Howard Herron, no momento em que ele entrou no café. Ele chegara sozinho. Parou a 1 metro da porta, conferindo os rostos das mulheres espalhadas nas mesas. Parecia mais jovem na foto, e muito mais em forma. Howard franziu os olhos, e mexeu nos óculos, tirando-os e pondo-os de volta; um tique nervoso que dava a impressão de que estava tentando decidir se os óculos faziam alguma diferença no que via. Na foto, seu cabelo estava escuro; em pessoa, estava curto e ficando grisalho. A camisa branca tinha manchas de suor nas axilas, e a gravata verde listrada estava afrouxada, mas a calça escura de alfaiate não havia perdido o vinco. Os sapatos caros pareciam ter sido engraxados ainda há pouco. A aparência de quem não estava para brincadeira o identificava como alguém que não viera para relaxar em férias.

Howard parecia cansado, agitado e estressado, como se o relatório trimestral de sua empresa não tivesse alcançado as cifras projetadas e ele fosse pessoalmente responsável por isso. *A cafeína pode deixar um homem irrequieto, mesmo estando morto de cansaço,* pensou Calvino. *Ou outras drogas, mais poderosas. Ou então a personalidade de Howard é definida por ele sentir muita ansiedade.*

Howard, uma linha de suor em seu lábio superior, entrara no café como se estivesse esperando encontrar alguém. Seu olhar passeava pelo salão, pulando de rosto em rosto. Nada. Ele avançou um pouco, enxugou o suor no lábio. Depois que terminou o exame do local, uma expressão de desapontamento surgiu em sua fisionomia. Ele fracassara em sua missão, e algo em Howard sugeria que ele não reagia bem ao fracasso. Ele se virou e abriu a porta, desaparecendo na noite.

Calvino levantou-se da mesa.

— Esse é o meu homem — disse.

Pratt o observou indo até a porta.

— Vincent — chamou Pratt. Calvino se virou. — Gostaria de ver o vídeo que você fez para o cliente misterioso de Danielson. E me conte como foi o final.

— Sem problemas. Amanhã.

Pratt ficou olhando Calvino desaparecer na noite. Ele não puxara o assunto do emprego na OMS. Ficou ali sentado desfrutando o final do chá. Havia muitos finais possíveis. Ele achava difícil ver um emprego na ONU como um dos finais para Calvino.

QUINZE

O FLUXO REDUZIDO DE PESSOAS passando pelo estacionamento do hotel tornara-se, às 2h30 da madrugada, um verdadeiro tsunami de multidões avançando, onda após onda, dos bares. Cada ondulação trazia mais gente, corpos se empurrando no calor de uma noite sem lua. O estacionamento estava apinhado, os pedestres de pé ombro a ombro, rindo, paquerando, fumando. Alguns dos homens de bermuda e sandálias, os olhos avermelhados, andavam com garrafas de cerveja. A atmosfera de festa se espalhava para a rua, onde as pessoas transbordavam e bloqueavam o trânsito. A temporada de caça noturna estava oficialmente aberta. Costelas de primeira circulavam, mostrando-se disponíveis para quem tivesse um apetite de fim de noite.

— Veja só o tamanho da multidão — disse Lovell. — A embaixada aconselha as pessoas a não se envolverem em manifestações de rua.

— Não é uma manifestação — declarou Stiles. — Não é político. É social.

O táxi com Lovell e Stiles no banco de trás parou em frente ao quiosque da polícia no Soi Nana. Oficiais uniformizados estavam sentados no interior do quiosque, parecendo entediados. Os dois homens saíram do táxi. Stiles avançou em meio aos carrinhos e fregueses dos vendedores ambulantes para sair da calçada e chegar à rua. Enxames de *yings* e homens à caça atravessavam a rua para o estacionamento. Dopadas por anfetaminas, algumas das *yings* se agitavam como vagalumes em torno de uma fogueira. Uma delas, com óculos escuros de armação branca, escolheu Lovell como alvo, agarrando seu braço. Mais adiante, um rato passou entre os pés do advogado, investiu na direção da calçada, e continuou junto à sarjeta até desaparecer num buraco. Algumas horas antes, Lovell tomara uma garrafa de vinho, mas o efeito já tinha passado.

— Você homem atraente. Eu vou com você. Você me dá dinheiro, ok?

Lovell ficou olhando a tatuagem no ombro dela, um coração. Sob o coração havia o nome "Rick" em letras góticas azuis. Uma das amigas dela, com uma ferida ulcerada de herpes no lábio, se aproximou:

— Eu vou com você também.

Ele sentiu mãos agarrando seu braço e acelerou o passo, mas não conseguia se desvencilhar das *yings*. Elas tinham um talento para agarrar, como um bando de leões derrubando um búfalo lento. Stiles sussurrou no ouvido da *ying* com tatuagem que Lovell era gay. Ao mesmo tempo, pegou a mão de Lovell e assentiu na direção dele. Não era um gesto que passasse despercebido pelas *yings*. A com a tatuagem "Rick" se afastou abruptamente como se Lovell tivesse uma infecção perigosa. Ela informou às duas outras, e elas partiram em uma nova missão.

— Como você conseguiu isso? — perguntou Lovell.

Ele soltou a mão de Lovell.

— Eu disse a elas que você era gay.

— E elas acreditaram?

— É um mundo imperfeito, Lovell. Elas querem clientes. Não perdem tempo com um cara se acham que ele não quer uma mulher.

— Precisamos conversar sobre algumas coisas.

Era difícil falar com todo o barulho. Stiles não ouvira o que Lovell dissera. Ou, se ouvira, fingiu que não.

— Siga-me — disse Stiles, meio gritando.

— Já vi o que há para ver. Quero ir para um lugar tranquilo onde possamos conversar.

Centenas de pessoas se aglomeravam, tocando-se e recuando.

Stiles esperou até Lovell alcançá-lo.

— Se alguma *ying* de 40 quilos ameaçá-lo, simplesmente me avise. Pense em mim como o seu escudo humano. Cameron receberá o meu relatório completo amanhã. Não gostaria de ter de dizer que John Lovell não conseguiu se safar.

Stiles abriu caminho lentamente na multidão, soprando beijos ocasionais. Lovell o seguiu, filetes de suor escorrendo em seu pescoço. Ele abriu o botão do colarinho. O ar úmido estava sufocante. Vendedores de comida ofereciam porco e galinha em espetos, e carrinhos carregados com gafanhotos e baratas-d'água fritos estavam também fazendo sucesso. Com a multidão se fechando ao seu redor, Lovell se sentiu chantageado, quente, desorientado, sem equilíbrio e com medo. A cena o repelia. Mas, ao mesmo tempo, quanto mais ele avançava ali, mais fascinado ficava com a experiência.

Stiles estivera basicamente certo: seu mundo tinha sido não mais que o escritório de advocacia e seu condomínio. O máximo de expansão a que chegava era para incluir Siri. O estacionamento do hotel Nana depois das 2h pulsava com possibilidades, personalidades e promessas feitas e rompidas. As mulheres, em sua maioria jovens, ficavam paradas em grupos, os rostos recém-maquiados. Elas haviam acabado de emergir de um turno de dez horas sendo agarradas, dançando, paquerando, sendo paqueradas e rejeitadas, além de terem participado de brigas e se aventuravam pelo estacionamento esperando encontrar um homem.

— Você não precisa ir ao bar. O bar pode vir a você — disse Stiles.

Eles pararam no meio do estacionamento. A 1 metro deles, um *farang* e uma *ying* estavam de pé na rua trocando salivas. Envolto nos braços dela, o homem estava com a mão dentro do jeans da jovem. Para onde quer que se olhasse havia *yings*, cheias de expectativa, trocando olhares, sorrindo e flertando. Fumaça de cigarro se espiralava, expelida pelo nariz da *ying* mais próxima de Stiles. Ela lhe ofereceu um cigarro e ele o aceitou. Acendendo-o para ele, ela graciosamente o colocou entre os lábios dele.

— Você gosta, Dew?

— Eu gosto Dew — brincou Stiles.

Ela socou-o de brincadeira no ombro.

— Você se esqueceu de mim?

Stiles jogou o cigarro no chão e o esmagou com o salto do sapato.

— Nunca esqueci você.

— Por que está falando como criança com ela?

Stiles o ignorou.

— Não posso hoje. — Ele dobrou 200 *baht* na mão dela e a apertou.

— Você deu a ela 200 *baht* por um cigarro? — perguntou Lovell.

— Tarifa de cancelamento. Ela me ligou antes. Eu disse que ia vir aqui. Mas não vou ficar com ela.

— Você deu dinheiro a ela para não ficar com ela?

— Estou enjoado dela. Não quero que ela fique com a reputação suja. Então lhe dei dinheiro para ir embora. Comprei, assim, o direito de ignorá-la. Ela conseguiu algo, e eu também.

Cameron estava certo, pensou Stiles. Sem que Lovell soubesse que seu apelido era "o menino da bolha".

Lovell girou.

O estacionamento estava pulsando com *yings* de bar frenéticas com saias curtas e saltos altos, outras com jeans e camisetas, tensas por acreditarem que aquela era a última chance de se darem bem. A moda acentuava a pélvis e os quadris. Sensuais e gatas, havia *yings* para todos os gostos — a fim de comida, bebida, drogas e sexo. A mensagem subliminar passava no ar úmido: tire-me do desfile e vamos nos divertir. Mãos pequenas se estendiam, dedos tocando os cabelos de Lovell, sua gravata e camisa. Alto e jovem, elas eram atraídas para ele como se fosse uma estrela de rock. Em comparação com os outros *farangs* observando o desfile, Lovell era diferente: jovem, bonito, carne fresca. Stiles já vira isso antes. O radar interno delas facultava às *yings* de bar a habilidade de localizar um cliente que, inocente e novo, lhes apresentava a possibilidade de se dar bem em grande estilo.

Presos nesse círculo de puro batom e dentes brancos que se tornava cada vez mais próximo deles, Lovell e Stiles ficaram entre os últimos a perceber o que estava causando a gritaria vindo da rua. Alguns minutos se passaram antes que Stiles visse o primeiro uniforme se movendo em meio à multidão. Ninguém tinha a menor ideia do que estava acontecendo, mas o desejo coletivo por sexo se esvaiu quase que imediatamente.

Estavam em meio a uma batida da polícia. Uma picape Toyota avançou no *soi* e parou em frente ao estacionamento. Atrás do veículo, meia dúzia de policiais em motos parou e desceu. As portas da picape se abriram e um oficial saiu, com um walkie-talkie na mão, gritando ordens para os companheiros, que avançavam na multidão. Como galinhas num galinheiro reagindo a uma raposa intrusa, as *yings* tremiam, gritavam e corriam, colidindo umas com as outras, caindo, esfolando joelhos e perdendo sapatos. Repórteres e equipes de TV tinham pegado carona para testemunhar e registrar a batida. Eles haviam sido avisados antes.

As equipes de TV filmaram os policiais agarrando as primeiras *yingss*, que xingavam, gritavam e tentavam se defender. Eles as enfiavam na traseira da picape. Como no bombardeio de Pearl Harbor, o elemento surpresa tinha agido a favor da polícia. As câmeras capturaram imagens surrealistas de oficiais pegando *yings* como sacos de arroz de 50 quilos e as carregando.

— E agora?

As pernas de Lovell tremiam. Ele queria sair correndo, mas não sabia onde estaria seguro.

— Relaxe, não é política. Não tem a ver com crime.

— Com o que tem a ver?

— Dar uma boa impressão, fingir que estão fazendo algo de útil — disse Stiles. — Nada para fazer xixi nas calças. Só assista ao show. Da próxima vez que você tiver uma reunião de ex-alunos do colégio, terá algo para contar.

O círculo de *yings* que os cercava se desfizera e se dispersara. Algumas demonstraram uma habilidade de correr avançada o bastante para entrar na equipe olímpica tailandesa de atletismo.

Uma dúzia de policiais uniformizados se espalhou, bloqueando a saída do estacionamento. Outros corriam pelo Soi 4. As *yings* no estacionamento procuravam um meio de passar pela polícia, correndo em todas as direções. Os policiais as perseguiam. Cada um, mesmo os obesos, voltava com duas ou três garotas. Eles enfiavam as que haviam capturado na traseira da picape, atulhando-a como uma lata de sardinhas.

Também pegos na rede havia alguns peixes estranhos: *katoeys* — mulheres presas dentro de corpos masculinos, algumas que tinham ido até o corte final e o tratamento completo com hormônios, enquanto outras estavam economizando e sonhando com o dia de sua cirurgia. Oscilando em saltos altos, uma *katoey* de ossos grandes era tão alta quanto Lovell, os pés um tamanho maior, sua voz, meio tom mais grave. Ela gritou em sua voz de barítono com o guarda que estava enfrentando dificuldades em segurar o braço dela. Sua briga era que, por causa de seu tamanho, deviam deixar que ela fosse na frente da picape. A reivindicação de tratamento especial nunca iria dar certo. Dois policiais a empurraram na traseira do veículo, e ela quebrou o salto de um dos sapatos. Lágrimas escorreram em seu rosto, arruinando a maquiagem, fazendo-a parecer mais e mais com um homem enquanto gritava "*hai*" e "filho da mãe" para os guardas, que riam em resposta. Então um dos policiais lhe deu uma bofetada e isso a fez se calar. Quando a picape estava transbordando com carga humana, eles partiram. Para as *yings* que tinham sido presas e ficaram aguardando, os tiras faziam sinais para táxis e enfiavam as presas no banco traseiro. Uma procissão de táxis deixou o *soi* com meia dúzia de prostitutas nos bancos traseiros e um policial armado na frente. Os motoristas riam e faziam piadas. Todas essas *yings* gostosas amontoadas na traseira resultavam em uma boa diversão para quem olhava pelo espelho retrovisor. Para a maior parte da multidão, a cena era *sanuk*, só uma boa diversão, exceto para as *yings* que iriam parar na delegacia de polícia e teriam de pagar uma multa de mil *baht*. Os fotógrafos dos jornais e as equipes de TV seguiram a polícia, filmando a perseguição, a apreensão, a resistência, e algumas tomadas longas de *yings* rápidas demais para os policiais fora de forma alcançarem. Essas tomadas seriam editadas mais tarde. O drama de quase ter escapado ficava melhor no vídeo. E era muito mais seguro exibir o sucesso do que o fracasso.

Mais tarde, os jornais informariam que os policiais tinham prendido 32 garotas, duas delas sendo *katoeys*. A maioria das *yings* presas estava usando minissaias e saltos altos. Mesmo um guarda gordo conseguia pegar uma *ying* numa minissaia apertada e saltos altos. Era um *handicap* injusto. As que escaparam usavam sandálias de dedo e jeans. A rua estava repleta de sandálias abandonadas. Saltos altos eram mais caros, e o instinto de mantê-los tinha selado o destino daquelas que os estavam usando.

Durante a confusão, uma das *yings* que ficara no estacionamento teve a ideia de que, para evitar ser presa, o melhor a fazer seria agarrar o braço de Lovell. Ela era uma *katoey* com uma plástica de 6 mil *baht* no nariz e batom em excesso. Quando o policial veio pegá-la, ela sibilou:

— Estou com meu marido! Como ousa?

Lovell começou a protestar, enquanto um repórter tirava várias fotografias.

— Isso é verdade, guarda, eles estão juntos há anos — disse Stiles.

A luz de uma câmera de TV iluminou Lovell enquanto ele estendia a mão para retirar um fiapo solto do ombro do policial, enrolando-o entre o dedo e o polegar. O oficial olhou para o ombro, e então para a bolinha minúscula que Lovell fizera com o fiapo.

— É um hábito — afirmou Stiles. — Ele não pode ver coisas desarrumadas.

O policial sorriu, e olhou de relance para o outro ombro. Afinal, ele estava na TV. Então disse a Stiles em tailandês que ele devia informar ao *farang* que, no meio de uma batida, blitz, prisão, o que fosse, não era uma boa ideia ficar arrumando a roupa de policiais. Eles podiam entender errado, achando que a história da *katoey* subitamente ganhara credibilidade.

— Nunca o perdoarei — disse Lovell, sua voz emitindo um rosnado que expressava uma raiva animal contida.

O tira olhou para Lovell, e então para a *katoey*.

— Você e sua esposa não deveriam estar aqui.

— Nós só estávamos indo comer alguma coisa. Não fazíamos ideia — declarou a *katoey*. — Querido, você sabe o quanto estou com fome. Vamos.

Lovell podia sentir as unhas dela cravadas na carne de seu braço. Ela era incrivelmente forte e a mensagem não poderia ter sido mais direta e clara: me ferre com esse guarda e seu braço nunca mais será o mesmo. O blefe funcionara bem com o policial. Um momento depois, ele estava caçando outra *ying*. A blitz estava acabando. Stiles caminhou do outro lado da *katoey*. Ela os conduziu ao café.

A noite acabara saindo completamente errada para Lovell. Ele se lembrava dos eventos da noite. A discussão acalorada com Siri na adega. Faltar à primeira cerimônia do funeral de Danielson. Cameron olhara em volta na sala no *wat* e percebera a ausência de Lovell. Em vez de estar despejando água nas mãos de Danielson, ele estava num clube noturno. Atendentes grudavam em Stiles, que explicara o lugar de Khun Chang e Khun Phaen nas relações sexuais sempre cambiantes dos tailandeses. Então Lovell achara que não tinha escolha a não ser seguir Stiles para a maior coleção de *yings* em espaço aberto do universo conhecido.

Dentro do café, a *katoey* soltou o braço de Lovell e, sem dizer uma palavra, foi até a mesa onde Howard Herron estava sentado, mal-humorado, cruzando e descruzando as mãos, as mangas da camisa arregaçadas expondo os braços peludos.

— Onde você estava? — perguntou ela a Herron.

Calvino, que seguira seu alvo, acompanhara-o de volta para dentro do café quando a blitz começara. Essa era a "outra mulher" que Janet Herron lhe pagara para encontrar. O detetive pegou sua câmera digital e tirou várias fotos do casal sentado.

DEZESSEIS

Pratt encontrou Calvino em sua mesa, fazendo as palavras cruzadas do *Bangkok Post.* Ele batia a ponta da caneta no queixo, com os lábios franzidos, sobrancelhas contraídas. Sem erguer os olhos, perguntou:

— Qual é a palavra de quatro letras para "furor da literatura"?

— Lear. — Pratt sentou-se.

Calvino escreveu a palavra. Pareceu satisfeito consigo mesmo.

— Isso, Lear. Você estava citando a peça na noite passada.

O coronel Pratt filtrava violência, sexo, traição, lealdade e confiança através do prisma de Shakespeare, e essa capacidade o distanciava da maioria dos tailandeses.

Pratt abriu um exemplar do *Thai Rath*, um jornal diário em língua tailandesa de circulação de massa, folheou algumas páginas, parou, encontrou o que estava procurando, dobrou o jornal na metade e o colocou na mesa de Calvino.

— Não são palavras cruzadas. Mas é um mistério. Dê uma olhada na fotografia.

Calvino olhou a foto. Lovell tinha um olhar surpreso, arregalado, e a *katoey* em seus braços estava com um olhar sonhador para ele.

— Lovell.

— Com um amigo. Você acha que Danielson sabia sobre ele?

— Sabia o quê?

Pratt sorriu, recostando-se na cadeira, os braços cruzados.

— Sua vida secreta. Saindo com *katoeys*, esgueirando-se em lugares de pegar prostitutas tarde da noite em Sukhumvit. Lovell foi a última pessoa a ver Danielson vivo. E ele se recusou a ajudá-lo. Ele está escondendo alguma coisa.

— Depois que você foi embora, eu fiquei ali até tarde e depois voltei para o café. Bingo. Lá estava Howard. E lá estava Lovell, com a *katoey* abraçada a ele — disse Calvino, sorrindo.

— Como um casal feliz — comentou coronel Pratt, batendo na foto no jornal. Teria havido um final para aquela história?

Calvino balançou a cabeça. As veias em seu pescoço saltaram quando ele se recostou de novo na cadeira.

— Não exatamente. Ela o largou e foi se sentar com Howard Herron. Eles obviamente tinham alguma coisa rolando.

— Qual a conexão dela com Lovell?

Calvino pensou sobre isso. *Lovell, o cafetão secreto com ar de nerd, fornecendo para Howard a sua mercadoria?* Ele deu de ombros.

— Não faço ideia.

Calvino lembrou a Pratt que Howard era o foco de seu atual interesse profissional, não Lovell. A última coisa que esperara era que seria Lovell quem entregaria a prova.

— O que Lovell fez depois que ela se sentou junto com Howard Herron?

— Ele foi embora com outro cara. Um *farang*. Alguém que eu nunca tinha visto.

— Um amigo? Um colega? Alguém que ele acabara de conhecer no estacionamento?

— Podia ser qualquer um. Não falei com ele. E, não, nunca o tinha visto antes dessa noite.

— O chefe de Lovell acabou de morrer. Ele aparece no meio de uma blitz da polícia com uma *katoey*. Estou vendo-o como alguém que não parece estar de luto — disse Pratt.

Ratana entrou no escritório com um copo d'água para o coronel Pratt e o colocou na mesa. Ela também colocou o vídeo que Calvino filmara na fábrica. Tomadas em close da área de carregamento. Meia dúzia de homens descarregando medicamentos contrabandeados de um caminhão de dez rodas com para-lamas do tipo Clint Eastwood.

— Eu ouvi algo. Mas não sei se é útil — disse ela.

Calvino recostou-se na cadeira e ergueu os braços, as palmas das mãos abertas.

— O que você ouviu?

— É sobre Danielson.

— Com quem você estava falando? — perguntou Calvino.

— Com a *mamasan* do andar debaixo.

Isso deixou Calvino surpreso. Ratana evitava a casa de massagem como se pudesse pegar uma doença contagiosa lá. Ela olhou para o coronel Pratt, observando com o canto dos olhos a expressão atônita no rosto de seu chefe.

— Você realmente conversou com ela?

— Achei que podia ajudar. Era mais provável que ela falasse comigo do que com você ou com o coronel Pratt.

O coronel Pratt tomou um gole do copo d'água.

— Por favor, conte-nos o que ela disse.

Calvino e o coronel Pratt trocaram um olhar. O detetive ajeitou-se na cadeira e desistiu das palavras cruzadas.

— Ela me falou sobre Jazz — disse ela. Ratana era incapaz de usar o nome da casa de massagem, One Hand Clapping, ou mesmo admitir que tal estabelecimento existia. — Ela disse que Jazz pode ter cortado os pulsos, mas na realidade morreu porque estava com o coração partido. Danielson era um cliente regular. Ele a visitava duas vezes por semana.

— Isso acontecia havia quanto tempo? — perguntou o coronel Pratt.

Ratana ponderou sobre a questão.

— Alguns meses. Desde que *esse* negócio abriu. Dois dias antes de Jazz se matar, Danielson dera a ela um colar de bronze. Ele disse que pertencera à mãe dele, e, quando ela morrera, ele o herdara. Danielson queria que ficasse com Jazz. Não com a esposa dele. Ele queria que Jazz ficasse com o colar. Isso foi o que me contaram.

— Não entendo. Danielson dá a ela algo que era da mãe dele e ela se mata — disse Calvino.

Ratana observou a fotografia de Lovell e da *katoey* no jornal aberto na mesa de Calvino.

— A *mamasan* disse que Khun Andrew pegou o colar de uma grande sacola de joias baratas. Dentro havia muitas pulseiras, colares e brincos. O que Danielson dizia era que o colar era muito especial. Mas, na realidade, não valia mais do que alguns *baht*. Era lixo. Não tinha certeza de que realmente era da mãe dele. — Ela deu de ombros. — Ele pegara o hábito de se envolver com uma garota massagista ou de bar, e selava a relação dando a elas algo de sua mãe. Ele era um *farang*, e talvez não soubesse que, quando um homem dá a uma mulher tailandesa algo de sua mãe, algo pessoal, isso significa que ele a quer como parte de sua família. Não é só dinheiro. Quer dizer que ele pensa nela como uma esposa. Jazz deve ter imaginado que era muito especial para ele. Ela usava o colar na cama de noite. Tratava-o como um amuleto. Jazz não aceitava outros clientes; ficava esperando ele vir dia após dia. E aí ela descobriu que Danielson mentira para ela.

Ratana fez uma pausa, esperando uma reação de Calvino ou Pratt. Nenhum dos homens disse nada. O silêncio cresceu até ficar quase insuportável. Danielson fora ao *soi* por meses. Mas ele nunca mencionara seu envolvimento com Jazz.

— Ele nunca disse nada sobre ter uma namorada no andar de baixo — declarou Calvino.

Estaria Danielson usando Calvino como disfarce para dar cobertura às suas idas frequentes à casa de massagem? Se ele estivesse sendo seguido, teria um álibi sólido: que estava se encontrando com Vincent Calvino para tratar de um caso de falsificação. Algumas vezes a história era verdade. Na maioria das vezes, todavia, ele não tivera nenhuma intenção de ir ao escritório de Calvino; sua missão era no andar de baixo, na casa de massagem, distribuindo as joias falsas de sua mãe.

A lei de Calvino sobre sujeitos como Danielson, viciados em *yings* profissionais, se aplicava. A esposa dele poderia ameaçá-lo, gritar com ele, e ele prometeria parar. Mas a promessa nunca se mantinha por muito tempo. A lei era simples: aquele cachorro nunca irá parar de correr atrás de carros.

— Como a *mamasan* descobriu sobre as joias? — perguntou o coronel Pratt.

— A amiga de Jazz contou a ela. Metta é o nome dela. As duas tinham discutido. Tudo ficou claro. Metta ficou sabendo da sacola de joias falsas. Ela disse a Jazz, depois de ouvi-la se vangloriar de como esse *farang* amava só a ela, como ela era especial e ele, diferente dos outros. Isso foi o que bastou. Metta disse a Jazz que ele dera joias de sua mãe a montes de garotas. Jazz não era ninguém especial. Era só mais uma numa longa lista de garotas descartáveis.

"Jazz se recusou a acreditar no que ouvira. Então ela foi verificar. Quando descobriu a verdade, sentiu-se menosprezada. E ela se matou. Não conseguiu suportar continuar vivendo depois de saber a verdade sobre o homem que ela achava que realmente a amava."

— Por que Metta não contou isso à polícia? Não está no relatório — disse o coronel Pratt.

— Metta poderia estar mentindo, ou a *mamasan* poderia estar tentando culpar o *farang* — interveio Calvino.

Pratt e Ratana olharam para Calvino, esperando que ele explicasse o que tinha acontecido na noite da morte de Jazz.

— Tudo o que estou dizendo é que isso não passa de fofocas de terceiros. Quando foi que vocês já ouviram falar de uma *ying* se matando porque algum cliente velho idiota a tapeou com joias falsas?

— Ela poderia amá-lo de verdade — disse Ratana. — Só porque Jazz trabalhava na casa de massagem não quer dizer que ela não fosse humana.

Por que essa garota está chorando?, Calvino se perguntara ao entrar no *soi* no dia anterior. A amiga dela estava morta. Poderia ser que ela estivesse chorando por compreender por que a garota se matara?

— Gostaria de conversar com Metta — disse Pratt.

Ele anotou o nome em seu bloco e acrescentou: "*Farang* morto rejeitado pela mãe? Possivelmente mentalmente desequilibrado com mulheres. Verificar o álibi e conhecimento sobre venenos da esposa dele."

"Metta", em páli, significa compaixão, Pratt lembrou. O budismo se baseia na ideia de compaixão; é o absorvedor de choques no caminho atribulado para a iluminação. Mas a compaixão nem sempre é o que se supõe que seja. Há custos, despesas, taxas, tributos a serem pagos ao longo do caminho por levar em conta os sentimentos dos outros.

— Metta viu sua amiga cortar os pulsos? — perguntou o coronel Pratt.

Ratana não tinha certeza quanto a como responder a essa questão. A *mamasan* nada dissera sobre a hora da morte de Jazz e de Metta aparecendo no quarto.

O coronel Pratt continuou:

— Ela foi interrogada pela polícia. E disse que Jazz estava morta quando ela entrou no quarto. Talvez tenha dito algo a *mamasan* diferente do que disse à polícia?

Ratana moveu-se incomodada, cruzando as mãos, e então esfregando as pontas dos dedos. Ela se arrependeu de ter ido conversar com a *mamasan*; envolver-se numa investigação policial não era o que pretendia. Às vezes, ela conseguia esquecer que Pratt não era só o marido de sua amiga Manee e o melhor amigo de Calvino; era também um policial.

— Ela disse que Jazz já estava morta quando ela entrou no quarto.

— Por que ela trancou a porta?

— Eu perguntei a ela. Mas tudo que conseguiu dizer foi que estava com medo.

— Ela disse por que estava com medo?

— Ela culpou a si mesma e achou que poderia estar encrencada.

O coronel Pratt escreveu as palavras dela em seu bloco. Ninguém tinha certeza quanto à hora em que Metta entrara no quarto. O fato era que ela continuava sendo suspeita. Ele precisava saber mais sobre ela. Seria esperta o bastante para inventar que Jazz já estava morta quando ela entrou no quarto? Teria contado a verdade à *mamasan*? E teria a *mamasan* dito a Ratana a verdade?

— Se lembrar de mais alguma coisa que ela tenha dito, me informe. Pode ser importante — disse o coronel Pratt.

— Gostaria de mais água, coronel Pratt? — perguntou Ratana.

— Não — disse ele.

Sua esposa, Manee, vinha lhe falando de Ratana nas duas últimas semanas. Elas tinham ido juntas a manifestações e tinham, ele ficara sabendo, se tornado muito próximas. Elas usavam a mesma pulseira amarela no pulso direito, e em volta do pescoço de Ratana havia uma echarpe de seda amarela, elegantemente amarrada. A amizade dela com sua esposa o fazia sentir-se mais próximo de Ratana. As coisas que ela dizia a ele, garantindo que Calvino estivesse presente para ouvir, eram a maneira dela de mostrar respeito não só por ele como também por Manee.

Ele tomou o restante da água e pôs o copo na mesa, lentamente se ajeitando na cadeira. Ratana deixara os dois para que continuassem a conversa.

— Você ainda quer ver o vídeo? — perguntou Calvino. — Posso lhe gravar um DVD.

— Quero ver o original, Vincent.

Calvino franziu o cenho.

— Deixe-me fazer uma cópia de reserva.

— Mais tarde. Mostre-me o que conseguiu. — Ele deu uma olhada no relógio.

O coronel Pratt viera especificamente para ver a filmagem. Mas o que Ratana lhe contara era uma distração considerável. Ele precisa filtrar em sua mente o que aquilo significava para sua investigação. Andrew Danielson e a namorada tinham morrido com apenas algumas horas de diferença. Dentro do departamento, alguém com influência significativa colocara em movimento um resultado destinado a manter como causa oficial da morte de Danielson um ataque do coração. Calvino arrombara uma porta e encontrara Metta chorando e Jazz morta na cama. A garota morta tinha cortes profundos nos pulsos. Num suicídio, mesmo a pessoa mais deprimida tem aversão a cortar os pulsos. Na maioria das vezes, o corte nos pulsos não é profundo, só o bastante além do superficial para sair sangue. Os homens se cortavam mais fundo. Era difícil para as mulheres chegar a um grau de violência contra si que correspondesse ao ódio que sentiam. A profundidade dos cortes nos pulsos de Jazz o incomodava. Não era consistente com o que ele tinha visto muitas vezes antes.

O que ele tinha? Uma mulher chamada Metta que poderia ter agido por vingança. Uma massagista morta com nome de música americana. A sacola de joias baratas que Danielson herdara da mãe. A fotografia do jovem associado de Danielson nos braços de uma *katoey* tinha saído num dos principais jornais locais. Lovell tinha sido pego no meio de uma blitz em que a polícia pegara mais prostitutas do que dois times de futebol.

— Eu consegui enquadrar bem. Não foi muito fácil na escuridão. A iluminação era fraca. Mas não importa. Dá para ver os rostos. Consegui closes das caixas. Eles colocam os nomes dos remédios nos rótulos. Estão indo diretamente para farmácias e hospitais. Pode apostar.

— Vamos dar uma olhada no que você conseguiu.

Calvino conectou a câmera digital ao computador, enfiou o cassete na câmera, e esperou carregar. Virou o monitor na direção do coronel Pratt. Então deu a volta para o lado do coronel, puxou uma cadeira e se sentou. Calvino alternava entre olhar a tela e observar o coronel para ver suas reações. Pratt assistiu aos vários trabalhadores carregando uma picape com pacotes. Um deles caiu do carrinho e se rasgou, abrindo-se. Filmes de sucesso de Hollywood, com estrelas nas embalagens, se espalharam na rua. Não havia narração. Era como um velho filme do cinema mudo, talvez um com os guardas Keystone. A visão da rua cortou abruptamente para um interior. Um armazém com estrados empilhados ao longo de uma parede. Outro corte, e várias mulheres de jeans e camiseta trabalhavam lado a lado ao longo de uma mesa comprida.

Lâmpadas fluorescentes no teto iluminavam a parte principal. Monitores de computador brilhavam em três mesas alinhadas junto à outra parede. Em uma das telas, um filme estava passando, outro mostrava um descanso de tela com uma cachoeira, e no terceiro uma mulher trabalhava num documento do Excel. As mulheres pareciam entediadas. No meio do salão, uma linha de montagem levava pacotes de comprimidos para mulheres que os colocavam em caixas menores e então os empilhavam dentro de caixas maiores.

Ele contou 18 mulheres e sete homens dentro do armazém, cada um com uma atividade. Do lado de fora, três homens patrulhavam a área, vigiando a rua. Tambores grandes de ingredientes estavam empilhados no interior do espaço de carregamento. Uma empilhadeira era acionada no pequeno espaço que sobrava, deslocando os tambores para a área de mistura. Uma das mulheres operava uma máquina que imprimia logotipos em folhas de plástico de embalagem de comprimidos, e várias outras máquinas faziam os comprimidos caírem em seus lugares e os selavam em pequenos compartimentos transparentes. As cartelas eram então levadas pela linha de montagem para mulheres, que as colocavam, de dez em dez, em caixas com o logotipo da empresa farmacêutica na frente. Outra mulher embrulhava em celofane as caixas prontas e entregava cada pacote para a última garota na linha, que os colocava em grandes caixas para transporte. Não havia dúvida, pelo layout e pessoal, de que era uma operação altamente profissional. O coronel Pratt observou a cena, uma que já testemunhara antes, sem qualquer expressão.

— Como você entrou no armazém? — perguntou. Impressionado com o vídeo, ele pediu a Calvino para passá-lo de novo.

— Atrás do armazém há uma fileira de oficinas. Uma estava vazia. Eu fiz um buraco na parede comum.

— Eles não ouviram a perfuração?

— Havia um monte de barulho dentro e fora. É uma fábrica. Ficam surdos depois de alguns meses trabalhando num lugar como aquele.

Eles assistiram à filmagem de novo. A marca de comprimidos para diabete, claramente visível, disparou algo na memória de Calvino. Ele pegou a caneta e escreveu uma palavra — "diabete" —, completando assim as palavras cruzadas. Não deu a ele nenhuma satisfação tê-las terminado. O coronel Pratt escreveu em seu bloco enquanto assistia ao vídeo pela segunda vez. Os dois estavam pensando sobre Jazz. Os pensamentos de Calvino foram parar no quarto onde a encontrara. O veredicto inicial era que ela tinha se matado. Desconsolada por um caso de amor, ela abrira os pulsos e sangrara até morrer. Um colar falso estava em volta de seu pescoço e uma lâmina que comprara numa loja de conveniências, pegajosa de sangue, estava ao seu lado na cama.

Depois que o vídeo passara pela segunda vez, Ratana entrou de novo.

— Você precisa atender essa ligação — avisou ela a Calvino.

Lovell estava na linha.

— Queria marcar uma hora com você — disse ele.

— Da última vez que conversamos, você disse que nada mais tinha a falar. As coisas não mudaram — continuou Calvino. — Eu ainda quero o meu dinheiro. Está entendendo o que estou dizendo?

O coronel Pratt não estava olhando para a tela do computador.

— É um assunto pessoal — disse Lovell.

— Pessoal, como?

— Estou com um problema com o meu escritório de advocacia.

— Que tipo de problema?

Houve um breve silêncio.

— Fui despedido.

Calvino traçou uma linha sobre a foto de Lovell no jornal. Não estava lá muito surpreso.

— Vi a sua foto no jornal. Reconheci a *katoey* com quem você entrou no café.

— O sócio sênior de meu escritório de advocacia me reconheceu.

O coronel Pratt ouviu o lado de Calvino na conversa, tomando notas. Ratana voltou com um prato de manga e o colocou na frente do coronel.

— Ela o largou bem rápido na noite passada.

— Essa foi a única coisa boa que aconteceu. Mas, claro, ninguém tirou uma fotografia disso.

O pânico na voz dele subiu uma oitava. Ele soava como um menino amedrontado na escola. O estado confiante que ele assumira quando se livrara de Calvino tinha se dissolvido numa névoa de medo.

— Quem era o amigo com quem você entrou no café?

Houve uma longa pausa.

— O nome dele é Stiles. É outro advogado do escritório.

— Ele conseguiu ficar fora da fotografia.

— Um fato que não passou despercebido para mim.

Outro período de silêncio seguiu-se. Ele quase conseguia sentir a sensação de desespero de Lovell. Quase em lágrimas, ele estava quase implorando.

A voz dele estava firme.

— Eu não vou me deixar derrubar por eles. Você quer o seu dinheiro. Eu quero a minha carreira. Vamos descobrir um jeito de fazer um acordo.

— Estou olhando a minha agenda, e vejo que tenho tempo para me encontrar com você.

DEZESSETE

McPhail sorveu avidamente o último trago do Jameson, agitou o gelo dentro do copo e o ergueu para indicar ao barman que queria outro. Segurando o copo, levantou a mão sobre a cabeça no momento exato em que Calvino entrou no Lonesome Hawk Bar. O Velho George guardava o território de seu posto sob a cabeça de búfalo empalhada. De seu ponto privilegiado, ninguém entrava ou saía sem passar por ele. Ele conhecia os frequentadores e os cumprimentava, e encarava os desconhecidos, que, quando entravam, não faziam ideia de quem era o velho sob a cabeça de búfalo e de que ele era uma história ambulante do século XX.

— Calvino, gosto do quanto você consome, mas, se surrar outro freguês, eu vou pessoalmente mandar que parem de servi-lo. Entendeu?

— George, selecione melhor os seus bêbados.

— Você está querendo me dizer como administrar meu bar?

— Estou sugerindo que há uma linha. O inglês a cruzou.

— Sei que ele a cruzou. Por isso que não estou insistindo muito. Mas, da próxima vez, leve-o para fora para acertar contas.

— Vou tentar me lembrar disso, George.

— Você vai acabar me dando o meu primeiro cabelo branco se não tomar cuidado, meu jovem.

Ele adorava o Velho George. O Lonesome Hawk era um dos únicos lugares na terra onde o proprietário o cumprimentava como um jovem. Calvino entendeu a mensagem do Velho George, direitinho. Se você vive tanto tempo assim, então tem o direito de mandar um pouco.

— Agora me diga, como vai a sua mãe?

Era o jeito do Velho George. Ele ameaçava parar de servir Calvino no bar e alguns segundos depois estava perguntando sobre a mãe dele.

— Na mesma. Não se muda na idade dela.

— Com quantos anos ela está?

— Oitenta e dois.

As sobrancelhas dele se ergueram, o queixo duplo se espalhando para revelar mais dois queixos.

— Porra, ainda é uma criança.

— Calvino, você está com um problema — disse McPhail.

Ele estava brincando nervosamente com o celofane do maço de cigarros, arrancando um pedaço por vez, piscando cada vez que tirava mais um. Era como um gato dissecando um pequeno animal, exceto que a ação dele era desatenta.

Calvino instalou-se em sua mesa habitual. Uma garçonete, que já era avó, mas ainda podia passar na luz fraca como uma *ying* de 30 e poucos anos, cambaleou meio bêbada pelo bar. Chegou à mesa de Calvino e serviu um Mekong com Coca.

— Deixe-me primeiro beber isso — disse Calvino. — E, você, não vá a lugar algum.

McPhail ficou observando o Mekong com Coca desaparecer pela garganta de Calvino. Ele entregou à garçonete o copo vazio.

— Mais um? — perguntou ela.

Ele assentiu.

— E um para você.

A última coisa de que ela precisava era mais um drinque oferecido por um cliente.

— Oy está bêbada — disse McPhail. — Eu já paguei três Mekongs para ela. Para uma avó, ela até que os segura bem. — Ele espirrou, e a pilha de celofane picado se espalhou pela mesa.

A garçonete deu uma risadinha, entregando um lenço de papel para McPhail como se ele fosse uma criança prematuramente envelhecida. Ele assoou o nariz.

— Eu preciso lhe falar sobre as *Fab Four*. Não é boa coisa.

— Eu não venho aqui para ouvir problemas. Eu venho aqui para fugir de problemas. Entendeu, McPhail?

O copo com Jameson de McPhail chegou e ele deu um tapa no traseiro da garçonete, estendeu o braço e a puxou para um abraço e uma cócega. Algum movimento rápido produzira o impulso de defesa na presa. Ela rapidamente se desvencilhou, e ele não fez esforço de verdade para segurá-la. Depois que ela se foi, ele acendeu um cigarro.

— Você quer ouvir o problema ou prefere fingir que não há nada de errado com as suas senhoras expatriadas?

— Eu peguei o marido de Janet Herron. Ele estava de mãos dadas com um travesti. Eu o peguei num lugar público. Ele está encurralado. Não tem saída. Elas vão me adorar — disse Calvino.

— Eu sei, eu sei. Mas não funciona desse jeito.

— De que jeito você está falando?

McPhail suspirou.

— Você está olhando de seu ponto de vista. Não do ponto de vista delas.

Calvino deu de ombros.

— Certo, entendi. Elas não querem admitir que o que aconteceu com o marido de Janet possa estar acontecendo na vida delas. Que seus maridos as estão traindo. É natural. Da natureza humana.

McPhail exalou uma nuvem de fumaça, balançando a cabeça.

— É mais complicado. Cara, elas iriam ficar contentes como um bailarino perneta numa convenção de cadeirantes se o marido de Janet tivesse sido pego com uma garota jovem e atraente. Deixe-me repetir. Garota. Você o pegou com uma *katoey*.

"Há histórias que todo mundo conhece como histórias. Você as ouve, ri e segue adiante. E então há histórias que o sugam por dentro, faz você sentir que está no centro do que está acontecendo. Você experimenta girar 360 graus, descobrindo que, em todas as direções, você está dentro dela. Não é só uma história. Você está nela. Isso foi o que aconteceu com o *Clube de Aulas Culinárias Fab Four*. A história de Howard Herron ficou zumbindo dentro das consciências delas como uma mosca varejeira dentro de uma garrafa de leite, batendo nos lados, em pânico, furiosa e desesperada."

Calvino já tinha, em sua cabeça, recebido todos os honorários das três mulheres e entregado o dinheiro para a *mamasan* para comprar o ponto do One Hand Clapping. Era um negócio encerrado, não era? Encerrado apenas na cabeça dele. Outro Mekong chegou silenciosamente e substituiu seu copo vazio.

— O que elas estão dizendo? — perguntou Calvino.

— Você precisa falar com elas de novo.

— Elas querem cancelar o trato?

McPhail ergueu uma das sobrancelhas e deu de ombros.

— As mulheres querem e não querem saber ao mesmo tempo. É estranho. Mas elas são assim.

Nada nos negócios era simples ou fácil. Depois que Danielson morrera, ou fora assassinado, Calvino ficara órfão. Ele fizera seu serviço, mas não recebera o pagamento. As mulheres expatriadas eram o primeiro vislumbre de esperança sugerindo um jeito de salvar a situação. Uma mão lavava a outra; só que não estava funcionando desse jeito.

Como detetive particular, Calvino fizera o que tinha sido contratado para fazer. Ele conseguira a sujeira da operação de falsificação. Ele tinha fotos de Howard com as patas todas sobre a *katoey*. Mas a questão era que verdade e prova eram só uma pequena parte da equação quando se tratava de ser pago.

Não lhe ocorrera que Janet iria fazer muito drama quanto ao gênero original do travesti pego na fotografia. Talvez não tenha mesmo. As outras mulheres poderiam ter ficado preocupadas com as consequências de descobrir que seus maridos tinham algum perverso segredo negro estendendo-se muito além da fronteira banal da infidelidade.

— Quando elas querem me ver? — perguntou Calvino.

— Três da tarde, amanhã. Acertei com o chef Elmo. Não há problema em nos encontrarmos na cozinha dele. Ah, só uma coisa. Ele pediu para você ir com calma com o italiano. Ele diz que está enferrujado e o deixa mal na frente das mulheres.

— Ele é um príncipe italiano — disse Calvino. — Diga a ele que foi o que falei. Em inglês, é claro.

— Ele está fazendo um favor, parceiro. Pensando nisso, eu também estou fazendo um favor para você.

— Janet não atende o telefone. Ela me deve informação sobre Danielson.

— Ela não quer falar sobre nada com ninguém. Ela está toda fodida, parceiro.

— E quanto ao meu dinheiro, McPhail? Eu a ajudo e ela fica abalada demais para falar comigo?

— Amanhã, peça a ela o dinheiro — disse McPhail, dando uma tragada no cigarro, inspirando a fumaça lentamente.

— Melhor que ela esteja lá — disse Calvino, seus punhos se cerrando.

— O que você quer que eu faça? Dê uma bofetada nela? Ei, piranha, pague o meu amigo ou esse é o último macarrão que vai comer com todos os dentes.

— Ligue para ela. Ela vai atender a sua ligação. E então me passe o telefone.

McPhail engasgou soltando uma nuvem de fumaça, seu rosto ficando de um vermelho brilhante.

— Cara, ela vai me odiar.

— Considere isso um resultado positivo, McPhail.

A paranoia era a melhor amiga dos profissionais — detetives particulares, médicos, advogados e contadores. Uma semente de medo ou dúvida, uma vez plantada, florescia. Os clientes observavam num horror e espanto envolvente como a semente minúscula crescia e crescia. As coisas rapidamente saíam do controle. Agitação demais deixava as pessoas irrequietas, irracionais, prontas para atacar. Paranoia demais as fazia correr para as armas, drogas ou pistoleiros contratados. Era um equilíbrio delicado: cuidar de uma pessoa assustada, emotiva, fazendo para ela um plano para extirpar a raiz malsã antes que ela pudesse crescer numa floresta cobrindo cada parte de suas vidas. Calvino se deu conta de que já podia ser tarde demais.

McPhail colocou o celular na orelha e, levantando-se, sussurrou ao entregar o telefone para Calvino.

— Janet, faça uma pergunta ao seu marido para mim amanhã. Você pode fazer isso para mim?

Houve uma longa pausa.

— Que tipo de pergunta?

— Peça a ele para lhe dar os nomes dos conhecidos de Andrew Danielson que tenham qualquer conexão com o negócio de drogas — disse Calvino.

— Independente do que o senhor possa pensar, Sr. Calvino, meu marido não sabe de nada sobre drogas.

— Estou falando sobre drogas legais, não ópio. Como penicilina ou aspirina. Todas as grandes empresas vendem seus produtos aqui. Danielson estava ajudando alguém por fora. Só podia ser um amigo. Descubra se ele conhece alguém que se encaixe no perfil. Você pode me ajudar nessa, Janet. Eu fiz mais que a minha obrigação para você. Isso significa que você me deve essa.

— Não me venha dizer o que eu lhe devo, seu pilantra.

— Se eu fosse um, teria ido até Howard e dito, me dê uma lista dos amigos de Danielson e eu deleto as fotos de você e sua amiga. E digo a sua esposa que você é um bom menino.

Ele entregou o telefone de volta para McPhail, que balançou a cabeça, levantou-se e saiu pela porta da frente. Calvino deu uma olhada em seu relógio. Ele tinha mais uma hora antes de seu encontro com Lovell.

Calvino pôs a cabeça para trás e fechou os olhos. Quando ele os abriu, o Velho George estava sentado na frente dele no lugar de McPhail.

— Você parece uma mãe judia. Com toda essa história de "você me deve".

Os olhos de Calvino se arregalaram e ele encarou duro o Velho George.

— Você não tem nada melhor para fazer além de ficar ouvindo minhas conversas no telefone?

— Ficar ouvindo? Hum. Você estava gritando, porra. Eu teria de tapar os ouvidos para não ouvir.

— Então eu pareço a minha mãe. Aonde você quer chegar?

— Como vão com as coisas com ela aqui? — perguntou o velho George, batendo com o indicador no lado da cabeça. Ele estivera pensando sobre a mãe de Calvino.

— Você está querendo insinuar alguma coisa sobre a minha mãe? — Os ânimos estavam se exaltando.

O Velho George fez um gesto com a mão.

— Não entenda tudo do jeito errado. Eu estava perguntando se a cabeça dela ainda está boa, só isso. Uma semana atrás, você disse que ela estava tendo problemas. Algo sobre um emprego na ONU ao qual ela queria que você se candidatasse. Desculpe a pergunta.

Da última vez que Calvino visitara a mãe no lar para idosos, ela ficara sentada de penhoar na borda da cadeira, balançando-se para a frente e para trás. Ela se inclinou para a frente, parou e olhou ao redor da sala antes de sussurrar:

— Está vendo aquele homem ali? — Calvino viu um velho encanecido com uma franja de cabelos brancos e olhos vermelhos do outro lado da sala. — O nome dele é Glenn. Ele é o responsável por este lugar estar caindo aos pedaços.

Calvino não conseguiu achar que o velho inofensivo fosse responsável por nada mais difícil do que se lembrar de controlar suas necessidades fisiológicas.

— Ele está comendo o lugar, pedaço por pedaço. Acha que ninguém nota o que ele está fazendo. Mas eu o peguei. Ele é dissimulado e se acha muito esperto. Mas eu o vi comendo coisas.

— Comendo o quê?

— Comendo os móveis.

Alguns meses depois, ele recebera um e-mail de um dos médicos de sua mãe, que confirmou que haviam descoberto que o homem de pijama listrado, com uma teia de aranha de pelos desgrenhados crescendo dentro das orelhas e do nariz, vinha secretamente removendo os parafusos dos móveis. Um enfermeiro o pegara engolindo-os inteiros. Quando os médicos operaram Glenn, descobriram mais de 5 quilos de parafusos atolados em suas entranhas. Ele nunca teria passado por um detector de metais de aeroporto. E, no solário onde os residentes (eles nunca os chamavam de pacientes) jogavam cartas, assistiam à TV ou liam, a mobília estivera caindo aos pedaços. Uma senhora gorda de 78 anos tinha despencado numa cadeira sem parafusos e quebrado a bacia. Vários outros pacientes haviam enfrentado acidentes menos sérios quanto sentar ou se apoiar em cadeiras e mesas enganosamente sólidas. A mesa onde ficava a TV tinha subitamente se desmantelado e o aparelho se espatifara no chão. Os dedetizadores tinham examinado o lar inteiro e não descobriram nenhuma espécie de inseto capaz de comer a mobília. Ninguém, a não ser a mãe dele, sabia a causa do que desafiara a gravidade.

Depois que Calvino trocara mais alguns e-mails com o médico, ele ficara com um respeito renovado por sua mãe. Ele pensara, por um momento, que ela perdera o juízo. Era exatamente o contrário, ela tinha sido a primeira pessoa a descobrir a razão pela qual a mobília no lar para idosos tinha se tornado um campo minado para os pacientes. Ninguém da equipe tinha acreditado nela. Eles a descartaram como uma velhota maluca com uns parafusos soltos. Mas sua mãe não tinha nenhum parafuso solto na cabeça. Se tivesse algum, Glenn o teria comido.

O Velho George estalou os lábios com aprovação.

— Ela é mesmo esperta.

Calvino sorriu. Aquela era uma boa definição de sua mãe.

— Eu tinha um amigo em Guam; a mãe dele estava num lar para idosos. Um dia, ele foi visitá-la e ela ficou petrificada, pálida, imóvel. Ele achou que ela estava tendo um derrame. Ela apontou para uma lagartixa na parede. "Está vendo aquilo?" Ele olhou para onde ela estava apontando. O bicho tinha olhos pretos alertas e uma língua lambendo o ar. E sabe o que a mãe dele disse? Ela disse: "Crocodilos. Estão por toda a parte. Não consigo dormir. Eu os vejo subindo nas paredes. Você não poderia dar um jeito neles?" E ele disse que ia fazer o melhor que pudesse. Era o que eu queria dizer sobre ter a cabeça em ordem. Se você começa a ver coisas e a confundir a realidade com mundos imaginários, então acabou.

Calvino enfiou uma nota de 500 *baht* na caixinha.

— Minha mãe era uma santa — disse o Velho George.

— Isso é bom — comentou Calvino.

— Só se você for religioso.

DEZOITO

LOVELL PÔS O SEU MELHOR terno de advogado para a reunião no escritório de Calvino. Duas garotas do One Hand Clapping ficaram impressionadas o bastante para sair de seus banquinhos e se precipitar sobre ele, tentando levá-lo para dentro. Ele teimou em ficar onde estava, como uma mula. O estacionamento do hotel Nana tinha servido como o seu treinamento básico. Era um veterano. Uma da *yings* deu a ele um cupom de desconto de 15 por cento para o caso de ele ter tempo depois do compromisso. Ele enfiou-o no bolso externo do paletó sem ler e subiu as escadas. Elas gritaram atrás dele:

— Não se esqueça de nós! Esperamos você.

Chegando ao alto da escada, Lovell ajeitou a gravata, fechou de novo o botão do paletó e entrou na recepção. Ratana ergueu os olhos do teclado. Era raro qualquer um dos clientes de Calvino merecer uma segunda olhada. Ela abriu um sorriso de menina, uma dessas reações involuntárias que duram alguns segundos mais do que deviam.

— Em que posso ajudá-lo?

Ele entregou a Ratana seu cartão de visitas.

— Tenho hora marcada.

Ela quis dizer que o estava esperando. Mas não estava esperando que ele fosse assim jovem, elegante e bonito. A fotografia dele no *Thai Rath* não lhe fizera justiça; em pessoa, ele tinha uma aparência muito melhor. A fotografia capturara uma expressão pouco lisonjeira de aturdimento. Aqueles grandes olhos de cervo pegos em farol alto. Nas garras de uma *katoey*, o homem confiante que estava ali na frente da mesa dela parecera ferido. Amarfanhado nas bordas, exaurido, vulnerável e sonso. Ela se levantou e foi até o outro lado da divisória para anunciar que o cliente chegara. *Até o cheiro dele é bom,* pensou ela ao passar por Lovell.

Calvino clicou no Google Earth, digitou as coordenadas e, de um satélite muito acima da superfície do planeta, ele se aproximou do motel para onde Howard Herron levara a *katoey*. Ele mudou as coordenadas para o seu escritório, para o lar de idosos em que sua mãe estava, e de volta ao armazém repleto de comprimidos falsificados. Na terra dele estavam espalhadas locações de trabalho, confinamento e operações ilegais.

Ele fizera o download da imagem para uma pasta com o nome Howard_H. Ele enviara os arquivos para a mulher de Howard. E Janet Herron já tinha baixado as imagens do marido e da *katoey*. Ela era a única pessoa (fora Ratana) que tinha acesso à pasta. Quando Howard acordara naquele dia e fora verificar os e-mails em seu escritório, descobriu que Janet usara uma montagem das fotos como o descanso de tela do computador dele. Ela ouviu o gemido de agonia dele lá de longe, na cozinha. Calvino saboreou o momento e mal registrou que Lovell entrara em seu escritório.

— O senhor pode me ajudar — disse Lovell.

Ele sentou-se e abriu sua valise, tirando meia dúzia de pastas. Lovell parecia um estudante recém-formado em sua primeira entrevista de emprego: a mão na valise, pescando a grande truta, o troféu para exibir.

Calvino tirou os olhos da tela do computador, observando Lovell remexendo na valise atrás de um objeto oculto que de alguma forma lhe escapava. Mas Calvino nada disse por um minuto, deixando o rapaz saído da faculdade ajeitar sua apresentação.

Lovell perdera o fio da meada. Ele começara uma conversa e então desaparecera dela como se tivesse coisas melhores para fazer. Se isso fosse uma característica de sua personalidade, seria preciso se acostumar a ela. Calvino aguardou em silêncio até achar que Lovell tinha ficado mudo por muito tempo.

— Você disse que eu poderia ajudá-lo. — Calvino esperou até Lovell erguer o rosto da valise. Tendo conseguido que o outro o olhasse, continuou: — Eu me lembro de ter lhe dito a mesma coisa, e o que você me respondeu? — perguntou Calvino.

Lovell lembrava exatamente o que dissera no telefone.

— Eu disse que não podia ajudá-lo. E era verdade quando falei isso. Mas agora nós podemos ajudar um ao outro. E eu posso ajudá-lo a conseguir que seus honorários sejam pagos.

O garoto tinha alguma razão, pensou Calvino. A verdade nunca se mantinha verdadeira por muito tempo; estava sempre ziguezagueando pelo chão, subindo a parede, ao longo do teto, circulando em volta a ponto de não ficar claro de onde surgira.

— E quanto ao seu escritório de advocacia?

Lovell balançou a cabeça.

— É como eu disse no telefone, fui despedido.

— Você perdeu o emprego. E agora quer vingança. Tirá-los do mapa.

Escritórios de advocacia evitavam contratar artistas de circo (em especial malabaristas e trapezistas), boêmios, livres-pensadores, poetas, e qualquer outro que pudesse constrangê-los, fazendo com que parecessem estúpidos, fracos, como burros. Ninguém tinha confiança num escritório de advocacia operado por aberrações, exceto outro tipo de aberrações, e essa gente nunca tinha dinheiro.

Calvino achou o *Thai Rath* sob uma montanha de tralha em sua mesa e jogou-o para Lovell.

— Isso não é bom para os negócios.

— Foi o que o meu chefe disse. Mas não foi minha culpa.

Revirando os olhos, Calvino recostou-se na cadeira.

— E de quem exatamente foi a culpa?

— Se nós vamos trabalhar juntos, não acho que devia ser tão hostil.

Calvino percebeu os olhos do jovem advogado o examinando.

— O que você está olhando?

— Sua gravata. O nó está torto.

Antes que Calvino pudesse reagir, Lovell debruçou-se sobre a mesa, desfez o nó da gravata do investigador e rapidamente produziu um perfeito nó *windsor*.

— Assim está melhor, detetive.

Calvino se perguntou se Lovell tinha algum tipo de problema mental. Normalmente, um desconhecido não se debruçaria sobre a mesa de outro homem para refazer o nó de sua gravata. Ninguém o chamara de "detetive" desde que ele abrira o negócio.

— Não me chame de "detetive".

— Desculpe, Sr. Calvino.

— Você pode me chamar de Vinny.

Lovell se remexeu, girando os ombros, processando a solicitação de nome.

— Fico mais à vontade com "Sr. Calvino".

Calvino assentiu.

— Certo, me chame de detetive. Qual é o seu problema, além de estar desempregado?

— Por onde começar?

— Por que não com o caso no qual Danielson me contratou para trabalhar?

Lovell engoliu em seco.

— Certo. Andrew estava ajudando um amigo.

Calvino suspirou, um amplo sorriso se abrindo em seu rosto. Ele não se sentia tão bem assim fazia algum tempo.

— Conte-me sobre o amigo, John.

O fato era que o amigo de Danielson era um cliente americano, Noah Gould. Gould gerenciava uma companhia de distribuição independente chamada Avenant Pharma, que tinha contratos para distribuir marcas importantes: Pfizer, Upjohn, Roche. Noah morava em Bangkok fazia alguns anos e era amigo de Andrew Danielson. Eles tinham mais ou menos a mesma idade e haviam se conhecido numa reunião da câmera do comércio e acabaram estabelecendo uma amizade. Suas esposas também eram extremamente próximas. Ruth Gould, a que estava usando um chapéu cor-de-rosa de abas largas, e Millie Danielson, a esposa expatriada que Calvino não conhecera na aula de culinária do chef Elmo.

— Minha suposição é de que Noah pediu um favor a Andrew — disse Lovell.

— Não vejo por que seria um favor. Eram negócios. Ele estava sendo roubado. Seu escritório de advocacia trabalha em casos de propriedade intelectual. Que história é essa de ser um favor?

Danielson não tinha parecido a ele alguém que faria trabalho por fora como um favor. Ele era objetivo, direto e com expectativas realistas.

— Gould estava sendo obstruído pelo departamento corporativo. Eles tinham prometido encerrar a operação de falsificação. Mas nada aconteceu. Então ele foi falar com Danielson e contou a ele o problema que enfrentava.

Estava começando a fazer sentido, Calvino pensou. Havia algum problema político interno e Danielson estava agindo por fora da cadeia de comando habitual.

— Quem o estava obstruindo?

— Stiles, para começo de conversa.

— O advogado com quem você estava ontem à noite?

Lovell fez uma careta.

— É. Não muito legal, eu sei. E então há o sócio sênior, Cameron. Stiles é próximo a ele.

— Por que Danielson não foi dizer a Cameron que um cliente importante não estava recebendo toda a atenção que merecia?

— Já trabalhou como advogado? — perguntou Lovell.

— Em Nova York, numa vida passada.

A revelação veio como um choque. Um investigador particular solitário em Bangkok que outrora trabalhara como advogado em Nova York deixou Lovell desconfiado. Calvino percebeu Lovell recuar, ficando introspectivo.

— Por que Danielson não fez um escândalo com Cameron?

Lovell balançou a cabeça, os olhos se franzindo, os ombros ligeiramente encolhidos como se estivessem prontos para se soltar.

— Você não conhece Cameron. Eu já tinha visto algo assim acontecer antes. Havia casos mais robustos que Cameron liquidou.

— Certo, mas o que especificamente havia no caso de Gould que fez Danielson me procurar? — perguntou Calvino.

O jovem advogado gemeu.

— Não sei.

— O que você acha que aconteceu?

— Ele sabia que Cameron queria que Stiles obstruísse Noah no caso. Andrew fez um acordo particular. É algo que você faria para ajudar um amigo. O negócio de Noah estava afundando. Ele estava seriamente encrencado com sua companhia. As empresas farmacêuticas estavam ameaçando cancelar o contrato de distribuição dele. Isso é o que eu imagino.

— Você não respondeu a minha pergunta. Por que Cameron queria deter Danielson?

— Porque um caso de pirataria poderia afetar a reputação e os negócios de Khun Weerawat. Ele é um homem de negócios proeminente. O escritório o representa. Seu tio é *chairman* honorário do escritório.

Calvino anotou o nome.

— Como ajudar Noah a enquadrar as pessoas que estavam destruindo o negócio dele iria afetar Weerawat?

Lovell pesquisara o passado de Weerawat como empreendedor com investimentos em restaurantes, escolas particulares, franquias de fast food e negócios imobiliários. Essas companhias pagavam honorários substanciais para o escritório. Ele também suspeitava de que nem todos os negócios de Weerawat operavam dentro da lei. Desde a sua primeira semana no escritório, ouvira rumores, embora nada sólido, sobre o lado negro do império de Weerawat. Seus negócios tinham crescido rápido, e Weerawat se tornara rico e influente. Isso era linguagem em código para alguém que era intocável, além do alcance da lei. Se esse era o caso, faria sentido agir por fora do escritório.

— Alguém sabia que Danielson estava agindo por conta própria nesse caso?

Lovell sentiu um arrepio ao pensar em si mesmo acabando num escritoriozinho sobre uma casa de massagem, um ex-advogado ganhando a vida com investigações mixurucas.

— Quem sabia sobre Danielson assumindo o caso de Noah Gould? A secretária dele, talvez um estagiário, um assistente de pesquisa, alguém no arquivo...

— Ele era bastante cauteloso. Eu era próximo dele. E eu não sabia sobre o caso.

— Mas você não é tailandês.

— Eu por acaso encontrei uma companhia registrada na Thanon Charoen Krung. Pensei que acharia isso interessante.

Ele pegara Calvino desprevenido. Ele tinha ido para um dos *sois* na Thanon Charoen Krung para a sua filmagem. O vídeo da operação de falsificação de medicamentos era de um lugar a não mais de 200 metros do cais ao longo do rio Chao Phraya. Lovell colocou alguns documentos na mesa de Calvino. Um era um mapa detalhado do *soi* com o armazém assinalado com um círculo.

— É esse o lugar onde filmou o vídeo?

Calvino assentiu, e ergueu os olhos do mapa. Essa parte de Bangkok não figurava no mapa turístico. Não havia hotéis, lojas ou restaurantes na área; era uma lúgubre e desolada fieira de fábricas serpenteando até a beira da água.

— Como você estabeleceu a conexão?

— Danielson me pediu para fazer uma pesquisa do nome de uma companhia na base de dados. Eu obtive todas as listas de acionistas e diretores do Ministério do Comércio. Pesquisei o endereço registrado de cada empresa. Está aqui no mapa — disse Lovell, pondo o dedo no lugar. Muito do que Lovell reunira vinha de informação pública, mas ele precisava saber onde procurar e como decifrar os documentos em tailandês. — Eu usei o sistema de computadores do escritório de advocacia para verificar e comparar a lista de diretores e acionistas dessa companhia com todas as companhias registradas conhecidas controladas por Weerawat. Compilei um diagrama mostrando os testas de ferro ou laranjas. Os testas de ferro de Weerawat repetidamente apareciam em muitas companhias diferentes. Alguns dos acionistas e diretores de Weerawat também eram usados para a companhia registrada no armazém. Os testas de ferro eram criadas, jardineiros e ajudantes que estavam na folha de pagamento.

— O que ele disse a você sobre essa companhia?

— Ele disse para dar uma verificada. Não discutimos o que estava em jogo. Ou por que ele queria que eu fizesse essa pesquisa. Ele era assim. Para mim, não era problema. Eu gostei do trabalho. Eu perguntei sobre ele. Precisava saber como cobrar o tempo empregado. Ele cobrou o tempo de uma das empresas de Weerawat.

— Você não achou isso estranho? — perguntou Calvino.

— Danielson disse que era para uma reorganização das companhias e que teríamos de fazer as devidas diligências numa série de empresas de Weerawat. Algumas delas tinham grandes contratos com agências do governo. Negócios imobiliários, construção de estradas e habitações, e um projeto grande no novo aeroporto. Não era meu serviço interrogar meu chefe. — Sua voz ficou defensiva; ele se mexeu na cadeira.

— O que ele disse quando você mostrou a ele isso tudo? — Calvino fez um gesto para a pilha de documentos.

— O rosto dele ficou branco. Como se todo o sangue tivesse se esvaído dele.

— Um sócio que não sabia da estrutura corporativa de seu cliente?

Lovell deu de ombros.

— Estou lhe contando como ele reagiu. Interprete do jeito que quiser.

Lovell, sem consultar nota nenhuma, fez Calvino percorrer o complexo encadeamento de acionistas e diretorias. Ele sabia cada nome, endereço, ocupação e idade dos acionistas e diretores; por quanto tempo eles tinham atuado naquela posição na companhia. Ele até mesmo tinha na ponta dos dedos conexões familiares com base no sobrenome dos testas de ferro.

Calvino ficou de queixo caído.

— Como você faz isso?

— É assim que a minha memória funciona.

— Você tem uma dessas memórias de gênio?

— Eu nunca esqueço — disse Lovell, achando que a mandíbula de Calvino ia se soltar do rosto.

— Eu arquivo coisas na minha cabeça, comparo-as, analiso-as, e faço uma dissecação delas como numa aula de ciências, quando você tem de abrir um rato e desenhar e legendar todos os órgãos e músculos. Nunca tive o menor problema para fazer isso. Posso fazer isso de olhos fechados.

Ele começou a desenhar um rato.

— Essa é a fáscia superficial.

— Exatamente como sempre lembrei — disse Calvino. — Não desenhe um rato para mim. Desenhe-me algo como a imagem do que o seu escritório de advocacia faz para Weerawat.

Era mais do que ligeiramente intimidador estar sentado em frente a um gênio. Se é que o talento de Lovell podia ser descrito dessa maneira.

Lovell abriu uma pasta e tirou uma planilha, entregando-a para Calvino.

— É uma lista dos casos ativos envolvendo o trabalho corporativo e a propriedade intelectual de Weerawat. Nós também o representamos em alguns casos de violação de direitos contra companhias chinesas.

Ele momentaneamente esquecera que não mais fazia parte do "nós".

Lovell começara a confiar em Calvino. Ele ergueu os olhos da planilha.

— Eu, às vezes, me perguntava onde alguém como Weerawat ficava a maior parte do tempo. É um jogo de localização.

— De que tipo de jogo você está falando? — perguntou Calvino.

— O Covil. É um software que me permite deduzir a localização de Weerawat com cinco por certo de exatidão, mais ou menos.

— Danielson sabia sobre isso? Ou Cameron?

Lovell sorriu, fez um gesto de estudante.

— Era meu jogo particular.

Calvino ficou em silêncio, perguntando-se que tipo de engrenagens dentro de engrenagens e botões, parafusos e circuitos eram abarcados pela mente de Lovell. O Covil tinha algo de familiar. Calvino tinha o seu, e todo mundo precisava de um lugar onde pode se esconder do mundo, lamber as feridas, descansar para o dia seguinte.

DEZENOVE

Suvit dizia de seu sobrinho que, depois de obter seu Ph.D. nos Estados Unidos e voltar, ele parecia ter uma energia ilimitada. O que ele não dizia era que o único propósito dessa energia era aumentar e preservar a fortuna da família. Weerawat era o rosto educado, moderno e simpático da família para a mídia. O velho ficava radiante de orgulho quando o nome do sobrinho aparecia. No escritório de advocacia, a sala de Suvit era repleta de fotos do sobrinho com proeminentes empreendedores, políticos, estrelas de cinema e anfitriões de talk-shows. Uma reprodução emoldurada de *O último dia do ano chinês em Bangkok,* de Galileo Chini, fora instalada sobre um pequeno santuário chinês. O diagnóstico que Danielson fazia de Weerawat era de que ele era o clássico bem-sucedido em excesso. A maioria das culturas produzia o homem tomado pela ambição que raramente ouvia os outros. Ninguém jamais começava a vida planejando uma carreira de negócios escusos e fraudes. Mas alguns terminavam nesse caminho, sem sentir sequer uma parcela módica de vergonha.

Weerawat tivera uma infância protegida — escolas particulares, tutores, verões passados no Canadá ou nos Estados Unidos, convites para os eventos sociais certos. Cada vez que ele ia ao escritório de advocacia, era como um dignitário em visita. Ninguém jogava pétalas de rosas em seu caminho, porém, mais de uma secretária, mais de uma estagiária lhe entregavam um bilhete com seu número de celular.

Weerawat conseguia nunca parecer amarfanhado ou cansado. Ele flutuava num colchão de ar de conexões sociais e políticas. Era alguém no centro dos círculos de negócios, um homem que puxava as alavancas do poder com facilidade e delicadeza, de maneira discreta, sutil, educada. Seu bisavô viera da China em 1922. Weerawat era o pináculo da reformulação e desenvolvimento dos negócios da família numa nova era. Com 40 e poucos anos, ele construíra seu próprio complexo particular, seguro, cercado por um bando de seguidores. Havia rumores de um cargo no Ministério no próximo gabinete. Ele era um homem, diziam, que nunca precisara aparar arestas porque elas nunca figuraram em sua vida. No lugar delas havia curvas suaves pelas quais ele navegava com facilidade.

— Que tipo de necessidade ele levava ao escritório?

— Sobretudo negócios imobiliários e joint ventures.

— A parte jurídica, quando há um estrangeiro incluído no negócio?

Lovell assentiu.

— A maior parte do tempo.

Cameron fazia os estrangeiros se sentirem seguros. Ele sentava na cabeceira da mesa de reuniões, garantindo que os parceiros estrangeiros sentissem que a função de Cameron era protegê-los.

— Quando o departamento de propriedade intelectual representava um cliente estrangeiro, alguma vez Weerawat ou seu tio interferiram?

— Eles não precisavam. Havia um entendimento quanto aos casos que a firma aceitava.

Nada de bola de demolição fazendo buracos enormes nos negócios de outras pessoas. Era mais como um pé de cabra discretamente desmantelando uma estrutura. Calvino pensou em sua mãe e no cara chamado Glenn que comia parafusos. Cameron tinha um sistema para assinalar casos que eram enviados para Suvit, que se reunia com o sobrinho, e Weerawat decidia se o caso ia adiante. Um sistema dissimulado, em que os advogados continuavam a cobrar o cliente, fazer relatórios, promessas e listas de ações.

— Quando foi a última vez que você encontrou Weerawat?

Lovell suspirou.

— Recentemente. Numa reunião com Cameron.

— Então eu liguei para você.

— E eu disse que não podia ajudá-lo. Foi um erro.

Lovell lembrou como Cameron lhe dissera que o caso particular de Danielson não existia no que dizia respeito ao escritório. Que ele devia manter suas contas e nunca mencionar o assunto Gould para ninguém de dentro ou fora do escritório. Ele precisava saber quem eram os seus amigos e o significado da lealdade. E, no fim do sermão, quando Cameron encerrara seus mandamentos de ar divino, ele piscara para Lovell e dissera: "Você precisa encontrar um equilíbrio melhor em sua vida."

Calvino ficou escutando Lovell se abrindo sobre a relação que tinha com Cameron. De acordo com Lovell, Cameron o aconselhara a ficar alerta e sempre em campo no jogo do direito. Seu serviço, segundo Cameron, era manter o cliente acreditando que progressos estavam sendo feitos. Ele se lembrava de uma conversa de meses antes, em que Cameron o aconselhara a ser prático. Havia algo para ambas as partes. Procure o caminho do meio. Você cria a apreensão primeiro. Seu serviço é armar uma pequena operação com toda a aparência da coisa. Faça com que a polícia chegue e seu pessoal esteja com câmeras de vídeo para gravar. Você mostra o vídeo ao cliente. O cliente fica contente, a polícia fica contente, as pessoas com o poder e fazendo negócios ficam contentes. Não é essa uma meta digna na vida? O problema era que Stiles não dera a Noah Gould nenhuma cobertura, nada para diminuir a pressão e, por frustração, ele pedira ajuda a Danielson.

A meta era garantir que as pessoas certas ficassem contentes, e não em conflito, Cameron dissera. Noah estava descontente. Danielson também estava descontente por suas próprias razões. Lovell ficara olhando fixamente em silêncio para a pintura na parede de Calvino.

— O tio de Weerawat, o de nosso escritório, tem a mesma pintura em sua sala — disse Lovell. — Só que a dele está pendurada sobre uma espécie de santuário.

Calvino não se convenceu.

— Há montes de pinturas com esse tema.

— Não é *O último dia do ano chinês em Bangkok,* de Galileo Chini?

O jovem advogado leu a resposta no rosto de Calvino.

— Foi o que achei — disse Lovell. — Pintada em 1912. — Lovell foi até a pintura e apontou um chinês jovem andando a passos largos, passando pelo dragão como se estivesse numa missão urgente. — Suvit disse que esse era o pai dele.

Quando saíram do escritório juntos, Calvino viu que Ratana tivera mais do que o seu habitual interesse num cliente. Lovell nem percebeu que ela o devorava com os olhos. Ratana ficou com uma expressão sonhadora ao voltar para a tela do computador. Lovell seguiu Calvino para o One Hand Clapping, no andar de baixo. A princípio, ele pareceu confuso. Então Lovell tirou o cupom de desconto do bolso de seu paletó e o entregou para uma das *yings*.

— Não é a sua primeira vez — disse Calvino, observando o cupom passar entre eles.

— Eu o recebi há menos de uma hora. Dela. — Lovell apontou uma das *yings* que se precipitara sobre ele.

As *yings* que tinham se ajuntado em volta de Lovell vieram da entrada da casa de massagem. Era como se elas tivessem acordado de um sono profundo, sorrindo. O entusiasmo passava de uma *ying* a outra enquanto esperavam ser abraçadas por Lovell.

— Eu não quero uma massagem — disse Lovell, erguendo as mãos sobre a cabeça como se estivesse se rendendo a uma força inimiga avassaladora.

— Mais tarde, mais tarde. Estamos aqui por causa de Jazz — disse Calvino. A menção do nome da *ying* morta foi suficiente para libertar Lovell de suas captoras. — Quero mostrar uma coisa para você.

Eles andaram pelo corredor, parando em frente à porta destroçada do quarto VIP. A *mamasan* chegou à cena com um cigarro pendurado no canto da boca. Ela parecia não se importar que Calvino quisesse ver o quarto onde Jazz havia sido encontrada. Ela mastigou o filtro do cigarro e fez um gesto com a mão para que eles entrassem. O quarto tinha sido limpo. Lençóis haviam sido tirados da cama. As manchas de sangue pareciam sombras de gatos dormindo.

— A namorada de Danielson morreu aqui — disse Calvino. — Seus pulsos estavam cortados.

Lovell ficou pálido e pareceu que ia passar mal. Ele olhou a cama. Balançando a cabeça, pôs sua valise no chão. Atrás dele a *mamasan* apagara o cigarro.

Uma das *ying* tinha dado a ela um copo de plástico com refrigerante e gelo. Ela mastigou o gelo entre os dentes amarelados e o engoliu.

— Limpamos o sangue o melhor que conseguimos. Ninguém quer usar o quarto. Têm medo de fantasmas — disse a *mamasan*. Ela coçou o braço como que para espantar a sensação da lâmina que assombrava o quarto.

Calvino queria ver a reação de Lovell à amante de Danielson. Eles tinham morrido em um intervalo de algumas horas entre um e outro.

— Danielson tinha uma namorada que trabalhava aqui. Ela morreu na mesma noite que ele.

Lovell, as pernas bambas, sentou-se na cadeira perto da janela. A cadeira de Metta, a cadeira da garota que chorava.

— Não acredito nisso. Conheço a mulher dele, Millie.

Calvino pôs a mão no ombro de Lovell.

— É, ele era casado. Mas tinha Jazz por fora. Quando a encontrei morta, Jazz estava quase nua. Estava sem roupa. Mas estava usando um colar que Danielson lhe dera. Acho que isso ainda a deixa nua. Danielson lhe viera com uma conversa fiada sentimental de que o colar era um presente de sua mãe. Ele tinha o hábito de usar essa conversa com mulheres.

As novidades chocaram visivelmente Lovell, que mexia com o relógio em seu pulso. Danielson o dera para ele, dizendo que era herança de seu pai.

— Tem certeza disso?

— Há certas coisas de que nunca se pode ter certeza. Isso diz algo sobre Danielson. Na noite em que ele morreu, eu a encontrei. Está vendo a porta? Tive de arrombá-la.

Calvino deu a volta no pé da cama. Parecia pequena, vazia; um quarto vazio como uma tumba com seu corpo roubado. Ele não a conhecia; não conseguia se lembrar dela na sua frente com um punhado de cupons de desconto. Aos 19 anos, quanto há para saber de alguém? Ela não vivera tempo o bastante para acumular amigos e inimigos o bastante para conhecerem detalhes de sua vida. Como seu nome, Jazz, uma música que soava boa na hora, mas logo era esquecida.

— Que horas a encontrou?

— Por volta das cinco da tarde — disse Calvino. — No que você está pensando?

— Quando Andrew entrou no banheiro, ele estava muito abalado. Disse que recebera uma má notícia.

— Alguém poderia ter lhe telefonado sobre a namorada.

Lovell olhou pela janela. Vários motoristas de táxi estavam jogando cartas numa mesa improvisada. Ele podia ver apenas a mão de um dos jogadores. Mas não tinha certeza de qual jogo era, nem das apostas.

Ter uma memória como a dele não tornava nem um pouco mais fácil montar as peças e processar as possibilidades infinitas.

— Não tenho mais certeza do que eu sei.

— Um gênio admitindo que não sabe. — Calvino balançou a cabeça e afastou-se, um sorriso se abrindo em seu rosto. — Talvez você seja mais inteligente do que pensei. Talvez não. Não quer dizer que você será capaz de preencher todas as lacunas. O que você está procurando é informação das ruas. As pessoas que obtêm suas informações de livros são praticamente analfabetas quando se trata de entender as ruas. É um vocabulário diferente.

Lovell desviou-se da janela.

— Há mais do que remédios falsificados envolvidos. Eles têm companhias falsificando relógios, airbags, freios de carros. Diga qualquer coisa com uma grande margem de lucro: eles a estão fazendo. Tenho os arquivos. As cartas, memorandos e pareceres. Está tudo aí. Pegue. — Lovell tirara a última das pastas em sua valise. Calvino olhou para ele por cima da cama de solteiro no pequeno quarto. — São de memória. Eu os copiei.

Esse era um Lovell diferente do que estivera em seu escritório. Ele estivera esperando, decidindo se ia dar a versão completa ou a editada dos negócios do escritório de advocacia para Calvino. Uma visita à cena da morte de Jazz o fez tomar a decisão. Pela porta aberta, um riff de jazz entrou no quarto, o sax tenor e o piano em "Two of a Kind", de Michael Lington.

A *mamasan* tinha desaparecido com seu gelo e seu cigarro e trocara a música tailandesa por jazz. Ela achou que poderia fazer os *farangs* quererem ficar mais tempo; talvez os dois levassem, individualmente, uma das *yings* para outro quarto.

Calvino olhou para a pilha de arquivos sobre a cama. Encostado na parede, ele observou as mãos de Lovell se movendo como as de um pianista clássico, folheando as pastas e extraindo documentos, diagramas e gráficos. A *mamasan* não ligara o ar-condicionado. A temperatura no cômodo subira até o suor pingar da ponta do nariz de Lovell. Calvino continuou a observar enquanto Lovell agia seguindo algum ritmo em sua memória. O garoto estivera escondendo coisas, jogando com ele, sendo parcimonioso com informação em pequenas quantidades.

— Por que você está fazendo isso?

Essa não era a reação que John Lovell esperava. Ele se recostou na cadeira dura como um aluno que recebera uma advertência. Deu uma olhada no relógio de pulso, mordendo o lábio inferior. Lovell achou que compreendia exatamente como Jazz se sentira. O relógio tinha sido do pai de Danielson, mas talvez isso fosse uma mentira, também.

— Vingança contra o seu escritório de advocacia? — continuou Calvino.

— Stiles e Cameron queriam me assustar. Eu tinha memorizado todos os contratos de aquisição que escreveram para as companhias de Weerawat. Mas eles não sabem exatamente o quanto eu sei. Ainda assim, deixei Stiles me intimidar. Não tenho muito orgulho disso — disse Lovell, uma hesitação em sua voz, um tom baixo, gutural, um momento antes de as primeiras lágrimas escorrerem em seu rosto. — Não vou deixar que me derrubem.

Calvino ergueu uma sobrancelha.

— Eis uma razão que eu posso entender.

— Achei que era tudo sobre dinheiro para você.

— Não se esqueça do propósito do dinheiro.

Quando eles seguiram de volta pelo corredor da casa de massagem, a fita mudara para "The Night We Fell in Love", de Gerald Albright. A caminho da saída, Calvino disse à *mamasan* que ela devia manter aquela canção se repetindo sem parar. Os *farangs* gostavam do sentimento nela, o que ela prometia, e clientes que voltavam eram sobretudo românticos que acreditavam em encontrar o amor num lugar como o One Hand Clapping. Ela o agarrou pelo braço e puxou-o de lado.

— Você me ajuda com o custo da porta. — Era menos uma solicitação do que uma ordem.

Lovell parou pouco adiante, e se virou, achando que Calvino tinha algum negócio.

— Vou deixar vocês à vontade — disse ele.

— Fique exatamente onde está — declarou Calvino.

— Você vai me dar 2 mil *baht* — determinou a *mamasan*.

Os olhos dela estavam firmes, ameaçadores, determinados.

— Faça um relatório para Khun Ratana. Ela cuida dessa parte do negócio.

A *mamasan* soltou o braço dele.

— Melhor pagar agora.

— Pegue o dinheiro com Khun Ratana. — Os dois sabiam que a *mamasan* não ia ter a coragem de subir as escadas e pedir o dinheiro a Ratana.

— Você quebrou a porta. Por que não paga?

— Boa pergunta. Ratana tem a resposta. Basta perguntar a ela.

Ela teve a última palavra. Chamou Calvino de um *ai hai*, um tipo de lagarto enorme e feio. Sabe-se de tailandeses que mataram pessoas que lhes proferiram tal insulto. Era praticamente impossível encontrar uma palavra equivalente em outra língua que contenha tanto ódio numa só palavra, nada que chegue perto do calor emocional do insulto. Calvino riu, foi até Lovell.

— Vamos dar o fora daqui.

— Do que ela o chamou?

— Um termo afetuoso.

— Ela não soou afetuosa.

— Isso é o mais afetuoso que uma *mamasan* fica quando o está pressionando por um dinheiro que você não vai pagar.

VINTE

A MÚSICA DE VERDI ECOAVA na escola de culinária do chef Elmo naquela tarde. Alto-falantes posicionados em estantes numa parede envolviam toda a cozinha em ópera. Elmo, numa voz de baixo, cantava o libreto de *Otello*, de Verdi, acertando algumas notas, errando outras. Sua paixão quase compensava sua falta de talento musical. Ninguém o teria contratado para dar aulas de canto. Mas ele se divertia, dançando pela cozinha em seu aparato de chef, fazendo floreios com suas facas, verificando suas panelas, ajustando a chama dos fogões. Ele era como um ditador com uma voz deficiente. O curioso era que a voz dele acalmava as participantes da aula de culinária. As três mulheres moviam os quadris no ritmo da ópera. O cheiro de pimentas vermelhas frescas amassadas encobria o aroma mais delicado de hortelã. O forno, aceso, fulgurando vermelho no interior, ficou aberto enquanto ele erguia uma assadeira e a empurrava lá dentro. Ao fechar a porta do forno, Elmo deu uma espiada no inferno do interior e enxugou o suor em sua testa.

— Ópera quer dizer "obra" em italiano — disse ele.

Elmo dera uma refrescada em seu italiano de uma noite para outra para recuperar um pouco do território perdido. As mulheres não tinham dito nada, mas era claro que agora suspeitavam de suas pretensas origens.

— Eu não sabia disso — disse Ruth. Ela estava aliviando a barra dele.

— Como em obra de arte? — perguntou Janet.

— Como em obra de verdade.

O chef Elmo voltou a cantar. Marcara outro ponto com uma das senhoras.

— Não, corte desse jeito — disse ele, pegando a faca e mostrando como fatiar uma cenoura. — E por que você jogou fora isso?

Ruth olhou para a parte de cima da cenoura.

— Porque eu sempre jogo fora essa parte.

— Num restaurante, não se joga comida fora.

— O que você faz com isso? — Ela ergueu a parte de cima da cenoura, verde, desafiando-o.

— Vai ali na sopa.

— É claro — declarou Ruth. — Como não pensei nisso? — Havia um indício de algo obscuro e perturbador na voz dela.

— A democracia nunca funciona no quarto de dormir ou na cozinha — disse McPhail.

Janet o encarou, erguendo uma grande colher que estava usando para mexer uma das panelas, parecendo que poderia jogá-la nele. McPhail ergueu um braço para proteger o rosto.

— Eu estava brincando.

— Ninguém está rindo — disse Ruth.

Ele olhou em volta. Não era verdade; o chef Elmo estava rindo. Já era alguma coisa. Mas ele também entendera o que Ruth quisera dizer: nenhuma das mulheres estava rindo. Eram elas que eram importantes. Se não estavam rindo, então não era engraçado.

As *Fab Four* (elas ainda incluíam Millie Danielson, a qual consideravam de licença) trabalhavam feito escravas na tábua de cortar e no fogão, ouvindo Elmo cantar desafinado por cima da fita de *Otello* enquanto as supervisionava, estalando o chicote. Ruth alisou seu avental, ergueu as mãos, dando um pequeno aceno ao chef, e então mediu duas xícaras de farinha para o *gnocchi* de berinjela. Ela parecia descontraída, despreocupada.

— Com homens, trata-se de entender as partes móveis — disse Janet. — Supondo que as partes não estejam muito cansadas ou velhas para se mover. — As outras riram.

— Essa não parece boa — disse Debra, apontando uma berinjela murcha na pilha de aceitáveis.

— Está no limite. — Janet a pegou e examinou de novo.

— Para mim parece boa — disse McPhail.

— Verifique de novo, Janet. Essa berinjela deve ter um par de seios enormes. Eu acho que o Sr. McPhail é um homem que gosta de seios. Estou certa? — disse Debra, usando uma grande colher para empurrá-las para uma posição em forma de seio.

As outras mulheres deram risinhos abafados. Rugas desapareceram de seus olhos. Risadas de verdade, genuínas, trabalham esses músculos em volta dos olhos, como focalizar um par de binóculos, deixando a imagem do deleite inscrita em linhas.

— Eu acho a culinária italiana muito mais sexy que a tailandesa — afirmou Janet.

O bom em relação ao chef Elmo era que ele não só as ensinava como fazer um *gnocchi* de berinjela decente; ele as deixava sintonizar em qualquer frequência emocional que elas concordavam coletivamente ser a certa para estabelecer o humor para picar, fatiar, lavar e cortar. Preparar comida era físico. As mulheres trabalhavam com as mãos, a pele branca esfregada até avermelhar, o vermelho se espalhando de seus dedos para as palmas. Elas inalavam os cheiros da cozinha. Sentiam o peso da faca.

O grupo desenvolvera, ao longo das muitas aulas de culinária, uma linguagem abreviada de mulheres em grande proximidade, gíria, e jargão de gueto da zona verde, fala de expatriado. McPhail entendia apenas fragmentos: homens, prostitutas e *katoeys*.

Não era muito, mas era o bastante para ter uma noção do destino da conversa delas. Janet riu, despejando um ovo na farinha. Ruth, bufando ao rir, espalhou farinha sobre a mesa e em Debra. As risadas aumentaram. Qualquer que fosse o segredo que compartilhavam, sugeria que tinha sido à custa de alguém. Era o tipo de riso que une pessoas contra um inimigo comum.

As luzes foram se apagando uma após a outra até ficar uma escuridão completa. Era uma falta de energia elétrica. A escuridão diminuiu o riso até ele morrer de vez.

— A luz vai voltar num minuto — disse o chef Elmo, iluminado pelo fulgor do forno atrás dele.

A ópera de Verdi parara. A cozinha estava não só escura como silenciosa. O fulgor do forno projetava uma luminosidade avermelhada.

Na escuridão da cozinha, qualquer coisa era possível.

McPhail apalpou uma coxa. Não houve resistência. Ele sentiu que bem podia ser o caso, mesmo não tendo ideia de quem era a coxa.

Quando a luz voltou, Vincent Calvino estava parado no meio da cozinha. Era como se ele tivesse se materializado do nada. A face de McPhail ficou instantaneamente vermelha; um instante antes de as luzes se acenderem de novo, ele tinha tirado a mão da coxa.

Debra espantou-se, involuntariamente levando a mão à garganta.

— Meu Deus, é o detetive particular.

— Você me assustou, também — disse Janet. — Não fez nenhum barulho. — Suas mãos estavam na garganta.

— Não é para ele fazer barulho — afirmou Ruth. — É isso que ensinam na escola de detetive particular. Caso contrário, como iria seguir alguém sem ser notado?

— Ou ela — disse McPhail. — Ele tem mulheres que segue. — De alguma forma, saiu do jeito errado.

— Aposto que as mulheres que segue sabem como agir no escuro. Não é assim, Sr. Calvino? — disse Ruth.

Debra limpou as mãos em seu avental. Tinha sido a coxa dela que McPhail apalpara durante o blecaute temporário.

— As coisas realmente ruins sempre acontecem de noite. Ou no escuro. Se você não consegue enfrentar blecautes, eu acho que iria ser muito difícil fazer o seu serviço. Uma vez contratamos um detetive particular que era simplesmente imprestável.

— Debra, você não acha que precisamos picar mais cebolas? — interveio Janet, cutucando-a gentilmente.

Tanto Ruth quanto Janet estavam revirando os olhos, perguntando-se por que Debra teria dito algo que não deveria.

— Vocês contrataram outros investigadores. Eles não fizeram o serviço. Agora vocês me contrataram — disse Calvino. — Perguntem a Janet se eu fiz o serviço.

O rosto de Janet ficou vermelho. Ela ficou sem palavras. Pegando uma faca, picou cebolas até ficar com os olhos cheios de lágrimas. Calvino deixou sua observação pairar no ar como uma bola arremessada de surpresa no canto direito.

— Os outros nos decepcionaram — disse Debra. Sua faca escorregou e caiu no chão. Ela se abaixou para pegá-la.

— Quantos foram?

— Dois — respondeu Ruth.

Calvino estava se concentrando em Ruth. Noah — o marido dela —, Danielson e ele tinham uma conexão. Calvino se perguntou o quanto ela saberia do acordo por fora de seu marido com Andrew Danielson.

— Três — disse Debra, ao lavar a lâmina na torneira.

— Não conseguem acertar o número?

— Tecnicamente, foram três, porque houve aquele fulano que pediu para eu ir para a cama com ele — disse Ruth.

Alguns homens ficam excitados com mulheres com grandes chapéus, pensou Calvino.

— O que vocês estão dizendo é que vocês têm um histórico considerável de contratação de detetives particulares.

— Você faz parecer que fizemos algo de errado. Não fizemos — disse Janet. Ela se voltou para Debra. — Já chega de cebolas. Estou começando a chorar. Não quero chorar.

Calvino disse a Debra em italiano que ela não devia chorar. Ele teve de explicar para ela. O chef Elmo ouviu à pouca distância, lançando olhares assassinos para Calvino e então para McPhail. Quando a ópera terminou, Elmo, vendo que seu controle da cozinha tinha sido mais uma vez tomado, retirou-se abruptamente, jogando os braços para o alto e falando sozinho.

Casos de infidelidade eram grandes fontes de renda no negócio da investigação. Com as emoções à flor da pele e purulentas, o dinheiro nunca era problema. Como com qualquer outra coisa boa assim, outros vinham para a festa, esperando ter um lugar na mesa, e se banqueteavam. "Detetive particular" era apenas uma locução de duas palavras. Nenhum diploma, nenhum padrão, nenhuma supervisão; as condições perfeitas para malandros que ficavam pelos bares, conversando com *farangs* que tinham se apaixonado por uma *ying* e proposto casamento, ou por alguma *ying* que conheceram a distância num chat ou serviço de encontros da internet. Talvez uma mula tivesse dado um coice na cabeça de alguns deles, de modo que, no último momento, o senso comum os fizesse decidir que seria uma boa ideia verificar a história que ela contava.

Detalhes menores na narrativa requeriam esclarecimentos, tais como se ela já era casada, com uma casa de bambu cheia de crianças com nariz escorrendo brincando descalças na lama. Aumentar o volume no botão da paranoia no relacionamento era o que detetives particulares faziam melhor.

Calvino, na maior parte das vezes, mantinha distância de casos de *farangs* que queriam contratá-lo para conferir se suas namoradas tailandesas eram fiéis. Esses clientes eram homens de meia-idade inseguros quanto à lealdade das *yings* de bar, esquecendo a regra básica: o objeto da afeição deles trabalhava num ramo onde a lealdade sexual era uma deficiência ocupacional.

Quando recebiam seu relatório, alguns perdiam o controle e choravam. Eles não conseguiam acreditar que as promessas e as garantias de fidelidade não tinham somente desmoronado: a fidelidade nunca existira. E o melhor que ele podia fazer era entregar o relatório e as fotografias. Era como uma radiografia revelando uma fratura que se estendia por cada osso do corpo. O mensageiro dos piores medos de uma pessoa nunca era um herói. Puxar o tapete da realidade deles os deixava furiosos, tristes, constrangidos ou envergonhados. Ninguém gostava de descobrir que a barbatana de tubarão em suas tigelas de sopa estava nadando atrás deles.

Quando uma mulher expatriada o contratava para seguir um marido, a dinâmica mudava.

— Vocês não conseguiram o que queriam — disse Calvino. — Deveriam ter me dito.

Ruth gemeu.

— Não era um segredo.

— Agora estão reconsiderando.

— E bota reconsiderar nisso — comentou Debra, com um suspiro.

— Senhoras, vocês nunca me disseram nada sobre os outros detetives particulares — disse McPhail. Ele olhou para as três. Debra sorriu, Ruth conferiu sua maquiagem num espelho compacto, e Janet estava com uma expressão distante, ausente. — Vocês deveriam ter me dito. Vincent é meu amigo.

— Amigo? — perguntou Debra. — Foi por isso que você ficou nos espionando, Ed? Contou a ele sobre nossas conversas particulares? Você escutou nossas conversas. Como pôde fazer isso?

— Por que eu não contaria a ele? — perguntou McPhail.

A isca estava no anzol. Ela esperou as mandíbulas de Calvino se fecharem nela.

— Volto outra hora — disse Calvino, cuspindo o anzol.

Ruth, que fechara o espelho, adiantou-se e agarrou o braço de Calvino.

— Por favor, fique. Debra não está realmente brava com você, está, Debra?

Debra piscou e engoliu uma risada antes que escapasse de seus lábios. A farinha em suas mãos cobriu seu rosto, dando a ela uma aparência de fantasma.

Calvino se sentou numa cadeira e abriu sua pasta.

— Então vamos esclarecer as coisas — disse ele. — Porque estou confuso quanto ao que vocês querem. E estou confuso quanto a Debra ter me dado o telefone errado de Millie Danielson. De modo que, como podem ver, senhoras, temos algumas questões a esclarecer.

— Talvez eu tenha anotado o número errado — disse Debra.

— Podemos tentar de novo?

Calvino entregou a ela uma caneta e um pedaço de papel. Ela bateu a caneta nos lábios.

— E Ruth, Noah e Andrew eram bons amigos. Estou correto?

— O que isso tem a ver com os *meus* interesses?

— Quando eu faço uma investigação, os amigos de um homem são do interesse da mulher. Eles me dizem onde ele socializa e com que tipo de pessoa estou lidando. Isso responde à sua pergunta? Agora, se alguém me der o telefone de Millie Danielson, eu vou poder continuar com a minha investigação.

Ele fez uma pausa longa o bastante para as suas palavras serem assimiladas, esperando Debra escrever o número de telefone correto. Ruth e Janet estavam atrás dela, cochichando. O chef Elmo subitamente apareceu dos fundos.

— Segredos, segredos, não suporto segredos — disse ele.

Ele enfiou a assadeira de *gnocchi* de berinjela no forno e saiu da cozinha precipitadamente. Desapareceu tão depressa quanto havia surgido.

— Conte a ele sobre o livro — disse Debra.

Janet suspirou.

— Millie foi quem primeiro leu o livro.

— Mudou as nossas vidas — disse Ruth. — A nossa maneira de pensar sobre os homens.

Elas trocaram entre si sorrisos de quem sabia das coisas.

VINTE E UM

Samuel Thomas tinha sido alguém que não demonstrara a menor confusão quanto ao que as mulheres queriam ou temiam em relação a seus casamentos. Ele promovera *O risco de infidelidade* de tal forma que se tornara irresistível. Thomas começara o *Risco* como um hobby pata ganhar dinheiro em Paris, Texas. Um bilionário cristão renascido, Thomas tinha doado vários milhões de dólares a uma fundação que defendia a fidelidade, usando a doação como dedução de imposto. A principal sacada de Samuel era que a sagrada missão da Bíblia era concebida para promover a monogamia. Ele talvez até acreditasse em parte na coisa. Mas seu golpe de gênio havia sido explorar as ansiedades das mulheres em relação aos homens. Samuel Thomas compreendera que tais inseguranças eram tão velhas quanto a história humana. O que ele havia inventado fora um produto especificamente concebido para ajudar mulheres casadas que estavam indo para o exterior com seus maridos. Um mercado pequeno, mas altamente lucrativo. O seu *Risco* confirmava a sensação atávica das mulheres de que os homens não passavam de catástrofes sexuais ambulantes, e sua repulsa e atração ao mesmo tempo por essa sexualidade. O nome soando como algo relacionado à estatística acrescentava um elemento de ciência e racionalidade, uma impressão de um sistema ou método que tinha uma base factual, objetiva.

O argumento de venda dizia que se você está indo morar num país no exterior com seu marido, então precisa comprar *O risco de infidelidade.* Ainda era repleto de conselhos para a vida do casal. Faça aulas de ioga, o *Risco* aconselhava; uma esposa que acalma a mente e mantém o corpo esbelto fará com que o marido venha correndo do escritório para casa. Não aceite detetives particulares de qualidade inferior. Despeça-os a menos que sejam profissionais.

— Por que você está me olhando desse jeito? — perguntou Janet.

— McPhail disse que vocês querem me despedir. Agora faz sentido. Vocês despediram dois ou três outros. Eu sou o próximo na fila pelo que entendi.

As três mulheres voltaram sua atenção para McPhail como se um Judas tivesse cometido a traição definitiva entre eles. Debra tinha até deixado que ele apalpasse a coxa dela. Que ultraje! Elas tinham esquecido, McPhail não era diferente de qualquer outro homem. O fato de que ele estava na aula de culinária delas as levara à falsa crença de que eles estavam do mesmo lado. Do lado de uma delas, pelo menos. Em vez disso, ele levara as dúvidas pessoais das esposas para Calvino.

— Achei que podíamos confiar em você — afirmou Janet, bem baixo, mas ainda alto o bastante para todo mundo ouvir.

— Mas foi isso o que vocês disseram. — McPhail se defendeu antes que os primeiros ataques verbais fossem desferidos. Recorrer à verdade não melhorava nada com elas. Era totalmente inútil.

— Ninguém jamais disse que Calvino devia ser despedido — disse Janet.

— Cara, vocês estavam todas abaladas depois que descobriram que Howard estava se encontrando com uma *katoey*. Vocês disseram que não queriam saber disso. Que era demais da conta.

Elas tinham dito essas coisas. Mas tinha sido antes, não agora. O problema com os homens é a sua incapacidade de compreender a diferença entre esses dois estados temporais do pensar e do ser.

— Mas Debra e eu tínhamos decidido. Nós queremos que você continue com sua investigação — disse Ruth.

As outras assentiram.

— Por favor, Calvino. Nós insistimos.

Lei de Calvino: Nunca ficar surpreso num caso de infidelidade por ser despedido e recontratado na mesma semana.

Alguma coisa devia ter acontecido para explicar a mudança.

— Mas não é o que vocês disseram ontem — disse McPhail.

— Isso foi ontem — declarou Ruth.

Debra ainda não tinha escrito o número de telefone de Millie Danielson. Ela ergueu os olhos do papel, assentindo em apoio a Ruth.

Elas deixaram que Ruth explicasse a mudança de decisão.

Inicialmente tinham ficado abaladas quando souberam sobre o marido de Janet abraçado a um travesti num café de hotel. Mas o fato de que a esposa de Howard, uma peça original de fábrica, tinha sido substituída por uma *katoey* traduziu-se num tipo perverso de boa notícia: Janet subitamente perdera o seu medo mais básico, o de que outra mulher pudesse vir a substituí-la. Ela retomara o poder que perdera e, estando em vantagem, não iria deixar por menos. Ela contara às amigas como Howard a fizera jurar que não mostraria as fotografias tiradas por Calvino para ninguém que ele conhecia no trabalho ou para os amigos dele. Howard ficara desesperado com a ideia de que alguém próximo a ele pudesse descobrir sobre sua amiga especial.

Ela recebera de Calvino a vida secreta de seu marido, que agora vivia com medo de que ela poderia expô-lo. Em que ele andara pensando?

E o que Janet queria de Howard em troca de seu silêncio? Ela exigiu o sonho de toda esposa: conseguiu que Howard prometesse fazer qualquer coisa que ela quisesse. *Tudo* o que ela quisesse. Quando bem quisesse. Ela dominara a principal lição da aula de culinária do chef Elmo: faça dos outros em sua cozinha seus escravos, não jogue fora nada, não tolere discordância nenhuma, comande e puna a seu bel-prazer. Ele havia sido um mentor excelente.

Ruth e Debra ficaram entusiasmadas com a revelação de Janet. Ela vencera com um nocaute no primeiro minuto do primeiro round. O marido dela não tinha visto o cruzado de direita que o derrubara inerte e indefeso. Elas não viam a hora de obter o tipo certo de sujeira de seus maridos. Para as outras, ficou claro que, exceto pela morte, a única maneira de fazer um marido ver a luz era através de uma medida extrema.

— Queremos os mesmos resultados que Janet — disse Debra.

— O que você fez foi maravilhoso — elogiou-o Ruth.

— Sr. Calvino, fico pessoalmente grata — afirmou Janet.

As outras mulheres sorriram, assentindo enfaticamente.

— Cara, acho que eu preciso de ar fresco — disse McPhail.

Calvino apontou para ele.

— Fique bem onde está. Você não vai a lugar nenhum.

— Gosto de um homem determinado — disse Debra.

Elas queriam sujeira sobre seus maridos. Lama de verdade, autêntica. Calvino ouviu-as competindo por sua atenção.

— Quando McPhail me disse que vocês tinham mudado de opinião, eu aceitei outro caso.

Ruth arfou em pânico.

— Você está dizendo que fomos despedidas por você?

Ele tocou na mão dela.

— Quero informações sobre os e-mails trocados entre seu marido e Andrew Danielson nos últimos meses.

Ela tirou a mão.

— Achei que você estava trabalhando para mim. Agora você quer que eu espione o meu próprio marido?

McPhail revirou os olhos e fechou estrondosamente uma panela com a tampa.

— É exatamente o que eu quero que você faça. Salvar os e-mails num pen drive e me entregar.

Ruth se virou e saiu da cozinha sem dizer mais nada.

— Você a deixou muito chateada, Sr. Calvino — disse Janet. — Nós não confiamos em nossos maridos. Mas nós os amamos. De modo que não nos peça para fazer nada de estranho.

O chef Elmo entrou na cozinha e abriu a porta do forno. A cozinha se encheu com o aroma da berinjela.

— Mais dez minutos. E então podemos comer — disse ele.

O estômago de Calvino roncou. Ele estava com fome. Explicou que, depois que McPhail dissera a ele o quanto estavam insatisfeitas com ele, outro cliente lhe oferecera um serviço significativo. Era Lovell. Era um serviço. Mas eles não tinham discutido a forma de pagamento.

— Isso é o seu estômago roncando? — perguntou Janet.

Calvino sentiu que suas entranhas tinham adquirido vida própria, gorgolejando como um homem se afogando. Seu ombro começou a latejar como se fosse o baixo de uma banda fora de ritmo.

— Você deve estar com muita fome — disse Debra. Ela cortou um pedaço de berinjela, colocou-a num prato e o serviu a Calvino.

— Precisamos achar um jeito de nos ajudarmos mutuamente. Vocês sabem o que eu quero. E eu posso entregar o que vocês querem — disse ele. Não esboçou reação alguma quanto à comida.

Elas o observaram cautelosamente. Era um desses empates de Bangkok em que ninguém cedia.

Calvino estendeu o braço, pegou um garfo, cravou-o no pedaço de berinjela e o engoliu direto.

Ruth retornou silenciosamente e se manteve ligeiramente a distância, segurando um prato dado a ela pelo chef Elmo.

— Você vai nos ajudar? — perguntou Debra.

Ele encheu a boca de novo, o sumo escorrendo nas bordas.

— Ele vai fazer isso — disse McPhail.

— Ele fala por você? — perguntou Ruth.

Debra tinha servido mais no prato de Calvino. Tinha cortado para ele duas grandes fatias de pizza de cogumelo. Ele mordeu uma das fatias, segurando-a com as mãos.

— Mostrem-me os e-mails que Noah enviou para Danielson e os que recebeu dele.

— Por que eu não o ajudo a entrar em contato com Millie Danielson? Ela deve ter os e-mails de Andrew para Noah. Ele está morto. Não é problema, acho, ela fazer isso — disse Ruth.

Calvino sabia que isso era o melhor que iria conseguir. Ele o agarrou imediatamente. Como a berinjela, quando um homem estava faminto, não importava muito que houvesse rango melhor mais adiante na rua. Ele estava com alguma coisa em seu prato. Seguir adiante com o que tinha fez com que Calvino sentisse finalmente estar no caminho que o levaria aonde queria chegar.

VINTE E DOIS

Perto do meio da tarde, 150 pessoas se reuniram em Wat Thong para a cremação de Andrew Danielson. Eram, em sua maioria, *farangs* com uns poucos tailandeses espalhados no meio deles. A secretária, o motorista e a empregada de Danielson formavam um grupo próprio no canto. Cadeiras de plástico tinham sido dispostas em fileiras de frente para o forno de cremação. Metade delas estava ocupada. Um gato investiu pela área aberta. Cachorros dormiam sob algumas das cadeiras desocupadas. Não se incomodaram com o felino. Os organizadores tinham esperado um comparecimento maior. As pessoas circulavam pela área concretada aberta em volta do crematório, procurando alguma sombra fora das *salas* que se alinhavam dos lados do pátio principal. Pequenos aposentos decorados com urnas funerárias, cadeiras e flores. Ventiladores circulando o ar.

Grupos do escritório de advocacia se ajuntavam, sussurrando, esperando. O calor do sol do meio-dia, brilhante e implacável, dava a sensação de que todos estavam sendo lentamente cremados. Millie Danielson, num vestido preto de corte elegante, era quem estava mais perto da plataforma elevada com o caixão de Danielson no centro. A viúva recebia as pessoas que estavam na fila que serpenteava escada abaixo e virava no pátio. Cada um, ao chegar ao topo da escada, lhe dizia algumas palavras, apertava sua mão, beijava-lhe no rosto, enxugava as lágrimas e, depois de apresentar condolências, partia, pondo um pequeno pedaço de sândalo na forma de uma flor no caixão. Os tailandeses chamavam de *dok jan*; era a maneira deles de dizer adeus. Millie tinha 50 e poucos anos, mas, com cabelos loiros, pele lisa e pescoço longo e sem marcas, parecia ter dez anos a menos.

Ruth, Janet e Debra chegaram juntas. Elas se abraçaram todas umas às outras, borrando a maquiagem e o batom. O chapéu de Ruth Gould estava torto. Millie estendeu a mão e o ajeitou. Elas riram, e então choraram de novo. Janet disse a ela o quanto sentiam sua falta e que esperavam que ela voltasse logo às aulas. Debra ia contar algo sobre

Vincent Calvino, mas Ruth a impediu, advertindo-a que não era a hora nem o lugar adequados para tal. As *Fab Four* tiveram sua breve reunião e então se separaram de novo. Noah Gould foi o próximo, segurando as mãos de Millie, balançando a cabeça, lágrimas nos olhos.

Depois das mulheres e Noah, Lovell era o seguinte na fila. Seu instinto era seguir Noah. Mas era tarde demais; Millie já cruzara o olhar com ele e assentira para ele dar um passo à frente. Lovell estava usando um terno escuro e uma gravata preta. Millie apertou a mão dele.

— Andrew tinha tanto orgulho de você. Você era como um filho para ele — afirmou a Sra. Danielson.

Ele ficou sem saber o que dizer. Por fim, murmurou:

— Sinto saudade dele. — Ele a abraçou.

— Nós todos sentimos — disse ela.

— Se houver alguma coisa que eu possa fazer...

Ele não sabia o que mais dizer, e sem dúvida ela ouvira a mesma frase uma centena de vezes desde que o marido morrera. Isso era o melhor que ele conseguia fazer?

— O que quero dizer é que você deve estar passando por muita coisa. Pode haver coisas no aspecto legal que não entenda. É só me ligar.

— Andrew estava certo quanto a você. Você é um rapaz tão bom. E sei que ele não teria gostado da maneira como Cameron o tratou. Ele não teve a decência de esperar até o serviço para Andrew ter terminado antes de despedi-lo. É terrível.

Lá estava Millie, consolando-o enquanto um atendente acendia o forno de cremação para o marido dela. A primeira vez que Lovell encontrara com ela havia sido num jantar num caro restaurante francês. Danielson providenciara que ele viesse a Bangkok para entrevistas.

Millie havia sido gentil com ele, oferecendo-se para ajudar com a logística de uma mudança internacional. Naquele primeiro jantar, instantes de tristeza apareceram, mas ela rapidamente os controlou com firmeza. Na cremação do marido, ela estava usando essa habilidade, pensou Lovell. Outros na fila atrás dele estavam ficando impacientes, resmungando sobre ele levar muito tempo.

— Conversaremos mais tarde — afirmou. Lovell já tinha resolvido como iria perguntar a ela sobre o relógio de pulso supostamente herdado do pai de Andrew.

— Essa seria uma excelente ideia, John. Obrigado por ter vindo. Sei como deve ser difícil para você, com todo mundo do escritório aqui hoje.

Ao descer as escadas, ele olhou em volta à procura de Noah Gould. Então o viu a alguma distância e rapidamente atravessou o pátio sob o sol quente.

— Noah, gostaria de falar com você — disse Lovell. — Eu trabalhava com Andrew.

— Não consigo acreditar que ele se foi — comentou Noah.

— O investigador que ele contratou obteve a prova que Danielson pedira para te dar — ele deixou escapar, e imediatamente se arrependeu. Nenhum contexto fora estabelecido, não começara a avançar lentamente na estrada antes de pegar velocidade.

Noah Gould pareceu aterrorizado.

— Não sei do que você está falando.

Gould lhe deu as costas para se afastar, mas Lovell segurou seu braço.

— O que você está fazendo? — perguntou ele a Lovell.

— Eu sei o que aconteceu — disse Lovell.

— Por favor, mantenha sua voz baixa.

— Eu verifiquei os registros dos clientes de Andrew na base de dados do escritório. O seu nome não apareceu. Ele arriscou a carreira dele para ajudá-lo. Porque ele sabia que a Avenant Pharma não estava chegando a parte alguma com Stiles.

— Eu realmente não sei do que você está falando.

Ele soltou o braço da mão de Lovell. Ao se afastar, Apisak surgiu do nada e bloqueou a passagem de Lovell. Ele viu Noah e sua esposa irem embora rapidamente pela saída.

— Você finalmente conseguiu arrumar direito a sua gravata-borboleta? — perguntou Apisak.

— Você aparece em certos momentos bastante interessantes — disse Lovell. Olhou em volta e viu outro grupo de advogados observando-os. — Eu estava tentando ter uma conversa com um cliente e eis você no meu caminho.

— Ouvi dizer que você foi chutado.

Notícias de fracasso viajavam com a velocidade da luz; notícias de sucesso nunca quebravam a barreira do som.

— Más notícias viajam rápido.

— O telégrafo de bambu é ainda mais rápido.

Apisak estava sorrindo como se algo que Lovell dissera fosse engraçado. Lovell lembrou a si mesmo de que os tailandeses com frequência sorriam não só quando estavam felizes, mas quando estavam sentindo dor, humilhação, timidez ou constrangimento. O sorriso era a posição-padrão para toda a gama de emoções humanas. Isso tornava as fisionomias deles difíceis de se interpretar. Como jogadores de pôquer de primeira classe, ninguém conseguia adivinhar facilmente a mão que tinham.

Ele associava Apisak com os últimos momentos de Danielson. A última vez que o encontrara tinha sido no toalete do hotel onde Andrew Danielson tinha pegado dois comprimidos de Zoloft fornecidos por Apisak, os engolido, entrado num cubículo, baixado a calça e morrido.

— Você está satisfeito por eu ter sido demitido — disse Lovell.

— Não diga isso, John. Essas coisas acontecem. Daqui a um ano, você estará de volta a Los Angeles, onde estará trabalhando num grande escritório, e se lembrará apenas de uma terra estranha onde as coisas não deram muito certo. Nada demais. Você tem opções. E isso é tudo. Então, não leve a mal. Siga adiante para coisas maiores e melhores. Ser despedido foi a melhor mudança que poderia ter feito em sua carreira.

Lovell não estava engolindo isso. Ele não conseguiu evitar de olhar para a armação dos óculos de Apisak. Ela estava fora de equilíbrio, ligeiramente inclinada para a direita, o que afetava todas as feições dele. Ele parecia ligeiramente pateta.

— Por que você veio aqui? Para ficar de olho em Noah Gould? — perguntou Lovell. Pondo a mão no bolso, ele tirou um pequeno kit de ferramentas com uma chave de fenda minúscula. O aço reluziu na luz do sol.

— Eu vim porque Khun Andrew era um colega. É nosso costume apresentar condolências quando um colega morre.

— Um colega? — Nada na memória de Lovell sugeria que Danielson alguma vez pensara em Apisak como um colega. Ele não conseguia nem mesmo se lembrar do nome dele sendo mencionado. Nem uma única vez. — Tenho certeza de que a viúva dele ficará grata pelo gesto — comentou Lovell, devolvendo a chave de fenda minúscula para o bolso. Ele começou a andar na direção da saída, mas Apisak o acompanhou.

— Como um gesto de boa vontade, deixe-me fazer uma sugestão para você.

— Você quer dizer conselho.

— Quero dizer algo para você pensar seriamente. Não saia por aí fazendo nenhuma maluquice.

— Tipo o quê?

— Criar um problema.

— Para você? Como eu poderia criar um problema para você?

— Eu acho que você sabe.

— Não, eu não sei. Diga-me de que tipo de problema você está falando.

Apisak agarrou o braço de Lovell. O homem que encantara o pessoal no jantar de Oxford e Cambridge tinha algumas arestas afiadas. Ele podia ser todo dentes, barbatanas e escamas.

— Estou tentando ser seu amigo. Fique longe de Noah Gould.

Ele não soou nem remotamente como um amigo.

— Por que eu não posso falar com ele?

Uma frieza nos olhos de Apisak surpreendeu Lovell enquanto ele sentia uma dor aguda. Apisak estava torcendo seu braço. A dor se espalhou por seu corpo. A advertência inesperada, seguida pelo confronto físico, passou a mensagem de que ele não era o homem espirituoso e polido que fizera o discurso no jantar.

— Khun Weerawat não é alguém que se queira ter como inimigo. — Ele soltou o braço de Lovell, ajeitou as lapelas do paletó do outro, o sorriso reaparecendo.

Cameron virou a esquina e esbarrou em Lovell, empurrando-o na direção de Apisak. Cameron levou um segundo para se recuperar e usar seu truque favorito: transformar uma defesa num ataque.

— Vocês dois estão escondidos numa esquina, e com cara de estar aprontando. Isto é um funeral. Ninguém imaginaria isso se olhasse para vocês.

Ele estava cuidadosamente examinando o rosto de Lovell. Surpresa, choque, raiva e uma pitada de medo estavam presentes.

— Ele me ofereceu um emprego — disse Lovell. Isso fez Cameron voltar.

— Um emprego?

Os lábios de Cameron se franziram, sua voz um sussurro rouco. Ele podia perceber pela expressão de Lovell que era uma mentira.

Apisak deu de ombros, olhou em seu relógio e então se voltou para Lovell.

— Falo com você mais tarde. Preciso ir. — Ele deu alguns passos, se virou e olhou para Cameron. — Garanta que ele esteja no avião para Los Angeles.

Cameron cerrou os dentes e encarou seus sapatos. Era a primeira vez que Lovell via alguém intimidando seu ex-chefe, fazendo-o recuar.

Apisak foi embora. Cameron observou enquanto o outro homem desaparecia.

— Parece que eu não passei no seu teste — disse Lovell.

— Eu cometi um erro, John. — Lovell teve de se esforçar para ouvir o sussurro de Cameron acima das vozes dos lamuriosos presentes ao funeral. A voz do antigo chefe se esvaiu num fiapo de pesar. — Esqueça sobre Andrew. Esqueça sobre nós.

— Pensei que eu tinha sido contratado por causa da minha memória.

A expressão de Cameron parecia esgotada, cansada.

— Gosto de você, John. Não torne as coisas mais difíceis do que elas precisam ser.

— Apisak disse que eu estava indo para Los Angeles — disse Lovell.

Cameron enfiou a mão no paletó e tirou uma passagem de avião.

— Tenho uma passagem de classe executiva. Vou providenciar para que alguém o leve ao aeroporto. É o melhor para você.

Lovell ficou parado olhando a passagem e, quando ergueu os olhos, Cameron desaparecera na multidão. Apisak reapareceu, um sorriso falso no rosto, e assentiu para o bilhete.

— Você entendeu. Isso é ótimo, John. Ótimo.

Ele olhou furioso para Apisak.

— É a mesma solução que arranjou para Noah?

Meses antes, o futuro de Lovell no escritório estava certo; era garantido que ele se tornaria sócio. Ele *era* o futuro do escritório. Todas essas palavras reconfortantes vieram de Danielson, que o convidara para um jantar em casa. Naquela noite, seu chefe estivera num humor expansivo. Mais tarde, Millie deixara os dois a sós na sala de estar, as janelas com vista para a paisagem noturna de Bangkok. Era uma vista dramática dos arranha-céus se erguendo ao longo da avenida Sukhumvit e do lago ao lado do Centro de Conferência Rainha Sirikit. Danielson abrira uma garrafa de conhaque, servira dois copos e entregara um para Lovell. Andrew ficou próximo à janela analisando a vista.

— Ao seu futuro no escritório. — Ele ergueu o copo de conhaque e tocou na borda do copo de Lovell.

Lovell ergueu o copo e ficou de pé ao lado de Danielson, olhando a noite lá fora.

— Você alguma vez já se perguntou como Cameron acabou *se tornando* Cameron?

Ele não tinha compreendido inicialmente o que Andrew queria dizer. Alguma vez Cameron tinha sido outra pessoa que não Cameron? Era uma história que o conhaque de Danielson inspirara naquela noite.

— Cameron começou num escritório de advocacia peso-pesado de grandes nomes em Nova York. Mas, após alguns anos, não parecia que ele conseguiria se tornar sócio. Ele fora informado por um advogado sênior que o comitê o tinha rejeitado para o cargo. Mas o escritório ainda o queria. Ele tinha certas habilidades que eram consideradas valiosas. Cameron havia cursado a faculdade em San Francisco, onde topara com um psicólogo que tinha realizado uma pesquisa pioneira sobre interpretar expressões faciais. Era metade charlatanice médica sobre o número de músculos. O que surpreendeu Cameron foi que, uma vez que você compreendia como ler expressões, você estava no banco do motorista. Era muito difícil as pessoas mentirem para você sem que isso transparecesse em seus rostos.

"Ele dominou umas 2 mil expressões. As que eram mais importantes eram as involuntárias. As expressões que ninguém consegue realmente controlar. Não muito depois que ele ficara sabendo que esse truque de salão não ia fazer com que se tornasse sócio, ele conheceu Khun Suvit, que estava em Nova York. A família estava comprando um prédio no Brooklyn e o escritório de advocacia era o responsável pela transação. Eles abordaram o assunto de ler expressões. Khun Suvit é da velha escola chinesa que diz que você nunca faz negócio com ninguém a menos que tenha um mestre que possa ler o rosto do estrangeiro. Era o dele um rosto pétreo? Ou de fogo? Ou era feito de terra, metal ou água?

"Suvit carregava com ele um monte de fotografias de família, e ele explicou como um mestre chinês as leria. Cameron ficou em silêncio e esperou até Suvit terminar, e então ele estudou as expressões. Uma após a outra, ele foi capaz de descrever a emoção de cada pessoa com precisão fatal. Havia pegado Suvit desprevenido. No dia seguinte, Suvit insistiu que Cameron fosse ao Brooklyn e encontrasse com os proprietários de sua companhia, o gerente, e alguém que queria investir no projeto. De novo Cameron foi direto ao ponto de cada pessoa, traçando um perfil da personalidade que Suvit recebeu como algo vindo dos deuses.

"Suvit o apresentou a Weerawat, que trouxe com ele um álbum de fotografias. Continha empregados, jardineiros, criadas, guarda-costas, sócios, amigos de escola e namoradas. Eles passaram seis horas olhando o álbum. Demissões, rebaixamentos, dispensas e desaparecimentos seguiram-se. Isso foi há 15 anos. Era um teste. Cameron olhou cada uma das fotos, estudando as expressões e tirando conclusões sobre as emoções nos rostos das pessoas. Vários sujeitos que estavam no álbum sumiram após essa reunião. Uma semana depois, Suvit fez a Cameron uma proposta. Dois milhões de dólares depositados numa conta *offshore* e sua própria firma de advocacia em Bangkok. Ele podia desenvolver o escritório de qualquer modo que quisesse, mas seu principal dever era ajudar o negócio da família. Assinalando rostos a evitar, rostos a mandar embora, rostos em que confiar. Ele conseguiu mais 300 mil por ano *offshore*. O engraçado é o pouco da língua tailandesa que Cameron aprendeu. Suvit desencorajou-o a aprender mais do que o habitual tailandês 'esquerda, direita'."

Lovell cheirou seu conhaque.

— Tailandês "esquerda, direita"? — perguntou ele.

Danielson sorriu.

— A Tailândia está cheia de *farangs* que sabem tailandês o bastante para dizer a um motorista de táxi para virar à esquerda ou à direita, mas sua capacidade linguística termina aí. Eles tentam usar o tailandês "esquerda, direita" num escritório ou loja e ninguém consegue entendê-los. Na cama com uma prostituta, fingem ser fluentes. Mas não são.

Isso é o tailandês "esquerda, direita", e explica muito bem a capacidade de falar tailandês de Cameron. Mas não importa, ele lê os tailandeses melhor do que qualquer um que fala a língua como um nativo.

— Por que você está me contando tudo isso?

— Quero que você lembre que, quando estiver falando com Cameron, não ache que conseguirá enrolá-lo. Ou que você pode esconder o que realmente está pensando. Não vai acontecer. O seu rosto irá entregá-lo.

Lovell sentira, desde o primeiro dia em que fora entrevistado, que Cameron tinha desejado sua capacidade de memória da mesma maneira que Suvit quisera a de Cameron de ler expressões.

— Ele não me perguntou nada sobre direito. Ele só estava interessado na minha memória. Qual a razão?

Danielson serviu novamente o conhaque dele e então fez o mesmo para Lovell. O anfitrião caminhou próximo à janela, olhando para a vista como se algo na noite estivesse atraindo a sua atenção.

— Você está certo. Cameron está intrigado com a sua memória. Ele sempre quis contratar um advogado com uma memória eidética. Então você apareceu e preencheu o requisito. Não preciso lhe dizer que há centenas de milhares de advogados procurando trabalho.

— Eles não conseguiram um diploma porque não tinham memória.

— Sim, eles podem memorizar. Mas eles têm uma memória perfeita? — Danielson balançou a cabeça. — Por que você precisa ficar surpreso ou chateado, John? Sua memória sempre foi o seu maior bem.

— Há mais no direito do que a memória. Por exemplo, a habilidade de lidar com clientes. Fazer com que eles se sintam confortáveis e seguros.

— Cameron pressupõe que você sabe como lidar com clientes.

— Não sei por que ele pressupõe isso. Ele não me conhece.

Danielson tomou um gole do conhaque, perguntando-se se Lovell iria ceder.

— Cameron tem grandes planos para você, e ele vê o seu potencial para os clientes da firma. Isso é o que importa. Ele está apaixonado por sua mente. Não é algo ruim, John.

— E Cameron disse que planos de amor ele tem para a minha mente? — A mão dele tremia quando colocou o copo na mesa. A risada de Danielson ecoou pelas paredes. Ele não conseguia se lembrar de vê-lo rindo nenhuma outra vez. Subitamente Lovell sentiu-se desconfortável, e precisou de ar. Poderia ser o conhaque, disse a si mesmo. Mas sabia que isso não era verdade. Não importava o que mais ele tivesse para oferecer, sempre acabava se resumindo a uma coisa só: sua memória eidética. Não era quem ele era, pensava. Mas não importava o que ele pensava; era a opinião dos outros, como Cameron. — Apenas me explique, então: o que eu vou fazer para o escritório?

Danielson agitou o conhaque no copo, cheirou-o e então o bebeu.

— Por exemplo, você poderia memorizar uma estrutura altamente complexa de companhias interconectadas. Não haveria nenhum outro registro a não ser o seu cérebro. Nenhuma cópia em documento, nenhum arquivo de computador. O arquivamento seria feito em sua massa cinzenta. Mas, primeiro, ele precisa confiar totalmente em você.

— Cameron planeja me testar?

Um sorriso passou pelo rosto de Danielson. Estava claro, pelo modo como ele olhou o relógio e se virou, que não iria responder à pergunta de Lovell. Ele já havia até tirado as chaves do bolso da calça.

— Você parece um pouco pálido. Por que não caminhamos juntos na rua?

Na rua, um táxi parou. Eles trocaram um aperto de mãos e Danielson fechou a porta do veículo depois que Lovell entrou. Parado na calçada, Danielson acenou enquanto o carro saía. Lovell virou-se no banco e viu o chefe entrar em outro táxi.

O sinal abriu e o táxi de Lovell entrou à direita, e o de Danielson desapareceu no trânsito. Ele achou estranho Danielson tê-lo acompanhado até a rua, se despedido dele e então pegado outro táxi. Sentado no banco traseiro de seu táxi, Lovell se perguntou que tipo de teste Cameron tinha em mente. E quando iam informá-lo se havia sido aprovado.

No serviço fúnebre de Danielson, Lovell ainda se perguntava sobre aquela noite depois do jantar em que o chefe tinha entrado num táxi e desaparecido. Não que importasse. O que importava era que Danielson o protegera. Esse escudo se fora. Ele era presa legítima agora e a única questão na cabeça de Lovell era quem iria piscar primeiro.

Lovell tinha atravessado a metade do estacionamento quando ouviu o seu nome sendo chamado. Ele reconheceu a voz dela, e lembrou aquele tom de completa indignação quando ela estava brava. Parou e esperou Siri alcançá-lo. Quando o fez, ela precisou de um momento para recobrar o fôlego. Lovell tivera um vislumbre dela antes no funeral. Ela estava perto de Stiles, que parecia um morcego pendurado num campanário de igreja velha. Siri sumira quando Stiles saiu das sombras e disse a ele para esquecer a estrada para o sucesso.

— Você não sabe que é uma aberração? Sempre tocando as outras pessoas. Desfazendo e refazendo os nós das gravatas. Bagunçando os óculos delas. Olhando os laços dos sapatos delas. E agora você está fugindo do funeral de seu chefe. Como você pode ser tão lamentável?

Ela tinha feito a coisa tailandesa: esperar até poder ficar sozinha com ele. Uma discussão num lugar neutro limitaria uma potencial perda do prestígio dela. O estacionamento do *wat* era o local perfeito para confrontá-lo. Ela podia acusá-lo de seus tiques neuróticos e condená-lo sem nenhuma testemunha direta.

— Oi, Siri. Estive tentando falar com você. Liguei dúzias de vezes. Mas você não retornou minhas ligações.

— Você faz alguma ideia do que eu e minha família tivemos que enfrentar por sua causa?

A fotografia com a *katoey* com as mãos nele no estacionamento do hotel deve ter resultado num interessante assunto para se conversar durante o jantar na residência da família de Siri.

— Eu achei que, quando duas pessoas realmente se amavam, elas se apoiavam em tempos difíceis — disse ele. — Se é que você me amou.

Ela fechou os punhos. Ele suspeitou que ela poderia acertá-lo.

— Você não faz ideia do quanto me fez sofrer. Quando minha mãe viu aquela fotografia, ela chorou. E meu pai teve de enfrentar as pessoas do trabalho dele. Você deixou minha mãe e meu pai numa situação horrível. Se você tivesse matado alguém teria sido melhor. Nunca mais quero que me ligue ou tente me ver de novo.

Era um desempenho genuinamente impressionante, achou Lovell.

Ela o tinha largado em frente a um BMW de dois anos no estacionamento de um *wat*, a fumaça escura da chaminé do crematório subindo ao céu. Outro membro do escritório de advocacia passou por ali. Ele acenou com a cabeça e Lovell retribuiu o cumprimento. O casal esperou até o outro advogado ter sumido.

— Você quer romper comigo? Não precisa da minha permissão.

— Como posso até pensar em vê-lo depois do que aconteceu?

— Você pode fazer o que bem entender. Por mim, tudo bem.

Ela investiu contra ele; foi um soco muito aberto e fácil de Lovell desviar, dando um passo para o lado.

— Nunca fale desse jeito comigo.

— Cameron disse que o meu novo dever é esquecer. Por que não começar esquecendo nós dois?

A raiva dela propeliu mais uma tentativa fracassada. Dessa vez ele pegou o punho de Siri com a mão, segurou-o por um momento, se inclinou e beijou-a na testa.

— Tenha uma boa vida — disse ele.

Lágrimas brotaram nos olhos dela.

— Ótimo — exclamou ela. — Estou farta de ser a sua babá. — Ela se virou, mas ele agarrou-a pelo braço.

— O que você quer dizer com ser minha babá?

Ela tentou se desvencilhar, mas Lovell era mais forte.

— Nada. Solte-me.

— O escritório a pagava para cuidar de mim. É isso, não é? Para me manter na linha. Para quem você informava? Para Cameron? Ou era para Cameron, Danielson e Stiles? Seus relatórios mal-escritos deviam ser uma leitura interessante para eles.

— Eles cometeram um erro ao contratá-lo — comentou ela.

Ele soltou o braço de Siri e ficou olhando enquanto ela voltava rapidamente para o pavilhão principal. Enquanto ela desaparecia pela entrada principal do *wat*, Lovell pensou: *Não tenho emprego, ou carreira como advogado, ou qualquer futuro na Tailândia.* Ela usara a mesma frase que Cameron usara. Ele tinha sido um erro. Logo Siri tinha desaparecido, e ele nunca se sentira tão completamente rejeitado. Se não pretendia pular no fogo da cremação junto com Danielson, ele sabia que tinha que dar um passo e fazer alguma coisa. Espera-se que advogados examinem todas as opções para resolver um problema. O conselho de Apisak tinha sido pegar o avião de volta para Los Angeles. Cameron tinha lhe dado uma passagem de classe executiva e solicitado que apagasse da memória tudo o que ficara sabendo sobre o escritório de advocacia. Ele tirou a passagem do bolso e a folheou. Era um bilhete só de ida. Lovell sorriu e guardou o bilhete no envelope. A data de partida era dali a 48 horas. O que Danielson teria feito?

Ele não teria fugido. Não era de sua natureza. Danielson era um lutador. Lovell se virou e olhou para o *wat*. Fumaça subia para o céu do crematório. Isso era tudo o que restara de Danielson: fumaça e cinzas. Deveria terminar ali no fogo da cremação? Ele deveria esquecer tudo? Danielson o tinha apoiado, guiado, e lhe dado uma chance para se mostrar à altura. Ou ele havia sido apenas como Siri, só mais um par de olhos para Cameron? Lovell não tinha mais certeza de nada, nem quanto a ninguém.

Lovell atravessou a área do *wat* e saiu no Sukhumvit; subiu as escadas para o Skytrain. Quando o trem chegou, ele encontrou um assento vazio e olhou para o relógio de pulso que Danielson havia lhe dado. Pessoas de aparência comum lhe cercavam no vagão, cuidando de suas vidas comuns. Ele evocou a imagem da passagem em sua memória e focalizou a data e a hora de partida como se sua visão pudesse também localizar uma mensagem naquela informação, esperando que ele a descobrisse.

O trem parou, e novos passageiros se apinharam no vagão. Duas *yings* olharam para ele, cochichando e sorrindo. Ele retribuiu o sorriso. "Há montes de outras mulheres", disse ele a si mesmo. "Siri quem?" Talvez esquecer não fosse tão má ideia assim, afinal. Elas sorriram de novo, e uma das *yings* pôs o cabelo para trás, os olhos brilhantes e felizes.

Pareceu por um momento que o vagão do Skytrain estava repleto de mulheres sorridentes e disponíveis.

Uma das *yings* parou na frente dele.

— Oi — disse ela.

— Fui abandonado — sussurrou Lovell para si mesmo.

Ele não estava se concentrando na atenção da mulher.

— O que você disse?

— Eu acabei de brigar com a minha namorada — disse ele, pensando na expressão do rosto de Apisak ao olhar a passagem de classe executiva em sua mão.

A *ying* de pé na sua frente no Skytrain sorriu. Ela suspirou.

— Coração partido? — perguntou.

Ele olhou para ela.

— Posso lhe oferecer um café?

VINTE E TRÊS

CALVINO INCLINOU-SE APOIADO EM AMBOS os cotovelos, ao se fitar num espelhinho posicionado sobre dois livros ao lado do teclado de seu computador. Uma toalha amarrada em volta do pescoço exibia os cachos de seus cabelos cortados, uma mistura de castanho e grisalho. Ele pegou uma mecha entre os dedos, deslizou a tesoura ao longo da ponta dela e a cortou. Cabelos caíram na toalha e resvalaram para o teclado.

Na tela do computador, brilhando com o azul da ONU, estava a página do website da OMS com o cargo de investigador sênior. Ele olhou de relance do espelho para o logotipo da OMS, com uma cobra enroscada em um caduceu. A descrição do emprego dizia que o investigador sênior iria dirigir investigações. Ele precisava ser capaz de recomendar ação corretiva e preparar avaliações de risco de fraude. *Bingo*, Calvino pensou. *Posso fazer isso tudo*. Enquanto olhava o cabelo no espelho, abriu e fechou as lâminas da tesoura como se quisesse aquecê-las.

Calvino começara a cortar despesas dois meses antes. Cortar o próprio cabelo tinha sido ideia dele. Nas ruas ou num bar, ele encontraria alguém que conhecia há muito tempo e veria a pessoa olhando fixamente, o queixo caído, para seu cabelo. Ou estaria imaginando coisas? Ele estava constrangido na primeira vez que amarrara uma toalha no pescoço e tirara a tesoura da gaveta. Esperara até Ratana ter ido embora do escritório. Acendendo todas as luzes, experimentara posições do espelho até achar o lugar certo em sua mesa, aparando um pouco aqui e ali até ter a confiança de que conseguia cortar o próprio cabelo. O chato de cortar o próprio cabelo era a dificuldade da parte de trás da cabeça; era como atirar com um rifle no ombro em um objeto em movimento, tendo de franzir os olhos para ver. Ajudaria se ele fosse um contorcionista.

Um mês depois da experiência, ganhara confiança suficiente para cortar o cabelo antes de Ratana sair. E, na primeira vez que a secretária entrara em seu escritório, quando ele estava no meio de um corte de cabelo por conta própria, ela encarou a medida de economia com um assentir corriqueiro. Nada que ele fizesse a surpreendia. Ela o aceitou cortando o cabelo como se ele sempre tivesse feito isso. Havia algo de reconfortante numa mulher que aceitava sem problemas o comportamento estranho de um homem, como se suas ações fossem perfeitamente normais e esperadas.

Ela pediu que ele se virasse e examinou a parte de trás do cabelo dele.

— Você deixou uns pedaços sobrando no pescoço — disse ela.

Ele se esforçou para encontrá-los.

— Eu sei. Ainda não sou muito bom nessa parte. A nuca é um ponto cego do corte de cabelo. É como aquela fábula inglesa sobre os "três ratos cegos". Embora provavelmente a tenham mudado para "três roedores com deficiência visual".

Um ligeiro sorriso apareceu nos lábios dela.

— Me dá a tesoura.

Ratana contornou a mesa e parou atrás da cadeira dele. Três, quatro cortes depois, e seu cabelo estava reto na nuca. Entregando a ele a tesoura, ela pegou uma pasta na mesa dele e voltou para o seu lado da divisória.

Calvino estava ali sentado em frente ao espelho, segurando a tesoura, se olhando e se perguntando se aquilo realmente acontecera ou se havia sonhado. Gostava do som das lâminas, como uma guilhotina, como um par de coxas em meias de nylon deslizando numa sala.

Lovell apareceu no escritório sem hora marcada, inclinando a cabeça na entrada da recepção. Ratana ergueu os olhos, viu seu rosto sorridente e sentiu-se apaixonada, como sempre.

— Oi — disse ela. — Você não está com uma cara muito boa.

— Acabei de sair de um funeral — disse ele. O cheiro da cremação ficara em seu nariz.

— Suponho que tenha sido o do Sr. Danielson.

Calvino tinha dito a ela que estava marcado para aquele dia. Ele decidira não ir. Se percebida, sua presença anunciaria que Danielson nem sempre jogara segundo as regras do escritório. O lugar estaria infestado de advogados.

Lovell assentiu, pensando que aquela era uma secretária inteligente.

— Falei com a mulher dele, Millie.

— Deve ser um momento muito triste para ela.

Ela se perguntou quanto Millie Danielson saberia sobre a massagista morta no One Hand Clapping e seu marido. O grau de tristeza dela sem dúvida era inversamente proporcional ao de informação que ela tinha sobre uma garota de 19 anos chamada Jazz.

Lovell baixou o queixo da maneira que um menininho em idade escolar faz, o olhar humilde para os pés inquietos, o gesto constrangido e honesto a que nenhuma mulher consegue resistir.

— E você quer me contar mais alguma coisa?

O nariz de Lovell se franziu e ele assentiu.

— Fui abandonado.

Ratana não tinha exatamente certeza do que ele estava falando.

— Abandonado onde?

— Aconteceu no *wat*. Minha namorada me parou no estacionamento, o nome dela é Siri. Planejávamos nos casar. Mas acabou. Ela brigou comigo no funeral de Danielson. A fumaça dele estava no céu. Passou por cima de nós. Ela não se importava. Disse que estava acabado.

— Isso é terrível — disse ela, pensando que aquela era a melhor notícia em muito tempo.

Ele sorriu.

— Na realidade, não. Veja, eu tenho um plano — disse Lovell. — Eu sei que não tenho hora marcada, mas realmente preciso falar com o Sr. Calvino.

Esse pedido fez desaparecer o sorriso no rosto dela. Ela pigarreou e suspirou.

— Quando gostaria de vê-lo?

Assim eram as coisas. Ele era uma estrela, mas jamais estaria ao alcance dela. O ânimo de Ratana tinha despencado do alto de uma montanha para uma queda em chamas no vale mais fundo. A namorada de Lovell terminara a relação deles. Ela tinha uma chance. Ele tinha um plano para conquistá-la novamente. Queda em chamas, meu bem.

— Eu não poderia simplesmente entrar? Tipo, agora?

Ratana ponderou se o deixaria conseguir o que queria. O que fez a balança pesar foi o corte de cabelo de Calvino. Ela gostou da ideia de que Lovell iria pegar Calvino cortando o próprio cabelo. Era bem feito para os dois. E só uma mulher poderia entender por que seria assim.

Lovell marchou direto para o escritório de Calvino. Ele encontrou o detetive particular debruçado sobre a mesa, cortando as costeletas, puxando o rosto para o lado, os olhos fixos no espelho.

— Sr. Calvino — disse ele —, espero que não o esteja incomodando.

Calvino olhou para ele e suspirou.

— Claro que está me incomodando.

Ele abriu e fechou a tesoura como se estivesse com a gravata de Lovell em mente. Retomou seu trabalho de aparar as costeletas.

— Posso voltar outra hora.

— Senta aí, porra, e fica de boca calada por dois minutos.

Ele tentou decidir se gostava ou não de Lovell. O moleque não tinha noção do que era analisar a situação como um todo. Na documentação, ele provavelmente fechava o cerco em volta de todos os outros. Mas, na terra onde a palavra escrita tinha tanto peso quanto um clipe em gravidade zero, o que ele fazia e o que ele achava que significava era como a diferença em distância entre a Terra e Marte.

— Eu corto meu próprio cabelo agora — comentou Calvino. — É um evento importante. Você sabe por que é importante?

— Não sei ao certo — respondeu Lovell. Parecia uma pegadinha, o tipo de pergunta que professores de direito faziam sobre uma questão legal. — Porque assim tem mais controle e liberdade?

Que resposta mais americana, pré-fabricada e diplomática, pensou Calvino.

— Não tem nada a ver com controle ou liberdade. Cortar o próprio cabelo é o primeiro sinal de que você não está dando a mínima. É algo que você comunica ao mundo e a si mesmo. Você está dizendo: "Cheguei a um ponto em minha vida em que nada me atinge mais. Ninguém, nem nada, pode me deixar triste, deprimido ou esperançoso."

Lovell estava com os olhos fixos nas costeletas dele.

— Não estão iguais.

Calvino examinou o rosto no espelho.

— O que não está igual?

— A costeleta da esquerda está ligeiramente mais baixa.

Ele é esse tipo de advogado, pensou Calvino. Lovell era um desses caras que localizava cada erro de digitação, cada vírgula que faltava, e sabia a diferença entre usar colchetes e parênteses.

Ele tinha o tipo clássico de personalidade que sempre acompanha essas características, que em grandes doses deixaria maluca a maioria das pessoas. Você pagava uma pilha de dinheiro para colocar as obsessões dele sob suas rédeas e a serviço do seu caso, e então se segurava para a cavalgada.

— Lovell, eu sempre deixo a esquerda ligeiramente mais baixa. — Calvino se inclinou para a frente na mesa, segurando a tesoura com as duas mãos. — É um sinal. Chame de código.

Lovell engoliu em seco.

— Que tipo de sinal?

— A simetria não importa. Mentiras e verdade raramente se equilibram. O que você tenta fazer é explorar o espaço entre as duas sem ser sugado pelo déficit cósmico. — Ele se recostou na cadeira, abriu a gaveta da escrivaninha e guardou a tesoura e o espelho. Desamarrou a toalha, dobrando-a de modo a não deixar cair o cabelo aparado, e a colocou no chão. — Bom, isso está resolvido. Agora, o que você quer?

— Eu não o vi no funeral de Danielson hoje — disse Lovell.

— Você acha que ele sentiu minha falta?

— Achei que você iria.

Calvino deu de ombros, a culpa ricocheteando, caindo, rolando até parar. Ela não o tocara.

— Você foi um bolsista Rhodes — comentou Calvino.

Lovell assentiu.

— Ao sair da faculdade de direito, conseguiu um emprego num dos principais escritórios de Los Angeles.

De novo, Lovell assentiu:

— Até Danielson me recrutar.

Ele deixou de fora a parte de que Cameron tinha uma especificação clara quanto às qualificações do novo futuro sócio.

Danielson foi legal por ter ido direto ao ponto em relação ao que Cameron planejara para Lovell.

— Sua ex-namorada acertou.

Os olhos de Lovell se franziram.

— Estava ouvindo minha conversa com a sua secretária.

— Sou pago para escutar. Para observar, relatar. Mas não é isso o que importa.

— Eu era pago pela minha memória. Então, o que importa?

— Você fracassou. Se fodeu. É provavelmente a primeira vez na vida que você perde. Deve-se ter em mente que a primeira é a mais difícil. Mas, nunca tendo fracassado, você não faz a menor ideia da sensação. Você não entende. A realidade não lhe afetou. Você é como Humpty Dumpty, e todos os homens e soldados do rei não conseguem colá-lo de volta. Está me ouvindo?

Lovell estava com ar de quem se perdera na névoa dos próprios pensamentos.

— Estou escutando.

— Você veio ao escritório de um homem que não tem dinheiro para pagar um barbeiro. Como irei juntar os pedaços de sua vida se a minha própria vida está quebrada em mais pedaços do que dá para contar?

— Não gostei do que aconteceu. Não gostei de como aconteceu.

— Prossiga. — Ele podia ver que Lovell estava fervendo, mas se contendo.

— Eles foderam comigo. Não gosto disso.

Antes que Lovell pudesse acrescentar a conclusão habitual, que ele daria a volta por cima, Calvino disse:

— Quem gosta? Fracassar não é algo que fica melhor com o tempo, assim como cair de motocicleta não fica menos doloroso com o tempo. Mas você aprende com os erros.

— Eu não cometi um erro. — A reação de Lovell foi rápida demais.

— É mesmo? Então, por que está aqui?

— Eu sei a estrutura inteira de algo que não devia saber. Cameron acha que partes cruciais da informação ficaram de fora. Fico contente que ele ache isso.

— A estrutura inteira do quê?

— Do império corporativo de Weerawat.

Ele tinha em sua cabeça mais do que uma estrutura; guardara na memória o vasto recife de coral oculto em águas profundas. Lovell conhecia cada ponto de entrada e saída, o todo orgânico, vivo e respirando, onde monstros se escondiam, e onde sussurros e ecos de crimes passados reverberavam.

Calvino olhou para ele.

— O que você quer fazer com essa informação?

— Usá-la para descobrir por que Noah Gould está fugindo. Por que Danielson está morto. E por que eles tinham uma advogada tailandesa sendo minha babá, fingindo ser minha namorada. Não é o suficiente?

— Mais do que suficiente — respondeu Calvino. — Aos 31 anos, você tinha um bom emprego, dinheiro e um monte de mulheres.

— Uma mulher.

Calvino ergueu a mão para interrompê-lo.

— Deixe-me terminar. Quando você vai ficando mais velho, as coisas andam mais devagar, mas o tempo se acelera. É uma dessas contradições. Você tropeça e cai de cara no chão. Sente o gosto da poeira entre os dentes. Você se levanta e luta, ou fica de joelhos na poeira.

— Estou pronto para lutar — disse Lovell.

Calvino encostou a cabeça no apoio da cadeira e se balançou, usando o salto do sapato para fazer um movimento constante, equilibrado.

— Nunca é tão fácil ou limpo. Às vezes, é melhor ficar na poeira e sobreviver.

— Não acho que você acredita nisso. Por que não encontramos uma maneira de nos ajudarmos a ficar de pé de novo, Sr. Calvino?

— Detetive. Lembre-se de que tínhamos decidido que você iria me chamar de detetive.

— Ok, detetive.

— Como você está se saindo com o Jogo do Covil? Tem num mapa todos os locais em que Weerawat esteve?

Abrindo o botão do colarinho da camisa, Lovell tirou o pen drive, que pendurara com uma corrente no pescoço, e o colocou na mesa de Calvino.

— Está funcionando. O programa. Não é um mapa. Em todo caso, o que eu tenho no drive são todos os arquivos dos outros casos de propriedade intelectual de que Danielson cuidava. Os que eu mencionei da última vez.

— Você memorizou isso tudo?

— Tudo — disse Lovell, com uma expressão radiante. Ele estava orgulhoso de sua capacidade de memorizar e recuperar dados.

— Por que está me dando isso?

— Quero que veja uma coisa. Cada caso tem um ponto em comum. Diferentes companhias, mas um só proprietário, e cada caso era sobre roubo de identidade ou propriedade intelectual. Podem ter roubado a marca. O padrão era sempre o mesmo. A ideia era investigar e criar dois arquivos: o relatório real para Weerawat e o relatório editado que ia para o cliente.

Calvino conectou o pen drive ao computador e baixou os arquivos. Após terminar, removeu o pequeno drive e o devolveu a Lovell.

— Eu lhe contei que meu avô era capaz de fazer o nó de uma gravata-borboleta?

Lovell pareceu confuso.

— Eu estou falando em analisar fraudes de alto nível e o senhor me vem com a gravata-borboleta de seu avô?

— Você precisa aprender a ter paciência. Não é tudo uma linha reta ligando os pontos. O meu avô emigrou de Florença para os Estados Unidos. Ele chegou durante a Grande Depressão. Partiu da Itália depois que Livia, sua mãe, se afogou no Arno. Foi suicídio. Ela tinha azulejos da fábrica de Galileo Chini nos bolsos do casaco ao pular da Ponte Vecchio. Sob a superfície esmaltada translúcida dos azulejos havia os nus siameses de Chini, jovens mulheres sorrindo para sempre. Os azulejos puxaram Livia para o fundo do rio.

"Um mês depois do funeral, Galileo Chini inscreveu Vito numa escola de arte. Mas ele só ficou três semanas, conseguiu de volta o dinheiro da matrícula, e o usou para ir para Nova York e começar um serviço de encanadores. Após alguns anos, o negócio cresceu. Ele tinha 17 empregados trabalhando para ele. Vito também matou um homem. Foi tarde da noite. Ele estava indo para casa depois do trabalho. Três homens o empurraram contra uma parede. Um deles o chamou de 'carcamano bastardo'. Se eles tivessem simplesmente dito 'passe a grana', ou talvez o chamado apenas de 'carcamano', Vito provavelmente teria esvaziado os bolsos. Mas eles não queriam apenas roubá-lo; queriam humilhá-lo, colocá-lo na lama, dizendo que ele não tinha pai. Isso era um assunto delicado para Vito. O homem que Vito matou estava com as mãos em volta da garganta de meu avô. Ele só o soltou quando Vito quebrou o pescoço dele. Os outros fugiram. Meu avô foi mandado para a prisão por sete anos. Quando saiu, ele começou o negócio de encanamento."

— Dezessete empregados.

— Ele matou o homem por uma questão de honra. Quando você mora aqui por muito tempo, compreende como esse tipo de coisa acontece. E o que faz homens matarem é chamado de perder o respeito na Tailândia. Mas nós chamamos de honra. Mais tarde, Vito foi forçado a sair do negócio porque era necessária uma licença para ser encanador em Nova York. Ele não podia tirar uma por ser ex-presidiário. Ele aceitou isso como o preço por sua honra. Vito não ficou amargurado ou virou um bêbado; ele foi trabalhar para um de seus empregados. Eu cresci ouvindo essa história. Foi uma das razões pelas quais quis ser advogado. A justiça era algo pelo que valia a pena lutar. Ou, quando se é jovem, você acha que sim.

— Então isso quer dizer que vai me ajudar?

Calvino fechou o site da OMS e abriu os arquivos que havia baixado. Páginas e mais páginas repletas de produtos falsos apareceram na tela: bolsas Prada, leite em pó para bebês, sistemas de freio, remédios e mais remédios, e uma lista de DVDs de filmes e música.

— Quer dizer que eu escolho as minhas brigas, e não deixo aqueles que querem brigar me escolher. Foi o que meu avô me ensinou. Você não pode quebrar o pescoço de todos os idiotas. Se fizer isso, ao chegar no final da semana, não vai conseguir contar todos os cadáveres.

— Ele fazia o nó das gravatas-borboleta dele?

— Nós perfeitos, sempre. — Calvino desviou os olhos da tela do computador que parecia um shopping on-line. — Preciso saber de uma coisa. O que você quer?

— Quero saber se alguém matou o meu chefe.

— Por que você se importa com isso?

— Porque ele acreditava em mim.

Ele disse essas palavras com tamanha sinceridade que Vincent Calvino achou que havia uma boa probabilidade de John Lovell ter finalmente encontrado uma razão para fazer a coisa certa.

— E quanto a conseguir de volta a sua garota?

— Decidi esquecê-la.

— Ela poderá não esquecê-lo.

Lovell franziu o nariz.

— Acha que pode usar essa informação?

Calvino sorriu, recostou-se na cadeira e respirou fundo.

— Vou lhe dizer o seguinte, garoto, vou dar uma olhada e depois entro em contato com você.

Isso não era o que Lovell queria ouvir. Mas havia sido um dia de desapontamentos. Ele fechou sua valise, levantou-se e foi para o outro lado da divisória. Ratana ergueu os olhos e sorriu.

— Ele vai pensar no caso — sussurrou Lovell.

— Isso é, em geral, um sinal positivo — disse ela.

VINTE E QUATRO

O MOTORISTA DE WEERAWAT estacionou o Lexus prateado em frente ao prédio onde ficava o escritório de Calvino. Saindo do carro, Weerawat alongou os braços e então se virou para pegar uma valise de couro. Deu dois passos antes de parar no One Hand Clapping. Sentadas em banquinhos de plástico do lado de fora, as *yings* vestidas com seus penhoares com o nome da casa de massagem impresso no lado esquerdo o olharam, tentando avaliá-lo. Um alerta de possível cliente passou pelos rostos delas. Mas algo na aparência de Weerawat fez com que elas contivessem o assédio habitual. Ele parecia familiar, e não no sentido de que o tivessem visto no *soi* antes, mas da maneira como uma celebridade é familiar. Um desses rostos memorizados da TV que passa num loop contínuo em algum lugar no limiar da consciência. Eram os pequenos detalhes — as unhas cuidadosamente manicuradas, o corte de cabelo estiloso e o sorriso cultivado para as câmeras, uma expressão treinada com um histórico de conquistar corações.

Weerawat pôs sua valise de couro num dos bancos vazios. Ele era o tipo de homem que gostava de manter as mãos livres. Estava usando um terno Armani marrom-claro e sapatos italianos, sorrindo como se tivesse lembrado algo que achasse divertido. Confiante, determinado e ainda com ar jovial, apesar de elas perceberem que ele tinha bem mais de 40 anos. Ele não parecia com nenhum dos clientes que já tinham visto. Ainda tentando descobrir de onde conheciam o rosto dele, as *yings* o observavam em cada gesto. Sem nenhuma necessidade de comunicar seus pensamentos, coletivamente concluíram que aquele peixe era grande demais para a rede delas. O homem caminhou até elas, tentando ler seus sorrisos congelados.

— Estou procurando Vincent Calvino — disse ele. — Ele é *farang*. — Falava tailandês com um leve sotaque chinês.

Como se elas não fossem saber que Calvino era um nome *farang*...

Três *yings* ergueram simultaneamente as mãos e apontaram a escadaria à esquerda. Weerawat assentiu, sorriu, pegou a valise e foi até a base da escada. Na parede havia um pequeno cartaz dizendo: "Vincent

Calvino, detetive particular". Ele teve a impressão de que não passava daí o contato delas com o investigador *farang*. Elas o conheciam, mas não de verdade. Os olhos de uma das *yings* se iluminaram.

— Você é Khun Weerawat — disse ela.

O sorriso dele se alargou. Ele agradeceu a ajuda delas, e elas fizeram o *wai* para ele. Ele respondeu com um *wai*. A troca tinha sido breve, precisa e civilizada, e todo mundo entendia perfeitamente qual era a sua posição na ordem das coisas. Como a esposa instável de Khun Phaen, o destino delas estava escrito em seus rostos e na natureza de seus *wais*. Weerawat subiu a escada para o escritório de Calvino.

Ratana reconheceu Weerawat mais rápido que o piscar de olhos de um gato.

Weerawat ficou parado junto à mesa dela, esperando que ela tomasse conhecimento da presença dele. Seu rosto estava com uma expressão tranquila, interessada, solidária, do tipo que faz os hormônios de uma mulher dispararem, desencadeando um instinto aviário de catar pedaços de fios e folhas para construir um ninho. Ela tentou parecer ocupada em seu computador e fingir que ele não existia. Por fim, Ratana se virou, sorriu e se levantou da cadeira. Ele se demorou olhando ao redor da recepção como um avaliador considerando as obras de arte, as plantas e o material do escritório.

— Escritório legal — disse ele, sorrindo para ela da maneira simpática como Ratana lembrava ter visto na TV.

— Khun Weerawat?

Ele estava acostumado a ser reconhecido. Abriu um sorriso. Do tipo que diz: "O que uma mulher bonita como você está fazendo atrás dessa mesa?"

— Se o Sr. Calvino não estiver ocupado, eu gostaria de falar com ele.

A reação inicial dela não tinha sido muito diferente das *yings* sentadas nos banquinhos de plástico em frente à casa de massagem. A reação instintiva de Ratana combinava um misto de confusão e assombro. Suas mãos congelaram sobre o teclado. Uma coisa era ver celebridades na TV ou em jornais e revistas; outra era ter uma delas de pé em frente à sua mesa elogiando o seu escritório.

Ela não perguntou se ele tinha hora marcada. Homens como Weerawat não precisavam marcar hora. Eles simplesmente apareciam e sabiam que seriam atendidos. Imediatamente. Ratana soube que Calvino estava no telefone, providenciando uma vigilância para uma das *Fab Four*. E também que passara a manhã trabalhando com os arquivos que Lovell lhe dera. Weerawat não tinha problemas quanto a deixá-la numa situação embaraçosa. O erguer de uma sobrancelha, um sorriso ou uma ligeira indicação de descontentamento seriam o bastante para garantir que conseguisse o que queria.

Sugerir que Calvino não tinha tempo para vê-lo teria sido um insulto. Ele estava acostumado com o seu status, sempre garantindo que seria imediatamente levado a um mundo onde esperar era impensável. Especialmente se a pessoa que queria ver era um *farang*, um detetive particular *farang*, num escritoriozinho em um prédio que tinha uma casa de massagem no térreo. Ela se sentiu insignificante e subitamente o escritório lhe pareceu acanhado, atulhado e precisando de uma pintura.

Ratana manteve o sorriso, o olho no telefone para ver quando a luz vermelha do ramal de Calvino se apagaria. Quando notou que Calvino não estava mais falando ao telefone, ela discou o número dele.

— Vinny, Khun Weerawat está esperando. Ele quer vê-lo.

— Diga a ele que estou ocupado.

Ela engoliu em seco, erguendo os olhos para sorrir para Weerawat.

— É importante.

— Pessoas sem hora marcada sempre acham que são importantes.

— Acredite em mim.

Ele suspirou, sabendo que aquela era uma batalha que não iria ganhar.

Ela desligou o telefone e levantou-se. Weerawat era mais alto do que ela esperava. Ratana o acompanhou ao escritório de Calvino. Colocou o cartão de visita de Weerawat na mesa de Calvino e desapareceu para o outro lado. Calvino fitou o cartão. Não tinha nenhum outro detalhe além do nome e do número do celular. Nada de endereço. Nada de ramo, nada de empresa, nada de cargo. Calvino virou o papel como se procurando uma mensagem do outro lado. Era de um branco imaculado.

— O que o senhor faz?

Weerawat olhou em volta o escritório de Calvino. Era pequeno, a mesa, uma bagunça de pilhas de papéis e pastas, e as cortinas não eram limpas fazia anos. *É uma operação de um cavalo só, com um cavalo bem velho no estábulo*, pensou Weerawat. A reprodução a óleo de Galileo Chini o deixou petrificado. Seu rosto se contorceu, a boca rígida, firme, e suas mãos se cerraram. O rosto tornou-se uma máscara de horror, como o de alguém que testemunhara um acidente de trem.

— Gosta de pintura italiana? — disse Calvino.

— Não vim aqui para discutir arte — respondeu Weerawat.

Seu rosto estava ruborizado quando ele desviou os olhos da pintura com a expressão de alguém pego numa emboscada.

— Quase ninguém vem para isso.

Weerawat recuperou-se rapidamente. Uma vez tendo ultrapassado o que quer que o havia perturbado, ele foi direto ao ponto. Não havia por que perder tempo em generalidades com um *farang*.

— Americanos não gostam muito de preliminares — disse ele —, de modo que vou direto ao ponto.

Calvino avaliou que as roupas de Weerawat teriam pagado três meses de aluguel — não, podia pôr seis meses nisso, ele se corrigiu, ao dar uma olhada nos sapatos. Ratana dissera no telefone "acredite em mim". E era isso o que ela queria dizer. Ela lhe encaminhara alguém que não só era rico, mas que parecia valer 1 milhão de dólares. Ele acreditou mesmo nela. Ali estava um figurão e tanto da comunidade empresarial. Calvino conhecia o nome por intermédio de John Lovell. Weerawat era um cliente importante do escritório de advocacia.

— E qual seria o ponto? — perguntou Calvino.

— Quero contratá-lo por um honorário fixo de 75 mil por mês.

Os nomes das várias empresas de Weerawat giravam na cabeça de Calvino. Ele se recostou na cadeira e olhou de relance para a tela do computador. Os nomes das empresas estavam a uns poucos cliques de distância. Estavam num dos arquivos que ele baixara de Lovell. Calvino clicou no mouse e abriu o arquivo de Word.

— Quer que eu trabalhe para o senhor? Em qual empresa? E que tipo de trabalho seria, Sr. Weerawat? — Ele ergueu os olhos da tela.

Weerawat sorriu.

— O seu trabalho seria o de chefe de segurança.

As palavras "Investigador Sênior" vieram à cabeça de Calvino. Esse era o título do cargo na ONU.

— O senhor quer que eu seja o seu guarda-costas?

Calvino coçou a cabeça, olhando para o cartão de visita. *Um sapo nervoso quer me pôr dentro de seu coco,* pensou Calvino.

Isso fez o poderoso homem rir.

— Não. Não me expressei muito bem. Deixe-me começar de novo. Tenho uma variedade de negócios. A segurança é sempre um problema. Preciso de um profissional da área para monitorar minhas operações, me informar, manter a segurança eficiente.

Calvino assentiu. Ele sabia sobre os negócios, e Weerawat era esperto o bastante para ter compreendido que Calvino tinha uma imagem relativamente clara do império da família.

— Sou a pessoa errada para esse tipo de trabalho. Procure um caçador de talentos. Eles encontrarão um profissional adequado para o seu tipo de negócio.

Weerawat se sentou na cadeira, olhando para Calvino.

— Não sou tão inteligente. Mas eu sei encontrar as pessoas certas. Sei o que procurar nas pessoas.

Ele estudou o rosto de Calvino. Sobrancelhas grossas e escuras, os olhos um pouco espaçados demais, face comprida e estreita, queixo firme.

Weerawat fez uma pausa, esperando Calvino lhe perguntar o que exatamente ele procurava nas pessoas que contratava. Só que Calvino não seguiu o roteiro. Ele deixou a pausa crescer por um período de silêncio que só Weerawat poderia interromper.

— Há duas qualidades que procuro. A pessoa que contrato precisa ser inteligente e talentosa. As duas coisas nem sempre vêm juntas.

— Quando eu começaria?

— Hoje.

Weerawat tirou um maço de notas de mil *baht* e o colocou na mesa de Calvino. Estava embalado numa tira de papel fornecida pelo banco, um desses com a afirmação impressa de que cem notas tinham sido contadas a máquina.

Calvino estalou os dedos.

— Tão simples assim. Hoje. Estou na folha de pagamento. Esta é a entrevista. Setenta e cinco mil *baht* por mês.

Weerawat deu de ombros.

— Hoje ou amanhã. Isso é para o primeiro mês, mais as despesas.

— Preciso pensar sobre isso. Como o senhor pode ver, tenho um negócio. Não é fácil encerrar as atividades.

O que Weerawat via não era um negócio, mas a esperança de ter um negócio.

— Achei que o senhor era um homem que queria dinheiro — disse Weerawat.

— Só o dinheiro que me é devido. — Calvino não fez gesto nenhum na direção do dinheiro.

Uma estratégica barganha, foi como Weerawat interpretou a resposta de Calvino.

— Imaginei que estaria muito ocupado. As melhores pessoas sempre estão. Devolva os honorários que já recebeu de seus clientes, e eu o reembolsarei integralmente. Diga a eles que optou por mudar de carreira.

— É, acho que eu poderia fazer isso. Vou lhe dizer o seguinte, deixe-me pensar e entrarei em contato sobre a sua oferta.

Weerawat levantou-se da cadeira segurando a valise.

— Já tem o meu telefone.

Calvino passou o dedo pelo cartão, permanecendo sentado.

— É, eu tenho.

Weerawat parou na porta, voltando-se. Ele se posicionou de forma a evitar ver a pintura na parede.

— Conheço o dono deste prédio. É um velho amigo meu. Uma vez o ofereceu para mim por um bom preço. Não ficaria surpreso se essa oferta ainda valesse. Entre a casa de massagem e o seu escritório há um andar vazio. Seria o caso de considerar a expansão de seu negócio de massagem para mais um andar.

Teria sido fácil esclarecer os fatos sobre a relação dele com a casa de massagem. Mas Calvino deixou passar. Que Weerawat saísse com a noção de que o One Hand Clapping era o negócio dele e a atividade de detetive particular, uma ocupação alternativa. Era um perfeito "bem-vindo à realidade", depois de ter de ouvir o papo furado sobre como Weerawat apenas contratava profissionais talentosos.

Quando o visitante saiu da porta, Calvino recostou-se e pensou sobre a oferta. E se perguntou por que a pintura de Galileo Chini perturbara tanto Weerawat, por que ele evitara olhar para ela, e por que havia uma reprodução da mesma pintura sobre um altar no escritório de advocacia do tio dele. Sobretudo, ele se perguntou se Weerawat estivera falando sério. Os honorários mensais eram dinheiro o bastante para manter sua mãe e sua secretária. Ele pesquisou nos arquivos, lembrando-se de um memorando nos documentos de Word de Lovell sobre Weerawat e suas conexões com uma série de empresas locais, negócios abarcando imóveis, mídia, navegação e mineração. Lovell a chamara de "a estrutura", aquela vasta articulação de detalhes interconectados que ele podia lembrar quando bem quisesse.

Calvino estava parado no meio da pista de decolagem e Weerawat decidira que iria pousar seu avião, não importando se Calvino se movesse ou não. Ele fingira ter dado uma opção ao detetive. Ambos sabiam que não havia escolha. A proposta que tinha sido feita a ele era clara. Calvino não estava sendo contratado para segurança; estava sendo contratado para desviar sua atenção do assunto. Isso não fazia de Weerawat um mentiroso. De uma perspectiva mais ampla, mostrava-o inteiramente claro quanto as suas intenções. Ele não iria parar por aí; Weerawat pediria conselhos quanto a como aumentar o manto de segurança sobre suas operações. Seu tio Suvit tinha recrutado *farangs* por suas habilidades singulares. No caso de Cameron, ele tinha uma insólita habilidade de ler expressões, perceber esses instantes, essas minúsculas microexpressões involuntárias que expunham os verdadeiros sentimentos.

Qual era o talento especial de Calvino? Nada de memória eidética como Lovell, nada de habilidade para ler expressões faciais como Cameron, e nem mesmo a capacidade técnica de regular seu Lexus a cada 6 mil quilômetros.

O histórico indicava que ninguém era contratado sem esse tipo de habilidade extraordinária. Calvino não tinha nenhuma e isso o preocupava.

Weerawat poderia ter percebido que Calvino tinha informações que o deixavam, se não receoso, ao menos desconfortável. A maneira de encontrar uma solução para o desconforto era contratar Calvino, trazê-lo para a operação, outra camada para proteger a família de Weerawat contra pessoas como Danielson. Dez minutos depois que o empresário saíra de seu escritório, a Calvino ocorreu que gostaria de ter feito a ele uma só pergunta: teria ele feito alguma vez uma oferta similar a Danielson? Se ele aceitasse a oferta (ele se recusava a pensar nela como uma oferta de "emprego"), do mesmo modo que o escritório de advocacia para Lovell, o negócio de Calvino iria fechar, e ele ficaria como Cameron, mais um *farang* na folha de pagamento, mantendo as tampas nas panelas, garantindo que não fervessem a ponto de transbordar. Ou ele podia ignorar Weerawat (era uma possibilidade, ele disse a si mesmo) e continuar trabalhando para esposas expatriadas que o estavam pagando para descobrir as sujeiras dos maridos, e rastreando Noah Gould, fazendo-o falar sobre o que o amedrontara.

Debra era implicante, mas tinha bom coração. Janet era desconfiada e estafada. Ruth, a mulher de Noah, parecia estar à beira de um ataque de nervos. E havia a misteriosa Millie Danielson. Ele telefonara para ela, mas nunca era uma hora conveniente para falar; ela havia certeza de que ele compreenderia. O que ele compreendera era que esse emaranhado de pessoas problemáticas que queriam usá-lo havia se tornado a sua vida. Uma alternativa era trabalhar com Lovell e ver aonde as informações os levariam. Mas o motivo do garoto o deixava nervoso. Como Jazz, Lovell ficara com raiva ao descobrir que os bens que herdara da família eram fraudulentos. Ir contra alguém como Weerawat significava agitar pessoas, ficar observando enquanto suas mãos deixam cair a colher de sopa na tigela de arroz para sacarem suas armas. Lei de Calvino: só se coloque na mira se souber que está protegido.

Ele foi até a janela do escritório e olhou a rua lá embaixo. Weerawat chegara ao fim da escada. Calvino ficou observando todas as *yings* do One Hand Clapping em seus trajes exíguos — um estilo de moda que combinava o casaco de um kickboxer com uma lingerie sexy — esperando em fila ao lado do Lexus de Weerawat. Quando o homem aproximou-se do carro, ele passou sua valise de uma mão para a outra até que uma das *yings* se ofereceu para segurá-la enquanto ele pegava uma caneta. Assinou o nome dele. Cada uma delas tinha um bloquinho ou pedacinho de papel para ele autografar.

A primeira *ying* na fila era a *mamasan*, parecendo uma recatada colegial, toda sorrisos. Calvino não tinha visto aquele sorriso quando ela o abordara para cobrar os 2 mil *baht* pela porta arrombada, pensou.

Ele a observou fazendo uma reverência; dedos e polegares firmemente apertados, ela fez um *wai* para Weerawat. Então a *ying* seguinte deu um passo à frente e entregou a ele um pedaço de papel. Tinha o nome de um hotel de cinco estrelas no cabeçalho. Sorrindo, ele assinou. Todas as *yings* do One Hand Clapping queriam o autógrafo dele. O que elas teriam feito em troca de 75 mil *baht* por mês? Ele sabia a resposta: qualquer coisa e tudo. Era assim que o sistema era estruturado, e sujeitos como Weerawat sabiam aonde cada parte dava.

Ratana estava almoçando sozinha em sua mesa, trabalhando na programação de trabalho de Calvino para o restante da semana. Ela tinha nomes de locais, nomes de *soi*, nomes de *mamasan* e às vezes da *ying* que era o suspeito-alvo da tocaia. Havia duas programações para as esposas remanescentes. Na tela dela havia JPEGs dos quatro maridos, alinhados numa fileira como num computador da polícia. Digitado sob a fotografia de Danielson: Falecido. E sob a foto do marido de Janet Herron havia uma segunda foto, da *katoey* com quem ele tinha sido fotografado.

— Alguns caras têm tudo — disse ela, depois que Calvino passou para o lado dela do escritório.

Ela sempre sabia quando Calvino queria conversar. Sua linguagem corporal era diferente, o jeito como seus braços se moviam, a inclinação da cabeça.

— Alguns caras que têm tudo pensam como se fossem pobres. Sempre querem mais. Não importa o quanto tenham, são inseguros.— Para Calvino, Weerawat era como uma mulher com anorexia, que olhava no espelho e via uma aberração de circo quando todo mundo via a ruína de um esqueleto arruinado pela fome. No caso de Weerawat, o problema de autoimagem não concernia à comida, mas ao dinheiro.

— Ele é muito charmoso e famoso. — Ela comia com os dedos arroz empapado e fatias de frango grelhado.

— Você gosta de Weerawat?

Ela lambeu a ponta dos dedos, sorrindo. Não disse nada, desfiando um pedaço de carne da fatia de frango, e enrolando-o com os dedos em volta de uma pequena bolinha de arroz.

— Ele pediu para eu trabalhar para ele. O que você acha?

Ele ainda não contara a Ratana sobre a conexão de Weerawat com o escritório de advocacia de Danielson, ou que Lovell tinha uma longa lista de empresas sob o controle de Weerawat. O homem podia viver num coco, mas era um coco de luxo, e um que Weerawat pretendia manter a qualquer custo.

— Eu diria: aceite.

A pausa entre a pergunta e a resposta levou menos que meio segundo. Ela sabia a resposta antes mesmo de ser perguntada.

— E depois faço o quê? Fecho o escritório?

— Por que fechá-lo? Ele se ofereceu para comprar o prédio todo para você.

Ratana estava com os olhos fixos nos 100 mil *baht* nas mãos de Calvino.

— Você ouviu a conversa.

— Você conseguiu o seu dinheiro — disse ela.

— É dinheiro. Mas não tenho certeza se é o *meu* dinheiro.

— De quem é?

— O dinheiro da investigação para Danielson. Esse é o dinheiro que eu quero.

Aquele era dinheiro "para-ficar-quieto", dinheiro "para-ficar-de-boca-calada", dinheiro "para-comprar-a-lealdade-de-um-homem". Cada vez que Calvino considerava as possibilidades, ele voltava ao começo. Weerawat queria-o fora das ruas, fora do caso, e onde Weerawat pudesse vê-lo. Segurando o dinheiro nas mãos, vendo Ratana olhando para ele, Calvino teve a sensação de que o que estava segurando era impuro. Para a maioria dos sapos no fundo do coco, não existe isso de dinheiro sujo. Há apenas dinheiro e, se está em suas mãos, tem de ser bom. Weerawat o havia incluído no jogo. Ele iria jogar? E, se não jogasse, quando o martelo iria bater? Essas eram perguntas sobre as quais Vincent Calvino ponderava ao voltar para seu escritório, jogar o dinheiro na gaveta da mesa e fechá-la com chave, colocar o coldre e conferir seu revólver .38.

VINTE E CINCO

Lendo com a luz da rua, Calvino conferiu sua programação. Ele leu um texto impresso contendo os detalhes pessoais do marido de Ruth. Estudou a aparência de Noah Gould na fotografia. Estava olhando para um homem que em algum estágio de sua vida tinha sido atraído por mulheres com grandes chapéus. O gosto dele parecia ter mudado. Noah se encaixava na descrição de um homem que lhe devia dinheiro. Não havia como ter certeza quanto ao papel de Noah, se seria o caso de invocar Danielson no além para que ajudasse Calvino a acertar as contas ou se o detetive conseguiria fazer Noah Gould abrir o jogo. Pensando nas duas possibilidades, Calvino decidiu que a abordagem da invocação poderia ser mais fácil. Noah era um rato encurralado, amedrontado. Calvino não tinha decidido como iria agir com ele.

Ele observou o movimento das pessoas na calçada.

Calvino estava dentro de seu carro no *soi* dos "Artistas Mortos". Estacionara a não mais do que 100 metros de seu escritório. Tão perto e, no entanto, todo um outro mundo de bares, casas de massagem e restaurantes chiques para expatriados.

Os bares dos Artistas Mortos tinham sido batizados de Renoir, Picasso, Manet, Dali e Monet. Segundo sua esposa, Gould era um frequentador do Renoir. De onde Calvino estacionara, ele podia ver todo mundo entrando ou saindo do bar. McPhail bateu na janela do carro dele. Calvino ergueu os olhos, viu o sorriso torto de McPhail e abaixou o vidro.

— Cara, achei que fosse você. Todo mundo conhece esse carro. O que você está fazendo?

— Estou trabalhando.

— Quase dá para ver este lugar com um binóculo da janela de seu escritório.

— McPhail, você tem algo para mim? Além de conselhos sobre como fazer uma tocaia?

McPhail deu a volta para o lado do passageiro e entrou no veículo, batendo a porta com um pouco de força demais.

— Desculpe, desculpe, sei que estou um bagaço. — Um riso maníaco explodiu em seus lábios. Ele se recuperou, balançando a cabeça e sorrindo. — Nada de especial. Estou mais pra lá do que pra cá. Tendo a perder a coordenação muscular quando chego nesse estado.

Ele abriu um saco plástico amarelo e tirou dele uma caixa de isopor. Pondo-a sobre o saco plástico em seu colo, ele o abriu. O aroma de alho, azeite de oliva, pimenta e queijo se expandiu, espalhando-se pelo carro. Ele tirou uma fatia de pão torrado com uma cobertura grossa de tomates cortados bem finos e o entregou a Calvino.

— Aprendemos a fazer bruschetta.

Calvino inspirou. Seu estômago roncou. Deu uma mordida, e enfiando o resto do pão torrado na boca, mastigou.

— Nada mal — disse ele.

Ele estendeu a mão para mais uma e McPhail lhe deu. Com Calvino, comida italiana o acalmava. McPhail podia conversar com ele; nada como duas fatias de bruschetta para transformar um homem em ser humano.

— Na semana que vem é a última aula.

— Vocês têm um exame final?

— Preparamos uma refeição de seis pratos. Você está convidado.

— O chef Elmo não está mais bravo comigo?

— Ele fala sobre o seu avô.

McPhail virou-se de lado em seu banco, derrubando um pouco de tomate picado no assento.

— Ei, você está fazendo uma bagunça — reclamou Calvino.

McPhail fez um gesto na direção de uma *ying* passando na calçada de salto alto, calça branca e os lábios num biquinho perfeito.

— Essa é uma RPF. A número 12, hoje.

Os dois observaram a *ying*. Calvino desviou os olhos primeiro, lembrando que estava de vigia.

— E o que é uma RPF?

McPhail mastigou a bruschetta.

— Cara, você não manja RPF?

— Se soubesse, estaria perguntando?

— Quer dizer "Razão Para Ficar". Uma razão para ficar na Tailândia. Moramos num lugar definitivamente esquisito. É a vida dentro de um gibi. A menos que você tenha um monte de boas razões para ficar, é melhor ir embora, ou pode acabar maluco. Todo dia você tem de somar as RPFs, subtrair as RPPs e verificar o saldo. Entendeu?

— Como uma conta de banco? Você está no vermelho ou no azul?

— Estou vindo pela calçada depois da aula de culinária, cuidando da minha vida, e um motociclista quase me derruba. Essa é uma RPP, uma "Razão Para Partir". Ou, então, uns dias atrás um idiota numa BMW investiu direto contra mim. Eu estava no meio da faixa de pedestres. Aquelas faixas brancas são para me proteger, certo? Errado. Essas faixas não querem dizer nada. Ele continuou dirigindo direto na minha direção. Eu pulei fora do caminho no último instante. Fiquei parado na rua e fiz o gesto do dedo do meio. Ele parou o carro. Eu fiz o sinal de quem trabalha em aeroporto indicando que ele desse a ré. Eu queria dar uma surra nele. Mas ele pensou duas vezes e foi embora. Essa é uma RPP. Aquela *ying*, a que acabou de passar. Você a viu? Veja, cara. Aquela lá. É uma razão para ficar. Ela faz sumir todos os idiotas em motocicletas e guiando BMWs. Você quer a última bruschetta?

Calvino espiou a caixa. Balançou a cabeça.

— Vá em frente e acrescente-a a suas RPFs.

McPhail olhou para o último pedaço de bruschetta e, decidindo não comê-la, fechou a embalagem. Limpou as mãos no jeans e tirou um baseado fumado pela metade do bolso da camisa. Ele o acendeu e inalou profundamente. Ofereceu a Calvino, que balançou a cabeça, abrindo a janela e preparando-se para quando McPhail exalasse.

— Tenho uma coisa para lhe dizer — disse McPhail, depois de segurar a fumaça por bastante tempo nos pulmões e então exalar.

McPhail fez uma pausa quando outra "Razão Para Ficar" passou devagar ao lado do carro de Calvino. Sob uma saia curta, suas pernas esbeltas, lisas e longas brilhavam com os reflexos de vermelho e verde dos letreiros de neon, deslizando com tanta graça e perfeição que fizeram McPhail suspirar. Calvino esperou, mas McPhail perdera o fio da meada.

— Você ia me dizer alguma coisa — disse Calvino.

McPhail deu outro tapa fundo em seu baseado antes de apagá-lo no salto do sapato.

— Eu sei, eu sei. Vou limpar.

— Foi isso que você veio me dizer?

A risada de McPhail soou mais como o latido de um cachorro. O latido feliz de um cachorro feliz por ter sido alimentado.

— É sobre as mulheres da aula. Ruth e Debra não conseguem se decidir.

— Não diga.

— Elas não têm certeza se querem saber as sujeiras de seus maridos. Ruth veio com a notícia de que o marido dela está sendo transferido para Denver. Ela dançou pela cozinha. Cara, ali estava uma senhora feliz. Cantando e pulando como uma líder de torcida do ensino médio depois que o time dela ganhou a final. Ela até jogou aquele chapéu enorme dela no ar.

— Então ela está caindo fora?

— Ela se perguntou, para que serve a investigação? Voltar para Denver era tudo o que ela sempre quis. E agora conseguiu. Ela não quer saber quanto a Noah trepando com *yings*. Diz que isso só traria problemas. O que ela quer é esquecer que a Tailândia existe.

— E? — disse Calvino, segurando a direção com as duas mãos, os nós dos dedos ficando brancos.

— Ruth e Debra não vão lhe pagar. E, ah, sim, Janet está mal de grana.

Calvino fechou os olhos, tocando a direção com a cabeça. Ele ergueu a cabeça e olhou para McPhail, que estava pegando outro baseado.

— Pensei que já tínhamos superado isso.

McPhail deu de ombros.

— As mulheres mudam de ideia. É isso o que elas fazem. Tudo o que posso lhe dizer é que a situação é essa. Amanhã, quem sabe? Talvez a transferência de Noah seja cancelada e Ruth lhe implore de joelhos para pegar seu marido sem-vergonha numa armadilha. Mas eu o defendi, cara. Disse a elas que o que estavam fazendo não era certo. Elas tinham de lhe pagar. E elas disseram que iam dar um jeito. Imagino que um corte de quarenta por cento não seja feio.

Noah Gould emergiu do Renoir com uma *ying* em cada braço. Com duas "Razões Para Ficar", Denver devia lhe parecer a um milhão de anos-luz de distância. Saíram andando na rua. Ele irradiava felicidade adolescente, do tipo que normalmente está apagada e enterrada por volta dos 30 anos. Não dava sinal algum de que estava prestes a voltar para os Estados Unidos.

Noah era o homem que lhe devia 10 mil dólares, aquele que arranjara com Andrew Danielson o fechamento da fábrica pirata de remédios porque estava destruindo a base de seu negócio.

— Aquele é o marido de Ruth — disse Calvino, checando a fotografia.

Ele estendeu a mão, pegou o isopor e abriu sua porta do carro. Um motociclista desviou no último instante evitando uma colisão com a porta.

— Ei, o que você está fazendo? — perguntou McPhail, quando Calvino saiu do carro com o isopor.

Ele bateu a porta e se inclinou. Com a cabeça na altura da janela, fez com a boca as palavras: "fique olhando".

Calvino cruzou a rua e foi atrás de Gould e suas belas companheiras. Eles não estavam muito à frente. Calvino os alcançou exatamente quando Noah fez sinal para um táxi.

— Sr. Gould — chamou Calvino.

Noah Gould se virou, procurando a pessoa que o chamara pelo nome. Ele não reconheceu Calvino.

— Noah, certo?

Gould assentiu.

— Eu o conheço?

— Temos conhecidos em comum. Como Andrew Danielson. E sua mulher, Ruth. Na verdade, eu a conheço muito bem. Vou realmente sentir falta da bruschetta dela depois que vocês dois voltarem para Denver. É difícil ver partir as pessoas de quem você é próximo. Ah, sim, eis a bruschetta que fizemos juntos hoje na aula de culinária. — Ele entregou o isopor para ele. — Você realmente precisa ficar de olho nela quando voltar. Os tailandeses chamam uma mulher como Ruth de *kai kae mae pla chaan.* — As duas *yings* nos braços de Noah riram. — Quer dizer "uma galinha veterana". Alguém que sabe os truques, que aprendeu uma ou duas coisas sobre como agradar os homens.

Noah ficou com cara de quem ia chorar até uma onda de raiva se apossar dele.

— Seu canalha. — Os punhos dele se fecharam.

Calvino avançou, ficando perto e íntimo.

— É por isso que ela me contratou. A mesma razão pela qual Andrew Danielson me contratou para descobrir os caras vendendo remédios falsificados debaixo do seu nariz.

O alho no hálito de Calvino fez Noah virar a cabeça para o lado.

— Afaste-se de mim. — Seus dentes se arreganharam como os de um animal.

Calvino não recuou. Ele ficou bem perto e sussurrou:

— Bom apetite com a bruschetta.

— Isso é uma extorsão?

— Você me deve 10 mil. Quero o meu dinheiro.

— Pelo quê?

— Danielson me contratou para investigar os remédios falsificados para você. E eu fiz isso. Descobri onde estão sendo feitos. Não acredita em mim? Porra, posso levá-lo lá agora mesmo. Quer ir?

— Não vou a lugar nenhum com você.

— Remédios pirateados, Noah. Falsos. Entende o que estou dizendo? Encontrei a fábrica produzindo merda e pondo as suas marcas nela. Você pediu a Andrew para ajudá-lo a descobrir quem estava por trás disso.

Ele começou a se afastar e Calvino o empurrou contra a cerca na frente do Renoir. Calvino o segurou com uma das mãos, encarando-o com firmeza.

— Seu merda. Fugindo para Denver.

Ele sentiu Noah Gould tremendo e o soltou, dando um passo para trás, esfregando o ombro.

Noah endireitou a camisa, engoliu em seco.

— Realmente não é mais meu problema.

Calvino pegou uma câmera no bolso e tirou várias fotos de Noah com as duas *yings* que pegara no Renoir.

— É como é a vida, Noah. Basta um problema desaparecer para um novo vir morder a sua bunda.

Calvino cruzou a rua e ficou olhando Noah Gould entrar no banco de trás de um táxi com suas duas *yings*. Gould ficou no meio, segurando um isopor com um pedaço de bruschetta. Seu sorriso desaparecera fazia tempo. O que o substituíra? Essa coisa que rostos fazem quando surpresa, desapontamento e choque convergem num único ponto no tempo.

Calvino ficou parado na calçada por alguns minutos, e então entrou num bar de "artista não morto" porque a birita era barata e a conversa, mais ainda. Ele pediu um Mekong com Coca duplo. Pensou no quanto Noah Gould ficara aterrorizado — não só com um pouco de medo — e em quão contida e desamparada fora a reação dele. Ele vivera no mundo corporativo por tanto tempo que esquecera como se lutava numa briga de verdade. Era mais fácil e seguro fugir e começar uma vida nova em Denver.

Uma hora depois, Calvino saiu e foi para o próprio carro. McPhail tinha ido embora. O interior do veículo cheirava a fumaça. Ele abaixou o vidro, deu sinal e dirigiu para casa. Enquanto guiava, pensou na oferta de emprego de Weerawat. Tornar-se um *luke nong* de um homem poderoso, na Tailândia, era subir um degrau na escada da vida. Calvino tinha sido criado em Nova York de um jeito diferente. Sua mãe lhe ensinara que, se você era autônomo, ir trabalhar para alguém, não importando o quanto fosse influente, era não só um degrau para baixo, era estar num tipo de escada completamente diferente.

Ratana lembrara-o de algo em que ele precisava pensar. Que havia uma diferença entre autônomo, desempregado e sem ter como conseguir emprego, e que ele precisava pensar seriamente nisso. Que Noah Gould partisse para Denver. Isso não impediria Vincent Calvino de obter o que lhe era devido. Weerawat queria contratá-lo? Por que não dar a impressão de que ele estava disposto a passar para o outro lado? A maioria das pessoas vivia de acordo com a regra de que nenhum homem podia ficar contra um sistema por muito tempo e sobreviver. Mas isso não era a regra de Vincent Calvino; jamais iria se tornar uma de suas leis.

Noah Gould devia ter entendido que homens fortes num sistema legal fraco estavam em vantagem. Andrew Danielson não captara isso, e veja o que acontecera com ele. Ratana tinha lhe pedido sinceramente para pensar sobre a oferta de Weerawat com a mente aberta, livre de preconceitos, livre de pressuposições.

Ele tinha considerado seriamente, embora livrar-se de pressuposições tivesse sido impossível. O sapo naquele coco tinha dentes muito afiados. Em algum lugar dentro daquele coco estava o dinheiro que lhe deviam. E ele lembrou o que seu avô, Vito, lhe ensinara: nunca fuja, sempre enfrente a ameaça, mostre-se à altura dela, para o melhor e para o pior. Uma derrota honrosa é melhor do que uma vitória covarde.

Calvino fizera meia-volta com seu carro, encontrara outro lugar para estacionar, e voltara para o bar com as bebidas baratas e mulheres risonhas.

VINTE E SEIS

Calvino saiu do bar com Noi. Ela estava trabalhando atrás do balcão e o vira beber três Mekongs com Coca duplos em rápida sucessão. Noi o classificou como um homem infeliz, com problemas e precisando de algum carinho. Ela segurou a mão dele enquanto andavam até o carro. Ele teve dificuldades com as chaves, deixando-as cair na rua. Agachou-se e, com o reflexo dos letreiros de neon, tentou achá-las. Ele engatinhou, estendendo a mão direita. Sentiu o joelho da calça rasgando e a pele esfregando na calçada. Noi ficou de cócoras, observando Calvino até não conseguir aguentar mais. Ela catou uma lanterninha em sua bolsa e rapidamente seguiu o facho para onde as chaves estavam.

— Não é bom você dirigir — disse ela, entregando-lhe as chaves.

Ele não discordou. Encostado em seu Honda maltratado, ele tentou focalizar Noi. Mas a imagem de seu olho esquerdo e a do direito recusavam-se a se alinhar. Ela parecia duas pessoas. Uma dupla de jogo composta de gêmeas idênticas. Calvino se lembrava de ter pagado só uma taxa no bar. Ele tentou focalizar o rosto dela, mas ela se dividiu em duas cabeças. Ele lembrou a si mesmo que se tratava de um efeito ótico causado pela bebida. Mas agora não tinha tanta certeza assim.

Uma delas, em seu estado de visão degradada, achara as suas chaves e o convencera de que dirigir não era o melhor passo a dar em sua carreira. Calvino gostara disso. Ele encostou-se à lateral de seu carro, balançando as chaves. Deu um beijo rápido no rosto dela.

— Eu acho que eu não quero guiar — disse ele.

— É bom mesmo — comentou ela. — Onde você mora?

Ele disse a ela, deu de ombros e começou a andar.

— É perto.

Ela correu atrás dele, agarrou-o pelo braço e fez sinal para um táxi. Na curta viagem até o apartamento de Calvino, ele ficou sentado com a cabeça para trás, os olhos fechados. Noi o acordou quando o táxi parou na frente do prédio de apartamentos. Ele pagou o táxi e desceu enquanto oito cachorros — variavelmente velhos, novos, gordos, magrelos, sarnentos e agressivos — correram com tudo para o portão. A zeladora os havia soltado de sua pequena habitação, e eles ocupavam a entrada, latindo e rosnando.

Eles conheciam o cheiro de Calvino, e os latidos gradualmente foram cessando.

Noi estava morrendo de medo com os animais pulando em volta de suas pernas. Ela se agarrou a Calvino como se sua vida estivesse ameaçada.

— Eles ladram, mas não mordem — disse ele. — A maior parte do tempo. Se você chutar ou rosnar para eles, podem morder. De modo que tenha cuidado com o que você diz ou faz com os cachorros.

Noi ouvira variações mais sóbrias dessa fala antes e tinha bastante experiência para saber que cachorros de Bangkok mordiam sem nenhuma razão. Calvino pegou a mão dela e a apresentou para cada um dos oito cachorros, que pararam de latir e fizeram fila para receber atenção e carinho.

— Viu? Os cachorros a amam. E ele a ama. E ela a ama. Pare de ficar com medo.

— Sei, sei, todos me amam. Podemos entrar?

Os esforços de Calvino não eram exatamente tranquilizadores ou preliminares, mas era o melhor que ele podia fazer.

Noi ainda estava tremendo de medo dos cachorros quando entrou no apartamento de Calvino. Ele acendeu a luz. Pratos sujos estavam empilhados na pia, e jornais, revistas e correspondências transbordavam da mesa de centro para o chão. Ao longo da janela uma fileira de plantas, uma série de hastes pretas encolhidas, se pendurava e ficava em ângulos esquisitos: a negligência as condenara. Se tinham sido flores, ou folhagens, ou mesmo plantas de fato era algo que teria confundido um botânico. A superfície das estantes de madeira, as cortinas e a mobília de sentar estavam cobertas por uma camada de poeira e pelos de cachorro. Soprados do *soi* pela varanda aberta, a poeira e os pelos cobriam todas as superfícies, pintando-as de um matiz marrom cinzento, a cor do chão de um deserto.

Teias de aranha brilhavam num padrão triangular sobre a porta do quarto de dormir. Ele deu a Noi sua última toalha limpa. Ela a enrolou em volta da cintura e, inteiramente vestida, desapareceu no banheiro. Momentos depois, ela gritou e saiu correndo com apenas a toalha cobrindo-a. Ela surpreendera um rato que estava comendo um pedaço de pizza na banheira. Não quis perguntar por que havia pizza na banheira. Calvino entrou no banheiro com uma vassoura. O rato já tinha fugido. Migalhas com molho de tomate, queijo, abacaxi e presunto sujavam a banheira. Era a pizza que ele pedira na noite em que voltara com a filmagem para Danielson. Os restos na banheira tinham sido de sua comemoração privada. A vitória de conseguir a filmagem e a perspectiva de começar uma vida nova e melhor tinham sido deliciosas e breves.

— *Noo tok thang kao san* — disse Calvino a ela em tailandês.

O rato sortudo caiu na tigela de arroz. Pizza ou arroz, tanto fazia; o que importava era a sorte de cair numa boa vida, na qual não lhe faltava nada.

Isso a fez rir pela primeira vez desde que ele deixara cair as chaves.

— Você é um rato sortudo? — perguntou ela, tocando o rosto dele com suas unhas pintadas com esmalte vermelho.

Era o que ele gostaria de ser. O rato sortudo que caiu na tigela de arroz era o sujeito que se casara com uma mulher rica.

— Eu não me importaria em ser um rato sortudo.

Ela estava começando a simpatizar com Calvino. O dito tailandês sobre o rato sortudo fez com que ela se sentisse conectada, segura, como se ele a compreendesse de certa maneira. Ela se inclinou com um beijo mais longo, mais apaixonado. Noi subiu na cama desarrumada, puxou o lençol, pegou dois travesseiros e os apoiou contra a parede. Ela se encostou ereta nos travesseiros, ainda tremendo por seu encontro com o rato.

— Por que sua empregada não limpa direito para você?

— Não tenho empregada.

— Não tem?

— E eu mesmo corto o meu cabelo. — Ele demonstrou, abrindo e fechando os dedos como uma tesoura, segurando um cacho de cabelo.

Nenhuma dessas informações impressionou Noi. Ela tinha acabado de decidir que ele era normal quando o sinal de alarme "dinheiro-no-vazio" soou em sua cabeça. Qualquer uma cautelosa o bastante para andar com uma lanterna na bolsa sabia dos sinais evidentes de um cliente que poderia não ter dinheiro para pagá-la.

— Desculpe — começou ela. — Mas esqueci seu nome.

— Vincent — disse ele.

Seu rosto ficou sombrio. Ela tentou dizer o nome.

— É difícil demais.

— Chame-me de Vinny.

Isso a satisfez.

— Winnee.

— Há o cara que é um *winner*, um ganhador em inglês, e o cara que não passa de um *winnee*, que não quer dizer nada em língua nenhuma. Esse sou eu: o winnee. O outro cara.

Ele estendeu a mão e tocou o braço dela, mas ela recuou. Calvino saiu da cama e foi descalço até a cozinha. Ele lavou um copo que achou debaixo dos pratos na pia. Serviu-se de uísque, lavou outro copo e serviu dois dedos de uísque para Noi.

Calvino voltou para o quarto com as bebidas, sentou-se na beira da cama e entregou uma dose para Noi.

— O rato foi embora. Eu verifiquei.

— Apague a luz — disse ela, franzindo os olhos por trás da mão.

Calvino saiu da cama, desligou a luz. Ele não podia vê-la na cama na total escuridão. Abriu a porta do quarto, deixando a luz da cozinha entrar por ela. Noi tirara a toalha e entrara debaixo do lençol, segurando-o na altura do pescoço. Calvino tirou a calça e a camisa e se deitou ao seu lado. Ele estendeu a mão para segurar a dela.

— Khun Wini tem um bom coração — disse ela. Soou mais como uma pergunta. Mas ele fingiu que ela dissera como um elogio.

Calvino pegou a mão dela e a colocou junto a seu peito. Ele virou a cabeça no travesseiro, olhando para ela, olhos nos olhos na luz tênue.

— Não mais — disse ele. — Da mesma forma que você, eu decidi dar prioridade aos negócios. Quanto tempo você disse que fazia que trabalhava no bar?

Sem piscar, ela disse:

— Um dia.

Um dia que parecia 365 noites, pensou ele.

Ele se lembrava de ter tirado a roupa de baixo, e a coisa seguinte que lembrou foi estar com uma dor de cabeça terrível e olhar o relógio. Eram 7h. Um barulho intenso perpassou sua mente sonolenta. Ele abriu um olho de novo. A luz se derramava da janela. As cortinas tinham sido abertas para deixar entrar o sol da manhã. Era algo que Calvino nunca faria. Ele odiava o sol de manhã. Noi estava de pé junto à cama inteiramente vestida, olhando para ele. A bolsa dela caíra com um estrondo em sua mesa. Ela queria a atenção dele e, na falta de uma marreta, aquilo era o melhor que conseguira.

Com um olho fechado, ele tentou ler o rosto dela, decifrar o que ela estava pensando e o que queria.

Ele se apoiou num cotovelo, bocejou, olhou o relógio e estremeceu. Caiu de volta na cama, jogando o lençol sobre a cabeça. Noi puxou o lençol e sentou-se na beira da cama. Ele abriu os olhos. Ela o encarou, a sombra de um sorriso no canto dos lábios.

— Posso fazer uma pergunta?

Noi assentiu.

— Nós fizemos amor na noite passada?

— Foi maravilhoso — disse ela.

— Você me fez feliz também, muito.

Calvino não conseguia se lembrar de nada.

— Bom, não?

— Você homem muito bom.

Isso era linguagem em código significando que ela queria dinheiro. Agora, na mão dela, antes que saísse do quarto.

Ele se inclinou e remexeu no interior do bolso da calça até achar a carteira. Jogou a calça sobre uma cadeira e errou. Ela caiu numa pilha desconjuntada, metade na cama, metade no chão. Remexendo dentro da carteira, ele contou o dinheiro sem tirá-lo. Realmente achou que tivesse mais do que aquilo. Noi suspirou, percebendo todos os indícios de um cliente com pouco dinheiro.

— Vou para casa. Minha mãe doente. Vou cuidar da mãe.

— É, sua mãe não está bem? A minha mãe, ela está doente, também.

Ela achou que ele estava provocando-a, caçoando de sua história, até ele tirar uma fotografia de uma velha senhora frágil com os cabelos brancos presos num coque, usando um penhoar de flanela. No fundo havia uma mulher negra com uniforme de enfermeira, sorrindo para a câmera. A mãe dele não sorria. Era um lembrete de que a dor dela era por causa dele. Era por isso que ela mandara a foto para ele, e era por isso que ele a carregava. Ele a mostrou para Noi.

— Sua mãe? — O rosto dela abrandou-se, ao virar a cabeça de um lado para o outro. — Ela parece triste.

— Quando você fica velho e percebe que sua vida ficou para trás, então, sim, você se sente triste.

Noi não compreendeu. Calvino deu-se conta de que não tinha o vocabulário em tailandês ou inglês para explicar.

Ele enfiou seus últimos 1.500 *baht* na bolsa dela. O dinheiro era um bom substituto para a compreensão e explicação. Se Noi ficou contente com a quantia que ele dera a ela, não demonstrou. Ela pegou a bolsa e colocou a alça sobre o ombro. Por um momento ela ficou parada em frente a ele, como se fosse lhe dar um beijo de despedida. Quer tenha passado pela cabeça dela ou não, por fim ela se sentou ao lado dele, passando os dedos ao longo da alça de couro. Ela olhou a fotografia da mãe de Calvino mais uma vez, e então se levantou e saiu do quarto. Ele ouviu a porta da frente se fechar.

Ele dera a Noi 1.500 razões para partir. Ela conhecia essas razões e, ao fechar a porta da frente, foi com um toque suave que dizia "obrigado" pela transação.

VINTE E SETE

UMA SEMANA DEPOIS DE CALVINO ter entrado no coco de Weerawat, sua primeira missão surgiu. Tinha sido uma longa espera, e a certa altura Calvino achara que Weerawat o estava evitando. Ele se perguntara se Weerawat suspeitava de que o coronel Pratt tinha posto uma escuta para a vez seguinte em que poderoso aparecesse. Por dias, Calvino ficou em seu escritório, alternando entre melhorar seu currículo para o emprego de investigador sênior na OMS e olhar os arquivos de computador de Lovell com centenas de documentos, tentando encontrar um padrão nos variados escritórios de empresas *offshore* de Weerawat. Ele se maravilhara em como Lovell podia manter os padrões e articulações intrincadas em sua cabeça, lembrando-se deles à vontade, retomando qualquer peça do quebra-cabeça num segundo. E ele esperara o telefonema de Weerawat.

Quando a ligação finalmente veio, Calvino anotou o nome e endereço da pessoa que Weerawat queria que ele verificasse. Era um assunto menor, dissera o chefe. Uma de suas empreiteiras perto de Pattaya tinha uma grande quantidade de equipamentos para construção e ele suspeitava de que um de seus empregados estava alugando-os sem registrar nos livros.

Roubos e furtos por empregados era o tipo mais velho de crime corporativo. Todo consultor de segurança que alguma vez trabalhara numa empresa dizia a mesma coisa. Ponha um empregado sem supervisão em algum lugar perto de dinheiro ou de uma oportunidade de conseguir dinheiro e ele ou ela irá pegar a quantia e fugir. O que tornava a coisa impossível de ser erradicada era a atitude dos empregados, que defendiam que o que faziam não era errado: o capital da companhia, que eles tinham ajudado a criar, na realidade pertencia a eles. Uma vez tendo resolvido na cabeça esse dilema moral, era fácil para o empregado descer esquiando a montanha feliz da abundância.

O telefonema tinha sido breve e objetivo, como se Weerawat tivesse pressuposto que estaria sendo gravado. Depois, naquela tarde, um mensageiro viera ao escritório com 30 mil *baht* em notas de mil. Ratana assinou um recibo pelo dinheiro. Junto com o dinheiro havia um bilhete escrito a máquina, sem assinatura: "Dê a ele este dinheiro." Calvino folheou as notas. Tinham sido marcadas em tinta azul num canto.

— Tenho 30 mil para entregar — disse Calvino.

O coronel Pratt, do outro lado da linha, ouviu.

— Onde?

— Pattaya.

— Ele não vai saber que você está usando uma escuta. Deixe-o falar o plano. Quando o tivermos gravado, então será o bastante para o pegarmos. Telefone-me se tiver algum problema — disse o coronel Pratt.

Enviar uma escolta policial estava fora de questão. Calvino se ofereceu para ir, mas Pratt pensou duas vezes quanto à sensatez de deixar seu amigo meter-se numa situação que, a distância, poderia ficar fora de controle.

— Tenho uma pergunta, Pratt. Por que Weerawat simplesmente não assustou Noah Gould? Ou, melhor ainda, por que não o comprou? Porque parece que é o que ele fez no fim das contas. Por que foi necessário matar Danielson?

O coronel Pratt pigarreou.

— Alguém irá substituir Noah. E ficará sabendo que é melhor manter-se a distância de Weerawat. Ele tomou uma decisão empresarial.

— Conferiu os números numa planilha e a morte de Danielson dava um bom resultado no balanço — disse Calvino.

— Weerawat provavelmente também fez uma planilha para você, Vincent. Tenha cuidado.

A 8 quilômetros de Pattaya, Calvino encontrou a estradinha que acabava numa ampla planície cercada por arrozais. A leste deles havia um grande canteiro de obras. Um outdoor de tamanho exagerado anunciava casas de três suítes com piscinas, mostrando na frente de uma delas uma modelo de pernas compridas numa espreguiçadeira. O nome do empreendimento era Harmony Village, e sob o nome havia um slogan em letras grandes e chamativas: "Venha se aposentar e viver no luxo."

Ele analisou o mapa que Weerawat lhe enviara por e-mail e o colocou no banco de passageiro. O Harmony Village estava assinalado no mapa. Ele guiou até o canteiro de obras e estacionou ao lado de uma grande escavadeira. Saiu do carro, apoiou-se na porta aberta e observou a área aberta de terra repleta de escavadeiras, tratores, trailers, misturadores de concreto e maquinário de manutenção.

Ele trancou o carro e caminhou até o prédio. A porta aberta era grande o bastante para um trator passar. Calvino entrou. Estantes com ferramentas elétricas se alinhavam numa parede. O ar quente cheirava a óleo, gasolina e graxa. Outra parede estava coberta com grandes pôsteres de carros de Fórmula 1 e motoristas sorridentes que pareciam ter sido embrulhados para presente em seus trajes de látex justos.

Vários homens estavam trabalhando no motor de um trator. Partes do dispositivo tinham sido colocadas em fileiras num papelão. As mãos dos trabalhadores estavam pretas com o óleo e seus rostos sombrios, sujos de suor e graxa. Um deles estava deitado de costas sob o trator, com outro lhe passando ferramentas. Ninguém notara Calvino andando pelo prédio.

O detetive passou pelo trator indo até uma área de oficina com bancos e mais ferramentas. Ele perguntou a um homem que trabalhava num silenciador onde poderia encontrar o capataz. Seu olhar de suspeita se transformou em um olhar de medo.

— Khun Daeng está me esperando — disse Calvino.

O trabalhador sussurrou algo para um homem mais jovem, que conduziu Calvino para fora. Andaram cerca de 100 metros. O homem parou e apontou para um Caterpillar D-4, uma escavadeira com lagartas como um tanque, pesada como um lutador mecânico de sumô. A D-4 estava deslocando terra numa distância próxima, junto a uma lagoa. Calvino foi informado de que aquele era o capataz. Seu guia se virou e, sem dizer outra palavra, voltou para o prédio da oficina.

Calvino cruzou a área poeirenta, sentindo o vento no rosto. O homem na D-4 tinha 30 e tantos anos, com pele cor de mel escuro e cabelo inteiramente preto, sugerindo algum sangue khmer. Ele parecia curioso e alerta, mas, ainda não tendo percebido Calvino, permaneceu na cabine da D-4, operando a enorme pá. Tatuagens azuis khmer haviam sido feitas em sua nuca. Acreditava-se que as tatuagens, como amuletos, protegiam a pessoa de balas, facas, demônios, ou um *farang* usando terno indo em sua direção numa área aberta. Sob a luz do sol, o suor escorria nas tatuagens parecendo veias.

O capataz estava usando a D-4 para encher uma lagoa salobra. Calvino tinha sido informado do nome dele: Daeng. Era um autêntico nome tailandês. Nada de sangue chinês ou indiano misturado em suas veias. Calvino ligara antes e perguntara se era conveniente ir até lá falar sobre o aluguel de uma D-4. E dissera a Daeng, pelo telefone, que precisava da máquina para arrancar pedras, árvores e outros obstáculos para aplainar um terreno. Calvino pôs as mãos em concha e gritou o nome de Daeng. O ruído do trator abafou a sua voz. Calvino chegou mais perto até o homem vê-lo com o canto do olho e desligar o motor.

Daeng pulou da cabine, ajustando o boné, e num andar de caranguejo cruzou o espaço, parando para se ajoelhar e pegar uma pedra grande, que jogou na lagoa. Ele tinha um rosto estreito, com olhos inclinados para baixo como se expressando uma tristeza perpétua, e mãos fortes e rudes com calos. Estava vestindo uma velha camiseta manchada de suor, uma calça larga verde do Exército e sandálias de plástico. Ao andar, balançava seus braços longos, dobrando os cotovelos. Ele se curvou para tirar um cigarro do bolso. Uma camada de fina poeira cobria seu rosto, pescoço e lábios. Tudo em Daeng se traduzia em pobreza, negligência e luta. Exceto uma coisa: ele tinha um celular preso no cinto da calça.

— Khun Daeng?

Daeng fez um *wai* para ele.

Ele se perguntou como alguém como Cameron leria a expressão de Daeng. Cauteloso, desconfiado, receoso, ou faminto por uma tigela de macarrão de arroz e frango?

— Liguei para você a respeito de uma D-4. Você alugou uma para um amigo meu, Jim. Você pode me ajudar?

Daeng acendeu um cigarro, ergueu a cabeça e soprou uma baforada de fumaça. Seus olhos examinaram Calvino de alto a baixo, avaliando-o. Jim era um empreiteiro local para o qual Daeng alugara equipamento. Mas Calvino não parecia um empreendedor. Mais parecia um executivo ou um policial, o tipo de homem que fica com as mãos sujas sem realmente metê-las na sujeira.

— Por quantos dias você a quer?

— Cinco dias.

— Cinquenta mil *baht* — disse Daeng.

Calvino ergueu uma sobrancelha.

— Caro.

Daeng sorriu, os dentes manchados de tabaco, gastos e amarelados.

— Não é caro.

— Você me daria um desconto? O meu amigo, Jim, disse que você deu um desconto a ele. Ele pagou 6 mil *baht* por um dia. Eu pago em dinheiro.

Daeng brincou com o cigarro, rolando-o entre um dedo e o polegar.

— Ok, ok. Mesmo preço que Jim. Quando você quer?

— Amanhã.

Daeng franziu o nariz.

— Amanhã não dá. Sexta-feira.

— Com certeza?

— Com certeza.

Calvino contou 30 mil *baht* em notas de mil marcadas. Não havia muita probabilidade de haver um recibo. Calvino nem se deu ao trabalho de pedir. Ele tinha os números de série de cada uma das notas. Os números em tinta azul no canto direito de cada nota de mil *baht* eram recibo o bastante.

— Aonde vai levar a D-4? Não pode ser longe.

— Não é longe. Mandarei meus homens buscarem na sexta-feira.

Daeng pensou nisso, enquanto contava o dinheiro, perdendo a conta, começando de novo e recontando. Satisfeito por ter recebido a quantia total, ele enfiou as notas no bolso da frente da calça e o fechou. Deu um tapinha no bolso e sorriu, acendendo outro cigarro antes de subir de volta na D-4 e ligá-la. Uma coluna de fumaça cinza saiu do escapamento quando ele continuou a encher a lagoa.

VINTE E OITO

As manifestações em Bangkok foram parando como um relógio velho. As multidões não mais se juntavam no parque Lumphini ou no Sanam Luang. Após semanas de milhares de pessoas aparecendo para protestar, o maquinário todo do protesto parou, deteve-se imóvel nos trilhos. Os jornais consideraram isso uma calmaria numa tempestade que se acumulava. Mas tempestade não era bem a metáfora certa. Era mais como lutadores zonzos de tanto apanhar depois de uma sequência renhida de golpes. O gongo tocara, e eles tinham cambaleado de volta para seus cantos, cuidando de seus cortes e hematomas, bebendo água de uma esponja. Precisando de um descanso antes do round seguinte. Estavam exaustos após semanas de protestos para derrubar o governo. O intenso ódio deles pelo governo continuava, uma hostilidade em brasa que com qualquer provocação irromperia em labaredas.

As manifestações tinham dado a Ratana e Manee, a mulher de Pratt, uma razão para se encontrarem. Tais amizades tinham florescido em toda a Bangkok; os protestos selavam pessoas em pares e comunidades. Só que, quando eles paravam, os relacionamentos mudavam, voltando ao padrão anterior às manifestações. Mas a calmaria não tinha feito Manee parar de ligar para Ratana no trabalho, perguntando como ela estava se saindo em seu projeto de ter um bebê. Durante uma das conversas, Ratana contara a ela sobre as visitas de Lovell e Weerawat. Ambos estiveram cortejando Calvino, e ele tivera de fazer uma escolha.

— Poderiam eles estar cortejando-a?

Ratana sorriu para si mesma.

— Sempre posso desejar que sim.

— Kuhn Lovell parece *kai oon* — disse Mannee. Um novato transformado num galo inexperiente. — Ele parece um partido bem melhor que Khun Weerawat, que tem mulheres demais.

Afinal, Ratana não podia ficar com os dois. Ela contou a Manee como Calvino chegara ao escritório um dia e dissera que tinha tomado uma decisão. Tinha decidido testar a oferta de Weerawat concordando com um período de experiência. Ratana achou que aquilo poderia irritar Weerawat. Homens poderosos adoravam estabelecer condições, mas detestavam estar do outro lado delas. Um *farang* pedindo um período de experiência, um período de prova para o empregador, não era algo com que um tailandês fosse concordar. Poderia ser considerado rude, ofensivo. Ela ficara preocupada, mas nada dissera. Ela mesma fizera a ligação para Weerawat só para poder ouvir a voz dele.

— Espero que seja a decisão certa — comentou ela.

— Meu marido diz que Vincent sabe cuidar de si mesmo — afirmou Mannee.

Ela contou a Manee que, embora nunca tivesse dito nada diretamente, Calvino não estava satisfeito com o acordo. Mas ela sentia que algum peso ou fardo tinha se partido, e se perguntava se devia se sentir culpada. Nada mudara na rotina do escritório. Calvino ficava em sua mesa, agitado e mal-humorado, esperando Weerawat ligar. A decisão de colocar uma escuta em Calvino era um segredo, assim como os planos que Calvino e o coronel Pratt tinham para Weerawat. Eles tinham certeza de que o poderoso, que amava o som da própria voz, não iria desapontá-los.

— Ele nem sempre mostra seus sentimentos — acrescentou Ratana.

Manee aconselhou-a a não se preocupar demais. Vincent Calvino era bastante capaz de cuidar de si mesmo e, se decidira trabalhar para Weerawat, ela podia ter certeza de que ele examinara as possibilidades de todos os ângulos antes de tomar a decisão.

As palavras reconfortantes de Manee fizeram Ratana sentir-se bem melhor. Num mundo perfeito, esse sentimento teria durado um longo período de tempo. A sensação calorosa de divisar um futuro diferente deveria ter uma durabilidade maior na prateleira do que uma tigela de musse no sol a pino de Bangkok.

Durou até três homens com jaquetas jeans, cabelos curtos e tiras de couro com identidades da polícia em plástico penduradas no pescoço chegarem no escritório. Eles não perguntaram a Ratana se o chefe dela estava. Entraram direto no escritório de Calvino e o encontraram trabalhando em sua mesa. Dois dos três pareciam durões, esbeltos, em forma, com 30 e poucos anos, e pouca disposição para sorrir. Homens durões com mãos duras que pareciam porretes com nós peludos. O terceiro era um pouco balofo na cintura. Nenhum deles aparentava ser o tipo de sujeito que passava o dia orientando o trânsito. Velhos o suficiente para ter visto e feito coisas sobre as quais a maioria das pessoas não gostaria de ficar sabendo.

— Diga-me qual foi o seu negócio com Daeng. Você encontrou com ele dois dias atrás em Pattaya. — O tom dele era antipático e hostil. Ele tinha ombros quadrados e feições borrachentas, com uma boca pequena demais para o resto do rosto.

— Vocês são de Pattaya?

Eles nada disseram. Aqueles homens durões encararam Calvino com suas expressões duras; não tinham necessidade de responder à pergunta.

— Três policiais de Pattaya. O protocolo não é notificar a polícia em Bangkok?

Calvino pensou, *quem diabos são esses homens e por que eu não os ponho para fora de meu escritório?* Eles tinham três armas e ele só uma, e essa era uma equação em que saía perdendo.

— Você não respondeu a minha pergunta. Que negócio foi fazer com Daeng em Pattaya?

Houve uma longa pausa, um silêncio de empate, e os homens estavam esperando para ver como Calvino iria reagir. Iria ser um *farang* jogo duro ou cooperaria e incluiria seu coronel se as coisas começassem a ficar fora de controle?

— Por que não me mostram as suas identificações?

— Você sabe ler tailandês?

— Posso ler vocês — disse Calvino.

Esse é jogo duro, pensou o Cabeça de Caixa. Ele tirou sua identidade e a entregou a Calvino, que examinou o invólucro de plástico com a foto — era um crachá de identificação da polícia de Pattaya — e o entregou de volta.

Eles ainda não tinham respondido suas perguntas, mas isso era irrelevante. Eles eram os caras, e não era serviço deles responder perguntas, só fazê-las. Calvino não estava usando sua escuta. Pratt ficaria bravo com ele, mas não tanto quanto ele estava consigo mesmo.

— Daeng, o capataz que aluga máquinas de terraplanagem? — perguntou Calvino, olhando para o homem com a cabeça retangular que parecia uma valise, e então para seu parceiro, cujo estômago parecia ter um relacionamento duradouro com um bufê de hotel. — Aquele Daeng, sei. O que tem ele?

— Ele está morto.

Cabeça de Caixa olhou fixamente para Calvino como que interpretando sua reação à informação.

Calvino apoiou a cabeça no encosto de sua cadeira, balançando-se para trás, bile subindo em sua garganta, e respirou fundo. Essa conversa não estava indo numa direção que Calvino quisesse seguir. Sua primeira reação era ligar para o coronel Pratt, e o segundo pensamento foi ligar para Weerawat. Eles estavam observando-o com muita atenção. Não havia como ele pegar a escuta em sua mesa sem que eles vissem o que estava fazendo. Ele imaginou que aqueles homens sabiam sobre suas conexões. Não os impedira de irem ao seu escritório. Eles tinham costas quentes para não ter medo de um coronel da polícia tailandesa; sem mencionar que ele estava trabalhando para uma figura influente com o poder de aniquilá-los com uma simples ligação telefônica.

— O que isso tem a ver comigo?

— Verificamos o celular dele. Você ligou para Khun Daeng várias vezes. A última vez não foi mais que trinta horas antes da morte dele.

Calvino estava tentando imaginar o que os três homens em seu escritório ganhariam com isso. Por que três homens tinham vindo de Pattaya para lhe informar que o capataz estava morto? Tinham chegado sem marcar hora, sem ninguém da força policial de Bangkok dando apoio a eles. Essa não era a maneira habitual de fazer o serviço. Os policiais, se é que eram policiais, estavam fora da jurisdição deles, procurando arrancar informações. A explicação-padrão normalmente era aparente: eles estavam lá porque queriam dinheiro.

Calvino decidiu jogar aberto.

— Você está dizendo que tenho alguma coisa a ver com a morte dele?

— Estamos checando todas as pistas — disse o policial. Ele parecia muito irritado, como um homem olhando fixamente para a placa de "fechado" na vitrine de uma loja de armas.

— Não disse como ele morreu.

— Afogado numa lagoa — disse o policial sênior, que se sentou na frente da mesa de Calvino. Outro sentou-se na cadeira do outro lado da mesa.

— As pessoas se afogam o tempo todo — comentou Calvino. — Em banheiras, *klongs*, lagoas, no oceano, praticamente em qualquer lugar onde há água.

— Ele foi atingido na cabeça e então atirado na lagoa. As pessoas não se afogam dessa maneira o tempo todo.

Aquele homem tinha uma cabeça em forma de caixa, um rosto achatado com os olhos afundados nele, nariz chato, lábios finos. Mesmo quando sorria, parecia cruel.

— Ele foi roubado?

— Ele tinha 30 mil *baht* em seu bolso. Não foi roubado.

O homem sentado em frente à sua mesa tinha um começo de barriga, cabelo curto e bastante sangue chinês para suavizar suas feições.

— Quem iria querer matá-lo? — perguntou Calvino, olhando para cada um dos três homens.

— Nós achamos que você poderia ter uma ideia quanto a isso — disse o policial mais velho, um homem com o rosto perpetuamente franzido, os cantos dos lábios dobrados para baixo como uma cama desarrumada, e com uma testa alta e orelhas de abano. Ele tinha dito muito pouco até então, deixando seus homens se ocuparem das primeiras investidas para cansar Calvino.

Calvino desviou os olhos dos homens para a vista da janela. Clientes estavam entrando no *soi* e desaparecendo no One Hand Clapping.

— Minha ideia é que foi provavelmente algo pessoal ou uma questão de negócios.

Nenhum dos policiais achou graça. Nunca era uma boa ideia um *farang* usar a evasão usual. Uma coisa era os policiais dizerem isso aos repórteres, e outra coisa era ouvirem isso de um *farang* cujas ligações telefônicas eram de pouco antes da morte da vítima.

— Sobre o que você falou com ele? — perguntou Orelhas de Abano, que estava agora começando a dominar a conversa, seus subordinados recuando, assistindo ao show.

Ele tirou do bolso um pequeno bloco de notas e começou a escrever.

— Pedi a ele para me ajudar com algumas informações sobre roubo de equipamentos.

Orelhas de Abano ergueu os olhos do bloco.

— O que ele disse?

— Daeng disse que nada sabia sobre o assunto.

— Você acreditou nele?

O policial com uma cabeça em forma de caixa e orelhas de abano franziu o cenho para indicar que não acreditava em Calvino.

— Eu dei a ele 30 mil para descobrir a resposta.

Orelhas de Abano fez uma expressão de desdém, demonstrando que os cantos de sua boca podiam cair ainda mais para baixo do que qualquer pessoa teria suspeitado.

— Isso é um monte de dinheiro — disse o policial barrigudo.

Calvino assentiu.

— Uma D-4 é um monte de equipamento.

Os policiais se entreolharam. O mais graduado fechou o bloco e colocou-o no bolso. Eles se juntaram num canto do escritório, sussurrando. O homem mais velho afastou-se primeiro do grupo, virando-se para Calvino.

— Vamos verificar a sua história. Se qualquer parte dela estiver errada, você pode esperar por problemas — disse Orelhas de Abano.

Quando um policial dizia que você podia esperar por problemas, era um código para terminar num barril encharcado de gasolina e incendiado.

— Façam isso. Verifiquem tudo — declarou Calvino, encarando os visitantes.

Eram homens determinados, que não sorriam, o tipo de homens que podia ganhar uns trocados nocauteando o alvo designado com um golpe na cabeça e jogando o corpo numa lagoa. Tendo terminado seu serviço autônomo, entrariam no carro e iriam para Bangkok interrogar o homem indicado para levar a culpa pelo assassinato. Eles não tinham falado em dinheiro. Era um mau sinal. As possibilidades que ficavam além da extorsão habitual deram a Calvino uma sensação de horror. Os homens estavam parados em seu escritório, fitando-o. Ele suspeitou de que as coisas tinham se acelerado, e estava sentindo a linha da água subindo acima de sua cabeça.

Eles deram a ele uma última encarada, numa mistura de desprezo e ódio. Ele podia ver nos olhos deles um ódio depurado que permitiria matá-lo num instante. Um momento depois, eles desapareceram. Calvino ouviu as botas nos degraus metálicos da escada até o térreo. Recostando-se na cadeira, ele fechou os olhos. Quando os abriu, viu Ratana sentada na cadeira em frente a ele. Ela parecia amedrontada e brava.

— Ligue para o coronel Pratt — disse ela.

Weerawat tinha mais do que o simples conhecimento de que os tiras viriam ao escritório, pensou Calvino. As aranhas estão inquietas dentro do coco, cuspindo, investindo de lugares escuros para a claridade, esperando para atraí-lo para a teia.

— Informarei o coronel Pratt — disse Calvino. — Não se preocupe com isso. Eles se foram, e duvido que voltem.

— Aqueles policiais não deviam ter vindo ao escritório dessa maneira.

— Eles entregaram uma mensagem.

— E qual foi?

— "Você acha que está protegido. Mas estamos de pé com nossas botas em seu escritório. Temos armas. O quanto você está seguro?"

Ratana deixou-o sozinho. Ele se sentou à mesa em frente ao computador. A foto de Noah Gould com as duas prostitutas o contemplava da tela.

Noah tinha sido pego com a mão na massa, aproveitando-se do tempo que ainda tinha antes de ir para Denver. Talvez aquela fosse a única saída: entrar num avião e voar para casa. Parecia estar funcionando para Noah. Tiras invadindo seu escritório era algo que não devia acontecer. Nunca tinha acontecido antes. E, agora que ele estava trabalhando para uma figura poderosa como Weerawat, parecia impossível que tivesse acontecido.

Ele examinou o rosto de Noah na tela. Clicando na imagem, deu um zoom nos olhos de Noah, borrados e sombreados, mas demonstrando bastante medo, as inequívocas rugas de ter sido pego ao baixar a guarda. Teria Weerawat enviado os mesmos três homens para visitar Noah Gould, sugerindo que era uma boa hora para ele pedir uma transferência para longe da Tailândia?

Em seu primeiro trabalho para Weerawat, a missão de Calvino terminara com um corpo morto recheado com as notas marcadas que ele entregara. O celular de Daeng mostrava o número de Calvino como a última chamada que ele recebera. Ele tinha de admirar a meticulosidade aplicada no planejamento. Três tiras de Pattaya tinham se esmerado em deixar claro que ele não era ninguém especial. Estava tão sujeito a levar um tombo quanto qualquer outro *farang* na rua.

Calvino pôs a cabeça do outro lado da divisória. Ratana trabalhava na mesa dela.

— Quero falar com Weerawat — disse ele. Garantiu que o gravador estivesse funcionando em seu telefone.

Ela olhou por cima do ombro.

— Quando?

— Neste exato instante.

O lado ruim do sistema de apadrinhamento era que mais de um peixe grande caçava nas mesmas águas. Teria Weerawat armado para ele com Daeng como uma maneira conveniente de se livrar de dois problemas? Matar dois pássaros com uma só pedra caprichadamente atirada? Ou teria alguma outra pessoa usado a oportunidade para mostrar a Weerawat que a influência dele era finita? Nada nunca era o que aparentava. Num dado momento, um homem está em seu escritório trabalhando no século XXI, e, uma hora depois, ele fora parar num campo aberto e em pleno século XIV. O problema era que, além das regras modernas, a Tailândia tinha uma estrutura não escrita que perdurava havia setecentos anos. Descobrir quais regras estavam em jogo — calcular onde estavam na abrangência dos séculos — atrasava as pessoas e as deixava ansiosas. Podia fazer com que ficassem paradas. Tinham de ter cuidado com o senhor feudal de terno que podia fazer com que se afogassem com uma ligação em seu celular. Calvino compreendia a confusão delas. Ele sabia que um acordo de negócios tailandês era mais do que papel e números.

Quando Ratana finalmente conseguiu localizar Weerawat por telefone, ele negou tudo.

— Como vai, Vinny? Tudo em cima? — perguntou Weerawat.

— Nos trinques — disse Calvino.

Calvino contou a ele sobre os policiais de Pattaya aparecendo em seu escritório, e a voz bem-humorada de Weerawat ficou em silêncio. Sua disposição mudou para a de patrão. Ele pediu a Calvino os nomes dos policiais. Mas eles não tinham dados seus nomes e ele não retivera o nome na identidade de Orelhas de Abano. Ele não podia pressupor que a identidade fosse real ou que os homens eram policiais. Cabelos curtos e armas sobre as camisas era toda a identificação que requeriam. Eles tinham a aparência de policiais. A conversa terminou com Weerawat perguntando que espécie de chefe de segurança não anotaria os nomes de todos os três policiais em circunstâncias como aquelas.

— Tem razão. Não sou muito bom no serviço. Vou simplificar as coisas. Peço demissão.

Weerawat explodiu.

— Eu direi a você quando poderá pedir demissão.

— Alguma ideia de por que Daeng acabou morto um dia depois que eu dei a ele o dinheiro marcado? — Houve um silêncio do outro lado da linha. — Vou lhe dar uma versão de como as coisas se passaram. Quando os policiais içaram Daeng da lagoa, ele ainda estava com o dinheiro. Nem uma única nota estava faltando. Quem iria saber se você embolsasse algumas notas? Você está junto a uma lagoa; ninguém está vendo o que você está fazendo. Você tira 5, 10 mil *baht* e enfia no seu bolso. Quem iria saber? Mas todo o dinheiro foi recuperado. Não acha isso insolitamente nobre?

"Então eu digo a mim mesmo, alguém mais devia saber que eu ia me encontrar com Daeng. Eu sabia que ia vê-lo. Você sabia, porque me deu essa missão. Como esse outro sujeito, ou sujeitos, ficou sabendo? Não foi por mim. Certo, quem quer que tenha sido, ele ou eles me viram falando junto à lagoa, esperaram até eu ir embora, e então assassinaram Daeng e jogaram o corpo na lagoa. — Calvino se virou na cadeira e olhou a foto de Noah Gould na tela. Ele estava começando a se sentir irmanado àquele palerma. — E você não pode me dizer por que estou nessa situação embaraçosa. A quem acha que devo perguntar?"

— Sou eu quem faz as perguntas — disse Weerawat.

Ele estava exalando ar como uma baleia voltando à superfície depois de um longo mergulho.

— Despede-se gente que rouba. Matá-los não é um bom negócio. Você acha que eu mandei que Daeng fosse morto? É isso o que você está dizendo?

Calvino pensou na celebridade, seu rosto franzido e tenso.

— Isso é exatamente o que eu penso. Mas não tenho como provar.

Weerawat era esperto; ele falava como quem sabia que a conversa estava sendo gravada.

A *mamasan* tinha aumentado o volume do sistema de som no andar de baixo. Tinha posto uma das fitas de jazz, e a canção do Special EFX, "Accounting", ressoava pelos dois andares. O sax tenor fez com que Calvino pensasse no coronel Pratt, e como ele gostava de tocar saxofone no jardim atrás de sua casa.

— Daeng era peixe pequeno — disse Calvino. — Um pequeno dente de engrenagem puxando uma carroça feudal que o atropelou. Melhor ainda, um girino dentro de um coco.

— Há um provérbio tailandês sobre cortar a garganta da galinha para assustar o macaco.

Calvino sorriu. A linguagem era repleta de macacos, sapos, serpentes e elefantes, um zoológico inteiro a que recorrer; ele já tinha pensado naquele provérbio, e gostaria que Weerawat tivesse tido um pouco mais de imaginação.

— Conheço a história do macaco e da galinha. O que posso lhe dizer é que não estou assustado.

— Isso é desapontador — disse Weerawat. Ele baixara a voz, como se estivesse contemplando um tempo não muito remoto.

— A vida é desapontadora. Vejo-o por aí.

Weerawat tinha achado um jeito de virar todo o jogo. O plano de Calvino e do coronel Pratt pressupunha que, como chefe de segurança no império de Weerawat, Calvino teria acesso garantido e a mão livre para coletar informações de campo. Ele tinha a cobertura perfeita. Então a roda se soltara da carroça. Weerawat devia ter farejado alguma coisa, um indício qualquer de traição, rodas dentro de rodas, motivos dentro de motivos; uma tradição chinesa de 3 mil anos de observar o ponto fraco do inimigo antes de atacar. Mais provável era que Weerawat descobrira que Lovell tinha estado no escritório do detetive. Ele teria de supor que Lovell fora falar com Calvino pela mesma razão que Danielson: para lhe causar problemas. O seu pessoal dentro do departamento teria dito que o coronel Pratt era como um buldogue. Quando encontrava indícios de assassinato, ele nunca parava até ter seguido as pistas até o fim.

Calvino desligou o telefone, recostou-se, olhou pela janela e se espreguiçou, sentindo o coldre de couro e a pistola escorregando em seu flanco. Ele tentara o truque óbvio, caindo fora como um ataque preventivo: despedira a si mesmo. Weerawat sacara a dele. Sair andando não era uma opção. Era ou correr ou enfrentar a distinta possibilidade de que logo estaria treinando seu tailandês com Daeng e guiando uma dessas D-4 enormes no céu.

VINTE E NOVE

O CORONEL PRATT ESTAVA SENTADO numa mesa dos fundos assistindo a um jogo de futebol na TV do bar. Quando Calvino entrou, ele teve de percorrer com os olhos o salão duas vezes antes de ver Pratt. O coronel tinha uma habilidade de se misturar ao fundo. Calvino lembrou o quanto Pratt sempre era bom numa tocaia. Ele podia se tornar invisível. Das vezes que tinham trabalhado juntos, Calvino ficara observando seu amigo entrar num desses profundos estados metafísicos em que desaparecia e permanecia ali ao mesmo tempo, via tudo, nada via, era parte do fundo, se mesclava à paisagem.

Eles tinham combinado de se encontrar no pub inglês que ficava na esquina do escritório de Calvino. O detetive puxou a cadeira e sentou-se.

— Quanto está o jogo?

— O Liverpool está um gol à frente — respondeu o coronel Pratt.

Calvino pegou o cardápio, com as costas para a TV. Não importava quanto tempo ele morasse na Tailândia, o jogo sempre continuaria sendo futebol. Ele sabia que todo mundo no salão estava torcendo por um jogo que não era o que ele, como americano, considerava futebol. Tente contar isso a eles. Num bar repleto de britânicos, era melhor um americano nem argumentar. Futebol era um assunto seguro, neutro, desde que ele não chamasse pelo nome americano de *soccer*. O coronel Pratt estava com a sua expressão "estou preocupado com o seu bem-estar". Calvino ficou arrepiado ao ver a fisionomia cética, ansiosa do policial. Ele se lembrou daquela expressão anos antes, em Nova York. Calvino dissera que iria para o paredão por ele quando uma gangue da tríade chinesa ameaçara matar Pratt. Eles tinham chegado perto de executar o plano. Calvino não deixara isso acontecer e, como seu avô, tivera de pagar um preço. Não de alguns anos na cadeia, mas a associação dos advogados suspendera seu direito de exercer a advocacia. Som de uma tigela de arroz se espatifando, cacos tão finos como teias de aranha.

Fora isso que o coronel Pratt dissera a sua mulher quando ela perguntara sobre a influência que aquele *farang* tinha sobre ele. Calvino nunca tocava nesse assunto com Pratt. Nem uma única vez, embora tivesse havido muitas chances de fazê-lo. Mais precisamente, a questão era o *nem uma única vez.* O coronel também compreendia que agir com tal coragem por um tailandês significava que ele o seguiria até os confins da terra; morreria ao lado daquele homem se necessário. Quando Pratt tentara ao longo dos anos dizer a Calvino que era grato pelo que tinha feito, o amigo dava de ombros. Mudava de assunto. Desde que Calvino tinha 14 anos e, ao lado de seu pai, vira *O último dia do ano chinês em Bangkok, 1912,* de Galileo Chini, ele compreendera que algum dia seu destino o levaria até lá. O pai de Vito selara o destino dele, não Pratt. O Sião mudara para sempre Galileo, dissera Vito, e Calvino queria testar a si mesmo contra o maremoto que impelira seu bisavô para o Sião, o comovera, o assustara, o tocara e o repelira, sentimentos que tinham causado a Galileo remorso o bastante para ter um colapso nervoso em 1931. Calvino havia ido para a Tailândia não por causa de Pratt, mas por razões mais pessoais, familiares, para buscar algo que seu bisavô tivera em mãos, mudando-o para sempre.

Calvino estava fazendo de novo. Dessa vez o coronel Pratt queria Weerawat. Ele sabia que Calvino estava sendo um incômodo para uma das empresas de Weerawat, e o poderoso mencionara o problema para a pessoa certa, que passara adiante a solução: "Contrate o sujeito, comprometa-o, ponha-o de lado. Trata-se de negócios." Vincent Calvino estava adentrando de novo o olho do furacão sem se preocupar com as consequências para ele mesmo. O coronel se perguntava às vezes se o detetive tinha um desejo de morrer. A maioria das pessoas tinha esse desejo, mas recuava em tempo. O detetive estava dançando com Weerawat, e ele adorava manter aquele meio-passo adiante de um cretino.

Era fácil para Calvino. Weerawat lhe custara dinheiro e representava tudo o que Calvino desprezava. Uma vida atulhada de modelos, atrizes e carros vistosos, e encharcada de cobiça. Foi difícil para o coronel Pratt não dizer nada quando sua mulher, Manee, lhe falara o quanto tinha ficado desapontada quando Ratana lhe contara que Calvino tinha aceitado ser o chefe de segurança de Weerawat. Ele tinha ido para o lado negro. O coronel Pratt nada disse, a não ser: "Vincent sabe cuidar de si mesmo". O Vincent Calvino que encarara e enfrentara a gangue da tríade chinesa não tinha desaparecido e nunca desapareceria.

— Pedimos alguma coisa para comer? — perguntou Pratt.

— Weerawat descobriu.

— Descobriu o quê?

— O bastante para saber que eu não estava trabalhando para ele.

— O que você disse a ele?

— Disse que pedia demissão —contou ele, pondo o cardápio na mesa. — Que eu tinha de ir para o norte porque meu búfalo tinha ficado doente.

O coronel Pratt, um ligeiro sorriso passando pelos lábios, perguntou:

— E o que ele disse? — Ele tentara não dar na vista o quanto apreciava a maneira como Calvino se comportava.

— Ele não acreditou exatamente nisso.

— Ele ficou bravo?

— Cuspindo fogo de tão furioso. Ele gritou no telefone que me diria quando eu podia pedir demissão. Tenho gravado. E eu disse: "Ei, cara, e o meu búfalo? Você não tem coração?"

— Há algo mais, Vincent. O assassinato de um capataz em Pattaya.

Calvino olhou para o teto, deu um tapa na testa.

— Eu ia justamente mencionar isso.

— Tive a impressão.

— Mas agora perdi o respeito e...

— Não, você não tem de me matar. Só tailandeses fazem isso, e só uma minoria de nós, na verdade. Então, pare de brincar, evitando o assunto, e me conte o que aconteceu em seu escritório.

Isso fazia sentido, pensou Calvino. Ratana devia ter falado com a mulher do coronel Pratt e um segundo depois Pratt devia ter ouvido a história completa.

— Três policiais de Pattaya vieram me perguntar sobre o capataz morto de Weerawat. Disseram que eram tiras. Usavam identificação, mas isso não quer dizer nada. Mas tinham o corte de cabelo certo e estavam armados. E eu não estava usando a escuta. Eles me pegaram de surpresa.

O coronel Pratt não mais estava assistindo à partida de futebol.

— O mal que os homens fazem vive depois deles; o bem não raro é enterrado com seus ossos.

— Nenhum deles mencionou nada sobre Shakespeare — disse Calvino.

O coronel Pratt tomou um gole de suco de laranja. O bar explodiu em comemorações quando o Liverpool marcou um gol.

Pratt considerou a comoção como uma oportunidade. Ele se inclinou para frente e disse a Calvino:

— Se Weerawat de fato sabe, então ele pode estar por trás do assassinato.

— Weerawat sabe, Pratt. E pode ter sido um vazamento do seu lado.

O coronel Pratt cruzou as mãos sobre a mesa e ergueu os olhos para a TV enquanto os torcedores do Liverpool faziam uma algazarra. O bar ficou cheio de gritos e aplausos enquanto o jogador que fizera gol corria pelo campo, seguido por seus companheiros de time que o abraçavam.

— Eu não sei disso e nem você sabe — disse Pratt. — As empresas de Weerawat ficavam aparecendo na investigação de Danielson. Danielson trabalhava para um escritório de advocacia que cuida dos interesses da família de Weerawat. E Danielson aceita um caso por baixo do pano que pode arruinar Weerawat. Danielson morre. Noah Gould está fugindo para os Estados Unidos. Weerawat quer assustá-lo para que você fique fora. Funcionou com Noah Gould.

Calvino deu de ombros.

— Não sou Noah Gould.

— Às vezes eu gostaria que você fosse. — O coronel Pratt pensou no que Shakespeare dissera sobre o mal: "As falhas dos homens eternizam-se no bronze, suas virtudes, escrevemos na água."

A garçonete veio e anotou os pedidos deles. O movimento diminuiu depois que o jogo terminou.

— Weerawat está apostando que eu vou cair fora e fugir.

— Você disse a ele que pedia demissão. Então ele pode achar que funcionou. Como Noah Gould, você foi achacado uma vez e foi o bastante — disse o coronel Pratt.

Calvino massageou o ombro. A dor viera numa pontada forte. Pratt estava sendo duro com ele. O benefício da dúvida era uma carta velha com a qual ele não mais podia jogar.

— Nós queríamos manipulá-lo, mas Weerawat nos manipulou.

— Você está bem?

— Meu ombro está doendo.

O coronel Pratt recostou-se quando a comida chegou. Ele observou Calvino colocar um analgésico na boca, engoli-lo com cerveja e se balançar na cadeira como se esse movimento conseguisse fazer a dor diminuir.

— Weerawat deixou você ver o que ele queria que você visse. Não é culpa sua. Eu devia ter percebido que isso ia acontecer. — O coronel não podia esperar que o *farang* compreendesse a capacidade de alguém tão poderoso como Weerawat de lidar com o jogo do coco.

— Se eu tivesse ficado dentro mais tempo, poderia ter relacionado o negócio de remédios falsificados com o escritório de advocacia de Danielson.

Bangkok era um mundo de "poderia ser" e "quase" quando se tratava de fazer a conexão que faltava para pegar o figurão. A conexão nunca era feita.

— Homens como Weerawat fazem as suas próprias regras — disse o coronel Pratt. — Eles têm seu próprio jeito de resolver problemas.

— Há montes de figurões — comentou Calvino. — Só o são até suas cadeiras serem derrubadas.

— Tudo no caso do assassinato de Danielson aponta para Weerawat. Se conseguirmos achar provas que o incriminem, ele cairá feio.

Calvino deixou passar a opinião do coronel. O caso agora era o assassinato de Danielson. E o coronel Pratt estava frustrado porque Weerawat permanecia sendo aquela conexão além de seu alcance. Ele iria esperar que o coronel, em seu próprio ritmo e maneira, lentamente revelasse a prova para apoiar a acusação de assassinato.

— Existiria algo como provas o bastante para pegar alguém como Weerawat, Pratt? — A resposta, Calvino sabia, era: só se alguém se beneficiasse derrubando Weerawat.

Pratt descruzou as mãos, examinou as unhas. Então bebeu seu suco de laranja.

— Tive uma conversa com a Sra. Danielson. E o advogado dela.

— O que ela disse?

— Perguntei a ela sobre as alergias de seu marido. E ela disse que ele tinha algumas. Pó, penas, gatos. Esse tipo de coisa.

Calvino se perguntou qual caminho a investigação do coronel Pratt tomara. Tinha havido relatórios do laboratório e depoimentos dos membros do escritório de advocacia, pessoas no jantar de Oxford e Cambridge.

— E eu perguntei a ela sobre insetos — disse o coronel Pratt. — Alergias a vespas ou abelhas.

Calvino ficou confuso.

— O que isso tem a ver com a morte de Danielson?

— Você nunca ouviu falar em "choque anafilático"? — perguntou o coronel Pratt.

— "Ana" o quê?

— É uma reação alérgica grave à picada de um inseto. Não é sempre fatal. Mas pode ser. Se você tiver azar, pode causar um ataque do coração.

Calvino suspirou, olhando de relance para a tela da TV. O jogo de futebol tinha terminado. O Liverpool tinha ganhado e alguns bêbados estavam esmurrando o balcão e cantando.

— Danielson não era um homem de sorte — disse ele. — O que a mulher dele disse? E, falando nisso, tentei falar com ela.

— E?

— Ela não quer conversar. Isso pode querer dizer que gente demais e coisas demais a estão perturbando. Ou que ela não quer conversar, ponto.

— Vincent, o relatório médico original dizia que Danielson tinha sido picado por uma vespa. Mas não havia uma marca de picada em seu corpo. E isso fez com que fosse fácil mudar o relatório e dizer que o primeiro estava errado.

— Sabemos que Danielson engoliu um par de comprimidos de Zoloft. Talvez ele tenha tido uma reação ruim às pílulas. Você pensou nisso? O primeiro relatório podia estar errado mesmo — disse Calvino.

— Não há veneno de vespa no Zoloft.

Ele tinha pesquisado sobre o Zoloft no Google. O coronel estudara os produtos químicos que entravam na fórmula do remédio. Ele também sabia que havia mais de um jeito de fazer um ingrediente chegar ao seu destino.

— Você acha que havia algo de errado com os comprimidos?

— Não importa o que eu acho. O meu amigo encontrou veneno de vespa no sangue de Danielson.

Calvino coçou a cabeça e ergueu seu caneco de cerveja vazio para chamar a atenção da garçonete.

— Naquela noite no toalete, Apisak ofereceu dois comprimidos para Danielson. E Apisak trabalha para Weerawat. — Ele viu os olhos do coronel Pratt se iluminarem, um sorriso se abrir no rosto. — O timing é importante. Aposto que Danielson tinha acabado de ficar sabendo que sua namorada, Jazz, estava morta. Ele precisava de alguma coisa para se acalmar. Lovell testemunhou a cena toda.

— Sua presença está começando a parecer um acidente. Quem quer que desejasse pôr Danielson fora do caminho, não planejara que Lovell estivesse presente para testemunhar os comprimidos.

Lei de Calvino: a maioria dos assassinatos entra em duas categorias: má sorte ou má resolução de um conflito.

— A mulher de Danielson não ajudou muito.

O coronel Pratt terminou o seu suco de laranja.

— Fale com a Sra. Danielson, Vincent.

Um casal inglês com camisetas do Liverpool passou pela mesa deles, brincando entre si. Para eles, seu time tinha ganhado. Nada em suas vozes poderia soar mais puro e inocente.

— Você já fez isso. E ela não atende minhas ligações. Eu tentei.

Veio então a última carta, jogada com força na mesa:

— Você conhece as amigas dela. Peça a uma delas para ajudá-lo. Elas lhe devem isso, Vincent.

A carta da amizade, a conexão para a carta mais articulada de todas, o curinga que tornava tudo possível no jogo inteiro. Calvino compreendia o jogo; ele jogara antes e ainda estava jogando com a carta do coronel toda vez que colocava seu .38 especial da polícia no coldre e encarava olho no olho alguém que quisesse amedrontá-lo.

Nunca chegavam a contar as cartas; estavam unidos por anos de obrigações e memórias. Para Calvino e o coronel Pratt, não era um jogo. Porque um jogo terminava, e tinha regras, ganhadores e perdedores. Os torcedores ingleses estavam começando a ir embora do pub, acabando suas bebidas e pedindo a conta. Quando Calvino examinava a verdadeira conta que estava aberta até então para aquele caso, encontrava uma garota massagista morta chamada Jazz, um advogado americano morto e um capataz morto em Pattaya. E Weerawat ainda não tinha acertado a conta.

Calvino também estivera aumentando a sua própria conta. Continuava a receber ligações dos policiais quanto à morte de Jazz na casa de massagem. E ainda havia a *mamasan*, que o emboscava na escada, exigindo dinheiro, ou punha sua coleção de CDs de jazz no volume máximo, para lembrá-lo de que ele não tinha acertado o que ela dizia que ele lhe devia.

— Você está querendo alguma coisa dela — disse Calvino, referindo-se a Millie Danielson. — Abra o jogo e me diga o que é.

— Eu quero saber se ela sabia da namorada do marido. Você encontrou Jazz. É natural para você perguntar a ela. A polícia o registra como a primeira pessoa que entrou no quarto da garota morta. Danielson o contratou, e ele lhe devia dinheiro. Peça a ela para ajudá-lo a limpar o seu nome. Peça a ela o dinheiro que o marido prometera pela investigação.

Ela iria lhe fazer um cheque em algum momento — no fim da tarde da próxima vida. Essa era uma velha expressão tailandesa para dizer a alguém que teria uma longa espera pela frente.

Quando um homem conhece alguém há anos, algo em seus olhos indica quando algo o incomoda.

— O que ela ganha com isso?

O coronel Pratt pensou por um instante, recostou-se na cadeira e terminou o suco de laranja.

— Shakespeare escreveu uma peça chamada *Antonio e Cleópatra*, e há uma parte dela que me vem à cabeça quando penso em Danielson: "Ele desistiu de todo o seu império por uma prostituta."

— E é por isso que ela vai mandar eu me foder. A prostituta está morta. A mulher ficou com o império. Isso é um *grand slam home run*. Para fora do campo. O que você tem a dizer?

— Se você convencê-la de que não foi essa vitória toda...

Como vou fazer isso?, Calvino se perguntou. *O risco de infidelidade* fazia as *mem-farangs* verem prostitutas por toda a parte. Impérios e esposas sempre estavam estreitamente entrelaçados. As *Fab Four* tinham contratado Calvino para preservar o império e o lugar delas nele.

— As amigas dela confiaram em você. Você cumpriu o que prometera. Millie Danielson irá confiar em você. É assim que funciona com as mulheres — disse o coronel Pratt.

Era assim que funcionava com todo mundo: quando você cumpria o prometido num mundo onde as promessas normalmente davam em nada, subitamente você se tornava um herói por não fazer mais que a sua obrigação. Só que Calvino não se sentia como nenhuma espécie de herói.

— Verei o que posso fazer — declarou Calvino.

— Vincent, quero que você me ouça com atenção.

— Estou ouvindo.

— Fique longe de Weerawat.

Calvino sorriu.

— Eu tenho um programa que Lovell inventou chamado "O Covil". Possibilita que eu saiba onde Weerawat está a qualquer momento.

— Onde ele está agora?

Calvino deu de ombros, fazendo um gesto com as mãos.

— Agora, Weerawat pode estar em qualquer lugar. Talvez esteja num desses bares chiques no Soi 20. Talvez esteja na cama com uma namorada. Ou jogando cartas e perdendo dinheiro.

— Que programa ótimo.

— Está no meu computador. Você precisa entrar com todas as variáveis para obter uma localização. Mesmo assim, pode estar errada — disse Calvino, enxugando a testa com o dorso da mão. Ele estava suando em bicas. — Só uma requisição. Você não precisa de um programa de computador para isso. Você pode manter Weerawat longe de mim?

— Verei o que posso fazer — disse o coronel Pratt, sentindo o cheiro de fumaça no ar. Nada mais na Thanon Sukhumvit era puramente tailandês, nem mesmo os problemas.

TRINTA

O QUE O CORONEL PRATT pedira era mais um favorzinho. *Nada de especial*, dissera a si mesmo. *É uma coisinha de nada.* Considerando que não era nenhuma coisinha de nada conversar com a viúva de uma vítima de assassinato. O coronel Pratt tinha ido tão longe quanto podia com Millie Danielson. Calvino ia agir de maneira casual e esperar que, com as amigas de Millie sussurrando em seu ouvido que *mensch* ele era, ela não iria precisar de uma droga de advogado, usando o cotovelo para cutucar as costelas dela, indicando para ela não responder, interrompendo-a no meio de uma resposta. "O que a viúva quer dizer é que ela não sabe."

Iria ser só os dois e a memória de Danielson, a pessoa que tinham em comum. O coronel Pratt dissera a Calvino para não se preocupar muito com os homens que tinham ido ao seu escritório. "Não presuma que os homens que lhe visitaram eram policiais; não presuma que eles eram de Pattaya; de fato, não presuma nada."

— Mas, se eles voltarem — disse o coronel Pratt —, me ligue.

Um sorriso desalentado passou pelo rosto de Calvino.

— Sim, farei isso. Antes de vocês começarem o serviço, deixem-me ligar para o meu amigo, o coronel.

O sistema decidira fazer vista grossa à captura e tortura de suspeitos. A tortura era rotineira. Desaparecimentos eram comuns. Podia acontecer com ele; podia acontecer a qualquer momento. Seu amigo era um coronel da polícia tailandesa, mas isso não lhe dava imunidade. Só fazia com que os outros tivessem mais cautela antes de agir.

Ambos compreendiam as limitações. Fazer uma ligação telefônica era difícil quando os rapazes estavam fazendo a coisa deles, apertando um botão que mandava uma descarga elétrica para os testículos do suspeito. Mas Calvino ficou grato pela intenção na oferta do coronel.

Quando saíam do restaurante, Pratt disse:

— Aquele vídeo que você fez da fábrica é interessante. A fábrica é de propriedade dos laranjas de Weerawat.

— Eu sei. Lovell tinha as listas dos acionistas e diretores.

Ele passou a bola para o coronel.

— Estive verificando a ficha dos laranjas dele.

O coronel Pratt tinha encontrado os laranjas usuais: motoristas, empregadas, secretárias, advogados e amigos. Um retrato doméstico emergia do clã de Weerawat e seus auxiliares.

— Derrubar Weerawat implica derrubar um monte de outras pessoas importantes. Isso quer dizer que acabar com ele não vai ser fácil — apontou Calvino.

O coronel Pratt olhou a Thanon Sukhumvit lá fora, os carros, táxis e motocicletas. O ar quente da noite estava denso devido à umidade. A sensação era de chuva.

— Eu nunca disse que ia ser fácil. Não queria que você tivesse se envolvido.

— Eu já estava envolvido.

— Não nesse nível.

O coronel queria dizer o nível em que o tanque de peixes explode e todos os peixes, crocodilos, sapos e tubarões nadam direto para suas refeições. Calvino estava no caminho deles.

— Eu não mudei de ideia.

— Quando conseguir o dinheiro do caso de Danielson, fique fora do caminho, Vincent.

— E perder a chance de ver Weerawat escorregar de sua pequena montanha num vale de lama? Sem chance.

Havia se tornado algo pessoal. Mandar capangas para seu escritório resultara nisso, e ele não tinha dúvidas de que eles tinham ido por ordem de Weerawat.

Um sorriso passou pelo rosto do coronel Pratt.

— Tenha cuidado, Vincent.

— Eu sei tomar conta de mim mesmo.

Instintivamente, seu braço encostou no .38 sob seu paletó. Como um velho amigo, estava ali, aguardando o momento certo.

Fora do pub na Thanon Sukhumvit o trânsito estava congestionado em ambos os sentidos. Calvino dobrou a esquina na direção do Villa Market para comprar uma garrafa de uísque Mekong e bagels, salmão defumado e cream cheese. Não eram bagels tão gostosos como os de Nova York, mas eram bons o bastante quando acompanhados do Mekong. Ele pegou uma cesta de plástico amarela. Parando na seção de bebidas, pegou uma garrafa de Mekong na prateleira, virando-a na mão, lendo o rótulo. Ele sentiu um tapinha no ombro. Ruth Gould estava ao lado dele, observando discretamente o seu rosto.

— Ora, ora — disse ela. — Vincent Calvino. Não se lembra de mim?

Como se ele tivesse tantos clientes que se esqueceria de um que concordara em lhe pagar 3 mil dólares em dinheiro... Isso até o marido, Noah, ser transferido para Denver, garantindo o seu sepultamento, um tipo diferente de tortura que era duradoura e dolorosa à sua própria maneira.

— Ruth, você poderia me ajudar a ler o rótulo nesta garrafa? É um bom ano?

— É uma garrafa de Mekong? Não tem safra, tem é código de barras. — Então ela se pôs a rir. — Quase acreditei em você. Boa, essa.

— E eu quase acreditei em você. E em suas amigas. Vocês são muito boas. Mas imagino que tenham prática. Como foi mesmo? Dois, três detetives particulares trabalharam nos casos de vocês antes de mim. Sim, boa essa, muito boa. Da parte de todas vocês — disse ele, largando a garrafa de Mekong em sua cesta de plástico.

— Escute, Sr. Calvino. Sei que ficou bravo. Provavelmente me odeia e eu não o culparia por isso. E é isso que deixa as coisas ainda mais engraçadas. Quanto ao Mekong e o ano da safra.

Ela começou a rir de novo. Um par de funcionárias sussurrou, se inclinando e apontando com a cabeça a *mem-farang* risonha. Davam a impressão de que não viam coisas assim acontecerem com frequência, ao menos não na seção de vinhos e bebidas.

— O que é tão engraçado?

— Meu marido chegou em casa todo transtornado. Ele invadiu o quarto de dormir, acendeu a luz, e simplesmente ficou parado ao pé da cama tremendo como alguma espécie de maluco. O lábio inferior dele com aquele tremor que se vê em crianças pequenas. Então balbuciou umas palavras dizendo que você e eu tínhamos algo rolando. Ele disse que estávamos tendo um caso. Antes que eu pudesse dizer qualquer coisa, Noah perdeu o controle, caiu de joelhos e enterrou a cabeça nas mãos ao pé da cama. Foi esquisito. Ele chegava em casa bêbado, às vezes. Mas nunca tinha feito nada assim. Eu só estava torcendo para que ele não acordasse as crianças com o jeito como estava se comportando. Eu estava para dizer: "Vincent Calvino, meu amante? Você deve estar brincando." Mas ele disse que não só entendia por que eu tinha feito isso como me perdoava. Disse que apenas tinha recebido o que merecia. Ele me contou como vinha saindo com garotas dos bares dos Pintores Mortos pelas minhas costas.

— Artistas Mortos — corrigiu-a Calvino.

— Acertei a parte dos mortos — disse ela. — E Noah falou que eu tinha todo o direito de fazer o que fizera saindo com você. E, que agora que estávamos voltando para casa, as coisas iam ser diferentes. Voltaríamos às nossas vidas normais. Eu estava com a esperança de ter a oportunidade de lhe dizer "obrigada". — Ela abriu a bolsa e tirou dela um envelope, e o entregou para Calvino.

— O que é isso?

— Um "obrigada" por ter dito o que quer que tenha dito ao meu marido. Por tomar a iniciativa de fazê-lo cair em si. E eu realmente espero que você não me odeie demais.

Ela saiu na direção da caixa. Calvino olhou o envelope. As funcionárias que os estavam observando agora tinham se concentrado nele. Estavam morrendo de curiosidade de saber o que havia dentro. Ele assentiu na direção delas, deu de ombros e rasgou a ponta do envelope com os dentes. Ele cuspiu a tira de papel no chão. Então soprou dentro do envelope, fechou o olho esquerdo e, com o direito franzido, olhou o interior. Ergueu os olhos e piscou para as funcionárias em seus uniformes bonitinhos, camisas curtas e maquiagem pesada nos olhos, que tinham chegado mais perto. Uma se ocupava com um espanador sobre uma fileira de garrafas de vinho. Calvino pôs os dedos dentro do envelope e extraiu cinco notas de 100 dólares.

Ben Franklin o olhou das notas, o político, inventor, diplomata, estadista e que lhe eram devidos. Tinham lhe surrupiado mais outros 15 Bens que lhe eram devidos. Mas ele não iria reclamar. Ele gostava do Ben. Por que não haveria de gostar? O homem visitara bordéis franceses, ingleses e americanos. Ele poderia ter inventado o *O risco de infidelidade*. Era um homem à frente de seu tempo.

As duas funcionárias sorriram quando Calvino mostrou-lhes o dinheiro. Ele indicou com a cabeça Ruth, que estava na fila do caixa.

— Gigolô.

Ele apontou o dedo para o próprio peito. Ele devolveu o Mekong à prateleira, seguiu adiante no corredor passando pelas duas *yings*, pegou um Bordeaux safra 1996, e o colocou em sua cesta. Uma das leis de Calvino lhe ocorreu: não aceite serviço de lavagem a seco de um lutador de sumô, nem mesmo se a mãe dele implorar. E não aceite casos de infidelidade de esposas expatriadas. Ele violara a lei e sofrera as consequências. A humilhação e a desonra eram primas próximas, e ele conhecia toda a miserável família. Ele se perguntou se teria sido adotado por ela.

TRINTA E UM

Em frente ao Villa Market, Calvino passou por uma vendedora de flores embrulhando um buquê de rosas vermelhas e orquídeas para clientes. Fazia anos que ele via a mesma vendedora e se lembrava de quando ela era uma jovem com botas brancas na altura do joelho e um sorriso viçoso. A meia-idade a alcançara, roubando-lhe a beleza e a juventude. Tinha também o alcançado. Calvino havia sido assaltado pelos anos como todo mundo. Ele se perguntou se ela pensara a mesma coisa quando o vira.

As mesas junto à ampla janela do Starbucks dando para a Thanon Sukhumvit estavam todas ocupadas. As pessoas estavam sentadas com seus cafés conversando, lendo ou olhando a vista. Ele não estava com pressa; andava devagar ao longo da Sukhumvit, contando quatro "Razões Para Ficar" na Tailândia.

Uma das *yings* com uma blusa tomara que caia justa e uma minissaia jeans veio até ele.

— Lembra-se de mim?

Na realidade, ele se lembrava de Mint sim. Ela trabalhara como garçonete no bar de um hotel.

— Como vai, Khun Mint?

— Estou *saabai dee* — disse ela, pegando a mão dele. — Foi fazer compras?

Ele assentiu enquanto ela espiava a forma da garrafa de vinho na sacola de plástico.

— Vou com você, ok?

O que ele se lembrava de Mint era que ela nunca parecia ter um lugar para morar. Ela ficava na casa de uma sucessão de amigos, mas de algum modo as coisas nunca davam certo e ela vivia se mudando. Mint era alguém que flutuava, entre empregos, entre apartamentos, mas as possibilidades comerciais que seu corpo oferecia permitiam que ela mantivesse a cabeça fora da água.

Ele lembrou a si mesmo de outra de suas leis: nunca leve uma *Razão Para Ficar* para seu apartamento a menos que ela também tenha o dela. Mint não iria ter razão para ir embora. Aquilo seria um problema.

— Tenho um compromisso. Não posso.

Uma sombra de reprovação passou pelo rosto dela.

— Certo, só por pouco tempo.

— Não posso, baby. Quem sabe da próxima vez.

Ele deixou-lhe só o suficiente de esperança para se afastar com um fiapo de dignidade restando.

Mint quase o fizera perder a sensação boa com o pagamento inesperado e a cara garrafa de vinho em sua sacola. Ele dobrou à direita no Soi 33. Calvino se recuperou ao entrar no *soi,* achando que a vida era boa. Ele era um cara de meia-idade que acabara de recusar a companhia de uma garota de 23 anos que teria parado o trânsito em Manhattan. Tinha dinheiro no bolso e uma boa garrafa de vinho, e se sentia livre e puro com Weerawat já se apagando de sua memória.

Enquanto observava uma família indiana de classe média entrando no restaurante Pan Pan, Calvino entrou em seu *sub-soi.* Ele não tinha avançado muito quando duas coisas lhe chamaram a atenção.

O letreiro de neon na fachada do One Hand Clapping tinha sido apagado. A área em frente à casa de massagem estava vazia. Não se via uma única *ying* ou cadeira de plástico. Nenhuma luz estava acesa dentro. Parecia deserto, abandonado, não apenas fechado, mas com as atividades encerradas.

Outra coisa chamou a atenção de Calvino: o Lexus de Weerawat, com o motor ligado, e estacionado ao lado da casa de massagem. Calvino deteve-se por um instante, os olhos se movendo da casa de massagem fechada para o Lexus. As luzes do freio piscaram. O motorista devia ter pisado nele. Uma luz interna se acendeu no automóvel. Os três homens tinham-no visto primeiro.

Calvino sentiu seu pulso ficar superacelerado. Sua mão roçou o revólver .38 do serviço policial. Pouco lhe reconfortou, pois tinha menos de um segundo para escolher entre voltar para a Thanon Sukhumvit ou correr escada acima para seu escritório. Fizeram contato visual. Um tailandês estava no banco do motorista, uma segunda figura no do passageiro, e um terceiro homem na traseira. Ele passou pelo Lexus, acelerando o passo. Calvino tinha chegado ao início da escada quando ouviu as portas do carro sendo batidas. Ele tinha subido o primeiro lance de degraus quando Weerawat gritou:

— Vincent, precisamos ter uma conversa.

As roupas para o trabalho de Weerawat eram uma versão ligeiramente mais discreta das que usava para sair à noite. Vestia um paletó de linho branco, calça cinza e mocassins elegantes sem meias.

Calvino parou na escada, segurando sua sacola, olhando para Weerawat. Ele estava com dois outros tailandeses. Ele os reconheceu como dois dos "policiais" que tinham vindo mais cedo naquele dia ao seu escritório. Cabeça de Caixa e Barrigudo. Orelhas de Abano aparentemente faltara ao serviço sem permissão.

— É tarde, por que não conversamos amanhã? — Isso poderia ter funcionado com Mint, mas Weerawat queria alguma coisa e não iria embora sem obtê-la.

— Quero conversar agora.

Calvino percebeu que não tinha muita escolha.

— Vamos para o meu escritório — disse ele, pensando que, ao subir as escadas, faria uma ligação para o coronel Pratt.

Weerawat estendeu um chaveiro, chacoalhou as chaves e balançou a cabeça.

— Vamos subir — disse Weerawat.

Ele empurrou Calvino com força o bastante para jogá-lo na escada. A violência da queda fez com que o celular pulasse de sua mão. Cabeça de Caixa estava em cima dele, pressionando-o contra a escada. Ele enfiou a mão dentro do paletó de Calvino e arrancou o .38 da polícia do coldre axilar. Então pegou o celular e o colocou no bolso. Tinha um sorriso perverso no rosto, como se agredir alguém fosse algo que satisfizesse alguma necessidade pessoal profunda.

— Meu escritório está fechado — disse Calvino, olhando para a própria arma e para os três homens, calculando suas chances de empurrar Cabeça de Caixa para cima dos outros e ganhar tempo para chegar ao escritório.

O que faria quando chegasse ao topo e tivesse que parar para destrancar a porta? Num instante estariam em cima dele. Suas chances eram melhores mantendo tudo ali ao ar livre, meio que em público, onde os vizinhos espiando das janelas poderiam ver os homens na escada.

— Apenas continue andando.

Calvino cerrou os dentes.

— Eu sei, "e não tente nada de estúpido".

— Como abrir a boca.

Calvino estava esparramado na escada como se estivesse fazendo uma versão de Bangkok de um salto ornamental. Só que ele não estava na água. Três contra um não lhe dava uma boa chance. Seu próprio revólver estava agora apontado contra seu peito, com o dedo de Cabeça de Caixa no gatilho. Seu telefone tocou na mão de Cabeça de Caixa. Ele o entregou para Weerawat, que atendeu.

— Vincent está numa reunião. Ele ligará mais tarde.

— Levante — disse Barrigudo. Seu inglês estropiado soou um tanto ridículo.

Calvino riu quando não devia nem sorrir.

— Vocês não acharam o assassino de Daeng? — perguntou Calvino, olhando para Cabeça de Caixa e Barrigudo, que estava ao lado de seu parceiro meio ombro mais baixo, e que chutara a canela de Calvino. Eles tinham parecido menores quando apareceram mais cedo em seu escritório. Mas também ele não estava caído de costas. Lentamente o detetive se levantou.

— Daria para desviar a arma? O gatilho dela é sensível.

Cabeça de Caixa manteve o revólver apontado para Calvino.

— Vincent, podemos esclarecer isso tudo.

Weerawat fez um gesto com a cabeça para que Calvino continuasse a subir a escada. Os dois homens tinham parecido durões em seu escritório; na escuridão, pareciam homens que tinham pouco ou nada a dizer, e isso era preocupante.

Eu me meti com dois lutadores de sumô com um revólver, pensou Calvino. Ele não iria ter a chance de dizer "não".

Com Barrigudo na frente e Weerawat e Cabeça de Caixa atrás, Calvino continuou a subir o lance seguinte de degraus. Eles pararam no terceiro andar, esperando enquanto Weerawat destrancava a porta do escritório vago.

O interior era um amplo espaço aberto, fora de uso, para escritório. Piso de tábuas e persianas nas janelas. O escritório de Calvino ficava no andar de cima; a casa de massagem, um andar abaixo. Onde estava a *mamasan* do One Hand Clapping? Onde estavam todas as *yings*?

Cabeça de Caixa e Barrigudo, em suas jaquetas e calças jeans, cheirando a cigarro e alho, ficaram de guarda na porta. O .38 especial da polícia que pertencia a Calvino não mais estava na mão de Cabeça de Caixa. Já era algum alívio, ao menos. Dentro do espaço vazio, Weerawat acionou um interruptor, e uma luminária no teto se acendeu.

Calvino estava no meio da sala vazia segurando suas sacolas de plástico amarelas do Villa. Era um mistério a garrafa de vinho ter sobrevivido à queda. Ele avaliara aquilo como um sinal de boa sorte.

— O que você quer? — perguntou Calvino.

— Você me desapontou — disse Weerawat. — Eu pedi algo a você. Mas você não ouve. Isso me deixa furioso.

— Você vai superar isso.

Deixar alguém poderoso furioso nunca era uma boa coisa. Ele sabia disso e também se deu conta de que tinha entrado num desses desdobramentos tailandeses do tempo. Não estava claro de qual século eram as regras em jogo.

Weerawat caminhou ao longo das janelas, virou-se e voltou com as mãos na cintura, como se estivesse pensando. Ele balançou a cabeça e suspirou.

— Você se tornou uma grande decepção de muitas maneiras.

— Não posso dizer que me deu muita satisfação trabalhar para você.

Weerawat deu um profundo suspiro e Cabeça de Caixa deu um murro nos rins de Calvino. O soco foi dado com uma habilidade clara. Foi então a vez de Barrigudo, que, usando todo o peso de seu corpo, jogou Calvino contra a parede. Expulsou todo o ar de dentro dele, e ele desabou no chão. A garrafa de vinho, que sobrevivera ao ataque na escada, não mais existia. Calvino deixara cair a sacola de plástico e o vidro se espatifara com o som de um disparo.

O líquido vermelho-escuro se espalhou em poças no chão ao lado de onde Calvino estava de joelhos e encharcou as pernas de sua calça.

— De pé, agora — mandou Weerawat.

Calvino ergueu a mão, um dedo em riste, pedindo um tempo para se recuperar. Quando ele se esforçou para se pôr de pé, olhou para a garrafa quebrada no chão e cuspiu sangue.

— Foi uma garrafa de uma safra excelente que vocês acabaram de quebrar, não só uma garrafa de birita com código de barra.

— Não há nada de engraçado nisso. Mas você ainda não entendeu, não é, Vincent?

— Eu preferia quando você me chamava de Khun Vincent — comentou Calvino, sentando-se numa poça de vinho.

Os dois homens, agarrando seus braços, puseram Calvino de pé, jogando-o contra a parede.

— Vocês poderiam me devolver meu revólver? — perguntou o detetive. Cabeça de Caixa o golpeou. — Acho que isso é um *não*.

Cabeça de Caixa e Barrigudo tinham ainda menos senso de humor do que o chefe deles. Cabeça de Caixa primeiro o acertou com um murro com toda a força na barriga. Os olhos de Calvino se reviraram, e ele caiu de novo no chão, vomitando o *fish and chips* do pub e as duas cervejas.

— O Liverpool ganhou esta noite. Aposto que vocês não sabiam disso.

Weerawat assentiu e Cabeça de Caixa desferiu outro murro na lateral da cabeça de Calvino. Ele olhou para cima, a sala e os homens rodando, tentando conseguir que seus olhos focalizassem Cabeça de Caixa e Barrigudo, pairando acima dele, os punhos fechados. Ele estava vendo quatro deles. Usou toda a força de vontade que tinha para não desmaiar. Com sua percepção borrada, manteve-os em sua linha de visão. Cabeça de Caixa devia conseguir ler mentes, pois chutou para longe o gargalo quebrado da garrafa de vinho. Calvino pensou, *isso conta como uma dupla Razão Para Partir.* Ele tentou aferrar-se às quatro "Razões Para Ficar" quando um dos homens chutou-o nas costelas. Ele devia ter violado a lei referente a não pegar *yings* sem endereço fixo e ido para um motel com Mint. Calvino fez uma nota para si mesmo: seja mais flexível ao aplicar a lei.

— Ainda acha tudo engraçado, Vincent? Ainda está rindo?

O servo feudal mostrava uma personalidade humilde e passiva para sobreviver. Vindo de Nova York, Calvino tropeçava na humildade e passava por cima da passividade, e, ao olhar para Cabeça de Caixa e Barrigudo, ele se deu conta de que o século XIV era uma época dura para alguém como ele viver.

Calvino estava cercado pela bagunça no chão — peixe, fritas, cerveja e bile —, o cheiro doentio de uma clínica do interior do país durante um longo feriado. Ele estava sentado no meio daquilo, absorvendo o líquido, as dores, o desgosto. As pontas dos caros sapatos italianos de Weerawat estavam a milímetros de distância.

Cabeça de Caixa abria e fechava os punhos, esperando Weerawat fazer sinal para mais um golpe. Calvino tivera o bastante. Humildade e passividade ficaram subitamente irresistíveis.

— Em que posso lhe ser útil?

Weerawat sorriu.

— Isso é o que eu queria ouvir. — Ele caminhou de um lado para o outro na frente de Calvino, que se encostou contra a parede, ainda sentado no chão, as pernas abertas sobre o vidro quebrado, vinho derramado e vômito. — Eu quero a fita digital original que você gravou para Danielson. E todas as cópias.

— Não tenho a mais vaga noção do que você está falando — disse Calvino.

Weerawat fez um sinal com a cabeça para um dos seus homens, que deu uma bofetada no rosto de Calvino.

— Acordem-me quando Colombo descobrir a América. Isso é por volta de 1492 — disse Calvino.

Ele viu o dragão serpenteando pela rua, descendo da pintura de Galileo Chini, os sinos tocando, o céu ficando vermelho, o animal investindo bem na direção dele, e então por um momento o céu ficou negro.

Barrigudo chegou perto do lado esquerdo de Calvino e o acertou com um sólido murro de esquerda. Seus ouvidos ainda estavam zumbindo quando ele ergueu os olhos para Weerawat.

— Você tem um problema de aprendizagem?

Calvino abriu lentamente os olhos, moveu o queixo e balançou a cabeça. Nada estava quebrado até então. Só umas poucas pessoas sabiam sobre a fita. Ele repassou a lista na cabeça. Depois que Pratt a levou para o departamento, um monte de policiais deveria saber sobre a gravação, e a notícia teria se espalhado.

— O caso está encerrado. Já era.

— Lovell disse que ele deu a você os arquivos de casos dele. E ele disse que você tinha a fita de uma fábrica produzindo medicamentos.

— Você quer dizer aquela merda falsificada que vocês estavam fazendo na Thanon Charoen Krung?

Cabeça de Caixa o esbofeteou com as costas da mão. Sangue espirrou na parede, e Calvino fechou os olhos, seus ouvidos zumbindo.

A que tipo de tratamento teriam submetido o garoto? Ou teria ele endireitado o colarinho da camisa de Weerawat, ajustado os óculos de Barrigudo e alisado as suíças de Cabeça de Caixa? Parecia pouco provável. Era de se supor que tivessem lhe dado uma surra.

Quando ele abriu os olhos, viu o rosto de Weerawat.

— Lovell nos contou tudo.

— Então ele deve ter dito que não está comigo — declarou Calvino.

Weerawat assentiu e acendeu um cigarro.

— Não entramos em detalhes.

— A fita não está comigo — repetiu Calvino.

Weerawat se agachou e encarou o detetive. Cabeça de Caixa acendeu um cigarro, e Barrigudo entreabriu uma das persianas e olhou o *soi* lá fora. A sala rodava enquanto Calvino tentava recuperar o equilíbrio.

— Eu posso fazer você desaparecer. Você precisa entender isso. Ninguém jamais o encontrará. Acreditarão que você fugiu de uma acusação de assassinato. Que escapou do país. Você precisa acreditar no que eu estou lhe dizendo.

Calvino estremeceu, todo dolorido: ombro, barriga, cabeça, ouvidos e costelas. Ele tentou achar um lugar que não doesse. Pessoas desapareciam mesmo. Um advogado famoso que representava muçulmanos no sul tinha desaparecido. E seu rosto aparecia nos jornais todos os dias. Se podiam fazer desaparecer um advogado que era uma celebridade, então qualquer um podia ser jogado no porta-malas de um carro, levado a algum lugar onde depois de um tiro o cadáver seria queimado e as cinzas, espalhadas.

— Onde está o vídeo? — Uma sombra de pânico passou pela voz de Weerawat, tornando-a esganiçada e uma oitava mais alta.

— Está com um amigo.

— Qual é o nome dele?

— Não quero que ele se envolva — respondeu Calvino, enquanto o murro seguinte o atingia sobre a orelha esquerda. A sensação do golpe ressoando inundou-o como um tsunami.

— Por que você a deu ao seu amigo?

— Ele é um cara que mexe com computadores. Parte da filmagem está muito escura. Ele está dando um jeito.

— O nome dele?

Cabeça de Caixa e Barrigudo, um de cada lado, estavam de prontidão para agir.

— Ok, ok. Esperem, já tive o bastante. O nome dele é Khun Prachai.

Ele recitou o número do celular particular do coronel Pratt. *Se alguma vez estiver encrencado, use esse número,* dissera o amigo. A situação se encaixava bem na definição de encrenca do coronel.

Weerawat usou o celular de Calvino para ligar. Pratt atendeu no segundo toque. Weerawat deu o telefone para Calvino e fez um gesto para ele falar.

— Khun Prachai, desculpe, *pee,* aqui é Khun Vincent e eu preciso da minha fita de volta. Preciso muito dela de volta. Estou com algumas pessoas que não quero desapontar. Você poderia trazê-la para o meu escritório? Quando? Agora está ótimo. Realmente perfeito... Sei que estou soando esquisito. Levei um tombo. Mas estou bem.

Depois que a ligação terminou, Cabeça de Caixa arrancou o telefone de Calvino. Weerawat atravessou a sala, entreabriu uma das persianas e olhou para o *soi.*

— Ele está vindo com a fita?

— Está a caminho.

— Ele é um bom amigo? — perguntou Weerawat.

— Meu melhor amigo.

Por uma vez Weerawat detectou algo se aproximando da verdade saindo da boca do *farang.*

— Isso é bom, Vincent. Na vida, um homem precisa de seus amigos.

Sangue escorreu vermelho entre seus dentes quando Calvino sorriu.

TRINTA E DOIS

O CORONEL PRATT CHEGOU AO *soi* de Calvino meia hora depois. Barrigudo deu um passo para fora das sombras.

— Vincent está lá em cima — disse ele. — Mas antes eu te revistar.

Quando Barrigudo se inclinou para apalpar o coronel Pratt, ele desviou o olhar tempo o bastante para Pratt acertá-lo com um gancho de direita em sua barriga imensa. Ele caiu de joelhos, engasgando como uma carpa num balde de água. Quatro policiais à paisana o cercaram, dois deles algemando Barrigudo e o conduzindo a uma van estacionada em frente ao restaurante Pan Pan.

Pratt pediu aos policiais remanescentes para ficarem na base da escada. Viu que as luzes no escritório do segundo andar estavam acesas. Não devia haver luzes naquela sala vaga. Cabeça de Caixa abrira a persiana e o coronel Pratt viu Calvino sentado no chão. Eles estavam observando sua chegada. Pratt viu que o homem na janela estava com uma pistola. Então, o coronel ergueu a fita de vídeo de modo que Cabeça de Caixa pudesse vê-la. Weerawat apareceu na janela, viu a fita e assentiu, fazendo um gesto para o visitante subir a escada. Cabeça de Caixa ficou próximo à porta aberta. O coronel entrou, com a pistola de Cabeça de Caixa apontada para seu torso.

— Oi, Khun Prachai — disse Calvino.

— Vincent disse que você ia trazer a fita de vídeo. Por favor, entregue-a para mim — afirmou Weerawat.

O coronel Pratt cautelosamente entregou a fita que mostrara a eles lá de baixo. Ele se posicionou junto à janela. Inclinou a cabeça para a direita, e então lentamente para a esquerda. Weerawat virou a fita na mão, sorriu e a colocou no bolso de seu paletó de linho branco.

— Agora podemos ir para casa — disse Weerawat.

A retaguarda do coronel Pratt tinha visto o sinal. Dois policiais à paisana investiram pela porta aberta, empunhando armas.

Weerawat apertou a fita dentro de seu paletó.

— Entregue-me a arma — disse o coronel Pratt para Cabeça de Caixa.

Weerawat assentiu e Cabeça de Caixa entregou a Pratt sua pistola 9mm. Calvino piscou lacrimejando. Aquilo tinha finalmente acabado.

— Vocês estão presos — disse o coronel Pratt. Ele pegara dois pares de algemas.

Weerawat sorriu.

— Não cometi crime nenhum. O que temos aqui é um equívoco.

— Pense nisso como um mal-entendido — disse Calvino. — Ele achou que nosso contrato de emprego tinha uma cláusula de espancamento. Eu achei que não. E aqui estamos nós. — Ele caminhou sobre seu próprio vômito até Cabeça de Caixa, sorriu e chutou-o no saco.

— Agora, devolva-me meu revólver, idiota.

Weerawat definitivamente não gostara do que Calvino fizera com Cabeça de Caixa.

— Gostaria de ligar para o general Theparak.

O coronel Pratt tomou o celular de Weerawat.

— Poderá ligar para quem quiser depois que fizermos a ocorrência.

— Você sabe quem eu sou?

— Se você esqueceu quem é, descobriremos através de sua carteira de identidade.

— Quais são as acusações?

— Agressão, porte ilegal de arma, invasão de propriedade, confinamento ilegal, para começar.

— Este homem e o que está lá embaixo são policiais — declarou Weerawat.

Calvino revistou a jaqueta jeans de Cabeça de Caixa e tirou socos-ingleses, facas e pistolas. Ele estava curvado no chão, as mãos em volta do saco. Calvino ajoelhou-se ao lado dele, olhando o butim.

— Porra, o cara é um arsenal ambulante.

O coronel Pratt agachou-se, pegando uma das armas.

— Esse não é o seu?

Calvino franziu os olhos para o .38 especial da polícia, sua cabeça girando enquanto Pratt virava sem parar o revólver como se estivesse quente. Deixou-o tonto tentar focalizar a arma. Por fim, ergueu a mão para dizer: "Pare, certo, Pratt?"

— Me devolva. — O coronel Pratt a entregou para ele e Calvino a guardou no coldre.

— Como estou? — perguntou Calvino.

— Acabado. — O coronel Pratt algemou Cabeça de Caixa.

— É a minha aparência habitual.

Outro policial apareceu e algemou Weerawat.

— Não tem tanta diferença assim. — O coronel Pratt estendeu a mão. — Pegue a minha mão.

Estava na hora de levar os três homens para a delegacia de polícia. Weerawat e Cabeça de Caixa foram levados escada abaixo para a van onde Barrigudo estava desfrutando da fumaça do cigarro do policial no lugar do motorista e do leve cheiro de pizza do Pan Pan. O coronel Pratt sabia exatamente quem Weerawat era; também sabia que o general para quem Weerawat queria telefonar trabalhava para o lado negro, e tinha influência e poder.

O coronel Pratt examinou o estrago. Ele pegou a garrafa de vinho quebrada e leu o rótulo.

— Você está ficando chique, Vincent.

— Achei que a minha sorte tinha mudado.

— Aparentemente mudou.

A perna da calça de Calvino prendeu-se a algo pontiagudo no chão, rasgando-se quando ele se levantou. Calvino sentou-se de novo com todo o peso. Ele cuidadosamente passou a mão pelo chão, evitando o vidro quebrado. Viu uma linha reta por onde o vinho se esvaía.

— Isso é estranho.

O coronel Pratt achou um lugar seco para se ajoelhar. Ele encontrou uma alça encaixada no chão e a puxou, abrindo um alçapão. O coronel Pratt e Calvino se inclinaram para a frente, espiando um quarto lá embaixo no One Hand Clapping.

— O que temos aqui? — perguntou Calvino.

Eles trocaram um olhar, e Calvino lentamente desceu o corpo no quarto, apoiando o pé numa cama de solteiro. Ele desceu da cama e ficou parado junto à janela, olhando o Lexus de Weerawat lá fora. O coronel Pratt desceu atrás dele e continuou de pé na cama. Ele olhou para o alçapão no teto. Ninguém no quarto podia ver o contorno da porta dali. O construtor tinha feito um bom trabalho ocultando-a.

Calvino tinha ido até a porta. Ele passou a mão ao longo dela e junto às dobradiças. A madeira ainda estava lascada. Era a mesma porta que ele arrombara.

— O que você me diz disso? — perguntou Calvino.

O quarto agora era familiar. Era onde a garota morrera. Como milhares de outros cômodos idênticos na cidade, exceto por uns poucos detalhes: porta quebrada, alçapão secreto no teto e uma *ying* morta, resultando num truque da cartola de pura miséria.

O coronel Pratt desviou os olhos da janela.

— É hora de ir para a delegacia.

— Weerawat tem costas quentes — comentou Calvino.

Ele se moveu lentamente, parando a cada dois degraus, girando o ombro, a cabeça, e sentindo uma dor aguda nas costelas. Algo estava quebrado.

— Você fez a coisa certa ao me chamar.

Pelo tom da voz do coronel Pratt, Calvino compreendeu quão perto ele tinha estado de ser engolido pelo século XIV. Ele doía por inteiro e partes de seu corpo davam a sensação de estar entortadas, quebradas, giradas em direções que ele não sabia que eram possíveis. Era por isso que Noah Gould fugira aterrorizado. Ele tinha uma noção do que os homens de Weerawat eram capazes. Denver subitamente parecia um lugar mais convidativo do que Calvino jamais imaginara.

TRINTA E TRÊS

Na delegacia de polícia, Weerawat e seus dois asseclas, Cabeça de Caixa e Barrigudo, tinham recebido suas armas de volta e sido liberados. Quando descobriram que Calvino também estava sendo liberado, Weerawat pedira a polícia para indiciar Vincent Calvino por invasão de propriedade no escritório vazio do terceiro andar. Por um momento, pareceu que Weerawat ia conseguir o que queria. O coronel Pratt tinha pessoalmente ido falar com seu superior no departamento e explicara que não havia provas para acusar Calvino.

— Eles dizem que ele matou um homem em Pattaya — disse o superior dele.

— Não há provas disso.

O superior assentiu. Cabeça de Caixa e Barrigudo no fim eram mesmo policiais de Pattaya. O assassinato estava fora da jurisdição da polícia de Tonglor, de qualquer forma.

— Eles dizem que esse Calvino agrediu os policiais depois que eles descobriram que ele tinha invadido o escritório de Khun Weerawat.

O coronel Pratt estava sentado com os dedos apertados, ouvindo.

— Ele diz que eles o forçaram a entrar no escritório e então o espancaram.

— É um caso da palavra de um contra a do outro. Sugiro que fiquemos com o caminho do meio — decidira o superior. — Entremos em um consenso.

Não foram registradas queixas contra nenhuma das partes e, depois de uma hora, ambas foram liberadas. Quando Weerawat ia embora da delegacia, ele trocou *wais* com todos os figurões. Calvino foi embora alguns minutos depois. Dois policiais lhe fizeram uma séria advertência quanto a não se meter em encrencas. O coronel Pratt estava ali por perto, parecendo ocupado. Nenhum *wai*, nada além da sugestão firme de que Calvino devia tomar mais cuidado. Ele não devia estar causando problemas para pessoas importantes que podiam dar aos policiais sérias dores de cabeça.

*

Calvino parou seu Honda no estacionamento para visitantes no prédio de Lovell, que era flanqueado por projetos de condomínios de luxo. Lovell morava no coração da região dos expatriados bem de vida, os que tinham fortuna pessoal ou uma companhia que lhes pagava o aluguel. Uma fonte projetava água da boca de um leão como se o animal petrificado tivesse sido condenado a um estado perpétuo de vômito.

Calvino enxugou sua própria face inchada e tocou a boca, os lábios secos e grossos por causa da surra.

As luzes nos recantos ao longo do caminho iluminavam uma cerca viva bem-aparada. A fachada do prédio era uma parede de vidro azul. Um segurança deteve Calvino na entrada. Ele disse que era amigo de Lovell, e o guarda o deixou passar. Um *farang* visitando um *farang* era inevitavelmente o suficiente para passar pela segurança. O hall era opulência ostensiva, relevo dourado em paredes revestidas de madeira escura. Esculturas prateadas feitas de arame, aço e bambu se erguiam numa extremidade. *O sobrinho de alguém desenhou isso quando estava sob o efeito de cogumelos mágicos,* Calvino pensou. Havia o cúmulo, e havia mais do que o cúmulo. O hall ocupava um espaço ainda mais adiante de mais que o cúmulo.

Calvino pegou o elevador para o décimo andar. Eram apenas dois apartamentos por andar, e o guarda lhe dissera para virar à direita para o apartamento de Lovell. Ele bateu na porta algumas vezes antes de Lovell abri-la, usando bermudas folgadas e uma camiseta do Los Angeles Lakers. Ele não demonstrou surpresa ao ver Calvino, ou seu rosto machucado, emoldurado pela esquadria da porta. Tampouco Calvino ficou surpreso em ver as abrasões e os arranhões no lado direito do rosto de Lovell. Parecia que ele tinha entrado numa briga com um gato enorme e a perdera.

— Você não está com a melhor das aparências — comentou Calvino.

— Experimente se olhar no espelho.

— Weerawat manda lembranças. E Cabeça de Caixa e Barrigudo gostariam que você soubesse que estão com saudade de você, também.

— Não é assim tão engraçado, Calvino.

— Você contou a eles sobre os arquivos do escritório de advocacia e a fita de vídeo.

Lovell ergueu os olhos de uma pilha de camisas perfeitamente dobradas.

— Se você acha que eu devia me arrepender, esqueça. Eles me deram uma surra daquelas.

— É sempre uma razão para partir — disse ele.

— Eles sabiam sobre a passagem aérea que Cameron me dera. Aquele cretino fez com que batessem em mim.

Calvino sorriu.

— Você finalmente compreendeu quem é Cameron.

— Essa parte você acertou.

— Para a sua sorte, Weerawat não sabe da sua memória perfeita.

— Você acha que eu não sabia disso?

Lovell atravessou a sala de estar, onde duas malas estavam abertas numa mesa e cheias de camisas. Paredes revestidas de tecido laranja, sofás e poltronas cor-de-rosa, e um elefante azul, balofo, emoldurado na parede. Tudo o que estava faltando à sala era uma família Hobbit saindo da cozinha, trazendo poeira do prado em seus pés extremamente peludos.

— Você leva uns tabefes e agora vai fugir — afirma Calvino.

Lovell explodiu numa gargalhada.

— Isso é lindo, vindo de você. Trabalhar para Weerawat. Não posso acreditar que tenha feito isso. Você me contou essa história inacreditável sobre como seu avô se defendera. Lutou pela honra. A coragem dele não parece ter prosperado na família, detetive.

— Para onde você está indo?

Ele olhou por cima do ombro, pegou a passagem aérea e a brandiu no ar.

— Está vendo esta passagem? Nela está escrito L.A. Mas isso importa, desde que seja para longe desse buraco do inferno?

Calvino encostou-se na parede, olhando-o fazer as malas.

— Quando você foge de um problema, importa. Para onde você foge não é tão importante.

Lovell balançou a cabeça. Ele se sentou ao lado da mala, encostando a cabeça nas mãos. Ergueu os olhos para Calvino.

— Supus que você fosse um lutador — disse Calvino. — Achei que você quisesse fazer a coisa certa e pela razão certa. Achei que você tinha ficado porque queria descobrir quem foi o assassino de seu chefe.

— Eu não preciso descobrir o assassino de Andrew. Ele me descobriu.

— Então, como Noah Gould, você vai fugir.

— Como Noah Gould, planejo ficar vivo. Não é uma má estratégia de jogo, detetive. Talvez devesse considerá-lo, também.

Lovell voltou a fazer as malas.

— Como você pode ficar num lugar como esse? Os corruptos e bandidos nunca, nunca são punidos. Os capangas de Weerawat podem me dar uma surra, dar uma surra em você, e nada acontece. Por que você iria querer ficar aqui?

— As pessoas fugirem é a razão de nunca mudar.

— Não estou fugindo.

— Eu esperaria ouvir Noah Gould dizer isso, e então sair correndo. Mas não você, Lovell.

— Eu não tenho um emprego. Não tenho uma namorada. Pensando bem, nunca tive uma namorada. Ela era a minha babá. Estive 24 horas sob observação desde que cheguei aqui. Agora não consigo pensar em uma só coisa que me faça querer ficar. Quero viver num lugar onde a lei exista. Onde facínoras não me espanquem. Onde eu possa ter uma vida normal. Não espero que você compreenda o que estou dizendo. Ficou aqui tempo demais. Tudo parece absolutamente normal para você. Eu jamais quero que isso aconteça comigo. Agora me deixe terminar de fazer as malas. Tenho um avião para pegar.

Calvino atravessou a sala de estar e se sentou num dos sofás cor-de-rosa.

— Você não teria algo para beber? — perguntou.

— Na cozinha, no armário de cima à direita. Fique à vontade.

Calvino desapareceu na cozinha, toda branca e cromada. Podia ter sido o interior de um navio de luxo que ele uma vez vira numa revista. Ele achou o armário, catou uma garrafa de Johnnie Walker de 15 anos e serviu-se uma dose de dois dedos. Achou gelo no congelador e colocou três cubos no copo, agitou-o e voltou para a sala de estar.

— Na noite do jantar para Oxford e Cambridge, você lembra quem estava na mesa de Danielson?

Lovell ergueu os olhos enquanto dobrava uma gravata e a ajeitava na mala.

— Já disse isso à polícia. Está nos registros deles. Se é que eles mantêm registros. Ou talvez eles os vendam para as pessoas cujos nomes aparecem neles. Não faço ideia.

— Quando Danielson entrou no toalete naquela noite, ele disse algo sobre ter sido picado por uma vespa ou abelha?

Lovell pôs-se de pé.

— Ele não disse nada sobre ter sido picado.

— Algumas pessoas têm reações alérgicas graves a picadas de abelhas. Chama-se choque anafilático. Pode causar um ataque do coração. Ele tinha alguma alergia que você soubesse?

Lovell pegou uma fotografia emoldurada de Siri que estava na mesa de canto entre um cavalo de bronze empinando e uma bailarina fina como um lápis. Ele removeu a fotografia e pôs a moldura na mala. A imagem de Siri caiu pairando como uma folha no chão.

— Uma alergia pode ser herdada? — perguntou Lovell.

— Suponho que sim — disse Calvino.

— Ele tinha um irmão que morreu de algo assim. O irmão era três anos mais velho. Eles estavam brincando num campo e derrubaram um ninho de marimbondos. O irmão dele saiu correndo, mas não rápido o bastante. Seis ferrões de marimbondo foram tirados de suas costas e pescoço. Ele morreu algumas horas depois.

— Millie sabia sobre a morte do irmão?

— Não era um segredo de família. Claro que ela sabia.

— Você acha que Millie sabia sobre a *ying* do One Hand Clapping?

Calvino omitiu a informação que Millie e suas amigas tinham passado por vários detetives particulares. Parecia impossível que mesmo o mais incompetente entre eles não tivesse informado Millie Danielson. Ela sabia. Claro que ela sabia o tempo todo sobre Jazz.

Lovell deu de ombros.

— Como vou saber o que ela sabia ou deixava de saber sobre a família do marido dela? Por que você não pergunta a ela?

Calvino pôs o copo de uísque na mesa de centro e foi até a de canto. Ele se abaixou e pegou a fotografia de Siri. Ela parecia um Razão Para Ficar da melhor qualidade.

— Você mora sozinho aqui?

Lovell fechou uma das malas e girou o segredo.

— Ela *costumava* morar aqui. Mas já parece que faz muito tempo.

Calvino deu uma olhada ao redor da sala. Ele já tinha estado na cozinha e bisbilhotado por lá. O lugar inteiro parecia imaculado. Não só limpo, mas arrumado, organizado e racional.

— Você tem uma empregada, certo? — perguntou Calvino.

Lovell franziu as sobrancelhas, juntando-as no meio.

— Não, não tenho uma empregada. Isso é exploração.

— Você mesmo limpa o apartamento?

— Isso é normal. Somos de uma geração diferente.

— Eu não tenho uma empregada. E vou mais longe: corto o meu próprio cabelo.

Ele olhou para a fotografia, admirando o sorriso de Siri.

— Quando ela foi embora? Coisa de uma semana atrás? — perguntou Calvino. — Mulher bonita. — No fundo de sua cabeça, pensou: *esse tipo de mulher não limpa apartamentos. As unhas anunciam a história verdadeira, e a história de Siri é que ela foge do trabalho manual. E se orgulha de manter distância de tirar pó, lavar e cozinhar. Não é o estilo dela.*

— É, uma verdadeira miss — disse Lovell.

— Nunca tive uma babá com essa aparência.

Lovell percorreu uma pilha de roupas de baixo na mala aberta, descartando algumas delas numa das poltronas cor-de-rosa.

— Sorte sua. Ela trabalha para o Cameron. Ela deixou isso bem claro.

— Danielson viu algo de diferente em você. Não só a sua memória. Eu vi isso, ou achei que tivesse visto na primeira vez em que você foi ao meu escritório. — Calvino sorveu seu uísque, erguendo o copo para brindar a seu anfitrião. — E, sabe de uma coisa? Foi por isso que Danielson o recrutou. Ele julgou ter visto uma decência fundamental. Algo que ele queria descobrir em si mesmo. Imagino que tenha sido por isso que ele se ofereceu para ajudar Noah Gould. Ele sabia do perigo envolvido. Mas foi em frente e correu o risco. Weerawat, ou talvez a mulher de Danielson, o matou. Weerawat assustou Noah Gould fazendo-o ir embora do país. Você está prestes a fugir. Não posso culpá-lo. A maioria dos homens não tem a gana de ficar no jogo. Eles desistem e caem fora. Fogem. Homens como Weerawat contam com que a maioria dos homens fuja.

Calvino terminou sua bebida e chupou o cubo de gelo, o frio entorpecendo o interior de sua boca; a sensação foi agradável. Ele abriu lentamente o olho que não estava fechado devido ao inchaço. Lovell, a um cotovelo de distância, o serviu de novo com o uísque caro. Calvino ergueu o copo à altura do olho.

— Mas sabe de uma coisa? Danielson muito provavelmente cometeu um erro. Ele viu algo que não existia.

O lábio de Lovell tremeu, lágrimas apareceram e ele se virou e saiu da sala de estar, batendo a porta do quarto atrás dele. Calvino foi embora por conta própria. Passando pelo leão com o infindável oceano de água jorrando da boca, ele parou no Lang Suan, olhando os incontáveis prédios altos repletos dos ricos que fariam a mesma coisa que Lovell pretendia fazer. Fugir. Era o que sapos faziam. Eles pulavam fora. Por que ele tinha pensado por um minuto que Lovell seria diferente?

O coco estava infestado de escorpiões, as caudas erguidas prontas para o bote, esperando a hora de desferir a picada fatal. O *ethos* do bairro sempre fora evitar a aranha maior e voltar para casa vivo. Incremente o jogo do coco um grau ou dois com escorpiões, mais ímpeto, mais veneno, e a capacidade de expulsar ficava bem maior.

TRINTA E QUATRO

A CABEÇA DE CALVINO LATEJAVA — seu rosto inchado, um olho meio fechado, intumescido e preto — enquanto ele subia lentamente a escada. Ele parou e olhou a casa de espírito ao longe. A lembrança de Ratana, com o sol da manhã no rosto, oferecendo flores e incenso, passou fugazmente por sua consciência, ressoando como o eco de uma velha canção. Ela fizera um pedido a uma estrela — por um bebê, pelo fim da casa de massagem, por novos clientes e pela mãe de Calvino em Nova York. Se o One Hand Clapping tinha realmente fechado, então ela estaria dançando sobre a mesa no escritório. Conseguir apenas uma dessas coisas da lista já seria bom, pensou ele. O detetive lentamente continuou os dois lances seguintes, apoiando-se no corrimão, subindo um degrau por vez. Pela manhã, a dor dos machucados da noite anterior era muito pior. Quando chegou ao escritório, Ratana não estava dançando sobre a mesa ou sentada atrás dela. Ela estava de pé junto à porta, esperando.

Suas primeiras palavras depois de inspecioná-lo de cima a baixo foram:

— Lamento muito, Vinny — disse ela, tentando conter as lágrimas.

— Lamenta? Não estou tão mal assim.

Mas não era tanto à aparência física dele que ela estava se referindo, e sim ao estado de seu escritório destroçado. Todas as gavetas da escrivaninha dele tinham sido tiradas e jogadas pela sala. Papéis, livros e pastas cobriam o chão. A tela do computador estava destruída e o disco rígido tinha sido removido. A placa-mãe fora pisoteada e despedaçada. Calvino andou em meio à bagunça, o vidro quebrado, as cadeiras de ponta-cabeça. Ele se agachou e pegou um recibo no valor de 10 mil dólares feito para Andrew Danielson. Então o amassou e jogou-o na parede. Havia dúzias de outras impressões do mesmo recibo. Os invasores tinham se dado ao trabalho de imprimi-lo muitas vezes e espalhar pelo escritório. Sua candidatura ao emprego na OMS também estava no chão. Ele se ajoelhou, pegou-a, rasgou-a em dois pedaços e então rasgou os pedaços de novo, jogando-os pela sala. Olhou em volta. *O último dia do ano chinês em Bangkok*, de Galileo Chini, não mais estava pendurado na parede. A tela havia sido cortada dúzias de vezes, transformada em finas tiras de vermelho, amarelo e laranja brilhante. O dragão sumira. As figuras esguias dos chineses em seus quimonos e rabos de cavalo não mais eram reconhecíveis.

Talvez tivesse sido o trabalho de um único invasor — Orelhas de Abano, por exemplo, que teria recebido instruções específicas. *Destrua tudo, inclusive a pintura a óleo.* Orelhas de Abano não tinha voltado a Pattaya, mas ficara lá, esperando a oportunidade de vandalizar o escritório de Calvino. O detetive tinha certeza de que Orelhas de Abano vira um dos relatórios das empresas de Weerawat na tela do computador.

Ratana estava parada na soleira da porta de braços cruzados.

— Eles removeram o disco rígido do meu computador — disse ela.

Ele olhou por cima dos ombros.

— Fizeram um bom trabalho.

— Tenho um backup do meu computador e do seu, Vinny.

— Você chamou a polícia?

Ela balançou a cabeça.

— Ótimo — disse ele. — Quero que Pratt veja isso primeiro.

Ratana tinha sido esperta o bastante para saber que chamar a polícia não era necessariamente a melhor iniciativa.

Manee lhe telefonara e contara o que tinha acontecido na noite anterior. Como Calvino havia sido espancado, mas se recusara a ir ao hospital. Como Weerawat tentara fazer com que o prendessem, e como o coronel Pratt tinha recorrido a um superior, que encontrara uma solução. Ratana parecia cansada, como se não tivesse dormido muito na véspera.

— Preciso lhe dizer uma coisa.

Ela vai pedir demissão, pensou Calvino.

— Estive confusa ultimamente. Entre quem é *khon dee* e quem é *khon phan.* Cometi um erro. Não soube separar o mocinho do bandido. Não culpo ninguém mais. Eu devia ter enxergado o que estava na minha frente. Julguei Khun Weerawat pelas aparências. Ele é rico e poderoso, então claro que eu pensei que era bom. Não perguntei como ele tinha ficado rico. As pessoas nas manifestações estavam fazendo essa pergunta.

Sou tão cega que não pude ver o problema. Eu me pergunto como pude cometer tamanho erro. Sinto-me tão estúpida. Eu sinto muito, Vinny.

Calvino deu um passo por cima da bagunça e, abraçando-a, disse:

— Achei que era capaz de enganar Weerawat e fazê-lo pensar que eu estava trabalhando para ele. Que tal isso quanto a ser estúpido? Isso me põe no primeiro lugar na classe dos burros.

Ela assentiu, o queixo tremendo enquanto lutava contra as lágrimas.

— Vamos pôr ordem nesse escritório — disse ele. — Temos um negócio para tocar.

Ratana puxou-o mais para perto.

— Eles querem assustá-lo. É por isso que destruíram o escritório.

Calvino viu seu telefone sob alguns papéis. Ele levantou os papéis com o sapato. O aparelho tinha sido despedaçado.

— Eles queriam meus arquivos. Agora eles sabem o que Lovell me deu.

Já tinham dado um jeito no pior da bagunça, quando um tailandês de meia-idade com camisa social, gravata e um estetoscópio em volta do pescoço entrou no escritório. Um rosto redondo chinês de lua, sem as crateras. Calvino imaginou que devia ter uns 40 e poucos anos. O homem bateu de leve com uma das hastes dos óculos no canto da boca, dando uma olhada em seu relógio.

— Este é o Dr. Somchai. Pedi que viesse examiná-lo.

— Examinar-me? Não há nada de errado comigo. — Ele detestava a ideia de médicos, o que eles podiam encontrar, que veredicto podiam dar. A menos que o osso perfurasse a pele, o que quer que estivesse acontecendo dentro acabaria melhorando. Ou não.

O médico olhou o estrago em volta, mas não demonstrou nenhuma reação.

— Tire a camisa. — A abordagem era sem rodeios; esqueça-se da cortesia junto ao leito do paciente.

Quando Calvino olhou por cima do ombro, Ratana tinha voltado para o outro lado da divisória. Ele colocou a camisa sobre a mesa.

— E agora?

Examinando os hematomas e a descoloração da pele cobrindo as costelas e descendo de seu peito, o médico franziu o cenho.

— Sente-se na sua mesa, se possível.

— Desculpe a bagunça. Estou sem empregada no momento — comentou Calvino.

— Não fale — disse o médico. — Respire e prenda a respiração. Segure-a até que eu mande você expirar.

O Dr. Somchai pôs o estetoscópio no peito do detetive, e então moveu o instrumento e ouviu de novo, até finalmente se endireitar.

— Expire. Há líquido em seus pulmões.

— É? Isso é bom?

— Não, geralmente isso é ruim.

— Os pulmões se drenam por si sós, não é?

— Não que eu saiba — respondeu o médico.

Ele pressionou dois dedos numa das costelas de Calvino. Os olhos deste se arregalaram, e bem do fundo da sua garganta veio algo como um latido. O médico pressionou de novo, mas dessa vez mais suavemente.

— E aqui, aqui...

Calvino deu um berro quando o médico pressionou outra costela.

— Acredito que esteja quebrada. Você precisa de uma série de raios X. Seu estado pode ser bem grave.

— Posso pôr minha camisa? — Seu rosto contorceu-se de dor quando ele estendeu o braço para pegar a camisa.

O doutor fez um gesto com o estetoscópio.

— Você tem fraturas em duas costelas com certeza. Pode haver outra quebrada. Não sei dizer ao certo. — Ele segurou a mandíbula de Calvino entre as palmas das mãos e a moveu para cima e para baixo.

Calvino se desvencilhou.

— Isso também vai doer mais em mim do que em você?

O médico guardou o estetoscópio e se sentou à mesa ao lado de Calvino.

— Não diga nada a Ratana — disse Calvino. — Como advogados, médicos têm de guardar os segredos de seus pacientes. Pode fazer isso para mim?

O médico hesitou, lábios levemente se abrindo, um expressão de desaprovação nos olhos.

— Nenhum problema para mim. Mas você devia estar num hospital.

— Eu devia estar morto.

O Dr. Somchai não discordou dessa avaliação, ao menos não consideravelmente. *A menos que ele seja tratado, este detetive particular bem pode conseguir acabar morto*, o médico pensou.

Enquanto Calvino vestia a camisa, ele ficou paralisado de dor. Abaixou o braço, respirou fundo e tentou de novo colocar a camisa, dessa vez com sucesso. Ele sentiu orgulho desse pequeno feito.

— Por acaso você não teria nada aí para dor?

O médico sorriu pela primeira vez, abrindo sua maleta. Ele pegou uma seringa e um frasco pequeno. Tirou o protetor da agulha e a inseriu no frasco, enchendo a seringa.

— Abaixe a calça e vire-se de frente para a sua mesa.

Calvino olhou para o alto e fez o que o médico pediu. O Dr. Somchai enfiou a agulha no quadril de Calvino e lentamente esvaziou a seringa.

— Isso deve resolver. Você pode levantar a calça.

Ele fez uma careta, fechando o cinto.

— Seria útil ter algum comprimido para dor para mais tarde. Essa injeção vai passar em algumas horas. Agradeceria se pudesse me ajudar.

O Dr. Somchai procurou em sua maleta até achar analgésicos.

— Tem alergia a algum medicamento?

Calvino balançou a cabeça.

— Mas fico contente que tenha perguntado. Há algo que gostaria de lhe perguntar. O que sabe sobre picadas de abelha ou de vespa? Já teve algum paciente que morreu de uma reação à picada?

— O problema não é a picada. É a reação ao veneno que mata as pessoas. Acontece todos os anos. Somos fortes de muitas maneiras, mas também frágeis. Com todas as nossas possibilidades de DNA não é preciso muito para que uma impressão defeituosa crie um erro de sequência. Esse pequeno erro é grande o bastante para tornar uma simples picada de abelha fatal.

Ele deu dois pacotes de remédio par Calvino.

— Obrigado, Dr. Somchai. Posso fazer outra pergunta sobre picadas de abelhas?

O médico deu uma olhada em seu relógio e então assentiu.

— É possível receber o veneno da abelha de outro jeito que não através da picada?

O médico fez uma careta.

— Que não seja uma picada? — Ele pareceu confuso com a pergunta.

O efeito do medicamento se manifestara, fazendo Calvino sentir-se melhor e, pela primeira vez desde que fora espancado, sem dor. Aquele estado sem dor tido como natural e que normalmente nos passa despercebido retornara.

— É mais ou menos assim. Alguém teve a reação, mas não foi picado por uma abelha. Mas o veneno da abelha o atingiu por algum outro meio. Numa dose grande o bastante para matá-lo.

O médico olhou por cima dos óculos para Calvino.

— Se a picada não injetou o veneno, então o que fez isso?

— Eu não sei. Talvez estivesse no café.

— Não. Café não daria certo. É muito quente.

— Água, então.

— Seria diluído.

Calvino sentou-se atrás de sua mesa.

— Deve haver um jeito. Criatividade e assassinato são velhos amigos. Tenho certeza de que, se pensar seriamente nisso, descobrirá um jeito.

— Se eu tivesse tempo para isso. Mas não tenho, Sr. Calvino.

— Como você faria?

O médico jogou a agulha e a seringa na lata de lixo.

— Sabe como as pessoas no interior matam cachorros que latem demais ou mordem gente? Eles os envenenam pondo arsênico num pedaço de carne. Deixam o pedaço num caminho por onde sabem que o cachorro passa. Quando o cachorro encontra a carne, cabe a ele decidir se a come ou não. O envenenador oferece, mas o cachorro escolhe. Escolher é o carma do cachorro.

— Eu tirarei os raios X amanhã, doutor.

Ele pegou a maleta.

— Você é quem decide, Khun Vincent.

— Onde aprendeu a falar inglês tão bem?

O Dr. Somchai ergueu uma sobrancelha.

— A nossa geração não tem problemas com falar inglês. Não nos confunda com as gerações mais velhas como a sua.

Isso doeu tanto quanto duas costelas quebradas.

— Qual geração agarrou o seu xará, Khun Somchai, o advogado muçulmano? Os velhos que acham que até os tailandeses educados falam mal inglês ou a geração mais nova que é fluente, ávida, e que quer o que quer na hora que quer?

O Dr. Somchai desviou os olhos em silêncio.

— Ninguém sabe.

— Ninguém que sabe irá dizer. É diferente.

Depois que o Dr. Somchai foi embora, Ratana foi até o escritório do detetive e sentou-se.

— O Dr. Somchai não quis me dizer o que há de errado — declarou ela.

— Ele me cutucou. Não havia nada de sério. Eu disse a ele que vou tirar raios X amanhã. — Ele pisou em volta do que sobrara de seu computador, usando o pé para erguer um grande fragmento da placa-mãe. O escritório devia ter sido invadido depois que todo mundo havia ido para a delegacia de polícia. O timing fora perfeito. Weerawat tinha pensado em tudo, inclusive dividir seu time de modo que Orelhas de Abano pudesse vasculhar e destruir seu escritório. Ratana viu o pesar no rosto de Calvino. Ele fechou os olhos e curvou a cabeça.

— Ele pegou o disco rígido com todos os arquivos de Lovell.

Ela começou a chorar.

— É tudo culpa minha. Nada disso teria acontecido se eu não o tivesse pressionado a trabalhar para Weerawat.

— A boa notícia é que os arquivos estavam criptografados. Vai demorar um bom tempo para eles decifrarem o código — disse Calvino. Só a sua pasta de recibos e a do emprego da OMS não tinham sido criptografados. Quem quer que tivesse entrado no escritório, imprimira aqueles arquivos para mandar uma mensagem para Calvino. Mas até agora eles tinham dois discos rígidos e nenhuma maneira fácil de obter as informações que queriam.

Ele se inclinou sobre a mesa com um punhado de lenços de papel.

— Weerawat tem gente em sua folha de pagamento que vai achar um jeito de decifrar o código dos arquivos. Não temos muito tempo.

Assoando o nariz, Ratana balançou a cabeça. Ela tinha sido ofuscada pela maldição tailandesa — a crença de que dinheiro, status e poder automaticamente significavam que Weerawat era um "bom homem". Ele tinha usado o poder dele para evitar acusações e chegara perto de fazer com que Calvino fosse acusado de uma série de crimes que o teriam mantido preso por anos. O que a perturbava em relação a seu equívoco é que ela se sentira fisicamente atraída por Weerawat quando ele estivera diante da mesa dela. O encanto de sua fortuna, fama e aparência jovem havia sido irresistível. Ela teria feito qualquer coisa que ele pedisse. Agora ela sentia o horrível peso da vergonha.

— Nem tudo é má notícia. O One Hand Clapping está fechado. Quando voltei, na noite passada, as luzes estavam apagadas. Não vi ninguém lá hoje e a porta está fechada com cadeado. Parece que encerraram as atividades. Suas orações foram atendidas.

— Não é mais tão importante assim.

Ela também soubera por Manee que a polícia tinha acreditado na versão de Weerawat dos eventos. Que Calvino tinha sido pego dentro do terceiro andar e houvera uma briga. Não ajudara o detetive o fato de ele ter admitido para a polícia que havia arrombado a porta do quarto da casa de massagem e encontrado uma garota morta dentro. E a *mamasan* dera queixa contra ele pelos danos. Ele se recusara a pagar pela porta que tinha arruinado. Estava tudo registrado.

Uma *ying* massagista morta sempre representava um problema para a polícia. Ninguém na delegacia dava a mínima quanto à razão de Calvino ter arrombado a porta. Só uma coisa ficara na cabeça deles: ele tinha arrancado a porta das dobradiças. Enfiara o ombro nela. A polícia havia ficado sabendo que a *mamasan* fechara a casa de massagem e partira para Hua Hin, onde planejava abrir um salão de beleza. O empresário, Cabeça de Caixa e Barrigudo tinham ido ver o estado das salas da casa de massagem. Weerawat queria colocá-la para alugar, mas primeiro precisava verificar as condições do local. Eles estavam para entrar na casa de massagem quando, de acordo com Weerawat e seus parceiros, Calvino atacara de novo. O coronel Pratt informara que um alçapão secreto tinha sido descoberto naquele escritório. A polícia tomou mais notas. Calvino fez um esboço do alçapão num pedaço de papel. A polícia passou-o de mão em mão, cada um deles estudando-o bem antes de passá-lo adiante, até todos os oficiais terem visto o desenho.

— Então você tinha estado nessa sala antes — tinham dito os policiais

— Nunca. Eu estava no chão quando descobri isso.

— O que estava fazendo no chão?

— Estava sendo espancado.

— Mas você teve tempo de descobrir esse alçapão?

— Meu rosto o descobriu. — Calvino apontou para o lado machucado de seu rosto. — Encontrou o alçapão mais ou menos ao mesmo tempo em que encontrou a bota dele. — Ele fez um gesto com a cabeça na direção de Cabeça de Caixa.

— Até esta noite, você não sabia da porta secreta?

— Não é o meu escritório. Por que não perguntam a Weerawat como ele conhecia tão bem o prédio?

Ninguém da polícia acreditou no *farang*.

Depois do depoimento de Calvino, o coronel Pratt acompanhou-o até a saída da delegacia. Para obter a liberação do amigo sem que nenhuma acusação fosse registrada, ele tivera de mexer um pauzinho do tamanho de uma tora, grande o suficiente para amarrar um elefante nela. O tempo todo na delegacia fora a palavra de Weerawat contra a de Calvino e, se a sequência normal dos eventos tivesse ido até o fim, o detetive teria sido colocado numa cela. E Weerawat teria mostrado o seu poder. E a harmonia do universo teria sido restaurada. Mas não tinha funcionado assim.

Weerawat fuzilara o coronel Pratt e Calvino com os olhos na sala de interrogatório. Era a expressão de um homem dizendo que as coisas não haviam acabado entre eles. *Tenham cuidado, tenham muito cuidado.* Os policiais que recolheram o depoimento não ficaram muito contentes ao ver o *farang* saindo pela porta. Não havia dúvida, a polícia acreditava que Vincent Calvino era culpado de invasão de propriedade e ela não estava contente de vê-lo ir embora.

A falta de provas de arrombamento no terceiro andar salvara Calvino. Uma chave havia sido usada para entrar. Os pertences de Calvino não incluíam a chave daquela porta. O superintendente disse ao coronel Pratt que eles tinham uma ocorrência anterior atestando que ele arrombara a porta dentro da casa de massagem. Não importava que não houvesse prova de que o detetive — ou qualquer outra pessoa — forçara a entrada do segundo andar; ele tinha sido encontrado por

Weerawat e seus dois homens (se fosse para acreditar nos depoimentos deles) dentro do escritório vazio.

— O que você estava fazendo lá? — perguntara o superintendente a Calvino.

— O que Weerawat estava fazendo lá? — respondera Calvino.

— Ele é o proprietário do prédio. Ele ouviu alguém no andar de cima. Foi verificar e o encontrou.

Tinha tudo ido de mal a pior a partir do momento que a propriedade do edifício ficara clara.

Weerawat ser o proprietário havia sido uma surpresa quando Calvino o encontrara na lista das empresas na base de dados de Lovell. Ele alugava aquele escritório fazia anos. O dinheiro do aluguel era depositado na conta bancária de uma empresa. Ele não fazia ideia de quem era o proprietário do prédio, além de que era uma empresa privada tailandesa com um endereço em Bang-Na.

A polícia foi persuadida pela história coerente e racional de Weerawat, sustentada por dois policiais de folga, todos os três tendo dito que ouviram Calvino dentro das salas de escritório do terceiro andar e, quando foram investigar, uma briga começara. A virtude da história de Weerawat era sua simplicidade despojada. Nada de explicações ou argumentos complicados. Proprietário do prédio encontra *farang* que já admitira antes um arrombamento no andar de baixo, e o *farang* perdeu a cabeça e resistiu. Os policiais tinham anteriormente o interrogado sobre o assassinato de um homem em Pattaya. Eles tinham voltado para mais perguntas e deram com ele no terceiro andar.

Eles eram bons. Suas histórias se encaixavam tão bem que era difícil acreditar que não tinha sido aquilo que acontecera. Detetives particulares eram bons em abrir portas sem usar força, embora o histórico pessoal de Calvino sugerisse que ele não tinha habilidade para abrir uma fechadura. Enquanto Calvino escutava Weerawat explicando o que acontecera, ele assistia a um show, observando que a polícia acreditava em cada palavra do poderoso. Cabeça de Caixa e Barrigudo apoiavam seu patrão, com um aceno de cabeça ou um grunhido nas deixas certas da fala de Weerawat.

A lei de Calvino para um interrogatório da polícia era: *Mantenha a história simples, seu burro. Explique demais por que os eventos aconteceram da maneira como aconteceram e logo se torna uma história complexa e os policiais se perdem.* Weerawat contara uma história de mestre.

— Ligue para Millie Danielson. O número está no arquivo.

Ratana enxugou o rosto, concordou e voltou para a mesa dela para procurar em meio ao caos de papéis o número do telefone. Um momento depois, ela voltou.

— Não entendi por que você não quer me contar o que o médico falou — disse ela. — Ele não pareceu satisfeito.

— Ele disse que o escritório ficara num estado pior do que eu.

— Eu sei que ele não disse isso.

Assentindo, Calvino pegou o telefone no chão e tentou fazer com que a linha funcionasse. Não dando certo, ele usou seu celular para ligar para Millie Danielson. Ao longe, ele ouviu um sax tenor tocando o som "meloso-como-mel" de "Only with You", de Andy Snitzer. A música vinha do andar inferior, do sistema de som do One Hand Clapping. Ele terminou a ligação e desceu a escada, olhando pela janela da casa de massagem. Bateu com força na porta. Depois de alguns instantes, Metta apareceu; olhou lá fora e viu Calvino parado ali na frente.

— Vá embora. Não aberto.

— Abra a porta, Metta.

Ele podia ouvir o jazz tocando e ela ganhando tempo. Por fim, ela destrancou a porta e Calvino entrou. Metta estava usando uma flor fresca nos cabelos. O batom, vermelho e suave, fazia seus lábios parecerem maiores do que ele se lembrava.

— Onde está a *mamasan*?

Metta segurava um pequeno coelho branco enroscado como uma bola. Ela deu de ombros.

— Ela foi embora.

— Quando vai voltar? — Calvino a observou acariciar nervosamente o coelhinho.

Mais dar de ombros.

— Não sei. Talvez não volte. Ela assustada.

— Você não está assustada?

O coelhinho dava a ela uma sensação de reconforto. Ela o ninou gentilmente em seus braços, seguindo o ritmo da música.

— Jazz gostava muito dessa música. Quero tocar uma última vez. Sonhei com ela pedindo para eu tocar essa música. Andy, o amigo dela, também gostava dessa música. Ele pediu para ela tocar muitas vezes. Nunca esqueci. — Lágrimas brotaram em seus olhos.

Era simples assim. Metta voltara para tocar uma última canção para a amiga morta. Porque tinha sido um pedido num sonho. Calvino enxugou as lágrimas dela com a mão. Ela olhou para o rosto machucado dele.

— Alguém bateu forte em você?

— É, me acertaram feio.

Ela inspirou por entre os dentes.

— Deve doer muito.

Calvino enfiou uma nota de mil *baht* na mão dela.

— Avise-me se ficar sabendo alguma coisa da *mamasan*. Eu gostaria de falar com ela.

Ela olhou para o dinheiro, inclinou-se e beijou Calvino no rosto.

— Quando o vi pela primeira vez, achei que era um bom homem.

Ele tocou seu rosto onde ela o beijara.

— Como você abriu a porta?

Metta hesitou por um momento, e então tirou uma chave do bolso de seu jeans. Ela a mostrou.

— Posso ficar com ela?

Os olhos de Metta dançaram percorrendo o rosto cheio de hematomas dele. Olhos como os do coelhinho dela, curiosos, inocentes e com medo ao mesmo tempo.

— Eu sei o que aconteceu — disse Calvino. — Jazz não se matou. Não se preocupe. Eu vou descobrir quem fez isso. Dê-me a chave. Vai me ajudar a encontrar o assassino dela.

Ela deixou cair a chave na mão estendida dele.

— Você ajude Jazz, sei que é capaz.

Descalça, ela ficou ali na porta segurando o coelho, a cabeça inclinada para o lado, sussurrando alguma coisa em tailandês para o bichinho. Outro tipo de coco; outro coelho tirado de uma cartola.

TRINTA E CINCO

McPhail estava sentado no Lonesome Hawk com um Jameson on the rocks, um braço ao redor da cintura de uma garçonete, a outra mão batendo as cinzas de seu cigarro. Calvino entrou usando óculos escuros e um chapéu. O disfarce não enganou o Velho George nem por um minuto.

— De que porra de carroça de leite você caiu, Calvino? Você está com uma aparência de merda.

— Fui atropelado por um anão — disse Calvino. — Pequeno, mas poderoso.

— Esse é o meu menino. — O Velho George sorriu.

Calvino sentou-se à mesa de McPhail.

— Que merda aconteceu com você? Não foi um dos maridos das *Fab Four* que fez isso, foi?

Uma garçonete saiu da cozinha com duas travessas com tacos e feijão e os colocou no balcão na frente de dois habitués. Um deles disse:

— Eu lembro quando o prato do dia custava 60 *baht*.

O outro disse:

— Eu lembro quando custava 40 *baht*, sopa e salada incluídas.

Eles estavam falando alto o bastante para o Velho George ouvir. Ele retrucou:

— E eu me lembro de comprar um prédio em Berlim por duzentos pacotes de cigarros. Quanto vocês acham que aquele prédio vale agora? Eu poderia comprar uma fábrica de cigarros pelo valor daquele prédio. A lição é... os dois idiotas aí estão prontos para ela? A lição é: os preços de merda sobem. Em que escola na selva vocês estudaram?

Debruçados sobre seus pratos, os homens sorriram, os tacos se quebrando em seus dedos, com molho, carne, alface e queijo escorrendo por suas mãos. Um deles piscou para George, uma das mãos escorrendo molho.

— Então, para que aumentar o preço do especial? Você já é um judeu rico.

Calvino apertou a cabeça contra o encosto do banco. Suas mãos agarraram o copo.

— Não faça isso — disse McPhail.

As veias no pescoço de Calvino dilataram, atingindo seu máximo quando ele reergueu a cabeça e se levantou da mesa. Ele foi até o balcão.

— Já chega — sussurrou Calvino, pegando um taco do prato do cliente e o empurrando no rosto dele.

— Epa, epa — interveio o Velho George. — Volte para o seu lugar e sente-se, Calvino.

Calvino ficou parado ao lado do freguês, abrindo e fechando os punhos.

— Não gostei do que ouvi.

— Se você for amassar um taco na cara de todo mundo que diz algo de que você não gosta, acho que vou investir em ações de taco no México. Agora faça a porra do favor de sentar.

George apontou para o cliente, que tirava alface e molho do rosto.

— Dê a ele uma Singha por minha conta — bradou ele para a garçonete. Tarde demais. O homem já tirara a carteira e largara o dinheiro no balcão. Foi embora bem quando a cerveja chegou.

— Vá se foder — exclamou George quando o cliente passou por ele a caminho da porta. Assim que o freguês foi embora, George virou-se para o DJ e berrou: — Quantas milhões de vezes você vai tocar "A Boy Named Sue"? Muda de música, porra.

Calvino tocou a mandíbula, movendo-a lentamente. Mais um soco e teria passado de trincada a fraturada mesmo.

— Calvino não é um nome judeu. Qual é o seu problema? — perguntou um dos velhos clientes no balcão.

— Ei, não é só nome que faz de você um judeu — disse o Velho George. — Se a sua mãe é judia, você é judeu. Não importa se o nome dele é Vincent Calvino. A mãe dele é judia. — Ele omitiu que ela morava num lar para idosos em Nova York e que Calvino andava sem dinheiro para pagar a conta.

Lovell entrou pela porta. Ele olhou em volta do bar escuro, lúgubre. Tudo parecia gasto, quebrado, usado demais. Calvino estava sentado com McPhail numa mesa fixa junto à parede, jogando um analgésico na boca e engolindo-o com um Mekong com Coca. Ele estava com o celular no ouvido, mas, quando viu Lovell entrando, parou de falar. Lovell estava usando uma camisa polo, jeans e tênis, e as roupas informais faziam-no parecer bem mais jovem. Seu rosto estava inchado e com marcas da surra que Weerawat e seus homens tinham lhe dado.

— Vocês dois estão no mesmo clube de boxe? — perguntou McPhail.

— Treinamos com os mesmos *sparrings*.

As garçonetes se aglomeraram ao redor do recém-chegado, acotovelando-se para tirar seu pedido: um café gelado sem açúcar.

— Achei que você estava nos Estados Unidos — disse Calvino.

— Achei que você poderia estar morto — replicou Lovell, apoiando-se num banco do balcão em frente à mesa.

— Até agora estávamos ambos errados.

— A sua secretária disse que eu o encontraria aqui. Ela me contou sobre a invasão. Eles arrancaram os drives do seu computador.

— Estavam criptografados. Isso nos dá algum tempo — comentou Calvino.

Lovell tomou um gole de seu café, os olhos percorrendo as paredes decoradas com ferros de marcar, uma bandeira do Lonesome Hawk, um entalhe em madeira de um tatu, variados pôsteres desbotados com imagens de cowboys, montagens de fotografias empoeiradas de habitués há muito falecidos. Uma enorme cabeça de búfalo asiático empalhada ocupava a parede revestida de madeira exatamente acima do Velho George. Tanto o búfalo quanto o Velho George estavam com a cabeça inclinada para a porta, esperando alguém; Lovell baixou o copo, aproximou-se da mesa e sentou-se no banco ao lado de Calvino. Estendeu a mão e, valendo-se do elemento surpresa, desfez e refez o nó da gravata do detetive.

— Desculpe, mas estava me deixando aflito.

McPhail revirou os olhos. A garçonete que ele mantinha presa nos braços com a habilidade de um lutador profissional deslizou as unhas sobre a mesa e tocou a mão de Lovell. Ele se sobressaltou, quase derrubando o drinque de Calvino.

— Você quer um taco? — perguntou ela.

— Não é uma brincadeira — explicou McPhail. — É o prato do dia.

— Acho que vi alguém com um taco na cara saindo daqui — disse Lovell.

— São melhores para comer. Mas Calvino pode ajudá-lo a transformá-los num acessório.

Lovell pôs a mão no colarinho de sua camisa polo e puxou uma corrente de ouro. A garçonete de McPhail quase desmaiou. Lovell não só era bonito, ele usava ouro. Isso era uma razão para ficar para qualquer *ying* trabalhando num bar. Preso à corrente havia um pen drive. Calvino reconheceu-o imediatamente e sorriu, assentindo.

— Fico feliz que você tenha decidido ficar por aqui — disse Calvino. Ele se virou para McPhail— Lovell foi um bolsista Rhodes.

— Porra, isso quer dizer que ele é realmente inteligente. Você se lembra do Arnold, o cara que trabalhava nas plataformas e costumava ficar por trinta dias? Ele disse que, se você não pode aumentar o seu QI, então é o caso de se mudar para um desses países africanos pequenos onde o QI médio é por volta de 70. Então você se tornaria um gênio.

O Velho George deu um soco na mesa.

— McPhail, você não seria um gênio nem numa ilha deserta.

— Vá se foder, George, seu judeu velho. — McPhail recostou-se. — Foi uma piada, Calvino. — O detetive estava ocupado demais olhando o pen drive para reagir a McPhail.

Lovell removeu o pen drive da corrente de ouro e o colocou na mão de Calvino.

— Ratana disse que ela tinha um backup dos arquivos que lhe dei. Mas, em todo caso, eis outro backup. Coloque-o em algum lugar seguro.

Ele pagou seu café gelado e levantou-se para ir embora.

— Aonde você está indo? — perguntou Calvino. Então seu celular tocou. Na outra linha estava o coronel Pratt. Era importante; mais que isso, urgente.

— Ligo mais tarde para você — afirmou Lovell.

Ele parou em frente à cabeça de búfalo e ficou olhando-a por um minuto inteiro.

— E então? — perguntou o Velho George. — Nunca viu um búfalo antes?

— Ele parece estar em paz — afirmou Lovell.

George entortou a cabeça e olhou para o búfalo ali no alto.

— É, acho que sim.

TRINTA E SEIS

CALVINO NUNCA VIRA O CHEF Elmo no restaurante de noite. Todas as pessoas têm um lugar e uma hora, e, quando eram deslocadas no espaço e no tempo, algo estranho acontecia, como se assumissem uma nova identidade. O homem que dava aulas de culinária e o homem que ele viu naquela noite eram pessoas diferentes. O chef noturno Elmo circulava entre as mesas, rindo e brincando com os clientes, fazendo recomendações polidas, ouvindo suas histórias, desejos e queixas com infinita paciência e sabedoria. À noite, ele parecia mais velho, mais sábio.

Atravessando o estacionamento do restaurante naquela noite, Calvino ouviu os pulmões gorgolejarem. As costelas doíam a cada respiração. Ele olhou para os carros caros parados do lado de fora do minúsculo império do chef Elmo. O jogo de sombras e luz fazia o estacionamento parecer estranho de uma maneira exótica, de outro mundo. Como se de outro tempo. Em parte, era pela luz — os raios difundidos pelas árvores, um holofote que tremia no céu sem lua, e isoladas fontes de luz entre o acesso de asfalto e o jardim. No centro deste, uma bica luminosa esguichava jatos de água através da tromba de um elefante empinando as patas dianteiras.

De dia Calvino não notara a fonte, ou, se a vira, o elefante não ficara devidamente registrado. O terreno e as construções, todas térreas, eram originalmente uma casa de um conjunto maior. De tarde, o lugar era como uma *ying* sem maquiagem, short folgado e os cabelos presos num coque descuidado. Então, uma noite, dentro de um cabaré enfumaçado, a mesma mulher aparece no palco com a maquiagem certa, unhas feitas, um vestido justo, e entoa uma balada que derrete a primeira fila, avançando mesa por mesa, até sua mágica estar em toda a parte.

Ele seguiu pelo caminho. Cercando o terreno havia um muro de 3 metros de altura. Era algo que tinha visto centenas de vezes na zona verde, em especial nas vias mais afastadas. A mágica se esvaía tão rápido quanto se instaurava. O restaurante podia ser em qualquer bairro e em qualquer cidade grande. Era como o condomínio de Lovell, com suas esculturas e pinturas genéricas, ornamentos que indicavam bom gosto e grandiosidade, perdendo a identidade.

O restaurante estava além do que podia se permitir. O preço de uma refeição era um mês de custos de operação, seis meses de almoços no Lonesome Hawk. Comer os resultados dos exercícios de culinária das *Fab Four* não contava como ter jantado no restaurante. As mulheres haviam preparado a comida. O chef Elmo as supervisionara e guiara. Fizera o seu melhor. Mas as mulheres não eram italianas. A culinária não estava no sangue delas. As mulheres achavam que estavam preparando comida italiana, mas também confundiriam um tapete de orações com a religião. Italianos é que faziam comida italiana. Todo mundo sabia disso.

Millie Danielson tinha sugerido o jantar no restaurante do chef Elmo. Ele concordara, pois parecia a única oportunidade de obter o lado dela da história, o lado que o coronel Pratt procurara, mas fracassara em obter. Ela estava esperando numa mesa quando Calvino passou pela porta. O maître fez um gesto na direção dela antes de guiar Calvino. Millie Danielson olhou o relógio e estava para dizer alguma coisa quando viu o estado do rosto dele.

— Sei que estou atrasado. Peço desculpas. — Calvino pareceu hesitante ao se sentar.

Uma garrafa aberta de clarete francês estava na mesa. Por volta de um terço da garrafa estava faltando. Pelas migalhas espalhadas, ele deduziu que ela estava em sua segunda cesta de pão. Parecia estar impaciente, mas também um pouco bêbada.

— A única razão que me fez concordar em encontrá-lo foi você ter ajudado Ruth — disse ela.

— Ruth é um amor. Noah é um amor. Denver será um lugar melhor quando eles chegarem lá — declarou Calvino enquanto o garçom alisou um guardanapo em seu colo. — Você poderia trazer mais pão? — pediu ele.

Millie Danielson encheu de novo sua taça e estendeu o braço para servir Calvino. Ela não parecia uma viúva de luto. Um pouco bêbada, irritada e entediada, mas nem remotamente perto de um estado de luto profundo. O vestido dela, com um decote cavado, bradava:

"Estou disponível. Vá ao balcão de recepção preencher a sua inscrição. Faça fila, querido."

— E traga outra garrafa do que quer que seja isso — disse ele ao garçom.

Ela bebeu sem brindar com Calvino, que erguera a taça para um contato que não iria acontecer. Ele sorriu e bebeu metade da taça. Quando ele voltou à tona para tomar fôlego, ela o estava encarando.

— Você está com sede — comentou ela. — Gostaria de uma água?

— Vou ficar no vinho. Mas obrigado por perguntar.

Ele sabia que o vinho era caro, e não estava nem aí. Queria mostrar a ela que tinha o seu próprio modo de lidar com a dor. Ele se demorou observando-a. Estava claro que ela se dera a um grande trabalho para se produzir, com um penteado novo, unhas feitas, o vestido de grife. Aquelas unhas estavam fazendo um sapateado na taça de cristal da mesma maneira que um mestre de cerimônias faz quando quer a atenção dos presentes. Sempre funcionava. Ela tinha a atenção de Calvino.

— Noah, sabe, o marido de Ruth, não é assim tão mau, mas é fraco. É o caso da maioria dos homens. Eles querem ser bons, agir certo. Então uma saia passa e eles fraquejam. E, no instante seguinte, tudo que tinham de bom voa pela janela.

— Uma fraqueza que as mulheres usam para o próprio proveito — disse Calvino.

— Os homens não precisam de muito encorajamento.

Calvino compreendeu que aquelas eram as palavras amargas de uma mulher traída. Noah estivera com as duas *yings* na frente dos bares dos Artistas Mortos, ouvindo uma voz na cabeça: duas boas Razões Para Ficar. Como não podia tirar isso da cabeça, o marido de Ruth era um fraco; e, se isso era verdade, todos os homens eram fracos. Ele sorriu, bebeu o vinho até o fim e encheu de novo a taça.

— O seu marido era fraco?

Era melhor abrir logo o jogo. O garçom trouxe outra garrafa da mesma safra, abriu-a e serviu Millie. Ele pareceu compreender que nenhum dos dois estava com muito interesse em comida e desapareceu para outra mesa.

Millie sorveu o vinho e não respondeu.

— Alguma vez você encontrou um marido *farang* — perguntou ela — que não tenha sido fraco diante da tentação? Ou você vai me dizer que é a exceção, Calvino?

— Dizem-me que Bangkok é dura com os casamentos — disse ele. Millie lera o *Risco.* Ela sabia sobre as probabilidades; sabia da curva ascendente. O mercado para casos extraconjugais ia muito além do gráfico em Bangkok.

— O que você quer dizer é que é dura com os casamentos ocidentais. Nesse lugar, não acho que as mulheres tenham meios suficientes para manter seus homens dentro da cerca. Uma vez tive um collie que aprendeu como abrir o fecho do portão. Eu jamais poderia fazê-lo desaprender o truque. Um homem é como um cachorro que não desaprende o truque de passar para o outro lado da cerca.

— Você sabia da massagista do One Hand Clapping?

Ela assentiu.

— Jazz — sussurrou ela. — Gosta de nomes musicais para mulheres, Calvino?

— Vi o corpo dela — afirmou Calvino.

— Era atraente?

— Ela estava morta. Os pulsos cortados, sangue por toda parte no lençol, cama e chão. Sangue espirrado nas paredes e cortinas. Não era uma coisa agradável de ver. Muito sangue.

Millie deu de ombros para a descrição. Se visualizou Jazz morta no quarto, não mostrou nenhuma emoção.

— Compreendo que muitas dessas garotas decidem dar fim às suas vidas. Quem poderia culpá-las?

Calvino deu a ela um longo e silencioso olhar, interrompido por uma tosse aguda. Ele virou a cabeça e cuspiu sangue num guardanapo. O ruído de fundo dos outros clientes preencheu a zona morta. *Nem um pingo de empatia ou compaixão na voz dela,* pensou ele. Millie era durona o bastante para ser a rainha do rei de Cabeça de Caixa num tabuleiro de xadrez.

— Às vezes não são elas que dão fim à vida. Alguém as ajuda.

— O que você está dizendo?

— Estou falando sobre probabilidades. A polícia diz que a causa provável da morte de Jazz foi suicídio. Outra probabilidade é que ela tenha sido assassinada. Ela morreu apenas poucas horas antes da morte de seu marido. Uma coincidência? Talvez. Talvez não.

— E você acha que o meu marido foi assassinado, também?

— Sim, tenho certeza disso. Só tenho um pequeno problema.

Ela ergueu uma sobrancelha.

— E qual seria?

— Não tenho provas diretas.

— Isso coloca a sua crença no âmbito da fé, não? E exatamente aonde você acha que essa fé irá levá-lo?

Calvino deu de ombros e pediu seu prato. Ele disse ao garçom que queria o especial do dia. O garçom perguntou como ele o queria. Calvino não fazia ideia do que era o prato do dia e, portanto, não sabia o que dizer a ele.

— Diga ao chef Elmo que é para Calvino.

— Brandindo nomes — disse Millie Danielson. O vinho estava fazendo efeito. O rosto dela estava avermelhado e a boca fazia um bico, como se ela estivesse jogando um beijo. Mas não era um beijo. Suas unhas rasparam o lado da taça.

— Há quanto tempo sabia sobre Jazz?

— Está com sangue grudado no canto da boca — disse ela.

Ele usou o guardanapo para se limpar.

— Assim está melhor.

Se Lovell estivesse na mesa, ele teria se debruçado e limpado para Calvino. Quando ele olhou de novo para Millie, lembrou que havia mulheres pelas quais um homem levaria um tiro, e então havia mulheres nas quais um homem poderia facilmente dar um tiro.

— Obrigado. Agora me conte sobre Jazz.

— A última namorada dele? — Ela fez uma expressão desdenhosa. — Fazia alguns meses. Eu, em geral, ficava sabendo delas quando ele achava um apartamento para elas.

— Quantas vezes isso ocorreu?

Millie Danielson olhou para cima, estalando a língua.

— Um eterno retorno.

Calvino ficou confuso.

— Nietzsche, Calvino. Com certeza, alguma vez já deve ter ouvido falar dele, não?

— Para além do bem e do mal.

— Muito bem. — A face dela irradiou-se num sorriso. — Nietzsche também disse que há uma moral dos senhores e uma moral dos escravos. Ele poderia ter sido tailandês, não acha?

— Nietzsche sempre me lembra de que os senhores nem sempre agem moralmente.

— Ruth disse que você era um homem inteligente.

Ele se inclinou sobre a mesa.

— Você amava o seu marido?

Millie esperava essa pergunta. Seu sorriso desapareceu, seus lábios se repuxaram.

— Sim, amei. Amei-o muito. — Ela disse isso com um misto de desapontamento e remorso, coberto por uma ligeira camada de raiva. Remexendo em sua bolsa, pegou um cigarro. — Importa-se?

Não era contra a lei fumar em restaurantes? Havia montes de leis que batiam na parede do *mai pen rai* e eram rebatidas. Calvino balançou a cabeça.

— Normalmente, eu não fumo.

É por isso que ela anda com um maço de cigarros na bolsa, pensou Calvino.

— Mas acabou se desentendendo com seu marido — disse Calvino.

Ela soltou uma baforada de fumaça.

— Andrew passou o HIV para mim.

Calvino estendeu a mão e serviu-se de um dos cigarros dela. Os dois pareciam um casal de russos brancos conspirando para derrubar o comunismo.

— Há quanto tempo é soropositivo?

— Só alguns meses. Você nunca imagina que uma coisa dessas possa acontecer com você. E, quando acontece, seu mundo desaba.

— E sabe como ele o contraiu?

— Jazz. Ou *Jazz to the World*, como eu costumava chamá-la.

— Ele tinha certeza de que havia sido Jazz?

Ela assentiu.

— Eu poderia ficar por aí sentindo pena de mim mesma. Mas, por que deveria? Com a medicação, o HIV é algo com que se pode conviver.

— Algumas pessoas têm alergia aos medicamentos. — Ela não reagiu imediatamente. — Andrew tinha alergia? — perguntou Calvino.

Ela apagou o cigarro.

— Tinha.

Ela viu o olhar de surpresa no rosto dele. Havia algo de tocante num adulto com o rosto machucado, parecendo triste por ela e seu marido.

— Aos medicamentos para o HIV?

Uma longa coluna cinza de fumaça espiralou-se de suas narinas.

— Andrew tinha um longo histórico de alergias. Ele dizia que tinha sido a principal herança que recebera de seus pais. Eles também tinham alergias. O irmão dele era criança quando morreu de uma picada de vespa. Ele teve uma reação ruim a alguns dos remédios que devia tomar. Os médicos coçaram as cabeças e, por fim, chegaram a uma combinação que parecia eficaz. A ironia é que ele não morreu de AIDS ou de uma reação alérgica aos medicamentos; ele morreu de um ataque do coração. Realmente não vejo como pode dizer que Andrew foi assassinado. Eu, com certeza, não estou a par de nenhum indício que justifique isso.

Danielson era HIV positivo, um presente que recebera de uma *ying*. Ele então o passou para Millie. E ele também sofria de alergias. Seu irmão morrera por causa de veneno de vespa. Não era uma coisa que acontecesse todos os dias. Era insólito o bastante para fazer Calvino encher de novo a sua taça. E ficava pior: até mesmo os medicamentos de Danielson para o HIV tiveram de ser alterados por causa de suas alergias.

— Que tal mais uma? — perguntou ele.

— Para um homem cuspindo sangue, conviria ser mais moderado.

— Tem razão. Deveria parar de beber. Começando amanhã.

Ela viu que a segunda garrafa já estava pela metade. Calvino arrancara parte do rótulo, descascando-o, enquanto ela lhe contava o histórico médico da família do marido.

— Outra garrafa cairia muito bem. — A mão dela estava de volta na bolsa. Dessa vez, tirou uma caixa de plástico, abriu a tampa e despejou os comprimidos na mão. Millie colocou-os na boca, tomou um gole de água, inclinou a cabeça para trás e engoliu.

— Quem sabia sobre a condição de seu marido?

— Contei a Janet, que contou a Ruth, que contou a Debra, e realmente não importava. Mas foi um grande alerta para elas. Foi por isso que elas pediram ao seu amigo para levá-lo à aula.

Calvino sorriu. Tinham usado McPhail. As *Fab Four* não precisaram ser persuadidas; tinham ido atrás de um detetive particular para descobrir se seus maridos estavam pescando na mesma lagoa e poderiam pegar o peixe grande, como acontecera com o marido de Millie.

Ele pensou sobre os outros detetives particulares que elas tinham usado antes de ele entrar na história. Nada disso importava mais. O coronel Pratt havia ido além dos canais normais para mantê-lo fora da cadeia. Aquela noite com Millie era para Pratt.

— O nome Weerawat lhe é familiar? É um homem de negócios.

— Eu o conheci — disse ela.

Um homem gordo na mesa ao lado explodiu numa risada. Distraiu Millie, que voltou a seus cigarros e ao vinho. Ela recuara um ou dois tiques em seu relógio emocional, para o lado frio, cauteloso. A pergunta de Calvino a derrubara, jogara-a contra as cordas bem quando ela estava começando a se sentir bem e segura. O sobressalto com a risada na mesa ao lado deu-lhe cobertura para retirar-se da conversa.

Calvino desferiu outro golpe enquanto o garçom abria a garrafa de vinho.

— Ele sabia da condição médica de seu marido?

A companheira do homem gordo, uma tailandesa de meia-idade, começou a falar alto em seu celular. Calvino virou-se.

— Minha senhora, estamos tentando ter uma conversa aqui.

A reação dela foi hostil até registrar a condição do rosto de Calvino. Ela baixou a voz e o homem gordo continuou a comer sem erguer os olhos do prato. Calvino virou-se de novo para Millie bem quando o garçom servia uma prova do vinho numa taça limpa. Calvino engoliu o vinho sem mudar a expressão no rosto.

— Igual às duas primeiras garrafas — comentou ele. — Pergunteilhe sobre Weerawat.

— E se ele sabia da alergia de Andrew — disse ela. — Eu conversei com Weerawat num desses desfiles de moda da alta sociedade. Não lembro onde meu marido havia se metido, mas eu me virei e lá estava ele. Weerawat. Ele se apresentou. Eu tinha visto a fotografia dele dúzias de vezes em revistas, mas fingi não saber quem ele era. Ele me disse que sua empresa tinha uma fábrica que produzia medicamentos genéricos para o governo. Ele tinha uma licença exclusiva. Quando perguntei que tipo de medicamentos, Weerawat respondeu que era para pessoas que tinham HIV. Acho que meu rosto ficou vermelho. Queria morrer. Mas eu sorri e tentei me controlar. Disse a ele que ouvira falar que havia algumas pessoas que tinham alergia aos medicamentos para o HIV. Fiz questão de conseguir que ele me convidasse para almoçar. Percebi que havia alguma tensão entre Andrew e Weerawat, e mais tarde, quando perguntei a meu marido sobre isso, ele disse que Weerawat era um homem de negócios escusos.

— Ele mencionou que Weerawat tinha uma empresa que fabrica remédios falsos?

Millie encarou o próprio prato.

— Sim.

A honestidade dela surpreendeu Calvino.

— Quando almoçou com Weerawat, vocês falaram sobre as alergias de Andrew?

Ela assentiu.

— Weerawat disse que tinha uma sobrinha que tinha todos os tipos de alergias. Quanto mais conversávamos, mais descontraído ele parecia. No fim do almoço, eu tinha certeza de que havia conseguido convencê-lo.

— O nome de Jazz veio à tona?

Um rubor vermelho apareceu nas bochechas dela exatamente como Calvino imaginou que acontecera no desfile de moda. Uma combinação de surpresa, angústia e culpa pintava manchas vermelhas como as pegadas de um bêbado em seu pescoço. Ela suspirou, balançando a cabeça, mordendo o lábio superior.

— O nome dela veio à tona.

— E o que Weerawat disse quando contou a ele?

— Eu estava meio bêbada. Simplesmente escapou. E ele realmente não disse nada. Deu um daqueles sorrisos tailandeses que podem significar qualquer coisa. Como um charlatão lendo cartas de tarô.

— Mencionou o nome da casa de massagem de Jazz?

— Para falar a verdade, foi como ela entrou na conversa. Weerawat contara uma piada infame e, quando viu que eu não estava rindo, perguntou por quê. Eu disse a ele que eu ria de certas imagens insólitas, como aquela coisa Zen de uma só mão batendo palmas. E ele falou que era impossível uma só mão bater palmas. Eu expliquei que esse era o nome de uma casa de massagem, e meu marido tinha uma afeição especial por uma das garotas que trabalhava lá, chamada Jazz.

Em um só almoço Weerawat ficara sabendo sobre Jazz e onde ela trabalhava. Millie também revelara o histórico de alergias de Danielson. Todas essas informações traduziram-se em felicidade para Weerawat, e ele reagira com um desses sorrisos genéricos. Ele estava juntando as peças de um quebra-cabeça que até então não conseguira resolver. Millie Danielson havia lhe dado o maior dos presentes: poder sobre a vida de um inimigo. Se ela soubesse das consequências de fornecer a ele essas informações, teria ainda assim contado a ele todos aqueles detalhes pessoais? Calvino não conhecia aquela mulher. Mas ele achava que ela tinha uma boa noção do que as coisas que contara naquele almoço significaram.

— Por que está me contando isso? — perguntou Calvino.

— Eu não acho que você tem ideia do quanto Weerawat é poderoso.

Ele estava pensando a mesma coisa sobre ela. Agora Calvino se perguntava se ela estivera disfarçando a verdade.

— Ele poderia ajudar uma esposa traída de muitas maneiras — disse ele.

— Ter o meu marido morto não me ajuda.

— Nada de seguro de vida?

Millie riu da ideia. Ele viu, pelo jeito que ela baixava os olhos, que estava evitando uma resposta para não ter de mentir. O garçom chegou com o prato de Calvino, trufas pretas como tinta, e o colocou na frente dele. Pareciam três testículos cortados. O garçom então serviu o foie gras de Millie Danielson. Calvino ergueu os olhos das trufas e deu com Millie o examinando como se ele fosse um sentenciado à morte.

— Não achei que fosse um homem que gostasse de trufas — observou ela.

— Que tipo de homem achou que eu era?

— Alguém que segue em frente porque acha que está certo, e que as coisas vão acabar dando certo. Sabe de uma coisa? Isso raramente acontece na vida real.

— Diga-me o que acontece na sua versão da vida.

Ela acendeu outro cigarro, soprando a fumaça para o lado por um canto da boca.

— Você pode lutar contra ele. Mas não vai conseguir derrotar Weerawat. Nem mesmo com todos os amigos do mundo. Estou lhe dizendo isso porque você fez um esforço para ajudar as minhas amigas. Sei que elas aprontaram com você quando mudaram de ideia. Mas ainda assim as ajudou. Isso, para mim, é algo que conta. E posso ver que alguém o espancou. — Ela pôs o cigarro no cinzeiro, sem se incomodar em tocar a comida.

— Não foi Ruth, ou Janet, ou Debra.

Ela não sorriu.

— Eu queria retribuir o favor e lhe dar um conselho.

— E qual seria?

Ela ergueu a sobrancelha.

— Você é um sujeito esperto. Preciso dizer com todas as letras? — Ela podia ver pela expressão dele que era exatamente o que teria de fazer. — O mais inteligente de sua parte seria ir direto para o aeroporto e voltar para de onde veio.

— Eu já lhe disse. Sou de Nova York.

— Então volte. E eu não demoraria muito.

— Você está me dizendo que não tenho muito tempo?

O sorriso retornou.

— Você pega as coisas rápido.

— Você está me passando um recado?

O que ele não disse a ela foi que Nova York mudara de maneiras profundas durante os anos em que ele vivera na Tailândia, ou talvez ele mudara. Tudo o que Calvino sabia era que não dava a sensação de ser a mesma Nova York de quando partira. Ou o mesmo país. Era um lugar estranho, bizarro no mapa. Agora ele pensava em Nova York como o lugar onde sua mãe esperava a morte num lar para idosos de segunda categoria.

— Voltar não é assim uma ideia tão ruim — disse Millie. Ela apagou o cigarro e imediatamente acendeu outro. Suas mãos estavam tremendo um pouco. Calvino se debruçou e as firmou, possibilitando a chama do isqueiro acertar a ponta do cigarro. Ela deu uma tragada profunda. A fumaça a acalmava.

— Então, por que você continua aqui? A situação política local está ficando feia.

— Quando você é HIV positivo, fica onde a assistência médica é barata e criadas cuidam da limpeza e das compras. Você não se preocupa com a situação política ficando feia. Sempre foi feia. Em toda parte. Todas essas manifestações por liberdade e democracia, o que elas significam para mim? Não muito.

TRINTA E SETE

O CHEF ELMO FOI DA COZINHA para o salão. Estava usando o uniforme branco, incluindo o chapéu, fazendo-o parecer rechonchudo, castrado, só um rosto redondo como a lua e com olhos vermelhos. Estava com um sorriso acanhado ao obter a atenção de Calvino. Um aceno de mão de político saudou Millie Danielson. Junto à mesa deles, estalando a língua, Elmo examinou a comida intocada.

— Vocês nem tocaram a comida. Não está boa?

— Estivemos tão ocupados conversando, chef, que ainda não começamos. — Millie ergueu a mão para ele beijá-la.

Depois de beijar a mão de Millie, ele entregou a Calvino um bilhete.

— Por favor, diga a seus clientes que não sou um carteiro.

Um olhar passou entre os dois. Se Calvino conhecesse o chef Elmo melhor, teria visto todos os sinais de um homem sob estresse, incluindo o nervosismo e a agitação. A persona de um chef celebridade se baseava em tiques de personalidade. No caso do chef Elmo, os clientes satisfeitos assumiam que um alto grau de ansiedade era adequado ao ao seu papel.

Enquanto Elmo falava com Millie sobre a aula de culinária, Calvino examinou o bilhete escrito na letra de McPhail. Dizia: "Siga o chef Elmo para a cozinha. Estou esperando nos fundos. Mantenha um sorriso e finja que está tudo bem." Calvino dobrou o bilhete e o enfiou no bolso. Ergueu a taça de vinho e fez um brinde ao chef Elmo. Millie ergueu a taça, também.

— Ao chef — disse Calvino. Depois de tomar um gole, ele pôs a taça na mesa. — Há um problema amoroso. Peço licença por um instante. O chef Elmo e eu precisamos conversar.

Ela olhou para Elmo com um sorriso de quem está por dentro.

— Nunca acaba, não?

Calvino se levantou e seguiu o chef Elmo pelas portas que levavam à cozinha. O chef não olhou por cima do ombro. Ele cruzou o cômodo rapidamente, passando pelos fogões e pelo balcão de cortar, por dois congeladores industriais e algumas pias, entrando numa passagem com grandes lixeiras de plástico. Calvino viu um reflexo borrado de si mesmo na porta cromada do congelador. Nada bonito de se ver, pensou. Encontrou McPhail agachado entre duas das lixeiras, acariciando um gato. Ele ergueu os olhos para o chef Elmo e Calvino, a mão em volta da orelha do animal.

— Você precisa cair fora daqui — disse McPhail.

— Vou dizer a Millie.

McPhail levantou-se, empunhando uma machadinha, e o gato correu entre as pernas do chef Elmo para a cozinha.

— Não é uma boa ideia — afirmou McPhail. Ele pôs a mão no ombro do chef. — Obrigado, Elmo. Você fez bem.

— O que está acontecendo, McPhail?

McPhail pôs o braço em volta dos ombros de Calvino.

— Você está realmente encrencado.

O chef Elmo tirou do bolso um molho de chaves e destrancou a porta dos fundos, que dava num jardim. Ele acendeu a lâmpada sobre a porta do lado de fora. Luzes das casas vizinhas iluminavam contornos sombreados de palmeiras, bananeiras e bambus listrados de amarelo mais altos que o muro de pedra de 2 metros no fim do jardim. Nada de espigões pontudos para empalar intrusos; nada de cacos de vidro para cortar suas mãos e seus joelhos. Mas chegar até o muro era o problema. Entre ele e o jardim havia uma selva de arbustos, bambus e árvores. McPhail usou sua machadinha para abrir uma passagem estreita entre os bambus.

O suor escorria do rosto de McPhail.

— Só mais um pouco e poderemos pular o muro.

— McPhail, por que vamos pular o muro?

Ele parou de cortar o bambu. Apontando para o restaurante com a machadinha, ele respondeu:

— Porque tem uns cretinos esperando-o lá na frente.

Calvino sentiu o coração disparar. O efeito da codeína havia passado e suas costelas e cabeça começaram a latejar.

— Quantos?

— Dois ou três. E alguns policiais.

— Pular o muro parece perfeito — disse Calvino. Ele pensou em Cabeça de Caixa e Barrigudo esperando pelo segundo round. Ao saírem da delegacia, eles deixaram claro que um reencontro seria providenciado para breve.

Com o cheiro do bambu recém-cortado no ar, McPhail ergueu a machadinha e continuou a podar, abrindo uma pequena clareira no mato grosso.

— Cara, isso é como uma selva. Temos alguns minutos antes que eles descubram que você escapou.

— Como eles saberiam?

McPhail soltou a machadinha e pôs o braço ao redor dos ombros de Calvino.

— Boa sorte, companheiro — declarou. — Pratt está esperando por você.

Ele juntou as mãos, fazendo uma escadinha. Calvino pôs os pés nas mãos dele e se ergueu no ar. Um ímpeto extremo de energia, e lá estava o detetive, no alto do muro. Retomou o fôlego e olhou para baixo.

— Obrigado, McPhail.

Do outro lado, um bando de vira-latas latia e, quando o viram olhando para baixo, rosnaram, rangendo os dentes. Os cachorros queriam que ele tomasse aquilo como algo pessoal. Calvino pulou para o chão. Abaixando-se, fingiu pegar uma pedra, e fez como se fosse um arremessador de beisebol. A ameaça foi suficiente. Os cachorros fugiram, latindo enquanto corriam. Calvino olhou em volta, tentando achar algo reconhecível. O *soi* era isolado, tranquilo, do tipo de que gente rica gostava. Ele viu um carro aparecer, um BMW cinza metálico novo entrando numa garagem. Depois que o carro desapareceu, não houve mais movimento. Era o tipo de *soi* usado por aqueles que viviam nele. Calvino podia ver à esquerda, onde o *soi* terminava. À direita, a 100 metros, fazia um "T" com outro *soi* maior. Ele se apressou a ir até lá. Uma motocicleta passou. O motorista pisou no freio, parou e olhou sobre o ombro para Calvino. Então estacionou a moto.

O coronel Pratt tirou o capacete e acenou para Calvino, que correu até ele. Parou no meio-fio e se inclinou, abraçando as costelas. Então lentamente se reergueu. Nunca ficara tão feliz de ver a cara de Pratt.

— McPhail disse que eu poderia encontrá-lo aqui — disse Calvino. — Fugi de uma conta de 300 dólares.

— Aquela senhora tem como pagá-la — confortou-o Pratt, estendendo um capacete extra. — Ponha isso.

O coronel Pratt estava usando jeans, sandálias e um colete laranja de mototaxista por cima da camisa. Calvino não se lembrava de uma expressão de medo no rosto de Pratt. Não por muitos anos, e então tinha sido a tríade chinesa em Nova York que o fizera parecer tão assustado.

— Você vai me contar alguma coisa que eu não quero ouvir.

O rosto do coronel Pratt ficou imóvel, quase calmo.

— Lovell está morto.

Uma pontada de dor atravessou as costelas de Calvino quando um longo tremor de pânico passou por seus pulmões e por sua garganta. Ele balançou a cabeça e desviou os olhos, e começou a ir de um lado a outro no *soi*. Quase num sussurro, balbuciou:

— Quando?

— Vincent, é hora de partir. Conversamos sobre isso depois.

Calvino parou, virou-se de lado.

— Quero ir para casa.

— Você sabe que não pode voltar para casa. Eles estarão vigiando o seu escritório e o seu apartamento. Você precisa ficar clandestino.

Uma palavra. Foi tudo o que Calvino precisou para compreender a gravidade da situação. "Clandestino" continha uma imediata e poderosa mensagem de que as coisas estavam além do controle do coronel Pratt. Clandestino também se traduzia numa sensação de entorpecimento e futilidade. O Velho George dissera a ele que durante a guerra aprendera uma importante lição na vida. Quando você precisa de uma saída de emergência, não tem mais tempo de construir uma.

— Você precisa ficar esperto, Calvino — dissera o Velho George. — Fico surpreso de você ter durado tanto tempo. As probabilidades, mais cedo ou mais tarde, vão alcançá-lo, e daí o que você fará?

— O que você faria? — Calvino lhe perguntara.

O Velho George olhara para a esquerda e a direita, e então se inclinara para a frente, sussurrando para Calvino:

— Eu tenho um lugar. Se algum dia você precisar.

A vez tinha chegado.

Calvino pegou o capacete e o colocou em sua cabeça inchada. A dor se irradiou até seus pés. Ele olhou pela abertura estreita do capacete. Era difícil respirar com ele. Passou a perna para o outro lado da motocicleta. O coronel Pratt manobrou o veículo, foi para o fim do *soi* e virou à esquerda, pegando um caminho estreito para pedestres que saía em outro *soi*. Ele passou por um emaranhado de pequenos *sois* até emergir perto da Asok.

O restaurante ficara bem para trás. Pratt entrou com a moto na Asok e se juntou ao fluxo de dúzias de motocicletas. Ele podia passar por uma das centenas de mototáxis levando um passageiro *farang*. Acontecia centenas de vezes por minuto, dia após dia. Levaram só alguns minutos para chegar à entrada da Washington Square pela Thanon Sukhumvit.

Dentro da praça, o estacionamento perto do velho cinema com o nome "Mambo" na marquise era uma zona de caos. Máquinas e corpos se apinhavam, montes de cotovelos pontudos se esbarrando num espaço confinado. Os shows do Mambo, que começaram às 20h30 naquela noite, tinham terminado, e saíam do local centenas de turistas da China, Hong Kong e Taiwan. Uma massa das pessoas vindas do Mambo cercaram a motocicleta do coronel Pratt. A multidão lotando a área era da China continental. Vestiam roupas folgadas baratas e sandálias, os rostos ressecados de tempo demais passado sob o sol. Centenas de pessoas se acotovelavam num enxame, como se alguém tivesse enfiado uma espada numa colmeia gigante, todos com sorrisos cheios de dentes, bloqueando o trânsito. O coronel Pratt ficou sem espaço para avançar pouco que fosse e desistiu da motocicleta. Tirou o capacete e desceu da moto. Foi envolvido pela multidão. Calvino teve de se esforçar para mantê-lo à vista enquanto ficava um, então dois, e daí três passos para trás, movendo-se com dificuldade em meio às pessoas.

Vários guias dos grupos de excursão desceram os degraus do Mambo, gritando através de megafones. Foram necessários alguns minutos até eles conseguirem pôr alguma ordem na situação. Os turistas seguiram seus guias para ônibus enormes, parecendo ligeiramente desorientados, atônitos de se verem na praça de noite, cercados por uma série de lojas decadentes. Poderia ser uma cena de multidão num filme sobre a Revolução Cultural. Os chineses fumavam cigarros enquanto esperavam a sua vez de embarcar. Alguns deles usavam chapéus de bambu com abas largas. Outros tinham cara de lua e seus cabelos pareciam ter sido cortados com uma tigela e um espelho. Ele sabia, por essas cabeças, que estava num mar com peixes exatamente iguais a ele. Duas mulheres mais velhas de pernas arqueadas subiram com um movimento rebolado a escada de seu ônibus. Ele viu seus enormes olhos redondos observando da janela do ônibus. Pensou em seu bisavô pintando os ancestrais dessas pessoas há quase cem anos. Eles não sorriam então; e não sorriam agora. Os tailandeses estavam sempre sorrindo.

Aquele sorriso deveria significar algo de bom, pensou ele. Até Cabeça de Caixa e Barrigudo tinham sorrido enquanto o espancavam. Calvino imaginou que eles estariam sorrindo quando mataram Lovell. Ele lembrava aqueles sorrisos do prazer de infligir dor.

Calvino cruzou os olhos com os de Pratt quando eles emergiram da multidão. O coronel fez um gesto para Calvino segui-lo. Eles contornaram os chineses, que estavam de bom humor após o show de *katoey*. Estavam rindo, fazendo piadas e se divertindo enquanto caminhavam para seus transportes. Calvino e Pratt foram forçados a sair do caminho quando os veículos começaram a se mover na via estreita. Após passarem pela entrada do Lonesome Hawk, o coronel Pratt seguiu por mais 3 metros, parou, olhou para os dois lados e abriu a porta. Subindo ali havia quatro andares de quartos de hotel. Durante o dia, eram quartos alugados para permanências breves. Quando chegaram ao terceiro andar, o Velho George estava no alto da escada, apoiado em sua bengala. Seu rosto estava pálido, seus ombros, encolhidos, e seus óculos grossos, faziam seus olhos parecerem borrados fazendo, mesmo a distância, com que parecesse uma montagem de partes de corpos costuradas a partir dos achados que caçadores de crocodilos dos pântanos da Flórida haviam recolhido.

— Porra, vocês demoraram — disse o Velho George.

— Tive que pular a porra de um muro com duas costelas quebradas — explicou Calvino.

— Há sempre um mulo para pular. Esse é o sentido da vida. Aprender como pular a porra do muro e ainda chegar na hora. — O Velho

George falava enquanto procurava a chave certa em seu molho para abrir a porta de um dos quartos disponíveis para permanências breves. Ele acendeu a luz, esperou o coronel Pratt e Calvino entrarem, e então fechou a porta. — Como podem ver, não é grande coisa, mas é um lugar para ficar. — Apontando para o banheiro do outro lado do quarto, ele acrescentou: — Não jogue papel higiênico na privada, ou tudo entope. Isso quer dizer encanadores. Isso quer dizer problemas. Eu sei que não é o Oriental Hotel. Mas ninguém vai saber que você está aqui. — O Velho George olhou para Calvino e então para o coronel Pratt. — Vou providenciar que tragam comida. Enquanto isso, vocês dois querem conversar. Eu vou ficar do outro lado do hall esta noite. É muito tarde para eu voltar. — Ele se apoiou na bengala e olhou ao redor do quarto.

Essa era a Bangkok clandestina.

Depois que o Velho George fechou a porta do quarto e a trancou, Calvino se sentou no sofá.

— Conte-me sobre Lovell.

— É ruim, Vincent. — O coronel Pratt tinha fotos da cena do crime, e ele as entregou a Calvino, que folheou-as rapidamente. O detetive tentou registrar as imagens do sangue e do cérebro de Lovell espalhados pelo papel de parede e mobília cor-de-rosa de seu apartamento. As esculturas genéricas, o vidro e cromo estavam respingadas de sangue. Lovell estava deitado de lado, a cabeça na borda do sofá como se estivesse olhando para a câmera. Se o tinham espancado, não mostrava muito em seu rosto. Lovell poderia estar dormindo se não fosse pelo buraco negro rasgado em sua testa.

— Quando aconteceu?

— Alguém ouviu tiros e ligou para a emergência. Quando a polícia chegou, interrogou os seguranças e os vizinhos. Mas ninguém viu nada. E não descobrimos quem ligou para a polícia — disse o coronel Pratt. — Um dos meus amigos estava lá. Ele me ligou. Tirou fotos e mandou-as para a minha casa. — Ele fez uma longa pausa. O esconderijo sem janelas, sem ventilação, deprimia-o imensamente. — O pessoal de Weerawat está atrás de você, Vincent. E a polícia também.

— Eles acham que eu matei Lovell? Ficaram doidos? Eu estava jantando.

Calvino se sentou na borda da cama, que vergou. Encarou seu rosto no espelho sobre a penteadeira. Aquele objeto tinha visto milhares de rostos entrarem e saírem daquele quarto. O rosto de Calvino era outra máscara monstruosa de dor e pesar.

— Lovell foi morto antes de você aparecer no restaurante — disse o coronel Pratt. — Eles dirão que você usou o jantar com Millie Danielson como um álibi. E que você matou Lovell porque ele não quis pagar o dinheiro que Danielson lhe devia. Não é o que eles pensam o que importa. É o que dizem a eles para pensar.

— Eles, eles, eles. Quem quer que *eles* sejam, quem se importa com que merda dizem?

— Vincent, fica ainda pior — disse Pratt.

— Pior como?

— A polícia encontrou o seu .38 especial da polícia ao lado do sofá de Lovell. A bala que matou Lovell saiu do seu revólver.

— Cabeça de Caixa deve ter pegado a porra do meu revólver — exclamou Calvino. — Mas você me devolveu na delegacia de polícia.

— Eu dei a você o .38 que me entregaram na delegacia. Você teria notado se não fosse o seu revólver — continuou o coronel Pratt. Fazia muito tempo que Vincent Calvino não o via suando daquele jeito. — Você o checou, Vincent?

— Eu tinha sido surrado, Pratt. Um olho inchado fechado, o outro semiaberto. O que você esperava que eu fizesse, checasse o número de série? — Calvino tirou do coldre o seu .38 especial da polícia. — Está bem aqui.

— Verifique o número de série.

Calvino franziu o cenho, confuso.

— O número de série no revólver na cena do crime é o mesmo que está registrado em seu nome — explicou o coronel Pratt.

Calvino olhou para o revólver em sua mão como se fosse um objeto extraterrestre.

— Eles trocaram as armas?

O coronel Pratt assentiu.

— Eu sei disso. E Weerawat sabe. Mas não importa. Ele dirá que seus homens nunca viram o seu revólver. Ele tem amigos nos escalões mais altos do governo. Você não pode tocá-lo.

Calvino verificou o cano, passando o dedo até a ponta.

— Um intocável que planta armas.

— Toda arma tem um jeitão diferente. Você não sentiu que o revólver estava diferente? — perguntou o coronel Pratt, pegando o revólver .38 da polícia de Calvino, virando-o, checando o número de série.

— Tudo que eu podia sentir era um par de costelas quebradas, um ombro dolorido e a minha cara inchando como uma melancia. Sentir o revólver? Eu não tinha sentimento nenhum sobrando para isso. E em quem eles vão acreditar? — perguntou Calvino, olhando para si mesmo no espelho sobre a penteadeira. O rosto que viu parecia o de um homem morto esperando cair duro. Ele compreendia a natureza da credibilidade e como ela se curvava, como a luz, dependendo da força da gravidade. E sabia que Weerawat tinha uma enorme força de gravidade.

O coronel Pratt assentiu.

— Está entendendo, Vincent?

— O que, Pratt?

— Ontem eu fui transferido para um posto inativo.

— Você não é mais um policial.

— Sou um policial na geladeira.

— Congelando — disse Calvino.

Weerawat mostrou que é mais do que bom. Está numa categoria própria, Calvino pensou. Weerawat jogara com ele como os caras com seu jogo de passe-passe em Canal Street, em Nova York. Ele deixara a guarda baixa e não reconhecera o jogo que Weerawat estava jogando. Contratá-lo como um chefe de segurança era uma maneira brilhante de armar para Calvino com o assassinato em Pattaya. Weerawat fizera que aquele homicídio fosse relacionado a Calvino. Dava-lhe algo importante a que recorrer, independente do que acontecesse. Weerawat o tinha pegado de surpresa, tirando seu revólver, espancando-o, trocando as armas e usando a registrada em nome de Calvino para matar Lovell.

Weerawat tinha um bônus, ainda: o assassinato de Jazz se mostrava aparentemente consistente com o padrão de comportamento de Calvino nos últimos dias. Weerawat tinha esclarecido cada um dos assassinatos para a polícia. Vincent Calvino simplesmente era um assassino muito perigoso. Até onde o empresário sabia, Calvino estava sendo protegido por um policial envolvido com a máfia, o coronel Pratt. O mesmo oficial que interferira, prendendo Weerawat e seus associados em um escritório de sua propriedade, e fizera com que Calvino fosse liberado mesmo estando envolvido em dois assassinatos. Agora podia dizer: "Estão vendo? Deixando-o sair, vocês permitiram que ele matasse de novo."

— E quanto a Ratana? — perguntou Calvino.

— Ratana está em segurança.

Calvino estivera pensando nela e se perguntando como iria lhe explicar o que tinha acontecido.

— Claro que está em segurança.

— Ela foi para o interior do país com Manee. Você não precisa saber onde elas estão. Mas estão seguras. — O coronel Pratt saberia de lugares no interior que ninguém jamais encontraria. Calvino se lembrou do rosto dela ao afirmar que cometera um erro quanto ao caráter de Weerawat.

— A nomeação de Weerawat para um cargo importante vai sair nos jornais amanhã — disse o coronel Pratt.

Calvino suspirou, balançando a cabeça.

— Você imaginava que isso ia acontecer?

— Não vai parar por aí — disse o coronel Pratt. — Algo vai acontecer, Vincent. As coisas foram longe demais.

— Eles dizem que não vai haver outro golpe na Tailândia. Que isso é coisa do passado.

— O governo não é liderado por um Próspero que pode ver os erros em seu comportamento — disse Pratt. Recentemente andara relendo *A tempestade*, uma de suas peças de Shakespeare favoritas.

— Próspero se reabilitou no fim da peça — afirmou Calvino, sorrindo. — Você acha que isso vai acontecer com caras como Weerawat? Na próxima vida, talvez.

Pratt começou a dizer alguma outra coisa, mas pensou melhor, desviou os olhos por um instante e respirou fundo.

— Tudo o que posso lhe dizer é que a fotografia de Weerawat e a notícia da nomeação dele como conselheiro especial do governo estará em todos os jornais amanhã.

Weerawat assumira uma posição e se aliara ao governo. Sua nomeação iria fazer outros temerem-no. Boatos da indicação vinham circulando há algum tempo, mas fofocas assim eram comuns. Ninguém podia ter certeza se aconteceria mesmo. O coronel Pratt e seu superior tinham sido os primeiros a sentir o alcance do poder de Weerawat. Ambos foram transferidos para postos inativos. Um mandado fora emitido para a prisão de Vincent Calvino pelo assassinato de Jazz e Daeng, o capataz de Pattaya, e agora John Lovell havia sido acrescentado à lista. Eles tinham testemunhas que viram Calvino com o homem morto em Pattaya e que o detetive lhe dera dinheiro. Ele arrombara a porta do quarto de Jazz. Havia sido pego no segundo andar e tinha usado o alçapão para entrar no quarto da casa de massagem onde a *ying* morta fora encontrada. E agora tinham o assassinato de Lovell solucionado com a presença da arma de Calvino.

— Se eu desaparecer no *gulag*, será o fim. Nunca mais sairei — disse Calvino.

— Permaneça fora de vista por um tempo. Weerawat está com medo de que você possa prejudicá-lo, por isso está atacando primeiro.

Pratt tirou do bolso do colete de mototáxi um saco com cartões SIM de telefone baratos e o entregou para Calvino.

— Cada cartão é um número diferente. Use-o uma vez, daí jogue-o fora e use outro. Quando estiverem acabando, me telefone e eu lhe darei mais. Nunca use um número duas vezes. Quando você ligar, eu lhe darei um novo número para nossa chamada seguinte. Desse modo eles não poderão rastrear nossas ligações.

O coronel Pratt abriu a porta e foi embora.

Calvino se sentou de novo na cama, olhando em volta.

Ele ligou a televisão. Todos os canais eram em tailandês. Deu com Weerawat sentado numa cadeira estofada, as mãos cruzadas, sorrindo e olhando para a câmera. O entrevistador perguntou a ele em tailandês sobre seus planos para a zona verde, que eram as áreas mais atraentes da Thanon Sukhumvit.

— Seria melhor garantir que a zona verde tenha habitações acessíveis para os tailandeses — disse Weerawat, sorrindo para a câmera. — Se estrangeiros quiserem morar e trabalhar na zona, eles primeiro precisam ter um visto de negócios. Temos *farangs* indesejáveis demais em nosso país. Deveríamos ser mais cuidadosos, através de restrições aos vistos. Todo mundo acha que os *farangs* são ricos. Mas isso não é verdade. Temos *farangs* pobres dando dores de cabeça a todo mundo. De modo que a minha ideia é manter a zona verde para os tailandeses e os homens de negócio.

Ele pensou em Cameron lendo o rosto na TV.

Mentiroso.

Calvino desligou a televisão. Ele tinha interrompido Lovell fazendo as malas com um belo discurso sobre defender o que era certo. Lovell o ouvira e não fora para o aeroporto. Agora a polícia estava caçando-o pelo assassinato de Lovell.

Weerawat estava mexendo os pauzinhos por trás da investigação policial. Junto com o seu tio Suvit, Weerawat trabalhara duro para obter o apoio e o encorajamento dos funcionários importantes. Tinham progredido muito desde que Galileo Chini pintara seus bisavôs com rabos de cavalo voando, andando na frente da enorme cabeça do dragão.

Todo mundo no governo e na mídia estava se desdobrando para agradar a ele. Queriam estar do lado certo de Weerawat porque ele parecia ser um ganhador, e as pessoas apoiam os ganhadores.

Weerawat precisa me encontrar. Ele precisa encerrar o assunto, pensou Calvino. Ele se deitou, fechou os olhos e procurou um analgésico nos bolsos. Agitou o frasco e derramou o conteúdo na palma da mão. Sobravam dois. Piscando, ele jogou os dois na garganta e engoliu. *Só para conseguir passar a noite*, disse a si mesmo.

Enquanto Calvino adormecia, ele viu o corpo de Lovell no sofá. Viu Weerawat olhando da TV. O poderoso cerrava os punhos e os dentes e encarava a câmera, bradando que era necessário limpar a zona verde dos estrangeiros indesejáveis. *Se você não tem um visto de negócios, então saia da zona verde.* Ele viu os ônibus de excursão na Washington Square. As filas não eram de turistas chineses, mas de *farangs*. Estavam acorrentados e cercados de guardas. Nos sussurros, Calvino ouviu-os falando; ouviu-os chorando. Estavam sendo transportados para outro lugar. Era parte do programa de extirpar os estrangeiros indesejáveis, dissidentes, pervertidos, desordeiros e em má situação financeira. Ele viu um rosto familiar no banco do motorista. Era o Velho George, com uma cerveja Singha e cantando uma velha canção da Segunda Guerra Mundial. Ele ligou o motor e partiu noite adentro.

TRINTA E OITO

Um facho irregular de luz relampejou pelo quarto, seguido por um trovão ribombando. Calvino acordou sobressaltado. Sentou-se na cama encharcado de suor. Ainda estava com os sapatos. O relâmpago iluminou o quarto de novo. Ele estivera sonhando e, quando viu a silhueta do Velho George apoiado em sua bengala na soleira da porta, não teve certeza se estava acordado.

— Você estava berrando feito louco.

— George? Que horas são?

— Três da manhã, e você me acordou. Tenho outras pessoas por aqui. Você precisa ficar quieto.

— O que você quer que eu faça? — perguntou Calvino. — Eu estava sonhando.

O Velho George fechou a porta e apoiou-se na penteadeira. Calvino virara de lado, com o rosto pressionando o travesseiro. Lentamente ele se levantou, segurando o pen drive que Lovell lhe dera com o backup dos arquivos.

— Qual é o seu problema, porra?

— Eu estava num tribunal tailandês.

— O que estava fazendo no tribunal?

Calvino balançou a cabeça.

— Era um sonho, George. O promotor estava lendo essa comprida acusação sobre como eu matei um trabalhador tailandês chamado Daeng e uma *ying* massagista chamada Jazz. Após terminar de ler as acusações, ele senta-se. Todo mundo está olhando para mim. Dois guardas me levam com correntes enormes para a cadeira do réu. Estou descalço, e posso sentir as correntes machucando minhas pernas. Olho ao redor do tribunal, mas não reconheço ninguém. O juiz tailandês me encara do alto do seu banco e diz que, antes de depor, eu tenho que fazer um juramento. Eu pergunto a ele: "Que tipo de juramento?" E o juiz está entediado. Está apenas seguindo o figurino. Ele diz: "Você faz um juramento pelo Corão se for muçulmano. Se for cristão, pela Bíblia, ou se for budista, pelos ensinamentos de Buda." O promotor e os outros no tribunal estão esperando.

— O que você disse? — perguntou o Velho George.

— Eu disse: "Sou judeu." O juiz não gosta disso. Posso ver pela cara dele que ele está irritado e quer terminar logo a audiência. Há um carrasco sentado na mesa do promotor e ele está afiando uma espada enorme. O juiz me diz: "Você tem de fazer um juramento como muçulmano, cristão ou budista." E eu digo: "Mesmo que não significar nada?" O juiz está com o rosto vermelho de raiva. "Você não acredita em Jesus?" Eu balanço a cabeça. "Ou em Maomé?" Eu lentamente balanço a cabeça, olhando as faíscas saindo da lâmina da espada. "Ou no senhor Buda?" "Desculpe", eu digo. "Não. Não acredito nessas religiões." O juiz se recosta em sua cadeira, o rosto anuviado pelo choque e frustração. "Então jure em inglês", diz ele. Eu pisco com incredulidade. "Prisioneiro Calvino, está ouvindo o que lhe está sendo pedido? Jure o que quiser em inglês. Apenas jure. Precisamos seguir em frente com esse julgamento." Eu olho para o promotor, o carrasco, e então de novo o juiz. Dou de ombros, fico de pé, ponho as mãos em concha em volta da boca e grito: "Vão se foder!" Daí eu acordei e você estava aí de pé na porta — disse Calvino, brincando com o pen drive de Lovell na mão.

— Se eu fosse você, estaria sonhando com um jeito de sair daqui — comentou o Velho George. Ele piscou com força. — Estaria interessado num navio de contêineres saindo de Klong Toei? Está saindo do porto depois de amanhã para Hong Kong. Você estaria seguro lá.

Calvino limpou o rosto e o pescoço com uma toalha branca fininha e se levantou da cama. Começou a caminhar pelo quarto com a toalha no pescoço, segurando as pontas enquanto andava.

— Se eles vierem aqui, vai ser ruim para você.

— Não se preocupe comigo. Preocupe-se com você. Como em seu sonho, eu digo, que se fodam. Estive numa guerra. Tenho 84 anos. O que eles podem fazer comigo que a natureza já não fez?

Calvino jogou a toalha.

— George, essas pessoas são do tipo que está pouco se fodendo se você é velho. Eles o machucariam.

— Que venham. Não seria nada mal um pouco de emoção na minha vida. Deixe eu lhe dizer uma coisa, meu jovem. Quando você chega aos 80, seu impulso sexual falha, emperra e se encerra de vez. Então você afunda. Você se dá conta de que passou a maior parte de sua vida adulta perdendo tempo com a grande busca. E o que você encontra depois de toda essa procura? Trepar, sexo, só isso. Quando você é jovem, tem de viver com isso. Não é fácil. É como levar um Jack Russel terrier que tomou anfetaminas para um passeio 24 horas por dia.

Ele ergueu a bengala e apontou para um mapa da Flórida na parede.

— Daqui a uma semana, parto para a Florida. Mas você pode ficar quanto tempo quiser. — Ele olhou em volta do cômodo, viu seu reflexo no espelho e suspirou. — Faz uns bons anos que não entro neste quarto. Não vou lhe dizer quantos. Então não perca o seu tempo perguntando.

Desde o tombo no inverno anterior, George vinha se movendo com lentidão. Ninguém o via depois do almoço. Ele tinha um Toyota de 20 anos e o estacionava na frente do Lonesome Hawk. Seu motorista, que era também o DJ em tempo parcial, ficava por lá até chegar a hora de levar o Velho George para casa. Então ele o ajudava a sair do carro. Naquela noite, ele tinha chegado sozinho num táxi e saíra dele bem devagar. Tinha parado e se apoiado na bengala. Ele tirara do chaveiro a chave do quarto para Calvino. O quarto tinha sido o particular de George, o que ele usava quando seu espírito Jack Russel terrier o fazia levar garotas escadas acima. Havia sido usado por anos. Era o quarto de George. O quarto com todas as suas memórias trancadas dentro. Algumas vezes ele tinha entrado e se sentado na cama para lembrar. Mas, com uma bengala, era difícil subir a velha escada estreita de madeira.

— Você precisa saber o que está em jogo, George. É sério. A polícia acha que eu matei um homem hoje à noite.

— E você matou?

Calvino balançou a cabeça.

— Para mim isso é o bastante. Sempre que eles precisam de um bode expiatório, por que sempre apontam para o judeu?

Calvino não tinha uma resposta. Ele se serviu de um copo d'água e o bebeu. Nunca compreendera o que significava estar sendo caçado. Ele sabia que, quando os caçadores marcavam uma presa para extinguir, se sua inteligência e recursos fossem bons, normalmente tinham sucesso. Ele estava cansado e com medo. A falta de esperança deu-lhe um calafrio. Weerawat tinha posto em movimento a força toda do Estado. Ninguém podia ignorar o poder de forças assim quando voltadas para um só homem.

— E sabe o que é o triste da história?

— O mundo é um lugar triste.

— Eu caí direto na coisa. Estava com os olhos abertos, mas não vi o que estava debaixo do meu nariz. Você vive aqui por anos a fio e acha que está por dentro. Não há nada que você não tenha visto ou entendido. E então um dia acorda e percebe que não sabe nada do que importa. Tudo o que acha que sabe é menos do que uma página de um livro grosso. Então eles jogam esse livro em você. Ainda está no ar. Ainda está vindo na minha direção. Estou tentando me desviar, mas não vejo como. — Ele sentiu a presença da cerca de Weerawat, a que o mantinha preso dentro da praça.

— Odeio essa chuva — comentou o Velho George. — Faz minhas juntas doerem.

Calvino sentou-se na beira da cama.

— Não vou gritar mais, prometo.

O Velho George sorriu.

— Se você estivesse com uma *ying*, seria compreensível. Mas gritar nos sonhos, isso é carma ruim. E irrita os outros hóspedes.

Quando o Velho George desaparecera na passagem, Calvino já tinha se vestido e posto seu coldre axilar. A resposta estava no sonho. Os tailandeses detestavam qualquer exposição pública. Deixava-os no limite, loucos de raiva, violentos e cheios de ódio. Quanto mais pública a exposição, entretanto, menos opções eles tinham de aniquilar a pessoa que estava no palco. Enquanto as luzes da ribalta estivessem brilhando, eles ficavam nas sombras, lambendo suas feridas, esperando as luzes se apagarem.

Ele tinha sido tolo em pensar que poderia se esconder. Mais cedo ou mais tarde os homens de Weerawat o encontrariam, o encurralariam e terminariam o que tinham começado. Ele usou um dos cartões SIM e ligou para o coronel Pratt. Disse que tinha pensado num jeito de focalizar uma luz muito forte sobre Weerawat.

— Mas antes precisa de alguma coisa.

— Gostaria de ter as fitas de vídeo da segurança do prédio de Lovell.

O coronel Pratt disse:

— Verei o que posso fazer.

— Alguma chance de conseguir meu vídeo do caso Danielson? — Um longo silêncio se seguiu. — Então só o vídeo da segurança do apartamento de Lovell. Terá de ser o suficiente.

TRINTA E NOVE

O coronel Pratt estacionou o carro na rua e caminhou os 30 metros até o condomínio de Lovell. Eram 8h, e o trânsito estava congestionado por 1 quilômetro perto de uma escola particular. Mães ao volante de carros caros paravam, e depositavam seus filhos antes de seguirem adiante. Fazia-o lembrar os padrões de sobrevoo em círculos em Don Muang com os aviões se acumulando, esperando sua vez de aterrissar. Ele ficou satisfeito de seus filhos já terem terminado a educação. Eles tinham se saído muito bem, disse a si mesmo. Parecia estranho saber que sua carreira como oficial da polícia com um futuro tinha efetivamente acabado. O oficial superior que lhe dera a ordem dissera, erguendo os olhos de uma pasta, que o auxílio dele a Vincent Calvino não só não tinha sido nada profissional como poderia haver quem pensasse que ele ajudara e dera assistência a um fugitivo da justiça, e que, se ele continuasse naquele caminho, devia esperar que uma ação disciplinar fosse o próximo passo. Ameaças dentro de ameaças, como bonecas russas. Seu velho superior já tinha se tornado monge. Esse era sempre um fim aceitável.

Um segurança uniformizado estava na frente da guarita. Ele cumprimentou o motorista de um Benz e apertou um botão, que ergueu a cancela. O Benz saiu pelo portão. No banco traseiro havia um menino a caminho da escola. Olhando o pátio principal, o coronel Pratt procurou sinais de algum policial que tivesse voltado para outro exame da cena do assassinato de Lovell. Nem um único oficial era visível. A ausência de policiais no local de um assassinato o surpreendeu. Era de manhã cedo, no entanto, e eles poderiam ter organizado a equipe para voltar no final da manhã ou no começo da tarde.

O assassinato de Lovell ocorrera na noite anterior e a investigação tivera apenas horas de duração. Se ele estivesse conduzindo o caso, seus homens estariam cobrindo o local, interrogando os guardas, vizinhos, funcionários de manutenção e quem mais encontrassem no condomínio. Em vez de repleto de investigadores, as vagas do estacionamento para visitantes estavam vazias, exceto por um BMW vermelho e um Camry cinza. Ele mostrou ao segurança sua identificação da polícia e perguntou onde estavam instaladas as câmeras de segurança. O homem olhou a identificação e em seguida o coronel Pratt, e a devolveu. Ele apontou para uma câmera presa no teto da guarita. Havia também câmeras de segurança no elevador e em cada andar.

— Eu gostaria de ver os vídeos da segurança a partir das 18h30 de ontem.

O segurança moveu os pés sem sair do lugar e desviou os olhos, sorrindo.

— Não posso.

Pratt tirou uma nota de mil *baht* de sua carteira.

— Quero dar uma olhada. Sou da polícia.

O segurança fitou o dinheiro por alguns segundos antes de pegá-lo, dobrando a nota em dois e enfiando-a no bolso do uniforme. Ele conduziu o coronel Pratt para o interior da guarita. As fitas estavam numa caixa na mesa. O segurança procurou entre os vídeos e entregou uma fita para o coronel.

— Da noite passada, começando às 18 horas e terminando às 20 horas.

— Eu as devolverei daqui a umas duas horas — disse o coronel Pratt, virando-se e indo na direção do portão principal.

O segurança, com as mãos nos bolsos, não fez objeção alguma. Ele ficou olhando o coronel caminhar pelo acesso e sair do condomínio. Pratt parou e olhou os dois carros estacionados na área para visitantes. O BMW tinha placa de Chiang Mai. Quem quer que fosse o proprietário daquele carro estava muito longe de casa, ou então ali era a sua casa, e ele tinha suas razões para manter o carro registrado fora de Bangkok. Enquanto voltava para o seu carro, Pratt estava pensando que, quem quer que tivesse matado Lovell, apareceria nos vídeos. Sentiu uma onda de desgosto ao pensar sobre o descuido da investigação. Não apreender as fitas de segurança era uma negligência grave. Mas havia um lado bom nisso. Se a polícia que estivera na cena do crime tivesse sido competente, os vídeos teriam sido levados.

O coronel Pratt voltou a sua casa e se instalou em frente ao computador em seu escritório. Ele tinha um videocassete conectado ao computador. Ele enfiou o vídeo da segurança no aparelho e apertou o botão para começar. Um relógio digital aparecia embaixo à direita na tela: 18:06:37. As imagens moviam-se lentamente, com um *time-lag* embutido. Horas podiam ser colocadas numa fita que, de outra forma, precisaria ser substituída a cada noventa minutos.

Olhar o lado de fora do prédio de Lovell era como assistir à filmagem em *time-lapse*. A câmera tinha sido montada numa plataforma que lentamente fazia um arco de 180 graus, incluindo a entrada da rua, o acesso ao hall e o estacionamento. Não acontecia muita coisa. As imagens se moviam por uma entrada e hall vazios. Uma tailandesa de 30 e poucos anos, vestida como uma executiva, levava uma valise e usou um cartão magnético de segurança para abrir o portão de entrada. Um carro estacionou numa das vagas para visitantes. Era o BMW de Chiang Mai, e um jovem tailandês em roupas informais saiu dele, falando em seu celular. Um segurança apareceu na imagem, cumprimentou o homem e saiu de vista. O proprietário do BMW trancou o carro e foi até a entrada. Alguém abriu, pelo interfone, a porta para ele. Às 18:48:42 um entregador de pizza apareceu em sua motocicleta. O segurança podia ser visto falando com o entregador, vestido com um traje de motoboy com capacete, segurando uma grande caixa térmica vermelha. O segurança acompanhou o visitante até a porta principal e usou seu cartão para deixá-lo entrar.

Às 18:52:19, a câmera mostrou Vincent Calvino passando pela entrada para o condomínio. O segurança o cumprimentou, e eles trocaram algumas palavras. O coronel Pratt pôs a imagem em pausa e a examinou cuidadosamente. Ele não teve dúvida de que era Vincent. Ele apertou o botão de play e, às 19:06:44, o entregador de pizza apareceu, subiu em sua motocicleta e saiu para a rua. Alguns minutos depois, Vincent Calvino apareceu na imagem de novo. O relógio digital marcava 19:11:28. Calvino ficara dentro do condomínio por menos de vinte minutos. Tempo o bastante para atirar em Lovell, sair e ir de carro até o restaurante para jantar com Millie Danielson.

Nas duas horas seguintes, o coronel Pratt passou e repassou o vídeo.

A mulher com a valise de executivo passava pelo quadro. Ela desaparecia no hall.

O BMW chegava e o proprietário falava em seu celular.

O entregador de pizza desmontava de sua motocicleta com a mochila térmica vermelha.

O segurança se espreguiçava e bocejava na frente da entrada.

O segurança assoprava seu apito e acenava para um carro saindo do condomínio para a rua.

Vincent Calvino entrava no condomínio.

O coronel Pratt examinou a aparição e a saída de Calvino, quadro a quadro. O .38 especial da polícia de Calvino tinha sido encontrado na cena do crime. Era o revólver registrado em seu nome que matara Lovell. E lá estava Calvino, passando pela câmera de vigilância na hora em que o crime ocorrera.

Os carros estacionavam na área para visitantes.

Ele parou o vídeo para olhar com mais atenção os carros na área para visitantes. Calvino acabara de entrar pelo portão do condomínio às 18:52:19, e a câmera de vigilância percorria o entorno, mostrando não só Calvino, mas também os carros estacionados na área para visitantes. O BMW vermelho com a placa de Chiang Mai não estava estacionado na terceira vaga. Não havia um BMW vermelho em lugar algum no estacionamento. O coronel Pratt avançou o vídeo para as 19:13:12, uns dois minutos depois que Calvino saíra do local. O olho da câmera passava pelos carros estacionados na área para visitantes. O BMW vermelho e o Camry cinza estavam estacionados na área. Os carros tinham aparecido e desaparecido como coelhos na cartola de um mágico.

Ele usou um celular seguro para ligar para Calvino.

— Uma hora — disse ele.

— O que você conseguiu?

Pratt parecia pálido e cansado ao ver de relance seu reflexo no espelho. Ele sabia que não teria muito tempo e que seria seguido.

— Eu lhe mostrarei em uma hora.

— Saí do quarto. Mas não da área.

— Não me diga onde está — disse o coronel Pratt.

Era provável que policiais estivessem vigiando a praça. Assim que Calvino aparecesse, alguém iria passar por rádio a sua localização.

— Encontro-o no telhado — afirmou o coronel Pratt. — Há uma escada do quarto andar para o telhado. Procure um pequeno abrigo. Dentro há um banco de madeira.

— Como você sabe disso?

— Eu sei.

— Pratt, traga o seu laptop. Preciso dele emprestado.

Calvino encontrou o abrigo no telhado. Usou outro cartão para ligar para McPhail.

— Preciso de mais cartões de telefone — pediu Calvino.

— Sem problemas — disse McPhail.

— Você ainda está usando a conexão wi-fi do vizinho?

McPhail riu.

— Internet de graça. Por que não estaria? Mas George não o está escondendo?

— Não mais.

O abrigo ficava sobre uma fileira de lojas ao lado do parque da praça. Era um lugar no telhado para um Plano "B" que Pratt localizara, um lugar para se esconder em caso de emergência, oculto da rua e com mais de uma saída. Daquele ponto privilegiado de observação ele podia ver o trânsito entrando e saindo da Thanon Sukhumvit. Vira policiais indo para a praça. Mais policiais do que o normal, e eles estavam olhando em volta, fazendo perguntas a *farangs* e tailandeses.

O coronel Pratt ouviu sirenes em frente à sua casa. Seu celular oficial, registrado, tocou. Seu novo chefe estava lhe telefonando, mandando-o sair da casa e se entregar. Ele colocou o laptop e o vídeo numa sacola. O oficial superior do outro lado da linha disse que tinham sido informados de que Pratt pegara a fita de vigilância de uma cena de crime e que isso representava uma séria interferência na investigação.

— O guarda levou um tiro.

O coronel Pratt sentiu uma sensação de dor aguda como se tivesse sido acertado em cheio.

— O quê?

— O segurança com quem você pegou a fita levou um tiro e está morto.

O segurança teria sido uma ponta sem nó. Uma que eles tinham conseguido tramar na história que Weerawat estava escrevendo. Lovell havia sido morto por Calvino, e Pratt, o coronel da polícia seu amigo, tentando acobertá-lo, atirara no segurança e pegara a prova incriminadora na fita de segurança. Isso fechava o círculo.

— Saia já, agora.

Uma ordem direta e precisa dada por seu superior.

O coronel Pratt tinha se trocado, colocado a camisa, calça e colete laranja de mototáxi. Ele espiou pela porta dos fundos de sua casa. Se estava cercada, não havia sinal da polícia ali. Ele apressou-se a destrancar o cadeado no portão e se esgueirou numa viela. Foi até um barracão de metal, abriu outro cadeado e puxou as portas. Recolhendo o descanso da motocicleta, ele empurrou para fora uma Honda 200 cc. Fechou as portas ao sair e colocou de volta o cadeado. Ele empurrou a moto por 50 metros antes de ligar o motor e sair para a rua principal. Uma caravana de ônibus municipais passou barulhenta. E então um caminhão de cimento com o misturador girando. Pondo o capacete, ele entrou no fluxo do trânsito, ultrapassando o caminhão. Pensava sobre quem teria tido a oportunidade, o motivo e a habilidade para ter alterado a fita de vigilância. Quem quer que tivesse feito aquilo se esquecera de fazer a continuidade entre os carros estacionados na área reservada para visitantes. Tinham sido, em outras palavras, descuidados, *muk ngai*, e haviam demonstrado temerária falta de consideração em fazer as coisas direito. Ele recebera uma ordem direta para sair pela porta da frente de sua casa. Agora, com o laptop na sacola pendurada no ombro, estava em fuga.

QUARENTA

A ENTRADA PARA O MAMBO estava deserta, a não ser pelos três ou quatro motociclistas que ficavam nos degraus da frente, dormindo, conversando ou jogando dama com bonés da cerveja Chang. Eram também os olhos e ouvidos para as autoridades que quisessem inteligência humana sobre um *farang* entrando ou saindo da praça. Como um sistema de alerta não oficial, eles observavam e relatavam.

Quando o coronel Pratt passou pelo Mambo, os motociclistas o olharam, se esticando como gatos, as cabeças ligeiramente levantadas, curiosos quanto a quem era aquele motociclista de fora da praça. Ele estacionou na viela entre o Mambo e o restaurante Bourbon Street, desviando-se do lixo. Ratos corriam ao longo da sarjeta, onde o vapor se elevava dos canos. O beco cheirava a urina e verduras podres.

O coronel Pratt deu uma olhada para trás. Ninguém o seguira. Ele atravessou um lado da praça e continuou andando até chegar ao fim da fileira de prédios. Sem hesitar um instante, ele passou pelo último prédio, entrou numa passagem estreita e, olhando para cima, encontrou a escada de incêndio da noite anterior. Ele a puxou e subiu o primeiro lance de degraus. Enquanto subia, pensou em sua casa, perguntando-se se seria a última vez que a veria.

Alguns minutos depois, ele estava no telhado, andando abaixado ao longo da beira, fora de vista de quem estava na praça. Calvino esperava num banquinho de madeira sob um abrigo que dava vista para o parque e o Emporium. Era quase tranquilo, pensou ele. O verde da "zona verde" era um luxo, uma indulgência, um acidente bizarro que acontecera porque alguns empreendedores tinham brigado entre si de tal modo que um parque havia sido a única maneira de evitar o derramamento de sangue.

— Está virando um hábito esse seu colete de taxista — observou Calvino.

— Você esteve no condomínio de Lovell na noite passada? — O tom do coronel, direto e deliberado, sugeria que não havia tempo para conversa fiada.

— Não estive nem perto do condomínio de Lovell.

— Eu estou com uma fita de vigilância mostrando você entrando e saindo do condomínio em horários que correspondem ao do assassinato. E o segurança. — O coronel Pratt respirou fundo.

— O que aconteceu com o segurança?

— Ele levou um tiro.

— Quando?

— Não muito depois de eu ter lhe feito uma visita.

Pratt abriu seu laptop e o ligou. Um momento depois, iniciou o vídeo do condomínio de Lovell. Calvino nada disse enquanto assistia. Ele pediu ao coronel Pratt para passar de novo.

— Pare aí.

A imagem ficou em pausa mostrando o entregador de pizza.

— Você pode dar um close?

O coronel Pratt ampliou a imagem do homem. Sua aparência ficou granulosa com a imagem ampliada. A forma do rosto de Cabeça de Caixa era inconfundível. Mas estava com um capacete. Podia ser ele, ou talvez não.

— Olhe para ele. Não se lembra dele? — Num piscar de olhos, Calvino soube que era Cabeça de Caixa.

O coronel Pratt olhou mais de perto, avançou a imagem alguns segundos.

A câmera de segurança do condomínio de Lovell mostrava o parceiro de Weerawat, um dos policiais e o responsável pela maior parte das fraturas nas costelas de Calvino. Seus olhos espiavam do capacete. Calvino vira aqueles olhos bem de perto. Jamais esqueceria o prazer selvagem que eles possuíam enquanto Cabeça de Caixa o chutava.

Havia uma tatuagem *khmer* azul no pescoço de Cabeça de Caixa. Escrita em *khmer* antigo, supostamente agia como um amuleto para protegê-lo contra o infortúnio, balas e lâminas de facas. Em vez disso, o identificava.

— A tatuagem — apontou Calvino. — Lembro-me da tatuagem.

Cabeça de Caixa, usando o traje de um entregador de pizza, levava uma grande mochila térmica para manter a pizza quente. Passava pela câmera e cumprimentava o segurança. Alguns minutos depois, passava de novo pela câmera, voltando do prédio.

— Seu revólver foi usado para matar Lovell. Você aparece na fita de vigilância na hora certa. O tribunal não vai se importar com uma tatuagem ou com o fato de que os carros na área para visitantes não batem.

— É possível que você esteja com a única cópia? — perguntou Calvino.

— Não sei. Weerawat está fazendo qualquer coisa para pegá-la.

— Como você conseguiu a fita? — Calvino ficou com os olhos fixos no tailandês que o chutara nas costelas quando estava caído.

— Do segurança do condomínio.

— Que está morto — acrescentou Calvino, desviando os olhos da tela. — Eles imaginaram que você iria atrás da fita de vigilância.

O coronel Pratt olhou para Calvino e então desviou os olhos. Um par de corredores ao longe no parque chamou sua atenção. Ele se inclinou para a frente, frustrado e desencorajado.

— Não havia como você saber que era uma armadilha.

O coronel Pratt mordeu o lábio. Balançou a cabeça.

— Fui eu o descuidado, Vincent. Essas pessoas não deixam pontos sem nó.

Calvino se inclinou para a frente. Seguindo o olhar do coronel Pratt, viu os corredores ao longe, circundando o lago no parque. Pareciam tão livres e sem noção do quanto era fácil alguma coisa acontecer com eles.

— Weerawat é esperto — comentou Calvino. — Ele fez um serviço quase perfeito.

— O timing foi crucial, Vincent. Se você estivesse em algum outro lugar, antes ou depois, não teria dado certo.

— Millie Danielson — disse ele. Ela ficara sentada naquela mesa bebendo vinho caro, fazendo um favor para Weerawat.

O coronel Pratt olhou direto para a frente.

— Fiquei pensando sobre a conexão dela com Weerawat.

— Ela é escorregadia, Pratt. Manipulou Weerawat, mas não estava à altura dele.

Ele pensou sobre o navio de contêineres no porto de Klong Toei e a oferta do Velho George de colocá-lo nele. O coronel Pratt estava certo quanto a uma coisa: acertar o timing era importante.

Como Weerawat conseguira fazer com que Cabeça de Caixa matasse Lovell durante a janela de tempo em que Calvino não teria um álibi? A maioria das perguntas vinha com uma imagem como resposta. Ele viu Millie Danielson em sua mesa, terminando o vinho, esperando o retorno dele à mesa. A viúva que se recusava a falar com o coronel Pratt tinha consentido em jantar com ele. O jantar teria feito Calvino ficar no bairro e muito provavelmente em seu escritório, trabalhando sozinho. Barrigudo deveria estar vigiando o prédio.

Barrigudo telefonara para Weerawat dizendo que Calvino estava em seu escritório, e Weerawat teria autorizado Cabeça de Caixa a agir. Eles eram bem-organizados. Não precisavam se ater a especulações ou apostas sobre o paradeiro de Calvino. O resto do prédio estava vazio. Calvino tinha ficado em seu escritório sozinho trabalhando até a hora do jantar, olhando os arquivos, formando uma imagem em sua cabeça de modo a saber que perguntas fazer a Millie.

Millie planejara o lugar e a hora com a ajuda de Weerawat.

— Eu liguei para a amiga dela, Ruth — disse Calvino. — A que Millie disse que a convencera de que devia me ver. Descobri que a história de Millie falando com Ruth era mentira. Ela não fala com Millie há uma semana.

Eles ficaram em silêncio observando os corredores, que pareciam minúsculas figuras de desenho de criança circulando pelo parque.

— Como saímos dessa? — perguntou Calvino. — O Velho George pode me pôr num navio de contêineres para Hong Kong.

O coronel Pratt balançou a cabeça.

— Não é uma má ideia, Vincent.

— Foi o que pensei.

Pratt pôs a mão no ombro de Calvino e rapidamente a tirou.

— Estamos guiando em marcha a ré. Não é um bom momento. Todo mundo está vigiando as suas costas.

— Isso não soa como Shakespeare.

— O que Shakespeare disse foi "a consciência faz de todos nós uns covardes". E ele escreveu: "O mal que os homens fazem vive depois deles. O bem é com frequência enterrado com seus ossos."

— Escapar num navio é covardia — disse Calvino. — Acusei Lovell de ser um covarde por querer fugir. Ele me ouviu.

— Lovell fez a escolha dele, e você fará a sua.

O coronel Pratt não tinha nenhum lugar para onde fugir. Sua mulher e filhos estavam radicados na cidade, e ele desobedecera à ordem direta de um superior. As rodas tinham sido postas em movimento — mais como as esteiras de um tanque, rolando direto para ele. Mas não como a fotografia icônica do homem na praça Tiananmen enfrentando uma coluna de tanques. Não era assim que as coisas aconteciam na Tailândia. O motorista do primeiro tanque iria aumentar a velocidade e passar por cima do homem que ousava desafiar a autoridade. Esse era o único ato que não era permitido a ninguém. Pratt se levantou.

— Aonde você vai?

— Quero terminar isso. Há gente decente dentro do sistema, gente a quem posso recorrer. Vão ajudar.

— Pratt — disse ele.

O coronel Pratt se virou e olhou para ele.

— Obrigado.

— Cuide-se, Vincent.

Quando o coronel Pratt, o laptop na sacola presa ao ombro, saiu do telhado e desapareceu escada abaixo e para a praça, Calvino sentiu um arrepio de medo, sentado sozinho, olhando para o céu. Galileu escrevera que a terra girava em torno do sol e teve de enfrentar a inquisição. Galileo Chini pintara uma visão infernal da humanidade girando em torno da sensualidade. O mundo de Calvino parara e se tornara silencioso. Nada de dragões dançando, guizos tilintando, nada de gongos ou tambores. Ele se perdera do mesmo modo que Chini se perdera em suas sessões de pintar nus durando a noite toda. Ele labutara durante o dia nos afrescos de um palácio. À noite, ele escapava para misturar suas tintas a óleo, observando a modelo nu reclinada na cama num quarto pequeno e quente, o corpo dela brilhando de suor, enquanto os mosquitos zumbiam e os cachorros ao longo dos canais latiam ao longe. Noite após noite, ele ficara pintando até os olhos ficarem embaçados, tela após tela, enxugando o suor em sua testa, limpando um pincel, trabalhando até um pouco antes do amanhecer, e então dormindo algumas poucas horas antes de partir para trabalhar de novo nos afrescos.

Chini dissera a Vito que o Sião tinha uma grande atração mística. Ele tinha 38 anos quando aceitara o convite do rei para o reino. Não conhecia ninguém no Sião. "Depois de dois anos, eu senti forças poderosas silenciosamente me cimentando a Bangkok", ele contara a seu filho. "Eu sabia que, a menos que escapasse logo, eu jamais partiria. Compreendi, então, que um homem jovem que parte para o Sião nunca se recupera de um encontro assim. O Sião o aprisiona em fina luxúria sensual, as noites sedosas, o cheiro das orquídeas, o luar nos canais, os cachimbos de ópio chamando-o e as mulheres siamesas que se movem sem som, sempre atentas, sempre zelosas, sempre dando prazer. Meu conselho é ir ao Sião antes de ter se estabelecido, ou se você não quer se estabelecer jamais, ou depois de se aposentar. Ou, se você estiver emperrado, indo a parte alguma, então fuja como Corrado Feroci."

O peso da fama enviara Galileo Chini de volta a Florença, para conhecer a mãe de Vito, tornar-se pai de um filho e perder sua modelo nua para Corrado Feroci que, por sua vez, abandonara-a. Ela afundara sob a superfície do rio Arno ancorada pelos azulejos de Galileo Chini, seu corpo sendo levado embora. Corrado Feroci também partira para o Sião em busca de fama e fortuna, mas nunca retornou. Vincent Calvino pensava em si mesmo mais como Corrado, que nunca se libertara da atração do Sião. Galileo parara um pouco antes dessa linha e voltara para Florença, mas Corrado continuou andando, cruzou a linha e nunca olhou para trás. Vincent Calvino sentia que a mesma linha que ambos os homens tinham alcançado estava muito atrás dele. Ele nunca poderia voltar em seus passos. Esperando a próxima jogada de Weerawat, o sangue de Calvino gelou sabendo que não havia vantagem em subestimar a determinação de Weerawat em armar toda uma nova série de armadilhas.

Tornar-se um encanador em Nova York tinha sido a vingança perfeita para o filho de um famoso artista florentino.

Tornar-se um detetive particular em Bangkok tinha sido a vingança perfeita para o filho de um famoso homem que fizera a vida em Nova York.

QUARENTA E UM

O PRATO DO DIA NO ALMOÇO veio da cozinha em pratos velhos lascados. Massas recheadas com milho, cenouras, favas e camarões, em formato cilíndrico, *stupas* tortas, encolhidas e dobradas. McPhail fitou um dos pratos que passavam.

— OFNIs — disse ele. Objetos Fritos Não Identificados. A garçonete o colocou no balcão em frente a um cliente enquanto dois policiais uniformizados entraram. O Velho George ficou parado, sentado em seu lugar habitual, sob a cabeça de búfalo empalhada, as mãos cruzadas sobre a bengala, a cabeça inclinada para a frente. Um dos policiais era seriamente obeso, seu uniforme amarfanhado sobre a barriga. Junto com o Gordo havia um segundo oficial, que usava um daqueles coldres de desembainhar rápido como um pistoleiro do velho oeste americano. Gatilho Rápido tinha cabelos negros espessos e mãos duras e ásperas. As mãos de Gatilho Rápido tinham a aparência de ter quebrado uma boa quantidade de ossos.

— Você viu Vincent Calvino? — perguntou Gordo.

— Nunca ouvi falar dele.

O policial não sorriu.

— Por que todo mundo diz que você é amigo dele?

— Por que não pergunta a todo mundo?

Ele era um homem velho e eles o estudaram, decidindo o que podiam fazer ou não num bar repleto de *farangs* observando. Os dois policiais se separaram e caminharam para lados opostos do balcão em forma de ferradura. Os clientes pararam de falar e baixaram os olhos para seus pratos. Gatilho Rápido parou próximo de um cliente, batendo em seu ombro com uma de suas mãos de quebrar pedras.

— Você. Você conhece Khun Vincent?

Ele era o *farang* em cujo rosto Calvino esfregara um taco. Ergueu os olhos de seus OFNIs, balançando a cabeça.

— Nunca ouvi falar dele.

Gatilho Rápido fuzilou-o com o olhar, o olho esquerdo tremendo. Ele se aproximara da borda do balcão, espremendo-se entre dois bancos.

— Não gosto de *farangs* que vêm ao meu país e criam problema. Pessoas que ajudam um *farang* assim não prestam.

O *farang* não tirou os olhos de seu prato.

— Eu disse que não conheço o cara.

Então Gatilho Rápido recuou do balcão. Os dois oficiais completaram a volta no bar e pararam na frente do Velho George. Mesmo com o ar-condicionado, Gordo continuava a suar. As manchas faziam uma curva sob seus braços.

Gordo estendeu um cartão.

— Se vir Khun Vincent, você me liga, certo?

O Velho George olhou o cartão e o colocou na mesa, enfiando-o sob uma travessa de OFNIs.

— O que ele fez? Roubou um dos políticos de vocês?

Nenhum dos policiais fazia a menor ideia do que a palavra "político" em inglês queria dizer. Eles assentiram, avaliando o Velho George, sua bengala, sua garrafa de cerveja e a garçonete penteando seu rabo de cavalo. Quando eles estavam abrindo a porta, ela estava fazendo uma trança nele.

— Sem apertar demais, porque me dá dor de cabeça quando fica apertada demais — grunhiu ele. — E alguém poderia mudar essa porra de música? Ela me lembra daquele policial gordo e seu assecla.

— George, você é bem mais gordo que aquele policial — disse McPhail.

— Vá se foder.

— Eles estão de olho em você, George — apontou McPhail.

— Que se fodam. Que fiquem. Não vão ver nada que eu não queira que eles vejam.

Um dos habitués do bar gritou:

— Eles vão voltar.

— Tenho 84 anos. Não estou preocupado com um par de policiais corruptos fora de forma.

— Como você sabe que são corruptos? — perguntou o cliente no balcão.

— Eles estão parados na frente do bar. Policiais não são para pegar bandidos? Quando foi a última vez que aqueles dois pegaram alguma coisa mais perigosa que um envelope branco do chefe deles?

Era o quinto dia desde que Calvino passara à clandestinidade, primeiro no quarto para permanências breves do Velho George, então num quarto abandonado, e por fim num quarto vazio na espelunca de McPhail. O amigo o contrabandeara para dentro às 3h da manhã. Dois dias depois que o navio de contêineres partira para Hong Kong, Calvino estava deitado na cama assistindo à televisão, quando ouvira uma batida na porta do quarto. O laptop de Pratt estava na mesa com uma conexão wi-fi ativa. O pen drive de Lovell estava conectado a uma das entradas. Calvino estivera trabalhando no computador por três longos dias. Tinha enviado 536 e-mails.

Ele aguardou. Não estava esperando ninguém. Mas, quem quer que estivesse do outro lado, não pretendia ir embora. Nós de dedos bateram na porta de madeira, pararam, bateram de novo. Era em sequências de três, com uma pausa, e então mais três. Não havia olho mágico na porta. Ele se levantou da cama e caminhou pelo quarto.

— Vinny, sou eu. Abra a porta, por favor. Preciso falar com você.

Ele teria reconhecido a voz de Ratana em qualquer lugar. Destrancando a porta, ele a abriu um pouco, viu-a parada no hall, e então abriu-a de vez rapidamente e a puxou para dentro.

— Eu disse para você não vir aqui. É perigoso. — Ele piscou algumas vezes. Bravo e feliz ao mesmo tempo em vê-la. Calvino ligara para ela dois dias antes para dizer que estava bem. Ela ficou boquiaberta quando viu, pela primeira vez, o quarto de McPhail. No teto luzinhas de árvore de Natal estavam penduradas sobre um forro falso feito de papel alumínio. Recortes de mulheres nuas estavam colados na porta e laterais da geladeira. Havia estatuetas de madeira de mosquitos de Burma, e dúzias de pinturas eróticas a óleo ocupavam cada centímetro das paredes.

Ele não conseguia acreditar no quanto ficara contente de vê-la e surpreendeu a si mesmo com o que fez: ele a abraçou, erguendo-a do chão, enquanto lágrimas corriam no rosto dela.

— Estou tão contente por você estar bem.

— Acabou — declarou ela, batendo nas costas dele. — Ponha-me no chão, Vinny. Você não está entendendo. Deixe-me explicar.

— Você está ótima.

— Você está horrível — disse ela, tocando o rosto dele. — E esse lugar... me dá arrepios.

— O paraíso de McPhail.

Os pés dela tocaram o chão e ele recuou, apoiando-se contra a penteadeira. Ele estivera assistindo ao noticiário tailandês. Não houvera nada de incomum. A melhor notícia era que ela tinha aparecido em sua porta sã e salva. Ela sempre falava em enigmas. Era a coisa tailandesa, mantendo as possibilidades em aberto, uma maneira de ter uma escapatória. Sua velha ansiedade voltou enquanto ela andava pelo quarto, olhando para ele com piedade e compaixão como se Calvino fosse alguém num hospital com gesso dos pés à cabeça. Talvez ela tivesse ido até lá para dizer adeus? Ele dificilmente poderia culpá-la. Com o chefe suspeito de assassinato, seria necessário um milagre para ela não cair fora.

— Entendi — disse ele. — Você veio dizer adeus.

Ela balançou a cabeça.

— Não, não estou indo a parte alguma.

Ele apontou para ela.

— Por que você está aqui?

— Sente-se e ouça.

Ele se afastou da penteadeira e sentou-se numa cadeira. Ratana olhou ao redor do quarto despojado. Na parede, um leão tocava uma flauta enquanto uma mulher nua dançava. Havia uma penteadeira com um espelho, uma cadeira, um banheiro e uma janela com vidro opaco como a de um toalete público. Jornais e roupas estavam espalhados pelo chão. Na penteadeira havia uma garrafa de Mekong pela metade, copos de uísque e um balde de gelo com 9 centímetros de água no fundo. E o laptop de Pratt.

— Pensei que você tinha ido para o interior do país com Manee.

— Eu voltei.

— Tenho trabalho a fazer. Você precisa ir. Não é seguro você ficar aqui. — Ele pensou que só podia ser Pratt e a fita de vigilância. Pratt devia ter contado a Manee e ela telefonara para Ratana. — O vídeo da segurança foi alterado. Alguém cortou trechos da noite em que fui visitar Lovell. Editaram esses trechos no vídeo da noite em que Lovell foi assassinado.

— Não é sobre o vídeo. É sobre os arquivos de Lovell.

Ele suspirou, baixou a cabeça, passando os dedos pelos cabelos.

— Sinto-me responsável pelo que aconteceu a ele. Ele estava voltando para casa. Fui ao condomínio dele e o convenci a não partir. Fui com todas as grandes noções, tipo honra, dignidade, integridade e fazer a coisa certa. Veja no que deu. Ele acabou morto.

Ratana moveu-se cautelosamente até o lado dele e apertou sua mão.

— Ouça o que tenho a dizer. Você conseguiu, Vinny.

— Consegui o quê?

— O mundo que importa sabe sobre Weerawat. John sabia que Khun Weerawat era perigoso. Mas não sabia como lidar com ele. Mas John me disse que "o detetive" ia encontrar um jeito.

Calvino não tinha ilusões de que a polícia iria fechar os negócios de pirataria de Weerawat. A influência de Weerawat era muito grande. Era um senhor acima da lei. Calvino tinha trabalhado nisso. No pen drive de Lovell estavam todos os arquivos, memorandos confidenciais, diagramas, e-mails, estruturas corporativas e diretores e acionistas interconectados, nomes, datas, lugares. Ele organizara tudo em índices com referências cruzadas, dando ao todo a beleza e graça da forma em dupla hélice do DNA. Era o código para o sangue vital do império de Weerawat.

Calvino colocara todos os arquivos numa conta Yahoo e, para maior segurança, colocou-os também no Gmail. Trabalhando perto dos recortes de nus na geladeira de McPhail, Calvino navegara na internet atrás de advogados *in-house* que trabalhavam para as principais empresas farmacêuticas, montadoras de automóveis e produtoras de filmes. Fazia muito tempo que Calvino não fazia uma pesquisa desse tipo, percorrendo todas as listagens das organizações de advogados estaduais, grupos industriais e registros de pessoal do Congresso para os comitês de supervisão. Ele encontrara o site do antigo escritório de advocacia de Cameron em Nova York e endereços de todos os sócios. Outro site, do Comitê de Ética da Associação de Advogados de Nova York, fornecera mais nomes e e-mails.

Calvino até se lembrara de alguns colegas da faculdade de direito e os procurara. Tinham subido na vida, em corporações e escritórios importantes. Haviam se tornado juízes e políticos; construído carreiras de verdade. Ele não fazia ideia de quão bem relacionados no sistema eles tinham se tornado. Ele acrescentou o nome deles, e então outros que encontrou de pessoas em agências governamentais e embaixadas.

Quando Calvino acabara de compilar a sua lista, ele começou a enviar e-mails. Ele contava a história, a história verdadeira que acendia um intenso holofote de verdade em Weerawat. Forneceu links para os arquivos, mostrando provas das fábricas de Weerawat produzindo produtos falsificados e distribuindo-os pela Ásia e pela Europa, rastreando seus empreendimentos para a ilha de Man, as Ilhas Virgens Britânicas e Hong Kong. O faturamento era enorme, tornando Weerawat poderoso o bastante para se colocar acima da lei. Ninguém ousava desafiá-lo. Mas as provas que Calvino enviou podiam construir um caso criminal, e as pessoas para quem escrevera também eram poderosas. *Deixe que elas façam o serviço, mexam os pauzinhos, exerçam influência,* pensara Calvino. Em 24 horas, telefones estariam tocando pelo mundo todo. Iriam botar a boca no trombone. Ninguém seria capaz de fazê-los parar. Calvino tinha todos os arquivos de seu escritório, e ele fizera anotações, desenhara mapas e acrescentara nomes de pessoas. Enviara a elas as provas de que um advogado precisaria para construir um caso criminal. A nova forma de espalhar a mensagem era mandar e-mails diretamente para as pessoas envolvidas. Eram pessoas poderosas. *Deixe que elas façam o serviço, mexam os pauzinhos, exerçam influência,* pensara Calvino. Eram conectadas com os jornalistas e deputados certos, e figurões em todos os escalões do governo na lista telefônica. Essas companhias faziam doações enormes para partidos políticos. Iriam botar a boca no trombone numa só voz, estridente. Ninguém conseguiria fazê-las silenciar.

Ratana abriu um exemplar do *The Nation* na cama. Na primeira página havia uma imagem de Weerawat. Uma de suas fotografias de arquivo, com um sorriso que nada revelava. A notícia sob a foto era breve e concisa. Weerawat deixara a Tailândia para fazer um tratamento médico em um país não mencionado. A matéria dizia que ele ficaria fora da Tailândia por algum tempo, e teria informado ao governo que não seria possível assumir o cargo de conselheiro que tinham lhe oferecido.

Ratana pulou para a página quatro, e lá havia uma matéria sobre um ex-policial que confessara ter sido o assassino por trás de várias mortes, incluindo as de um trabalhador em Pattaya, uma massagista da Thanon Sukhumvit e um *farang* chamado John Lovell. Havia uma foto de Cabeça de Caixa. Ele parecia ter sido espancado. Calvino se perguntou quantas horas a polícia teria trabalhado nele para obter a confissão. E se a família de Weerawat teria combinado de dar dinheiro para a família de Cabeça de Caixa como parte do acordo. A reportagem especulava que o ex-policial estaria agindo sob as ordens de um mentor intelectual. Mas não havia menção ao nome de Weerawat.

Calvino ergueu os olhos do jornal.

— A polícia não está atrás de mim?

— Não mais.

— Pratt viu isso?

Ela assentiu.

— Ele quis que fosse eu a lhe contar.

O coronel deve estar com as coisas sob controle, Calvino imaginou, ou não a teria mandado. Ele teria vindo pessoalmente. Ele sorriu ao pensar no quanto Pratt devia estar aliviado com a história ter se tornado pública. Mas em que direção iria? O governo tinha seus meios de conter e descartar más notícias.

Foi tudo um mal-entendido, uma falta de comunicação, um acaso, pensou Calvino. Era isso o que o sistema arrotava de seu intestino gasoso toda vez que ficava com indigestão. Era a posição-padrão adotada pelas autoridades para enfrentar acusações que eram constrangedoras. Quando as trapaças e imposturas desmoronavam, nunca era "pedimos desculpas". Era sempre: "Ninguém é responsável. Simplesmente aconteceu e agora está acabado."

— O coronel Pratt me pediu para lhe dar isso — disse Ratana, tirando uma Beretta 9mm de sua bolsa.

— O que mais ele disse?

— Ele disse que deve levar algum tempo para conseguir tirar o seu .38 especial da polícia do departamento.

— Ele disse mais alguma coisa? — Calvino pegou a Beretta.

— Ele disse que era uma arma fria. O que quer que isso queira dizer. E que seria conveniente ficar fora das ruas depois das dez hoje à noite.

As armas, como as mulheres, tinham uma história. Corpos com que tinham estado, corpos que tinham deixado para trás.

— Não se preocupe quanto a devolvê-la. — Ela remexeu na bolsa e entregou a ele um envelope acolchoado. — E ele disse que você devia ficar com isso. — O coronel Pratt não dissera o que havia no envelope, e Ratana não perguntara.

Calvino examinou o envelope. Escrito na frente, a mão e em letras grandes, havia: "'O jogo foi desvelado.' William Shakespeare, *Cimbeline*, Ato 3, Cena 3." Calvino assentiu e enfiou o envelope no bolso de seu paletó.

Ele sentiu o peso da arma em suas mãos. A primeira sensação era suave e passional. *Uma arma fria era como uma prostituta; vinham com o passado apagado por completo.* A Beretta tinha um peso bom. *Ambas pertenceram a outras pessoas, mas ninguém conhecia seus donos anteriores, o que quiseram delas, o que fizeram com elas ou por que se desfizeram delas.* Ele verificou o magazine. Estava cheio. *Mulheres e armas — quando chegam a esse ponto, ninguém pode localizá-las, verificar suas histórias, perguntar as questões comprometedoras baseadas no que acontecera antes. Nunca havia um antes, só um depois.* Calvino pôs a arma no coldre.

— Diga a Pratt, se o vir antes de mim, "obrigado". Do Vinny.

Depois que Ratana fechou a porta ao sair, ele abriu o envelope. Pegou o silenciador e o parafusou no cano da Beretta. Encaixava perfeitamente. Ele verificou a munição; Pratt carregara o cartucho com projéteis subsônicos. Um pouco abaixo da velocidade do som, as balas se deslocariam a 340 metros por segundo, velocidade mais do que suficiente para matar. Com o silenciador, os projéteis subsônicos proporcionavam silêncio absoluto.

Calvino se sentou em frente ao laptop, colocando a Beretta ao lado do teclado, e abriu uma das subpastas de Lovell com o nome "O Covil", o programa de software de Lovell. Quando Weerawat estava com medo, perguntou-se Calvino, onde ele se escondia? O jornal não dissera para onde Weerawat fugira porque o repórter não sabia. O jogo de

Lovell fez algumas perguntas e então mostrou uma localização provável: a Thanon Charoen Krung, perto do rio Chao Phraya. O detetive estivera lá antes, filmando a fábrica de remédios.

Calvino esperou anoitecer, pôs a Beretta no coldre e o silenciador no paletó, e pegou o Skytrain para a estação Saphan Tak Sin, descendo em meio a uma multidão de turistas, estudantes e empregados de escritórios. Ele desceu as escadas do Skytrain, pegando a saída para a Thanon Charoen Krung. Passando por um buraco numa cerca, seguiu pela calçada através de um playground. De um dos lados, um grupo de tailandeses, as camisas amarradas na cintura, suor escorrendo nos rostos, disputava o jogo francês de *boules*. Era um desses jogos antigos outrora praticado entre soldados romanos para diversão entre batalhas. Ele observou-os por alguns minutos, o arremessador examinando as bolas no chão, mudando o peso em seus pés, conferindo a distância e então fazendo um arremesso com a mão baixa. Ele acertou diretamente uma das bolas paradas, tirando-a do círculo. *O jogo foi desvelado*, Calvino pensou, enquanto ia para a rua.

Lovell obtivera uma lista dos lugares particulares secretos de Weerawat. Calvino conhecia o caminho para aqueles lados; estivera lá antes. Ele andou num passo constante, mantendo a cabeça baixa. Fazendo de si mesmo uma figura que ninguém perceberia, apressando-se pela rua.

Quando chegou ao *soi*, a garoa se tornara chuva. Ele abriu uma sacola de compras e tirou uma capa de chuva preta, colocando a cabeça pela abertura; a capa caiu sobre seus ombros e braços. Ele puxou o capuz. Após alguns passos no *soi*, ele percebeu que algo mudara desde a sua tocaia. Câmeras de televisão em circuito fechado cobriam a rua, captando qualquer um que entrasse a pé ou de carro. Um par de seguranças uniformizados estava sentado numa mesa, duas pernas do móvel posicionadas na rua. Estavam assistindo a um drama na TV.

Calvino se virou e voltou para a rua principal. Um quarto de hora depois ele chegou ao *soi* seguinte com acesso ao rio. Entrou e foi até o final, encontrando a passagem usada por pescadores para levar suas picapes ao cais. Ele chegara a seu destino pela porta dos fundos. No lado do cais não havia guardas, apenas superfícies úmidas reluzentes, luz neon refletindo-se no cimento cinza, ratos correndo pelas sarjetas e pilhas de engradados esperando os barcos pesqueiros atracarem. O cheiro de peixe morto, vísceras e sangue fresco tomava o ar. Na outra extremidade, homens e mulheres com botas de borracha que subiam até os quadris separavam os peixes pescados, colocando-os em grandes contêineres de plástico. Estavam bem longe e não o tinham visto do outro lado do cais. Ficando nas sombras, Calvino saiu à rua, mantendo-se próximo dos prédios, sua capa de chuva preta se misturando à escuridão. Duas meninas com a camisa branca e saia azul do uniforme escolar passaram de bicicleta, rindo. Não o notaram. Ele sentiu o suor escorrendo em suas costas sob a capa de chuva; aquelas coisas não eram feitas para os trópicos.

Virando a esquina, ele viu a entrada da fábrica na metade da rua. Antes houvera caminhões entrando e saindo, e trabalhadores carregando-os. Agora nada se movia, exceto um gato magrelo atravessando veloz a rua e desaparecendo entre os buracos na cerca ao longo da margem do cais. Um vento soprava chuva do rio. O ar pesado não mais cheirava a peixe, mas a alcatrão e óleo. Bem ao longe, um barco subia o rio. Espirais de vapor branco subiam de um orifício na sarjeta, movendo-se pelo ar e sendo dissipado pela chuva. A rua estava escura, exceto por algumas luzes numa janela com as persianas fechadas. O apito de um barco no rio soltou um som longo seguido por dois breves, deixando o *soi* em silêncio. Calvino avançou pelo *soi* deserto, parando perto de um prédio grande, aberto, de dois andares, de pedra e madeira. Dentro, na frente, havia um santuário ornamentado com luzinhas.

Ele libertou os braços pelas aberturas laterais da capa, pegou o silenciador no paletó e o parafusou no cano da Beretta. Esgueirou-se para a frente, contornando o prédio. Pensou em jogar uma pedrinha na janela. Isso só funcionava em filmes. Ele aguardou pelo que pareceu uma eternidade. Então Orelhas de Abano abriu a porta. Com os joelhos dobrados, ergueu do chão duas malas grandes. Deu de cara com os olhos de Calvino. Ele levou um segundo para registrar o que estava na frente dele. Homem de preto. Vira a cara antes. Farang *chamado Calvino, e uma vez quebrei as costelas dele.* Ele começou a pôr no chão as malas, a mão direita indo pegar a arma no coldre axilar.

As malas tinham tocado o chão quando Calvino disparou nele. A bala da Beretta de Calvino acertou Orelhas de Abano 3 centímetros acima do olho direito. Nem a arma nem Orelhas de Abano fizeram qualquer som. Fragmentos de osso e pedaços de cérebro espirraram na capa de chuva de Calvino, e Orelhas de Abano desabou, morto antes de atingir o chão.

Ele empurrou o corpo para dentro, para longe da entrada. Então, passando por cima dele, sangue pingando da superfície da capa, Calvino se agachou na entrada. Ao atirar em alguém de tão perto, com certeza o sangue acaba espirrando. Um monte de sangue tinha se espalhado num chuvisco.

Lá em cima houve movimento. Barrigudo gritou acima do som altíssimo de tambores e gongos:

— *Mee arai rue plao aa?*

Vindo de cima, Calvino ouviu o volume da música aumentando, o barulho saindo por uma porta aberta. O som gravado de tambores, címbalos e gongos ecoou no alto da escada.

Calvino deslocou-se para o lado da escada e esperou. Barrigudo praguejou e começou a descer. Ele e Orelhas de Abano estavam transportando malas para o térreo. Deviam estar se preparando para partir. O detetive podia ver a sombra de Barrigudo na parede acima dele, com a silhueta de um revólver na mão. No meio da escada, ele parou. Calvino podia ouvir a respiração dele, do jeito que o fôlego de um homem ressoa na garganta quando está com medo. Ele chamou Orelhas de Abano pelo nome de novo. Calvino esperou Barrigudo descer o último degrau, e então saiu das sombras e atirou nele à queima-roupa. Uma bala de 9mm rasgou a garganta de Barrigudo; a segunda bala entrou pela frente e saiu atrás do crânio. Sangue espirrou num arco sobre o corrimão e na parede, respingando no chão. Barrigudo desmoronou no chão, seu revólver pulando no mármore. O silenciador não podia silenciar um revólver atingindo o chão, mas a trilha sonora da dança do dragão abafou o barulho.

Calvino passou por cima do corpo e subiu a escada, desviando-se das poças de sangue. O segundo andar estava escuro e vazio. Calvino continuou no lance seguinte de degraus. No fim do corredor, a luz vinha de uma porta deixada entreaberta. Com a Beretta na mão direita, Calvino abriu a porta com a esquerda. Movendo-se rápido e abaixado, ele entrou na sala, com as costas voltadas para a parede, apontando a arma para Weerawat, que estava de costas para ele. De um dos lados havia duas dúzias de malas grandes empilhadas em quatro carrinhos. O empresário tinha planos de partir, e não ia viajar com pouca coisa.

Dentro da sala o som dos tambores e gongos ricocheteava nas paredes. Weerawat, usando um conjunto de moletom preto, estava ajoelhado numa almofada em frente ao santuário, com varetas de incenso entre os dedos das mãos. Era um grande santuário chinês, do tipo usado para reverenciar ancestrais. Sobre o santuário havia uma série de velhas fotografias de rostos de chineses idosos. A parede estava coberta de reproduções a óleo das pinturas de Galileo Chini. A mais proeminente era a tela em tamanho natural de *O último dia do ano chinês em Bangkok*. Em toda a sala havia dúzias de nus emoldurados que ele reconheceu como sendo obras de Chini. Aquelas eram as pinturas a óleo originais. Calvino chegou perto o bastante para observar os lábios de Weerawat se movendo, entoando um cântico. Ele podia ver as solas dos pés do homem na luz vermelha refletida.

Apontando sua Beretta atrás da cabeça de Weerawat, ele se inclinou e desligou a música. Weerawat ficou paralisado, girando a cabeça lentamente. Ele não demonstrou surpresa, o rosto tranquilo, até sereno, como que saindo de um transe. Calvino ficou de pé junto à porta, com a capa preta pingando água e sangue e fazendo pequenas poças a seus pés. Os olhos de Weerawat se moveram das poças para a área atrás da porta.

— Eles estão lá embaixo — disse Calvino. — A música ficou muito alta para eles.

Um retorcer imperioso do lábio de Weerawat indicou que ele tinha saído de seu estado de fuga.

— O seu bisavô foi um grande pintor — afirmou Weerawat. — Um dia eu devia lhe contar a história toda de como nossos bisavôs foram amigos de outrora.

— Você mandou matar Lovell.

A cabeça de Weerawat lentamente se moveu para cima na direção de uma pintura sobre o altar.

— Está vendo a figura no primeiro plano de *O último dia do ano chinês em Bangkok*? É um ancestral meu. Ele conhecia o pintor. Mais do que simplesmente conhecer. Meu bisavô fornecia ópio para Galileo Chini. Galileo tornara-se um viciado em ópio. Isso acontecia com frequência nos velhos tempos. *Farangs* começavam com um cachimbo de ópio, e isso levava a outro, e logo havia muitos cachimbos para encher e fumar. Galileo e meu bisavô descobriram interesses em comum. Era mais do que ópio. Meu bisavô encontrava as mulheres que Galileo usava como modelos. Ele conseguiu que Galileo pintasse algumas das mulheres mais bonitas e desejáveis de Bangkok naquela época. Alguns poderiam chamá-las de prostitutas. Mas eu acho que seria indelicado. Olhe bem para as pinturas. Inspiradas, não é o que diria? Sonhos de ópio em óleo. São todas originais. Nenhuma delas jamais saiu desta sala. Meu bisavô as aceitou do seu bisavô como pagamento pelos serviços prestados. Como você pode ver, nossas duas famílias têm um passado em comum. Se nossos bisavôs podiam fazer negócios, ser amigos, por que não podemos tentar o mesmo?

— Naquele primeiro dia em meu escritório, você viu a pintura de Galileo em minha parede. Não disse nada. Pareceu perturbado. Por quê? — disse Calvino, observando atentamente as mãos de Weerawat enquanto ele colocava as varetas de incenso meticulosamente num vaso de pura areia branca.

— Era uma reprodução.

— Eu sei que era uma cópia.

— O pintor tinha inscrito as letras chinesas para perfídia e traição na cabeça do dragão. Astutamente pintou-as como parte dos olhos e da boca bem em cima da cabeça de meu bisavô. Feriu a minha dignidade ver isso. O insulto à memória e honra dele me fez reagir. Você é um estrangeiro e não compreende o significado da dignidade de uma família chinesa.

— Lovell insultou a dignidade da sua família? Foi por isso que mandou matá-lo?

Nenhum medo, nenhuma emoção transparecia na face dele enquanto ele continuava a segurar o incenso.

— A empatia, Calvino, é uma boa coisa. Você devia olhar no dicionário.

Calvino mantinha a Beretta apontada para ele.

— Eu olhei. "Empatia" é uma dessas palavras que ficam entre "empalação" e "empulhação". — Ele puxou para trás o capuz da capa. O rosto de Calvino estava encharcado de suor, o cabelo úmido e grudado. Seus olhos estavam vermelhos, ferozes com a raiva e dor.

Weerawat pensou que aquele era um homem difícil de aplacar, e ainda mais difícil de matar.

— Está vendo a pintura à esquerda? — Ele esperou até Calvino olhar a pintura da mulher nua e continuou: — Quando um homem pinta uma mulher com tanto sentimento, você sabe que ela o tocou, ganhou seu coração. Ela tinha 17 anos e era chinesa.

Ela estava sentada olhando para o lado, suas pernas viradas para dentro, apoiada em suas mãos, dedos fechados, os braços e ombros esguios convidativos. Não apareciam pelos pubianos. Os joelhos apontavam para fora. Os olhos fechados, os cabelos penteados descobrindo o rosto, os lábios cheios, mas inexpressivos, como se estivesse perdida num devaneio. Nenhuma mulher se sentava naturalmente naquela postura. Cada detalhe da modelo tinha sido cuidadosamente posicionado. Era o tipo de pintura que atraía o olhar, chamava a atenção.

Um amplo sorriso despertou nos lábios de Weerawat. Pelo canto do olho, Calvino viu a mão de Weerawat deslizar para baixo da almofada. Sua mão ficou ali até Calvino olhar para cima as pinturas e, quando saiu, era difícil discernir o pequeno objeto preto. A mão de Weerawat empunhava uma Glock subcompacta 9mm, preta como seu moletom. Ele se virara um pouco na almofada, pondo a Glock em posição de disparar. Ao virar, seu pé derrubou o lado do santuário. Calvino olhou para trás e rolou de lado. Os olhos de Weerawat estavam ferozes, os lábios entreabertos. Um tiro errou longe. Calvino se posicionou quando um segundo tiro não o atingiu por poucos centímetros e disparou duas balas da Beretta. As duas acertaram o peito de Weerawat um pouco acima do coração. O impacto dos tiros derrubou Weerawat para trás. O terceiro tiro de Calvino perfurou o crânio de Weerawat 6 centímetros acima da testa.

Weerawat caiu para a frente. O primeiro tiro o fizera colidir com o santuário. As lampadazinhas de Natal se espalharam num show de luzes no chão. Calvino chutou a Glock para além do alcance da mão de

Weerawat. Ele se ajoelhou e examinou a arma, pequena o bastante para caber na palma da mão; tinha um cartucho de dez balas. A Glock Model 26 era uma beleza de arma cuja atitude brilhava em letras maiúsculas.

Ele colocou a mão por baixo da capa de chuva, pegou o celular com um dos cartões descartáveis e ligou para o coronel Pratt.

— Venha com uma van. Há uma tonelada de bagagem. — O coronel Pratt nada disse. A conversa terminara.

Quando a equipe de investigação do coronel Pratt chegasse, iriam examinar a arma, anotar o número do modelo e depois do trabalho comprariam um bilhete de loteria terminando em 26. Calvino sorriu, pensando na natureza supersticiosa da maioria das pessoas, e lembrou a si mesmo, para garantir, de que devia comprar um bilhete de loteria. Ele se agachou junto ao corpo, a Beretta ainda na mão direita, e olhou as pinturas, uma por vez.

Tiros tinham cortado o ar, mas foram silenciosos, não ouvidos. Calvino inalou o cheiro de cordite, bem para o fundo dos pulmões. Ele era mais filho de seu pai do que bisneto de Galileo Chini. Mas sangue era sangue e não devia jamais ser negado. O som dos dois disparos da Glock teriam sido ouvidos lá fora. Ele olhou o relógio. Não demoraria muito para a polícia chegar.

Calvino se lembrou da primeira vez que fora a Florença. Ele tinha apenas 14 anos quando ficou parado junto a Vito olhando a obra-prima de Galileo Chini no Palácio Pitti. O que teria Vito pensado desta sala? O que ele teria achado sobre as histórias de Weerawat, o ópio, as prostitutas recrutadas para a arte?

Calvino não tinha respostas. Ele respirou fundo, olhou para as pinturas a óleo de nus — teriam sido recebidas pelo bisavô de Weerawat como pagamento por ópio? Que tipo de homem havia sido Galileo Chini? Uma vez, depois de uma longa discussão sobre a família de Calvino, Pratt citara Shakespeare, *Os dois cavalheiros de Verona*: "A ferida privada é a mais profunda." Calvino desaparafusou o silenciador do cano e o guardou no bolso do paletó. Os tiros não tinham atraído atenção e nenhuma luz tinha se acendido nos prédios próximos. Calvino parou na porta e olhou uma última vez os nus siameses pintados havia tantos anos por Galileo Chini. Ele tinha encontrado a sua razão para ficar, e também sua razão para partir.

Pensou em sua bisavó com os azulejos dessas imagens nos bolsos do casaco enquanto caía no rio Arno. Tudo tinha acontecido há muito tempo; tudo tinha acontecido um momento antes.

Calvino abriu uma das malas, e arquivos, contratos e escrituras se espalharam pelo chão. Ele se abaixou e pegou um dos documentos. Tratava-se de um projeto de habitação popular do governo. A maioria dos documentos estava em tailandês. Ele folheou-os até encontrar um escrito em inglês. Era para a venda de 73 *rai* de terra para uma agência do governo. Outro departamento comprava milhares de unidades. As quantias eram espantosas — bilhões de *baht* tailandeses pagáveis a uma empresa particular. Calvino enfiou os documentos de volta na mala.

Na bagagem estavam os milhares e milhares de documentos que tinham estado armazenados no cérebro de Lovell. Calvino olhou ao redor da sala uma última vez e então desceu as escadas e foi para os fundos da fábrica. Abriu uma janela e pulou-a, para um pátio, e então caminhou por uma viela, ouvindo os apitos longos e breves de um barco no rio. Tentou ouvir as sirenes dos carros de polícia. Não havia nenhuma. Parecia estranhamente silencioso quando ele atravessou de volta o galpão vazio e saiu no cais. Barcos tinham atracado. Alguns dos homens estavam parados fumando, olhando-o quando passava. Ele imaginou que um dos barcos estaria esperando por Weerawat. Esperaria só por algum tempo e então partiria.

Calvino não precisou ficar muito na ponta do píer. Um barco de popa longa a frete atracou. Ele se agachou quando o barqueiro tailandês perguntou para onde ele queria ir.

— Klong Saen Saep, Italian Thai Tower — disse ele. O barqueiro queria 300 *baht*, mas aceitou a contraoferta de 200.

Calvino desceu no barco e foi até a proa. O motor tossiu uma grande nuvem de fumaça cinza quando o barqueiro se afastou do píer. Os barcos públicos tinham terminado o seu horário algumas horas antes. Quando eles viraram no canal, a única luz era das casas e lojas ao longo da margem. Calvino olhou em volta. A água escura espirrando grossa tornava difícil ver o barqueiro. Ele tinha aberto a capa de chuva na lateral do barco. Tirou a Beretta do coldre e a deixou cair do lado de fora do barco; mais uma centena de metros ao longo do *klong* e ele deixou cair o silenciador. O barulho do motor, o spray da água e a escuridão davam a cobertura de que ele precisava para se livrar da arma. Antigamente havia bordéis flutuantes no *klong*. Agora havia pouco movimento à noite; o som de uma TV vindo de uma casa era abafado pelo barulho do motor do barco.

O motor foi desligado e o barqueiro fez o barco deslizar até o píer sob a ponte. Segurando-se enquanto balançavam, Calvino foi da proa para o meio, de onde subiu para o píer. Ele pagou o barqueiro e saiu caminhando, as mãos nos bolsos, a chuva escorrendo em seu rosto, até chegar ao alto da ponte.

O trânsito estava leve. Um táxi, e então uma motocicleta, alguns carros e daí algo que ele raramente via em Bangkok: uma rua deserta. Ele olhou para a Thanon Petchaburi à sua esquerda e enxugou a chuva em seu rosto. Piscando bastante, olhou de novo para um enorme arranha-céu de escritórios, uma montanha de ângulos agudos entalhados em aço e vidro. Luzes fluorescentes dos escritórios nos andares superiores faziam uma grade horizontal em volta do prédio formando uma boca, e em dois andares acima, de ambos os lados, havia escritórios iluminados, formando os olhos. Calvino parou na rua e ficou observando o prédio. Esculpido em luz e sombra estava o rosto de um monstro, repelente, ameaçador, avassalador. Era o único rosto na rua que não era humano.

O jogo foi desvelado, como o coronel Pratt dissera. Quando estava chegando de volta à Thanon Sukhumvit, ele viu os primeiros soldados em uniformes camuflados de combate, armados com M16s. A TV e a rádio tocavam música marcial. O golpe de Estado que diziam que jamais aconteceria de novo estava em progresso. Ele verificou seu relógio; eram mais de 22h45. Weerawat estava morto; o governo se fora; o mundo mudara. Vários soldados estavam na entrada de seu *soi* quando Calvino se virou e passou por eles.

De volta ao seu apartamento, ele ligou a TV. Todas as estações tocavam música patriótica. Ele tirou as roupas, jogou sua camisa e calça na banheira e encheu-a com água, deixando-as de molho. Foi para o quarto, deitou-se na cama e dormiu. E, em seus sonhos, ele viu uma jovem, os bolsos de seu casaco com o peso de azulejos com imagens pintadas de nus siameses, parada na ponte sobre o rio Arno. Ele observou os braços de Livia se erguerem e ela olhar para o céu. Lívia pulou, mantendo a cabeça para o alto, os braços estendidos, suspensa por um momento como um anjo, a borda da luz do sol começando a se imiscuir no céu da aurora, antes que ela desaparecesse na corrente forte lá embaixo.

O telefone o acordou. E ele se lembrou não do sonho, mas de ter matado três homens na noite anterior. Quem quer que diga que não sentiu nada, ou que teve uma iluminação intelectual na manhã seguinte, nunca matou ninguém — nunca sentiu e se lembrou da mordida de dentes de tubarão da raiva, a cauda de arraia do ódio, ou a bile da amargura voltando na garganta.

— Cara, onde você esteve na noite passada? — McPhail estava no telefone. — O Exército está tomando o poder.

— Perdi isso.

— Há tanques na Thanon Sukhumvit.

Calvino desligou o telefone. Ele sorriu, pensando em como o Velho George o chamara de burro por não embarcar no navio para Hong Kong. Weerawat devia ter estado naquele navio, ou num dos barcos atracados no cais. Suas dúzias de volumes de bagagem estavam prontas. Ele apenas tinha de dizer o adeus final no altar de sua família. Ele ia fugir. Lovell tinha ficado quando podia fugir. Ele concedeu isso a Lovell; não era alguém que fugia.

O escritório estava deserto quando ele chegou. Não esperara encontrar Ratana lá, com soldados nas ruas. Mas, pouco depois que ele entrara, Ratana chegou e sentou-se em frente à mesa dele.

— Você devia ter ficado em casa — observou ele.

— Estou contente que o Exército tenha feito isso — retrucou ela. — E estou contente que você esteja bem. Estava preocupada.

Em vez de Lovell, devia ter sido ele a se esvair em fumaça pela chaminé. Num mundo mais justo, devia ter sido ele, um fiapo de fumaça cinza desaparecendo no céu de Bangkok. Mas o mundo não era justo, nem racional, nem previsível. Alguns se tornavam deuses; outros morriam porque tinham desafiado os deuses.

— Há algo que eu preciso lhe contar — disse ele.

Ela desenrolou a echarpe amarela do pescoço e enxugou os olhos.

— Quando eu fui ao condomínio dele naquela noite, ele estava fazendo as malas. Eu disse que ele devia ficar. Ele está morto porque acreditou no que eu disse. E eu nem mesmo sei se acredito nisso.

— John sabia exatamente o que estava fazendo, Vinny. Ele ficou por minha causa.

— O que você quer dizer, por sua causa?

— Tínhamos começado a nos ver.

Calvino inclinou a cabeça.

— Você estava se encontrando com ele?

— Acredite se quiser, eu tenho a minha vida.

— Você e Lovell? — Ele tentou imaginar os dois na cama juntos.

— Fiz um teste. Vou ter um bebê. — Foi a maneira como ela disse aquilo. A voz se embargando, como uma canção, uma melodia repleta de tristeza. — Por que ele tinha de ser tão idealista? Por que não podia enxergar a encrenca em que tinha se metido?

Os olhos de Ratana procuraram no rosto dele como se ali estivesse a resposta. Calvino não teria cometido aquele erro. Ele não cometera aquele erro; seu chefe sabia quando passar à clandestinidade.

Ela engoliu um longo soluço.

— Eu tinha essa sensação de que algo horrível ia acontecer. Eu disse a ele para, por favor, partir. Mas ele se recusou. Não queria ouvir. Quando fiquei sabendo que ele tinha sido morto, eu não chorei. Eu estava muito entorpecida. Já tinha repassado a morte dele uma centena de vezes em minha mente.

Ela dera a Lovell a razão definitiva para ficar.

Ratana deixou-o sozinho. Logo depois, o coronel Pratt ligou.

— Weerawat saiu do país. Não foi o único a fugir.

Calvino imaginou que a conversa estaria sendo ouvida.

— Dormi durante o golpe.

Do outro lado da linha, o coronel Pratt pigarreou.

— Você não tem estado bem ultimamente. Recupere o descanso perdido. Procure um médico.

— Farei isso, coronel.

— "Aquele que morre paga todas as suas dívidas" — disse o coronel Pratt.

Ele pensou em Pratt olhando para o telefone, sorrindo. A dívida tinha sido zerada.

Quando Calvino cruzou o Soi 22 para a Washington Square, ele pensou sobre a maneira como Pratt escolhera sua réplica. Lá fora, na praça, o sol estava a pino. Umas poucas nuvenzinhas espalhadas não tinham diminuído o calor extremo. O Toyota do Velho George estava saindo. O motorista parou o carro e o Velho George abaixou o vidro.

— Para que porra de lugar você pensa que está indo?

— É o Dia da Libertação, George.

— Os policiais vieram me perguntar sobre você ontem.

— Obrigado pelo que você fez.

— Você é um maluco fodido. Embarque no petroleiro para Cingapura, Calvino. Saia deste lugar enquanto pode. Você sabe que essas coisas nunca terminam. Há só uma pausa, e então tudo começa de novo. Você não quer ser parte disso. Ou quer? — O Velho George estalou os lábios ao começar a fechar o vidro.

— Houve um golpe, George. É um novo dia — disse Calvino.

— Novo dia é o caralho. Você não sabe o que vem em seguida. Vá lá perguntar para o seu amigo citador de Shakespeare. Ele irá lhe dizer que nunca há um novo dia. Só a mesma peça com novos atores.

Calvino ficou olhando o velho Toyota virando à direita na esquina da praça e desaparecendo.

QUARENTA E DOIS

O coronel Pratt estava sentado no escritório de Calvino, mexendo o açúcar numa xícara de café. Um cubo de açúcar; então acrescentava leite e mexia de novo devagar. Calvino recostou-se em sua poltrona, as mãos atrás da cabeça. Foram dados alguns tiros durante o golpe de Estado. Os disparados por Calvino e os dois que erraram o alvo disparados por Weerawat. Foram necessárias para o coronel Pratt e três colegas duas horas para remover os corpos e a bagagem, e mais duas horas para limpeza, preencher relatórios e providenciar o sumiço do corpo de Weerawat. Eles estavam esperando a chamada de Calvino, a alguns minutos do local.

— Mas ele já tinha confessado, segundo os jornais.

O coronel Pratt fez uma pausa.

— Seus advogados alegaram que a confissão fora sob coerção.

Pela fotografia nos jornais mostrando o rosto machucado de Cabeça de Caixa, não teria sido um argumento difícil de apresentar no tribunal.

— De modo que Cabeça de Caixa quis retirar sua confissão. Ele imaginou que não teria nada a perder com Weerawat fora.

— Eu tinha fotos dos amigos dele mortos — disse o coronel Pratt.

Calvino escutou o coronel Pratt contando sobre o round seguinte do interrogatório de Cabeça de Caixa.

— Eu coloquei as fotos na mesa. Ele olhou para os homens mortos. Alguns minutos depois, admitiu que era ele no vídeo de vigilância vestido como um entregador de pizza, e que tinha ido ao condomínio de Lovell e atirado nele à queima-roupa. Foi o close dele com sua tatuagem khmer que o fez confessar. — Ele deixou de lado os detalhes sobre o espancamento a que Cabeça de Caixa fora submetido.

— Aquela tatuagem não deveria protegê-lo? — perguntou Calvino. — Não parece que um amuleto seja sempre o seu melhor amigo. Exceto quando é. — Ele pensou no amuleto que Weerawat agarrara.

— A reconstituição do crime com ele está marcada para amanhã. — O coronel Pratt soprou o café antes de tomar um gole. — Dissemos a ele que, se confessar, não haverá pena de morte. Ele teria um desconto. Ele teve uma visita da família de Weerawat. Depois disso, começou a cantar e ninguém conseguia fazê-lo se calar. Disseram a ele que Weerawat fugira do país e dois de seus asseclas estavam mortos. Uma hora depois, ele confessou ter assassinado um trabalhador chamado Daeng em Pattaya. Ele o acertara na cabeça e o jogara na lagoa. Ele também matou Jazz. Tivemos duas equipes espremendo-o para dar o nome do mentor intelectual. Todos nós sabíamos quem era. Mas ele não quis dizer o nome de Weerawat. Ele já tinha ganhado o seu desconto da morte para a vida. E tinha seu acordo com a família de Weerawat. Ele fechou o bico. Julguei ter visto algo em seus olhos. Talvez medo. Ou hesitação. Lealdade ou respeito, não sei. O que quer que eu tenha visto, não foi o bastante para levá-lo na direção que queríamos. Haverá outros dias. Ele irá nos contar o que já sabemos. — Uma certeza absoluta no tom do coronel Pratt indicava que Cabeça de Caixa não tinha cantado ainda sua última canção.

— O que farão os membros do governo anterior se acharem que Weerawat está vivo?

O coronel Pratt coçou a nuca, o calor o irritava.

— Um monte de gente está fugindo. Mas Weerawat é diferente. Ele nos deu uma oportunidade. E todas as provas de que precisamos. Se ele está morto, então os outros envolvidos sabem que têm certas opções a escolher. Mas, se Weerawat desapareceu, ele pode estar morto, ou vivo e escondido. Isso torna as coisas mais complexas; eles não podem ter tanta certeza de que, se escolherem um caminho, será um erro. Podemos pressioná-los, fazendo-os supor que estamos negociando um acordo com Weerawat. Isso fará com que se entreguem uns aos outros.

— Pelo que eu vi numa das malas, vai haver um monte de questões envolvendo algumas pessoas importantes. Elas vão escapar? — perguntou Calvino.

O coronel Pratt recostou-se na cadeira.

— Há provas demais.

Calvino sorriu.

— Mas é o suficiente? — Os dois sabiam que documentos desapareciam e também podiam ser reescritos, alterados ou falsificados. Depoimentos de testemunhas e os nomes de família podiam servir como trunfo contra o documento mais comprometedor.

Pratt contraiu o maxilar e deu de ombros.

— Talvez eles achem um espaço por onde rastejar e sair intocados, ou talvez não. Manter o destino de Weerawat em aberto é o bastante para fazer com que eles permaneçam com a guarda baixa.

Negócios escusos de construção, transferências de terras fraudulentas, esquemas de controle de aeroporto e companhias *offshore* com a família de Weerawat no centro das atenções. Haveria comitês; haveria investigações, relatórios, recomendações; e haveria compromissos.

— E quanto a você? — perguntou Calvino.

— Minha transferência para um posto inativo foi cancelada. — A sombra de um sorriso passou pelos lábios do coronel. — É um rito de passagem, Vincent.

Tanto quanto concernia a Calvino, havia dois ritos de passagem que faziam um homem compreender a natureza do mundo: a primeira vez em que alguém atirava nele, e a primeira vez em que ele tinha de encontrar o dinheiro para uma folha de pagamento.

— Como estão chamando o que fizeram com você? Um erro tipográfico?

— Há maneiras de fazer desaparecer problemas que você não compreenderia. Mas temos de evitar conflitos. A harmonia tem de ser restaurada. Se é necessário um golpe para que isso aconteça, que seja feito. Com Weerawat e o governo fora do caminho, ninguém no departamento terá qualquer lembrança dele. Ninguém nunca foi amigo dele ou foi visto numa foto de página de coluna social com Weerawat. Ou fez negócios com ele. Ele é uma não pessoa. Seu poder se desvaneceu na noite do golpe. Daqui a umas duas semanas ninguém irá se lembrar dele ou falar sobre ele. Seu desaparecimento será notícia velha.

— Eu mandei centenas de e-mails para advogados de grandes companhias farmacêuticas e de produção de filmes. E de automóveis. Weerawat falsifica air bags e freios, também.

— As fábricas já estão fechadas. Quando agimos, agimos rápido. Isso era o que os *farangs* queriam. Fizemos isso. Eles não querem publicidade. Querem a operação de pirataria terminada. Conseguimos o que eles queriam.

— Jornalistas podem começar a fazer perguntas.

— As únicas perguntas que farão serão sobre o golpe. Weerawat já é história. O novo governo não saberá de nada. Ninguém do velho governo dirá nada. Ninguém dirá nada.

A questão é sempre esta: o que você trouxe para a festa? Era raramente perguntada, mas sempre pressuposta. O que pediam que Calvino trouxesse era o seu silêncio. Era para ser o seu presente para o deus da harmonia e estima social. Se ele pudesse trazer esse prêmio para a festa, poderia ficar.

— E quanto a Danielson? — perguntou Calvino.

O coronel Pratt deu de ombros.

— Ataque do coração.

— Sim e não. — Ele pediu a Ratana para trazer um arquivo.

Ela veio ao escritório e colocou a pasta na mesa de Calvino.

— Explique ao coronel Pratt o que Lovell lhe contou sobre o que aconteceu no jantar Oxford-Cambridge.

Ratana explicou o que Lovell dissera a ela.

— Ele estava no toalete refazendo o nó de sua gravata-borboleta quando Apisak entrou. Alguns minutos depois, Khun Andrew entrou. Seu rosto estava pálido, e suor escorria de seu pescoço. Ele fingiu, a princípio, que estava tudo bem. Mas era só olhar para ele para notar que não era verdade. Ele disse que tinha acabado de receber uma notícia muito ruim. Ele estava trêmulo e suando.

"Khun Andrew estava no meio de um completo ataque de pânico. Apisak percebeu primeiro. Ele perguntou a Khun Andrew se estava tendo um ataque de ansiedade. Ele evitou a palavra 'pânico'. Apisak disse que tinha visto os sinais, ele tinha o mesmo problema, e pegou um frasco de medicamento. Apisak despejou um comprimido vermelho na palma da mão, jogou-o na boca e engoliu. Ele ofereceu os comprimidos para Lovell, que declinou, e então para Khun Andrew. A essa altura ele estava tendo problemas para respirar normalmente. Ele pegou o comprimido e o engoliu."

O coronel Pratt tinha o relatório original da necropsia que havia reaparecido depois do golpe. O relatório mencionava uma descrição incomum dos ingredientes, que incluía uma grande quantidade de veneno de vespa sintético. Danielson era alérgico. O comprimido que Apisak dera a ele foi a causa de sua morte.

— John não sabia o que acontecera.

O coronel Pratt ficou impassível, ouvindo, as pontas dos dedos juntas. Depois que Ratana terminou, ela olhou direto para o coronel.

— John teria lhe dito. Tenho certeza disso.

— Danielson foi cremado. Lovell está morto. Mas não há prova que incrimine diretamente Weerawat ou Apisak.

— Isso quer dizer que nada pode ser feito — comentou ela em tom baixo.

— É complicado. Não é justo ou certo. Porém, o mundo de Weerawat desmoronou. Mas aqueles que pensam que ele talvez esteja vivo podem ver que seu tio não pôde ajudá-lo, e o escritório de Cameron se afastou dele. O novo governo anunciou que pedirá a extradição de Weerawat. A versão oficial é que ele está foragido. Quanto a Apisak, descobrirá que outros que importam não vão esquecer. Vai levar tempo, mas ele fará alguma coisa que o incriminará e eu estarei esperando.

— Mais cedo ou mais tarde, descobrirão que Weerawat foi morto na noite do golpe — disse Calvino.

— Isso não vai acontecer.

Não havia o menor sinal de dúvida presente na voz do coronel Pratt. O que quer que acontecesse com os casos de corrupção, o corpo de Weerawat nunca iria ser encontrado. Calvino não tinha dúvidas quanto à capacidade de Pratt de encobrir a cena do crime e livrar-se do corpo de Weerawat. Não perguntou como nem onde; não queria saber.

O telefone do escritório tocou. Ratana voltou para a mesa dela para atender. Ele pensou, *esse é o primeiro dia da minha vida.* Ele podia ter fugido para Hong Kong ou Cingapura. Mas estava de volta à sela em Bangkok, se acomodando, pensando no fim de semana. Pratt estava de volta ao serviço e, assim que seu superior saísse do mosteiro, seria também restaurado em seu posto. Suas transferências para postos inativos tinham sido explicadas como um erro de comunicação, um equívoco, segundo a versão oficial. Todo mundo salvava assim sua pele.

Ratana passou a ligação para Calvino, que se inclinou sobre a mesa. Levou o fone ao ouvido. Era Ruth.

— Pensei que você e Noah estivessem em Denver.

— A transferência foi cancelada. Noah conseguiu um emprego num banco em Bangkok.

Ele reconheceria o tom na voz de Ruth ainda que ela estivesse no fundo de um barril de peixe.

— Você vai ficar? — perguntou ele, dando uma piscadela para o coronel Pratt.

— Claro que vou ficar. Gostaria de contratá-lo de novo.

— Acho que posso encaixá-la em minha agenda, mas há a questão dos honorários.

— Isso não é um problema.

— Tudo adiantado.

Ela compreendia perfeitamente. Dois mil tinha sido apenas uma pequena entrada para financiar uma guerra matrimonial de longo prazo. O marido dela tinha voltado à linha de frente e Calvino ia ser pago para segui-lo. Ficando em Bangkok, Noah Gould decidira jogar para ganhar, acender os fósforos, chafurdar na sujeira, jogar um por um num barril de gasolina. Weerawat estava fora de cena. Ele não mais estava com medo.

Antes do almoço, Ratana colocou uma carta na mesa de Calvino. A maior parte da correspondência era folhetos de propaganda ou contas. Essa era uma carta de verdade tendo como remetente o escritório de Nova York da OMS. Ele abriu o envelope e leu a carta. "Temos o prazer de informar que o senhor está entre os selecionados para o cargo de investigador sênior. Favor entrar em contato para providências relativas a uma entrevista em Nova York."

Ele tinha rasgado o formulário de inscrição. Ratana devia ter enviado uma cópia. Ela faria qualquer coisa por ele. Ele baixou a carta, pensando em como ela devotara a vida dela para cuidar dele com uma lealdade inabalável. Teve a sensação de que ela estava esperando do outro lado que ele dissesse alguma coisa sobre o que recebera.

— Eu não sou o cara que a OMS quer — disse ele, amassando o papel.

Após um momento de silêncio:

— Sinto muito, Vincent. — Não havia indício de tristeza em sua voz

Ele não podia ver o rosto dela. Estaria sorrindo?

— Hora de voltar ao trabalho. Não é nada para se lamentar.

Ela olhou detrás da divisória.

— Você não ficou chateado de eu ter enviado o formulário?

— Você fez a coisa certa.

Agora ela estava sorrindo.

QUARENTA E TRÊS

A HORA DO ALMOÇO NO Lonesome Hawk começava por volta das 10h30 da manhã, quando os primeiros bebedores de verdade apareciam e pediam uma cerveja ou uísque barato. As garçonetes ficavam na mesa junto à janela, maquiando-se. Esses clientes tinham mais sede do que fome. A necessidade de comida não era tão aguda neles quanto a de engolir os primeiros tragos, rápido e na lata. As atendentes, com datas de validade há muito vencidas, não tinham interesse neles. Um dos fregueses se inclinou no balcão quando a garçonete se virou, dizendo:

— Querida, como era mesmo o nome daquele cara que comprou para você a sua dentadura?

— Khun Dan — respondeu ela.

Ele voltou para a conversa.

— O nome do cara era Dan. E tinha um bom coração. Bom, Dan disse que na noite passada, durante o golpe de Estado, viu dançarinas do Nana Plaza dando flores aos soldados. Todo mundo estava sorrindo, todos contentes como uma grande família.

Sentindo-se bem depois dessa primeira cerveja, eles olhavam em volta e viam outros se sentindo bem, entrando naquele lugar de beber cedo. O bar se transformava num bolsão do passado, um local de compreensão mútua, experiências compartilhadas e história movida a álcool, um estreito parapeito onde os homens podiam fingir que mantinham algum controle. Um lugar onde sabiam quem eram, e o que significava estar bebendo cerveja no meio da manhã.

O Velho George agitava seus braços feito um doido e gritava do outro lado do bar para o motorista-DJ mudar a porra da música, "I Left My Heart in San Francisco", que tocara seis vezes.

— Eu odeio o merda do Tony Bennett. Não dá para mudar de música? Ou terei de mudar eu mesmo? — Ele bateu a bengala no chão.

Calvino veio da porta.

— Vejam quem temos aqui. Vincent Calvino. Você conseguiu sair do caldeirão. Agora está pensando em pular aonde? Na frigideira? Não fique muito convencido. Uma vez que eles descobriram que podem foder com você, eles podem ir embora, mas sempre voltarão.

— Obrigado, George. — Calvino deu um abraço nele e o beijou na testa.

— Pare com isso, você! Eles vão dizer que judeus são veados!

— Vinny dormiu durante o golpe — disse McPhail.

Calvino girou a cabeça numa direção, e então na outra.

— Eu estava cansado.

Do balcão, um dos frequentadores habituais ergueu uma garrafa de Singha.

— Não é uma piada. Você pode se machucar feio com todos esses tanques.

— Você me desapontou, cara — exclamou McPhail. — Pensei que você ia estar no meio de tudo. Correndo pela Thanon Sukhumvit, pulando num tanque.

— Eu dormi como uma pedra. Não ouvi nada — disse Calvino.

McPhail estava numa das mesas fixas junto à parede saboreando seu Jameson e vendo a TV que estava instalada numa pequena plataforma na parede. O canal de notícias da BBC estava passando uma matéria sobre o transplante de um coração ainda batendo para o peito de um homem.

— Ei, Vinny. Viu isso? O fulano recebe um coração vivo no peito. É como remover um motor velho e colocar um novo. Eu perguntei a esta pequena o que ela acha.

McPhail espremeu a garçonete que estava sentada ao lado dele.

— Ela está transtornada. E eu perguntei a ela: "Ei, baby, por que você ficou transtornada?" E ela disse: "Seu coração não parado." Cara, estou pensando que a definição tailandesa da morte é o coração parando. Se o coração ainda está batendo, eles devem ter matado o sujeito para catar o coração. Não há frase em tailandês para morte cerebral, o coração ainda batendo, mas o cérebro tendo partido para o outro lado.

Calvino pediu um Mekong com Coca e o prato do dia. Bolo de carne. Ele detestava bolo de carne quase tanto quanto o Velho George detestava seis repetições de Tony Bennett cantando "I Left My Heart in San Francisco".

— Sem molho — disse ele.

— Espero que esse novo governo não nomeie alguém como Weerawat. Ele foi completamente assustador com toda aquela conversa sobre uma cota de *farangs* na zona verde.

— Em seguida será a Estrela de David Amarela — gritou o Velho George de seu poleiro.

— Nada nunca muda realmente — argumentou um dos clientes no balcão. — Eles só querem o nosso dinheiro. Não querem a gente.

— Os generais estão falando para as pessoas do interior do país — disse alguém no balcão. — Tentando acalmá-los.

— Mande dinheiro a eles. Dinheiro irá acalmá-los — completou McPhail. — Mande dinheiro. Essas são as primeiras palavras que eles aprendem em inglês.

Alguns meses antes do golpe, um dos jornais publicara uma matéria sobre a zona verde e as várias teorias populares sobre o nome. Primeiro, verde era (graças ao dólar americano) a cor universal do dinheiro. Segundo, a área entre o Soi 4 e o Soi 55 tinha mais parques e árvores. E, terceiro, no mundo todo, em lugares perigosos, a zona verde era o lugar seguro para os ricos, um enclave em que os atos terríveis de violência eram menos prováveis de ocorrer.

Com os soldados nas intersecções e os tanques nas ruas, a matéria parecia datada, fora de lugar, de outra época e local. Ninguém podia ter certeza quanto a quais políticas ou personalidades iriam sobreviver, e isso dava uma considerável medida de esperança que a ideia de zona verde iria desaparecer.

— Esses caras acabaram ficando encalacrados, e todo mundo esperava que eles atacassem de frente ou recuassem. O que eu não esperava ou previa era o Exército tomando o poder. Você não pode prever uma emboscada pelos flancos. Não é verdade, George?

— Você está certo nisso. Como vocês acham que tomamos Berlim?

— Foi o Exército russo que tomou Berlim, George. Isso é um fato — gritou alguém do balcão.

— E que merda você acha que sabe? Você estava em Berlim em 1945? Que se fodam os russos.

Calvino saiu da mesa e foi até o balcão. Ele se inclinou e sussurrou para a garçonete, fazendo um gesto na direção de um cliente. Ele pediu a ela para servir ao homem uma bebida por sua conta. Ela assentiu. O detetive ficou olhando-a abrir uma garrafa de Singha e colocando-a na frente do cliente. Ele ergueu os olhos, surpreso. A garçonete sussurrou e apontou para Calvino. Era o mesmo sujeito em cujo rosto ele esfregara um taco. O mesmo cliente que dissera aos policiais que nunca ouvira falar em Calvino. O homem ergueu a cerveja e fez "obrigado" com a boca.

De volta a seu lugar, Calvino olhou para o bolo de carne em seu jogo americano.

— Que diabos foi isso? Pagar uma bebida para aquele gigolô — disse McPhail.

— O coronel Pratt me perguntou se eu tinha algum inimigo. E eu disse que detetives particulares estão no ramo de fazer inimigos, lidar com inimigos, enfrentar inimigos, mas os inimigos deles raramente os matam. E ele disse que na Tailândia as regras eram diferentes. Inimigos nunca esquecem ou perdoam. Eles caçam uns aos outros até o túmulo.

Calvino levara o conselho do coronel ao pé da letra. Um cheiro doce de torta de maçã veio da cozinha. A cozinheira empurrou as portas e trouxe a torta fumegante para a mesa. Uma garçonete levou embora o bolo de carne. A cozinheira usava luvas térmicas e abriu um sorriso sem dentes ao colocar o prato com a sobremesa na mesa. Parada junto ao móvel, não conseguia parar de sorrir. O sonho dela era que Dan voltasse um dia e comprasse uma dentadura para ela.

— Por que isso? — perguntou Calvino.

Ela piscou.

— É para a sua secretária. Por favor, dê a ela. — O telégrafo de bambu estivera fazendo hora extra.

Havia inimigos na Tailândia, e então havia os amigos. Quando ele fazia as contas, o resultado era que o número de amigos sempre ganhava. O número maior de amigos era uma boa Razão Para Ficar.

— Você é o cara — disse McPhail.

— Você entendeu essa errado, McPhail. Lovell era *o* cara.

Lovell, o moleque, que tinha uma mania com gravatas-borboleta, o que o chamava de detetive. O pai do filho de Ratana. Ele era o cara.

Ele era o cara, um peixe fora d'água que tinha subido a corrente para se acasalar e morrer.

Mas ele deixara a sua marca. Ele desenhara uma linha na areia. O tipo de linha que homens bons desenhavam, o tipo de linha que os homens bons sabiam de que lado ficar. Ele fizera isso. Vito fizera isso. Quantos homens podem olhar para o céu uma última vez e dizer isso? Não muitos, Calvino pensou. Não muitos mesmo.

AGRADECIMENTOS

Os FÃS DE VINCENT CALVINO com frequência me perguntavam: por que os romances não estão disponíveis nos Estados Unidos e na Inglaterra? Eu respondia que a publicação de ficção de crime internacional é um fenômeno relativamente recente. Com certeza não estava estabelecido quando *Spirit House*, o primeiro da série, foi publicado em 1992. Quando este romance, o nono estrelado por Vincent Calvino, foi publicado em 2007, percepções, gostos e interesses tinham mudado. Os leitores são bem mais aventurosos na ficção que leem hoje em dia.

A série nasceu na Tailândia, onde os meus editores originais estavam estabelecidos. Embora livros da série tenham sido traduzidos em chinês, francês, italiano, hebraico, norueguês, tailandês e espanhol, a jornada de Vincent Calvino para Nova York foi longa e muitas pessoas dividem a responsabilidade.

Barney Rosset e sua parceira Astrid vêm sendo encorajadores por mais de uma dúzia de anos, procurando maneiras de levar Calvino para casa. O jogo de bilhar de Barney melhorou consideravelmente em suas viagens a Bangkok.

Galen Williams, fundador de *Poets & Writers*, foi um dos primeiros fãs da série e proporcionou uma fonte constante de apoio e assistência ao longo dos anos.

Quando Marc Allen escreveu em 2006 que adorava os livros de Calvino e não entendia por que eles não estavam disponíveis nos Estados Unidos, eu respondi: "Vincent Calvino também acha que isso é um mistério." Junto com seu colega Munro Magruder, eles iniciaram uma campanha pessoal para encontrar um editor americano. Mais ou menos na mesma época, o meu amigo John Paulos — ele mesmo autor de best sellers — sugeriu que eu mandasse vários dos romances para o seu agente, Rafe Sagalyn. Rafe leu os livros, e também sua sócia, Bridget Wagner, e eles se ofereceram para ser meus representantes. Tinham uma paixão pelos livros de Calvino. Menos de duas semanas depois,

Bridget Wagner, que tem um toque mágico, me mandou um e-mail dizendo que Morgan Entrekin compartilhava a paixão deles. Parecia uma questão de bom carma.

Desde a época em que morei em Nova York, entre 1984 e 1988, venho acompanhando a carreira dele. No começo de 2007, Morgan ficou sabendo, através de Munro Magruder, que gentilmente passara adiante um dos romances de Calvino, dizendo, "você tem de ler isso". Quando Morgan falou com a Atlantic Books em Londres, seu sócio inglês, Ravi Mirchandani, também disse que era fã da série fazia um bom tempo. E então, aproximadamente na mesma época que Morgan estava considerando fazer uma oferta pela série de Calvino, ele almoçou com um velho amigo, que por acaso era um frequentador da Ásia. Morgan disse que estava para fazer uma oferta por uma série sobre um detetive particular que se passava na Ásia, e seu amigo replicou: "Seria por acaso a série de Vincent Calvino da Tailândia?" Por fim, Morgan descobriu que o fundador da Grove Press, Barney Rosset, e eu éramos amigos há muito tempo. A decisão de publicar a série de Calvino assumiu uma inevitabilidade.

Na Grove Press, tive o privilégio de trabalhar com Jamison Stolz. Todos os escritores deviam ser afortunados o bastante para ter um editor como Jamison, que tem o olho de um franco-atirador e o coração de um artista.

Vincent Calvino tem uma ampla dívida com várias pessoas.

John Stevens foi o responsável por minha viagem inicial a Nova York. Fiquei na casa dele em 1984 por duas semanas e consegui, através de seus contatos, entrar como um observador civil na NYPD. Foi em patrulha com a NYPD que eu vi uma Nova York diferente e conheci algumas pessoas que inspiraram o personagem de Vincent Calvino.

Ronald Lieberman, que, em 1990, sugeriu numa praia em Phuket que eu devia pensar na ideia de uma série com um detetive particular passando-se na Ásia.

O professor da Universidade de Oxford David Vaver, que me manteve informado sobre muitas questões de propriedade intelectual, que a maioria dos autores mais cedo ou mais tarde tem de se confrontar.

O autor Joe Glazner, que leu e deu sugestões úteis para uma versão anterior deste livro.

Norman Smith, que sabe tudo sobre o Sudeste Asiático, armas, operações especiais, e que proporcionou conselho e apoio desde o começo da série. Norm foi o principal de meus primeiros leitores, gastando tempo em percorrer os rascunhos originais e encontrar erros e omissões.

J. C. Cummins, que serviu com distinção na Força Aérea dos Estados Unidos, como Norm, em mais de uma ocasião me salvou de cometer um erro sobre armas, caminhões e maquinário.

Bernard Trink, George Fetherling, Kevin Burton Smith, Mark Schreiber, Richard Ravensdale, Chris Johnson, Fabio Novel, Paul Owen, Dr. Ian Corries e Paul Wilson, que ao longo dos anos escreveram artigos e resenhas sobre a série de Calvino, espalhando as notícias sobre Vincent Calvino tanto na Tailândia quanto fora dela. Seus esforços chamaram a atenção de leitores para a série que, sem eles, jamais teriam ouvido falar do detetive particular de Bangkok.

Minha mulher, a Dra. Busakorn Suriyasarn, desempenhou o papel de conselheira, crítica e alma gêmea. De provérbios tailandeses à gíria atual tailandesa, ela foi uma constante fonte de inspiração. Não consigo imaginar como um autor sem uma esposa assim pode encontrar os recursos para extrair o melhor do que escreve.

Este livro foi composto na tipologia Caslon Pro, em corpo 11,5/22,
e impresso em papel off-white no Sistema Cameron
da Divisão Gráfica da Distribuidora Record.